Der Glücksfinder

Edward van de Vendel wurde 1964 in Leerdam, Holland, geboren und arbeitete als Lehrer, bevor er anfing zu schreiben. Seine Kinder- und Jugendbücher, Bilderbuchtexte und Gedichte sind inzwischen vielfach ausgezeichnet und u. a. ins Französische und Deutsche übertragen worden. Van de Vendel lebt heute in Rotterdam. Das Buch »Der Glücksfinder« hat er zusammen mit Anoush Elman nach dessen eigener Geschichte geschrieben.

Anoush Elman / Edward van de Vendel

Der Glücksfinder

Aus dem Niederländischen
von Rolf Erdorf

CARLSEN

Außerdem von Edward van de Vendel bei CARLSEN erschienen:

Ein Hund wie Sam
Der Winter mit Sam
Die Tage der Bluegrass-Liebe
Die langen Nächte der Stille
Krebsmeisterschaft für Anfänger
Was ich vergessen habe

MIX
Papier aus verantwortungsvollen Quellen
FSC® C083411
www.fsc.org

Veröffentlicht im Carlsen Verlag
November 2016

Originalverlag: Em. Querido's Uitgeverij B.V.
Originaltitel: »De gelukvinder«

Umschlaggestaltung: formlabor unter Verwendung von Fotos von iStockphoto/
© Mie Ahmt und photocase.com/ig31
Corporate Design Taschenbuch: bell étage
ISBN: 978-3-551-31567-0

Für meinen Vater, für meine Mutter,
für meinen Onkel
und für alle Flüchtlinge, die noch kein Haus gefunden haben.

Anoush

Für den echten *Rafiq* natürlich.

Edward

Ich wünschte, ich hätte einen Schrank voller DVDs.

Und auf jeder dieser DVDs wäre ein Tag aus meinem Leben zu sehen.

Dann würde ich mir die ganze Zeit die Cover in meinem Schrank anschauen.

Dann würde ich mit dem Finger über die Rücken streichen, bis ich den Film fände, den ich sehen will.

Dann würde ich vielleicht auch einige davon gern löschen, es aber doch nicht tun, denn ich bin, wer ich bin, durch alles, was ich erlebt habe, durch all diese DVDs zusammengenommen.

Und darum wünsche ich mir einen solchen Schrank.

Um noch einmal heraussuchen zu können, wie es wirklich war.

Um die Tricks des Regisseurs zu durchschauen.

Um mir die Filmmusik anzuhören.

Um mir die Schauplätze anzusehen.

Und womöglich auch, um das Ende vorhersagen zu können.

COMEDY

Ich wollte Chirurg werden.

Meine Mutter sagte immer: »Unser Hamayun wird einmal die Welt heilen.« Und dann nickte ich und betrachtete dabei meine Hände. Ich dachte: Diese Hände werden irgendwann einmal über den Leib von jemandem mit Bauchschmerzen streichen, und weg ist der Schmerz. Diese Hände, dachte ich, schaffen das ganz von selbst. Diese Hände werden wunderbare Rezepte schreiben, auf so kleine Attestblöcke, wie Ärzte sie haben.

Als darum voriges Jahr unser Direktor sagte: »Hamayun, du darfst einen Nachmittag lang Praktikant am Klinikum Süd sein, dann kannst du sehen, ob es etwas für dich ist«, war ich auf der Stelle nervös.

Ein paar Tage später stand ich im Krankenhaus und durfte von einem Nebenraum aus bei einer Operation zuschauen. Der diensthabende Chirurg zog seine Handschuhe straff. Er nahm ein Skalpell und stach zu. Aus dem kleinen Stückchen Haut des Patienten, das nicht von Tüchern abgedeckt war, rann ein dünner Blutstrahl. Ein einziger, kümmerlicher Strahl war es, nicht mehr – aber ich lag schon auf dem Boden. In Ohnmacht gefallen.

Schon als ich nach Hause kam, wussten es alle. Das hat man von Freunden, die Freunde kennen, und einem Bruder, der den Mund nicht halten kann. Meine Mutter schaute mich lange und besorgt an und rief: »Allaaaaah!«

Ich fragte: »Was ist, was ist?«

»Hamayun-jaan«, sagte sie und kam mit ausgestreckten Armen auf mich zu, »wie geht es deinem Kopf?«

»Madar, was meinst du?«

»Du bist doch im Operationssaal umgekippt?«

Es lag nahe, dass ich fortan als Hamayun mit den Puddingknien durchs Leben gehen würde. Und da ich noch ganz neu in der Gesamtschule war, hatte ich bisher noch keinen Spitznamen.

Aber es kam anders, denn zwei Tage später machten wir einen Ausflug.

Wir fuhren mit der ganzen Klasse nach Utrecht. Am Ende des Nachmittags gingen wir zu einer Gracht. Unsere Lehrer hatten Tretboote gemietet.

Es war ein warmer Septembertag und ich schaukelte mit Sigmar, Guido und Raed vorneweg. Wir unterhielten uns über Superhelden und ich machte Spiderman nach: Wie er sein Netz auswirft, wie er klettert, wie er ein Mädchen auffängt. Guido stellte sich hin und wäre fast nach hinten weggekippt. »Spinner«, rief ich, »Irrer!«

Ich mag kein Wasser und hatte Angst, wir könnten umkippen. Raed begann schon, die Titanic-Melodie zu summen.

Aber zuletzt sagte ich: »Und jetzt der größte Superstar. Der wichtigste! Der beste!« Und ich spielte die Szene nach, die ich auswendig kannte: die, in der Mister Bean am Ende einer langen Reihe darauf wartet, der englischen Königin vorgestellt zu werden. Auf einmal geht der Reißverschluss seiner Hose nicht mehr zu. Mister Bean zerrt und zerrt und wird am Ende so nervös, dass er die Königin mit einer gewaltigen Verbeugung k.o. schlägt.

Konnte ich ahnen, dass alle anderen Tretboote inzwischen nicht mehr hinter, sondern neben uns fuhren? Und dass das lauteste Lachen von Frau Levanti kam, meiner neuen Niederländischlehrerin?

Sobald wir wieder am Ufer standen, tippte sie mir auf die Schulter und sagte: »Hamayun, darf ich dich etwas fragen? Ich leite die Theatergruppe, und als ich dich vorhin so sah, dachte ich …«

Sie lud mich in die Schultheatergruppe ein.

Das war natürlich unheimlich nett von ihr, aber es brachte mich auch in Verlegenheit. Ja, ich hatte in meiner früheren Schule schon in verschiedenen Theaterstücken mitgespielt. Aber ich wollte es hier eigentlich erst einmal ruhig angehen lassen und nicht sofort wieder auffallen.

Dennoch begann ich durch ihre Frage, an die Proben damals in der Schulkantine zurückzudenken, die immer nach dem Unterricht angefangen und oft bis in den Abend hinein gedauert hatten. Waren das nicht die besten Stunden meines Lebens gewesen? Ich war süchtig geworden nach der Bühne. Und den Textheften und meinen Mitspielern.

Und wenn ich ehrlich war, hatte ich nicht nur deshalb Arzt werden wollen, weil ich mir alle diese indischen Filme angeschaut hatte? Ihr wisst schon, die mit solchen Bollywood-Ärzten: Sie lächeln ihre Patienten an, sie machen ein Tänzchen, und *flash-flash* geht es allen gleich besser.

Es war mein Reserveplan gewesen. Mein Plan B. Theater machen, Schauspieler sein oder Regisseur. Oder noch lieber: Drehbuchautor.

Aber vielleicht sollte ich es mir einfach eingestehen: Eigentlich war dieser Plan B schon seit geraumer Zeit mein Plan A.

Noch in derselben Woche sagte ich Ja zu Frau Levanti und änderte meine Fächerkombination in »Kultur und Gesellschaft«. Ich gab meine schlechtesten Fächer ab, Physik und Chemie, was mich ziemlich erleichterte.

Und eine Erleichterung war auch, dass sie mich in der Klasse jetzt trotz meines Ohnmachtsanfalls nicht als Weichei bezeichneten. Oder als Mister Boink.

Nein, mit meinem neuen Spitznamen konnte ich leben: Mister Bean.

Als ich zu unserem ersten Theatertreffen kam, erschrak ich. In Frau Levantis Klassenraum saßen ziemlich viele Schüler aus der Orientierungsstufe. Ich habe nichts gegen Schüler aus der Orientierungsstufe, aber die hier waren kaum älter als mein kleiner Bruder.

Von meinen Klassenkameraden war nur Raed mitgekommen. Aus Freundschaft. Und jeder weiß, dass man Freundschaften nicht zu sehr strapazieren darf.

Also sind Raed und ich das erste Mal gleich wieder gegangen, und zwar mit heftigem Stirnrunzeln, und vielleicht hat Frau Levanti uns deshalb zurückgerufen. »Tut mir leid«, sagte sie, als wir vor ihrem Lehrerpult standen, »sie sind wirklich alle noch sehr jung. Tut mir leid.«

Frau Levanti ist eine Lehrerin, die es versteht, zuzuhören. Das ist ungewöhnlich. Die meisten Lehrer sind freundlich, auch in dieser Schule, aber normalerweise hören sie lieber ihre eigene Stimme als die eines anderen. Frau Levanti ist anders. Als Raed und ich dann also doch noch zum zweiten Treffen erschienen waren und anschließend noch enttäuschter weggingen als beim ersten Mal, begriff sie genau, warum.

»Die *Zauberflöte*«, sagte ich, »ja, das ist natürlich schöne Musik. Mozart und so. Aber Frau Levanti, es ist ein Märchen! Und es handelt von Pa-pa-pa-pa-papageno, und dann müssen wir bestimmt solche, solche *Sachen* anziehen ...«

In meiner vorherigen Schule hatte ich genügend seltsame Dinge auf der Bühne getan. Ich hatte einen griechischen Gott gespielt und Romeo und im Unterricht auch einmal einen mittelalterlichen Ritter, aber die *Zauberflöte* an einer für mich neuen Schule, das wäre Comedy der ganz falschen Art.

Raed wollte überhaupt nicht mehr mitmachen, sondern zog sich schon während des Theatertreffens die Kapuze seines Sweaters über die Augen und zischte die ganze Zeit zwischen den Zähnen hindurch: »Ich bringe dich um, Hamu, ich bringe dich um, wenn ich noch einmal hierher muss! Ich schwöre, ich mach's, so schnell kannst du gar nicht gucken!«

Und das verstand Frau Levanti.

»Gut«, sagte sie, »ich habe es mir so gedacht: Ich mache Mozart mit den Kleinen und ihr entwickelt euer eigenes Stück. Was hältst du davon, Hamayun?«

Sie sprach meinen Namen betont deutlich aus, so als wollte sie sichergehen, dass ich sie gehört hatte.

Ich nickte.

»Oh, das ist großartig!«, sagte sie. »Was meinst du, werden wir eine Truppe zusammenbekommen?«

Nach den zwei Jahren an der kleinen Schule für Nicht-Muttersprachler, wo ich jeden kannte und wo jeder mich kannte, war alles an der Gesamtschule so groß. Es gab so viele Lehrer, so viele Klassenkameraden und so viele unbekannte Mädchen in der Aula.

Es gab auch viel mehr Klassenarbeiten. Und es gab mehr Sport: Raed und Guido bestanden darauf, dass ich ins Basketballteam kam.

Es gab so viel zu sehen und so viel zu tun, weshalb es etwas dauerte, bevor ich ein paar Theaterideen zu Papier bringen konnte. Und noch länger dauerte es, einen Trupp Mitspieler zusammenzubekommen. Raed musste natürlich mitmachen; ihm blieb keine Wahl. Frau Levanti trommelte ein paar Neulinge zusammen und ich klapperte alte Freunde von meinen früheren Stücken ab. Die meisten von ihnen gingen inzwischen auch hier auf die Schule.

Irgendwann im Oktober saßen wir das erste Mal zusammen. Ich bekam einen Mordsschrecken, denn Frau Levanti übertrug mir sofort die Leitung. »Hamayun, was sollen wir machen? Hast du etwas vorbereitet?«

Ich hatte keine Ahnung. Ich sagte: »Vielleicht können wir etwas improvisieren?«

Das wurde ein Chaos. Wir spielten eine Verfolgungsjagd. Wir machten eine Soap nach. Wir wollten Clips machen, vielleicht auch eine ganze Polizeiserie. Oder irgendwas mit einer versteckten Kamera? Wir hatten noch ein paar weitere Treffen, aber jedes Mal gab es wieder einen anderen Plan.

Anfang Dezember hatten wir immer noch nichts Konkretes. Und deshalb wollte Frau Levanti mit mir reden. »Hamayun«, sagte sie, »so funktioniert es nicht. Ich glaube, es ist besser, wir lassen die Gruppe vorläufig pausieren. Vielleicht solltest du dir erst einmal selbst etwas ausdenken. Und wenn du einen Vorschlag hast, rufen wir die anderen wieder dazu. Beschränke dich auf nur ein Thema. Hast du schon eine Idee, was dir das Wichtigste ist? Sonst hätte ich einen Vorschlag. Möchtest du, dass ich ihn dir schon jetzt sage? Oder willst du lieber noch selbst überlegen?«

Natürlich wollte ich wissen, was sie dachte. Frau Levanti hatte Ahnung vom Theater und außerdem war sie die Erste und Einzige hier, der ich etwas von meiner Situation erzählt hatte.

Äh ja ... Meine Situation.

Genau darum sollte es gehen.

Fand Frau Levanti.

Sie sagte: »Niemand hier in der Schule weiß wirklich Bescheid. Niemand weiß, was mit jungen Leuten wie dir in unserem Land passiert. Wir sehen einen Fetzen in den Nachrichten, wir hören markige Parolen von unseren Politikern. Aber du kennst die echte Geschichte. Wieso solltest du die nicht erzählen?«

»Frau Levanti!«, wollte ich rufen. »Ich will schauspielern! Ich will lieber jemand anderer sein als ich selbst! Mister Bean oder so, das ist doch viel lustiger?«

Aber ich sagte nichts. Ich lächelte Frau Levanti an und sagte, ich würde darüber nachdenken.

Ich war überhaupt nicht begeistert. Sowieso fand ich unsere Schule zu groß. Hier liefen so viele Leute mit Augen herum, und alle diese Augen brauchten den echten Hamayun nicht zu sehen, mit seiner echten Geschichte und seinen echten Träumen und seiner echten Hoffnung.

Aber gerade als ich das ganze Theaterprojekt doch noch abblasen wollte, passierte alles Mögliche.

Wir mussten wieder nach Ter Apel.

Und in Ter Apel erwarteten uns wieder keine guten Nachrichten.

Und ich sah mir einen Abend lang eine Website mit Filmen über Flüchtlingskinder an und ich weinte die ganze Nacht.

Am Morgen danach dachte ich: Welche Träume? Welche Hoffnung? Frau Levanti hat recht – niemand weiß wirklich Bescheid.

Und dann war ich mir sicher. Natürlich musste ich meine Geschichte erzählen.

Meine wahre Geschichte.

Ich meldete mich krank und legte mich aufs Bett.

Und sie schossen einfach hervor in meinem Kopf: die Erinnerungen.

Die DVDs.

DOCUMENTARY

Ich bin acht und plötzlich ziehen wir um.

Ich sage zu meinem Vater: »Aber Padar, wir haben hier in Mazar-e-Sharif doch das schönste Haus in der ganzen Straße!«

Padar lacht. *»Batschem«*, sagt er, *»mein Sohn*, das ist so. Unser Haus ist das schönste hier. Aber in Kabul bekommen wir auch das schönste Haus in der ganzen Straße. Nur dass es eine andere Straße ist. Und vergiss nicht, dass wir ganz in die Nähe von Onkel Aaron ziehen!«

Ich frage meine Mutter. »Madar«, sage ich, »findest du es schön, dass wir umziehen?«

»Ja«, sagt sie, »denn aus unserem neuen Haus gehen wir nie mehr fort. Es ist nicht nur das schönste Haus in der ganzen Straße, sondern es ist das schönste Haus in ganz Kabul.«

Und Oma? Oma sagt: »Wir tun, was dein Vater für das Beste hält.«

Ich frage auch noch Bashir, meinen fast zwölfjährigen Bruder. Er behauptet, in Kabul würden alle Straßen nach Süßigkeiten riechen. Und die Mädchen dort seien schöner als in Mazar und überall könnte man Filme kaufen. Filme aus Amerika.

Meinen kleinen Bruder und mein ganz kleines Schwesterchen frage ich natürlich nicht, aber ich weiß auch so schon genug. Die Mädchen sind mir ziemlich egal, aber Süßigkeiten in den Straßen, Filme, ein schönes Haus und meinen Lieblingsonkel in der Nähe, das will ich schon. Und so wache ich in den Wochen des Aufräumens und Einpackens jeden Morgen springfidel auf. Umziehen!

Wir fahren mit dem Bus. Unsere Taschen passen nur mit Mühe aufs Dach, aber hinter den schmutzigen kleinen Fenstern sieht das Pandschir-Tal tief und spannend aus. Lauern da tatsächlich die Taliban-Truppen? Diese bösen Männer mit Turbanen und Bärten, die in Kürze auch die letzte Stadt im Norden Afghanistans einnehmen werden, die Stadt, aus der wir gerade fortziehen? Ich sehe niemanden. Ich sehe nichts als dürres Gestrüpp und Berge und Stein.

Wir halten an. Der Bus kann nicht mehr weiter.

Ich war eingeschlafen, denn es ist heiß, so heiß, aber jetzt frage ich: »Was gibt es?«

Aber ich sehe es schon. Ein Stück vor dem Bus befindet sich ein Pferdestall. Die Reise wird noch schöner und noch spannender, denn zum ersten Mal in meinem Leben darf ich auf ein Pferd!

Wir mieten fünf Stück. Eins für Padar und meinen kleinen Bruder Navid, eins für Madar und mein Schwesterchen Roya, eins für Oma, eins für Bashir und eins für mich. Das Gepäck wird auf Esel geladen.

Der Pferdemann lächelt mir zu. Ich betrachte seine faulen Zähne und versuche zu verstehen, was er sagt. Ist das unsere Sprache, die er da spricht, ist das Dari? Ich verstehe kein Wort davon und schaue zu Bashir. »Er sagt, du hättest ein zahmes Pferd, du Dummkopf!«, ruft er. »Ein Pferd für Weicheier. Eins, das zu dir passt!«

Das Letzte hat Bashir dazuerfunden, das weiß ich mit Sicherheit. Aber tatsächlich, das Pferd bleibt ruhig stehen, nachdem ich hinaufgestiegen bin. Der Pferderücken und der Sattel aus Decken dampfen ein bisschen in der Hitze, aber ich komme mir vor wie ein Cowboy.

Der Pferdemann gibt mir die Zügel in die Hand. Klackklack, schnalzt er mit der Zunge und dann reiten wir los. Mein Pferd trottet hinter den Hintern der anderen Pferde her. Allmählich kommen wir auf einen immer schmaler werdenden Bergpfad. Ein frischer Windhauch streift mein Hemd und ich denke: Das hier ist das größte Abenteuer, das ich je erlebt habe.

Aber das ist es nur sehr kurze Zeit.

Denn keine drei Sekunden später passiert alles Mögliche. Zuerst zeigt der Pferdemann auf etwas, das sich offenbar unter uns am Hang befindet. Er legt die Finger an den Mund und macht »Pst!«.

Und plötzlich sieht mein Vater besorgt aus. Er dreht sich zu Bashir und mir um und macht jetzt auch »Pst!«, und ich glaube, ich höre ihn unsere Namen flüstern.

Weil ich ihn nicht gut verstehen kann, lehne ich mich nach vorn, und das ist offenbar für mein Weicheipferd das Zeichen, überhaupt kein Weicheipferd mehr zu sein. Es rennt nämlich plötzlich drauflos. Ich verstehe nicht, was geschieht, und presse vor Schreck meine Beine gegen die Flanken des Pferdes und lege meine Arme um seinen Hals. Das Tier schießt an meinem Bruder und meiner Oma und meinen Eltern vorbei. Der Pferdemann schreit und kommt hinter uns hergeklappert, aber mein Pferd will offenbar einen Wettkampf gewinnen. Es rennt und rennt und ich fühle, wie ich langsam seinen Rücken hinunterrutsche. Ich versuche, mich an seiner Mähne festzuhalten, aber das Pferd bremst so plötzlich ab, dass ich jetzt kopfüber an seinem Hals hänge.

Wie lange baumele ich da hin und her? Zehn, elf Sekunden vielleicht. Sie kommen mir vor wie tausend, meine Arme und Beine fangen an zu schmerzen und das Blut strömt mir in den Kopf.

Endlich spüre ich den Arm des Pferdemanns unter meinem Rücken. Er keucht. Er schiebt mich wieder hoch.

Sofort als ich wieder sitze, hält er mir den Mund mit seiner braunen Hand zu. Ich will diese schmutzigen Finger nicht fühlen. Mein Herz schlägt lauter als die zufallende Tür unseres stählernen Gartentors, aber zum Glück sehe ich gerade noch rechtzeitig, worauf mich der Pferdemann hinweist: Keine zwanzig Zentimeter vor mir beginnt der Abgrund.

Und in diesem Abgrund, keine fünf Meter tiefer, liegen bewaffnete Männer.

Sie rasten am Rand einer zweiten, tiefer gelegenen Bergstraße und schlafen. Es sind Männer, die leicht durch mich und mein Pferdeabenteuer hätten aufgeweckt werden können. Männer, die uns ohne Zweifel anhalten könnten. Männer, die meinen Vater ohne weiteres mitnehmen würden, wenn es ihnen in den Sinn käme – es sind Taliban.

Plötzlich wird mir ganz leicht im Kopf. Ich kenne sie von

Erzählungen, aber aus einer solchen Nähe habe ich sie noch nie gesehen. Ich halte den Atem an, bis Padar bei mir ist.

»Batschem, Batschem!«, sagt er, als er mich aus dem Sattel hebt. Er sagt es lautlos, aber ich verstehe ihn klar und deutlich.

Als ich an ihn gelehnt wieder auf meinen wackligen Beinen stehe, schauen wir gemeinsam über den Rand.

»Alles ist gut«, flüstert Padar, »alles ist gut. Sie schlafen noch.«

Die Straßen von Kabul riechen überhaupt nicht nach Süßigkeiten, sondern nach schmutzigem Straßenverkehr. Sie riechen nach Schweiß und Fäulnis und nur sehr selten nach süßem Gebäck oder frischen Erdnüssen. Aber wenn man an unserem Haus vorbeikommt, geht man durch Rosenduft, denn wir haben einen riesigen Blumengarten.

Unser neuer Garten ist größer als unser alter. Außer Rosensträuchern gibt es in ihm auch Tannen und Apfelbäume. Und überall wachsen Weintrauben. Wenn man durch die Pforte in der Gartenmauer tritt, muss man erst einem schmalen Weg folgen, bis man vor unserem Haus steht. Dieser Weg ist lang, fast wie eine Straße. Padar zimmert eine hölzerne Pergola darüber.

Im Haus hat Padar ein Arbeitszimmer. Das hatte er in Mazar nicht. Hier stehen alle seine Bücher, und auch Onkel Aaron bringt noch einige Stapel mit. Onkel Aaron hat früher für eine Zeitung geschrieben und Padar war Lehrer an einer Oberschule. Jetzt erlauben ihnen die Taliban das nicht mehr. Deshalb haben sie jetzt zusammen mit ihrem Freund Noorahmed ein Geschäft.

Oma hat ein eigenes kleines Zimmer und ich weiß schon jetzt, dass ich oft dort sitzen werde. Das Zimmer hat ein Fenster mit Blick auf das schmale Stück Garten hinter dem Haus und Oma ist die beste Oma, die man sich vorstellen kann.

Aber mein Lieblingsort wird das Dach. Irgendwann will ich einmal da oben schlafen. Oder eigentlich auch wieder nicht: Ich möchte lieber die ganze Nacht hindurch aufbleiben und die Sterne sehen. Ich glaube, Afghanistan hat die meisten Sterne auf der ganzen Welt. Und Kabul wiederum hat die meisten Sterne in Afghanistan. Das jedenfalls sagt Bashir, und diesmal könnte das, was er sagt, sogar stimmen.

An einem der ersten Tage im neuen Haus zeigt Padar mir die Wände. »Schau sie dir gut an, Hamayun«, sagt er. »Siehst du, dass sie weiß sind? Sie sind weiß und sonst nichts. Und das soll auch so bleiben. Also keine Kritzeleien mehr, versprochen?«

Er macht ein strenges Gesicht und hinter Padars Rücken lacht Bashir mich heimtückisch aus. Ach was, auf die Wände schreibe ich doch schon längst nicht mehr! In Mazar hatten wir Steinwände im Flur, in die man mit einem Nagel Rillen ritzen konnte. Tat man das, dann rieselte der Staub von der Wand und hinterließ witzige Hügelchen auf dem Boden.

Ich schrieb auf die Wände, weil ich es nicht lassen konnte. Ich lernte schon früh alle Buchstaben, und sowohl meine Handschrift an der Wand als auch die Steinstaubhäufchen auf dem Fußboden waren von mir, mir, mir! Wenn ich daran vorbeiging, musste ich immer kurz fühlen. Madar und Padar riefen: »Hast du schon mal von Papier gehört?« Aber Oma lachte und Onkel Aaron kam und schaute sich an, was ich jetzt wieder geschrieben hatte.

Ich hörte damit auf, als ich mein erstes Tagebuch bekam. Von Onkel Aaron. Bis heute gehört mein Tagebuch zu den schönsten Dingen, die ich besitze. Manchmal betrachte ich es einfach nur. Dann weiß ich sicher, dass in dem Papier Geschichten stecken und dass ich derjenige bin, der sie hervorschreiben muss. Ich versuche es oft genug, aber meistens baue ich nur Murks, finde ich. Ich verderbe mein Tagebuch mit meinen krummen Fingern. Ich drücke auch viel zu fest auf. Vielleicht denkt meine Hand, die Seiten wären aus Stein.

Ich kratze also längst nicht mehr in die Wand und deshalb ärgere ich mich über Bashir. Er braucht mich hier nicht auszulachen. Ich beschließe, nicht mehr mit ihm zu reden. Außerdem ist er ein Lügner. Kabul riecht überhaupt nicht nach Süßigkeiten und das mit den Filmen aus Amerika war natürlich auch erfunden.

Eine Woche später gibt es zum ersten Mal, seit wir in Kabul wohnen, keinen Strom. Es ist dunkel im Haus und Bashir und ich wurden früher als sonst in unser Zimmer geschickt.

»Hamu«, sagt Bashir von seinem Bett aus. »Hamu, jetzt komm schon! Morgen kaufe ich uns wirklich einen Film. Einen mit Bruce Lee. Onkel Aaron meint, es gibt sie in derselben Straße, in der auch ihr Geschäft ist.«

Ich gebe keine Antwort. Das tue ich schon die ganze Woche nicht.

»Weißt du, wer Bruce Lee ist?«, fragt Bashir.

Ich denke: Rede du nur. Natürlich weiß ich, wer Bruce Lee ist. Schließlich fängst du jeden Abend von ihm an. Es geht immer nur um Bruce Lee. Bruce Lee hier, Bruce Lee da!

»Bruce Lee hat Schultern so breit wie von hier bis

Herat«, beginnt Bashir. »Und einmal hat man die Muskeln in seinen Oberarmen gezählt. Weißt du, wie viele er hat? Tausend. Nur auf der linken Seite, verstehst du? Rechts hat er natürlich auch tausend. Bruce Lee ist so unheimlich stark, dass du und ich und unsere ganze Verwandtschaft in die Luft fliegen würden, wenn er hinter unserem Rücken einen Niesanfall bekäme. Hamu? Hamu? Schläfst du schon?«

Ich kann es nicht ändern und muss kichern.

Ich habe immer noch nichts gesagt, aber so richtig böse bin ich nicht mehr.

»Was höre ich da? Du lachst doch nicht etwa?«, flüstert Bashir und kurz darauf fliegt etwas durchs Zimmer.

Es ist eine Stinksocke, und er hat genau auf mein Kopfkissen gezielt. Ich schreie: »Die bekommst du zurück!«

Und dann reden wir also wieder miteinander.

Padar hat mich bei der größten Schule des Landes angemeldet. Sie hat vielleicht zweitausend Schüler. Oder dreitausend. Aber die Klassen sind längst nicht so schön wie in meiner kleinen Schule in Mazar. Unser Klassenraum zum Beispiel hat keine Fensterscheiben mehr und die Mücken fliegen ein und aus. Und am Morgen schickt der Klassensprecher immer zuerst jemanden hinein, der die streunenden Katzen verjagt.

Wenn wir durch die Flure gehen, berühre ich immer die schadhaften Wände. Sie haben Einschusslöcher. Pah, denke ich dann, meine paar Kratzer von früher waren wirklich nichts Besonderes: Die Russen haben in dem Krieg damals sehr viel tiefere Zeichen in den Mauern hinterlassen.

Zur Schule gehe ich zusammen mit Isah und Ikhlas. Zwar sind beide kleine Angeber, aber sie sind freundlich zu mir und andere hänseln tun sie auch nicht. Wir verabreden jeden Nachmittag, wer von uns am nächsten Morgen die Bodenmatten reserviert. Weil wir in unserer Klasse keine Tische und Stühle haben, müssen wir früh da sein, um die wenigen Matten zu ergattern, die es dort gibt. Sonst sitzt man nämlich den ganzen Tag auf dem kalten Beton.

Isah und Ikhlas kann man trauen. Die Lehrer werden sie sicher nie zu Klassensprechern wählen. Der Klassensprecher ist die größte Petze überhaupt. So jemand hat auch immer ein paar Schleimer um sich herum versammelt. Manchmal schnippt er mit dem Finger und schon kommen sie angerannt. »Witze«, sagt er, und dann versuchen seine Schleimscheißer, ihn mit einem dämlichen Witz nach dem anderen zum Lachen zu bringen. Noch mehr als ihn hassen wir die Schleimer um ihn herum.

Isah und Ikhlas denken sich jeden Tag neue Witze über die Schleimer aus. Na ja, natürlich nicht, wenn die dabei sind. Oder wenn ein Taliban-Söhnchen in der Nähe ist. Auch vor denen muss man sich hüten. Sie können ziemlich nett sein, aber man weiß nie, was sie daheim so alles erzählen.

Ich kann also froh sein, dass Isah und Ikhlas mich dabeihaben wollten, obwohl sie nicht so beliebt sind und obwohl Ikhlas viel zu dick und Isah viel zu dünn ist.

Die Gurke – der schlimmste Lehrer, den wir haben – ist auch viel zu dünn. Und natürlich hat er einen Bart. Den Gesetzen der Taliban zufolge müssen die Haare eines Mannes oben auf dem Kopf kurz und unten an seinem Kopf lang sein.

Er unterrichtet die Geschichte des Islam und redet immerfort von der Scharia, den heiligen Regeln, die die Taliban eingeführt haben.

Von den Regeln, die bestimmen, dass Mädchen nicht zur Schule dürfen. Dass Frauen nicht ohne Burka auf die Straße gehen können. Dass man nicht singen und auch nicht fernsehen darf. Außerdem schlägt die Gurke gern.

Ich bin erst ein paar Wochen in der neuen Schule und zum Glück hat Padar mir alle Bücher gekauft, die ich brauche. Am Montagnachmittag habe ich wie immer in Omas Zimmer meine Hausaufgaben gemacht. Oma selbst kann nicht lesen, aber wehe, wenn jemand kommt und mich stört! Ganz gleich, wer es ist, Bashir, Navid oder sogar Padar, sie jagt sie alle davon. »Ksch, du, ksch! Hamayun lernt gerade!«

Manchmal tue ich das noch nicht mal, sondern starre nur aus dem Fenster. Aber es ist wunderbar, dort an ihrem kleinen Tisch zu sitzen, in der Nähe von Oma, die über mich wacht.

Am Tag danach kommt die Gurke fett grinsend in die Klasse. »Mal sehen«, brummt er, »wo hier die dümmsten Kakerlaken sind. Alle aufstehen!«

Und dann beginnt er, die schwierigsten Fragen zu stellen, die ihm nur einfallen. Es ist, als würde er sie aus einer unsichtbaren Kalaschnikow auf uns abfeuern; ich bekomme stechende Bauchschmerzen davon. Denn ich habe mir das Kapitel, das wir aufbekommen haben, zwar gut durchgelesen, aber was, wenn ich aus Versehen doch eine falsche Antwort gebe?

»Hamayun!«

Na also, es geht schon los.

»Hamayun, Kopf hoch und Schultern zurück! Ich will Männer vor mir sehen! Wie hieß Mohammeds Tochter, die Alis Ehefrau wurde?«

Fatima, denke ich, Fatima! Oder nicht? Es heißen so viele Fatima. Bestimmt hat ausgerechnet diese einen anderen Namen, den ich vergessen habe.

Ich fange an zu stottern. »F-Fatima, Sahib?«

Ich finde es dumm von mir, dass ich eine Frage daraus mache anstelle einer Antwort, aber die Gurke ruft schon: »Setzen!«, das heißt, ich lag richtig.

Von allen meinen Klassenkameraden müssen drei stehen bleiben. Sie haben eine falsche Antwort gegeben oder auch überhaupt keine, und jetzt müssen sie vor die Klasse treten. Einer von ihnen ist Isah.

Die Gurke hält den Stock schon in der Hand und die Jungen, in der Mitte Isah, stehen mit den Gesichtern zur Klasse da. Sie warten. Sie warten auf die Prügel.

Die Gurke holt aus und schlägt dreimal hintereinander. Der Stock trifft die Jungen auf die Rückseite ihrer Oberschenkel. Ich will eigentlich nicht hinsehen, aber es ist nicht schlau, wenn der Klassensprecher sieht, dass man die Augen wegdreht. Zwei der drei Jungen knicken in den Knien ein, aber Isah bleibt stehen.

Nach dem Unterricht legen Ikhlas und ich von zwei Seiten einen Arm um ihn. »Ich hasse Gurken«, murmelt Isah. »Gurken gehören in Scheiben geschnitten. Das nächste Mal bringe ich ein Messer mit in die Schule!«

Früher fuhren Padar und ich immer zusammen mit dem Bus. Er zu seiner Schule und ich zu meiner. Ich denke manchmal noch daran zurück und finde es verrückt, dass ich es gleichzeitig schön und auch nicht schön fand.

Ich rannte immer bis ganz nach hinten durch und legte meine flache Hand auf den Sitz neben mir. Der musste für Padar frei bleiben. Ich sah ihn durch den Mittelgang ankommen und dachte: Das ist der beste Padar der Welt. Was für ein Zufall und was für ein Glück – er ist meiner!

Aber wenn er dann eine Weile neben mir saß und wir uns seiner Haltestelle näherten, legte er seinen Arm um mich. Er zupfte an meiner Kleidung und an meiner Mütze und sagte viel zu laut, ich solle gehorsam sein in der Schule. Und gut achtgeben und niemandem zur Last fallen.

»Ja, Padar«, sagte ich dann, aber da hatten sich immer schon ein paar Männer umgedreht und lachten.

»Ja, Padar«, seufzte ich noch einmal und hoffte, die Bustüren würden sich schon wieder langsam schließen, so dass Padar sich beeilen musste.

Ich war damals noch klein und wir wohnten in Mazar-e-Sharif. Inzwischen gehe ich natürlich allein zur Schule. Na ja, zusammen mit Bashir.

Jetzt ist es Madar, die mich ermahnt. Bevor wir zur Tür hinausgehen, sagt sie: »Werdet ihr auch immer eure Mützen aufbehalten? Nicht ausziehen, hört ihr? Und unterwegs nirgendwo stehenbleiben! Was immer auch passiert, ihr geht nicht hin, um es euch anzuschauen! Und nach dem Unterricht sofort nach Hause. Hamayun? Bashir?«

Warum sie mich immer zuerst nennt, weiß ich nicht. Aber zum Glück hört das niemand außer Oma. Und die ruft dann auch noch mal hinterher: »Und klug werden! Auf den Lehrer hören!«

Aber wie können Bashir und ich auf der Straße unsere Augen verschließen, wenn es so viel zu sehen gibt? Allein schon die Bettler! In unserem Viertel sind es nicht so viele, aber je näher wir der Schule kommen, desto mehr sehen wir auf ihren Brettern und Tüchern sitzen. Wir riechen ihre stinkende Kleidung und meistens fehlt ihnen ein Bein oder ein Arm oder ein Ohr oder ein Auge.

Heute stößt Bashir mich an und hebt einen Finger warnend in die Höhe. »Hörst du das Geklapper?«, fragt er.

Kurz darauf fährt ein Kleinbus mit Taliban an uns vorbei. Ihm hinterher rennt ein Mann. Man hat ihn mit einem Strick an dem Bus festgebunden und ihm eine Kette mit Coladosen um den Hals gehängt. Seine nackten Füße bluten und er schreit: »Ich bin ein Schwein! Ich werde es nie mehr tun! Es war das erste und das letzte Mal!«

Ich erzähle Isah und Ikhlas, was ich gesehen habe, und sofort geht ihre Fantasie mit ihnen durch. »Was er wohl falsch gemacht hat? Hat er seine Frau ohne Burka in die Stadt gehen lassen? Oder hat er laut irgendwelche Lieder gesungen?«

»Vielleicht hat er einen geheimen Radiosender betrieben«, flüstert Ikhlas. »Mit Geschichten über Superman! Oder er hat etwas auf eine Wand gemalt, den Präsidenten mit Eselsohren! Nein, warte! Er hat ein Unterseeboot gebaut, um damit die Taliban anzugreifen!«

Isah und ich schubsen Ikhlas in die trockene Wasserrinne neben dem Schulhof. »Na klar«, rufen wir, »im Kabul-Fluss bestimmt. Glaubst du, dann müsste er zur Strafe bloß hinter einem Bus herlaufen? Wirklich nicht! Dafür lassen die sich garantiert noch etwas ganz anderes einfallen!« Wir machen gurgelnde Sterbegeräusche und tun so, als würden wir ersticken.

Ikhlas klettert maulend aus dem Graben. Und dann müssen wir rennen, denn die Koranstunde beginnt.

Koranunterricht bekommen wir in dem einzigen schönen Raum in der ganzen Schule: im Theatersaal. Ich mag Koranunterricht, denn die Stühle sind weich und der Teppich ist dick und rot.

Außerdem kann einer der Mullahs wirklich spannend erzählen.

Oft sind es Gruselgeschichten. Heute zum Beispiel macht der Mullah ganz genau vor, wie der Prophet Idris von Ungläubigen gefangen genommen und gemartert wurde. »Kch-ch, kch-ch-ch!«, gurgelt der Mullah, während er zeigt, wie dem heiligen Idris die Ohren abgesäbelt wurden. »Tschakk!«, schreit er, um zu zeigen, wie ihm die Nase abgehackt wurde. Und »Dssinnng, dssinnng!«, klingt es, als der Mullah erzählt, wie sie dem unglücklichen Propheten die Lippen wegschnitten.

Ich sehe es den ganzen Tag vor mir. Nach dem Koranunterricht beginnen die anderen Stunden, aber keiner der Lehrer erscheint heute. Das kommt öfter vor. Der Klassensprecher kontrolliert genau wie immer, ob wir uns die Nägel geschnitten haben, und danach beginnt das Warten. Wir langweilen uns, wir schlafen ein oder erzählen uns gegenseitig, was wir auf der Straße gesehen haben. Heute ahmen Isah und Ikhlas wieder und wieder die Geräusche aus der Erzählung des Mullah nach. Mir wird zum Ende des Tages ein bisschen übel davon. Aber selbst wenn ich die Stimmen der beiden ausblenden könnte, würde es nicht helfen.

Überall in der Klasse höre ich »Dssinnng, dssinnng!« und »Tschakk!«.

Abends sage ich zu Padar, dass ich nicht mehr zur Schule möchte.

Bashir hört es und schaut mich spöttisch an. »Dummkopf«, sagt er, »Weichei!«

Padar erklärt mir, dass der Mullah seine Erzählungen besonders grausam ausschmückt, weil er möchte, dass wir gute Moslemgläubige werden. »Man macht euch Angst, damit ihr besser gehorcht. Das bedeutet also, dass das, was du hörst, nicht immer die Wahrheit ist, mein Sohn. Merk dir das gut!«

Aber Padar sagt auch, dass die Schule der einzige Ort ist, an dem ich andere Kinder kennenlernen kann. »Und das ist wichtig, Hamu. Wir dürfen nicht allein sein im Leben.«

Später am Abend kann ich die unangenehmen Geräusche immer noch nicht loswerden. Ich liege wach, als Bashir schon längst schläft. Ich sehe die aufgeschnittenen Lippen des Propheten vor mir. Sie werden immer röter und blutiger.

Ich stehe auf und setze mich zu Madar ins große Zimmer. Sie hat ein Öllicht angezündet. »Was ist denn, mein Kleiner?«, fragt sie und wühlt mir durchs Haar.

Ich werde rot, aber in dem Dämmerlicht kann das niemand sehen. Ich flüstere ihr ins Ohr, was ich die ganze Zeit vor Augen habe.

Madar sagt leise: »Ich weiß nicht so viel vom heiligen Buch wie dein Vater. Aber an diese Geschichte erinnere ich mich gut. Und meiner Meinung nach wurde dieser Prophet überhaupt nicht gefoltert. Er wurde erhängt, das schon. Am Galgen. Aber seine Ohren und seine Nase und seine Lippen, die hatte er alle noch am Kopf.«

Ich merke sofort, wie ich ruhiger werde. Und schläfriger. Aber eine Frage habe ich noch. Eine dumme Frage. »Madar, was für ein Geräusch macht es, wenn jemand erhängt wird?«

Madar lächelt, ich sehe es im Halbdunkel.

»Mein kleiner, lieber Hamayun«, sagt sie, »meiner Meinung nach macht das überhaupt kein Geräusch. Ich bin mir da eigentlich ganz sicher. Überhaupt kein Geräusch.«

Wir fahren zurück nach Mazar-e-Sharif. Na ja, für einen Tag.

Bashir, der kleine Navid und ich sitzen hinten in dem großen Auto von Padars Freund Noorahmed. Onkel Aaron ist auch mit dabei.

Die drei Männer reden die ganze Zeit miteinander. »In Mazar ist es mittlerweile schlimmer als in Kabul«, sagt Onkel Aaron zu Padar. »Es ist gut, dass du umgezogen bist. Und doch befürchte ich, dass …«

»Still«, sagt Padar und nickt mit dem Kopf kurz zu uns auf der Rückbank.

Bashir erzählt Navid gerade von Bruce Lee. »Bruce Lee kann alle Frauen der Welt bekommen. Sie sehen Bruce Lee und wollen gleich bei ihm bleiben. Und es sind immer nur schöne Frauen, Navid. Denn wenn hässliche Frauen Bruce Lee anschauen, werden sie ganz von selbst schön. Sie brauchen gar nichts weiter dafür zu tun!«

Jetzt spricht Onkel Aaron über Pakistan. Ich verstehe nicht genau, was er sagt, denn Bashir erzählt noch immer von Bruce Lee. Aber Padar ist nicht derselben Ansicht wie Noorahmed und Onkel Aaron. »Padar!«, rufe ich von hinten nach vorn, »Pakistan, wie weit ist das?«

Sofort sind die drei Männer still und lächeln mich an, als würden sie sich schämen. Und erzählen etwas von der großen Moschee, die wir heute besuchen.

In der Rawza, der blauen Moschee von Mazar, ist das Grab des Propheten Hazrat Ali zu sehen. Ich bin froh, dass wir dorthin fahren, denn ich finde die Tauben so schön. Wie viele es wohl sind? Zehntausend? Eine Million? Ich habe keine Ahnung, aber sie sind ganz weiß und man nennt sie die Tauben Alis.

Aber als wir bei der Moschee ankommen, sehen wir mehr Menschen als Tauben. Wie voll es hier ist! Wir stellen uns draußen in die Schlange und kommen nur sehr langsam vorwärts. Für jeden Meter brauchen wir zehn Minuten und die Sonne brennt uns durch unsere Mützen hindurch auf die Köpfe.

Als wir endlich im Innern sind, beginnen die Leute zu schubsen und zu drängeln. Alle wollen den Glaskasten berühren, der Alis Grab umgibt. Man darf es eigentlich nur einmal, aber ich sehe es ganz genau: Mehrere Leute machen eine Extrarunde. Es wird geweint und geschluchzt und ich bekomme einen Brummschädel von all dem Gejammer.

Ich finde Tauben, glaube ich, netter als Menschen.

Ich betrachte die Münder der Gläubigen um mich herum und versuche, sie, während ich sie anschaue, in Taubenschnäbel zu verwandeln. In leise gurrende Taubenschnäbel.

Es gelingt mir nicht.

Ich werde platt gedrückt zwischen Noorahmed hinter mir und Bashir vor mir. Noorahmed legt seine Hände auf meine Schultern und murmelt: »Entschuldige, Junge, tut mir leid.« Bashir stößt mir ab und zu seinen Ellbogen in den Bauch.

Ich gebe mir die größte Mühe, nur an Tauben zu denken.

Ich flüstere: »Ich wünschte, ich hätte eine Taube für mich allein.«

Bashir hört mich, obwohl das nicht meine Absicht war. Er hat zu wenig Platz, um sich nach mir umzudrehen, aber er lehnt den Kopf etwas in den Nacken und sagt: »Ich weiß, wie man eine fängt.«

Ich denke: Ja klar, bestimmt hat Bruce Lee dir das erzählt. Aber als wir endlich aus der Moschee kommen und Padar uns erlaubt, ein Stück Naanbrot zu zerkrümeln, um Alis Tauben damit zu füttern, erklärt er mir, wie es geht. »Es ist nicht schwierig«, sagt er, »das kann sogar ein Dummkopf wie du.«

Am nächsten Tag gehe ich nach der Schule sofort auf unser Dach. Es ist natürlich viel zu heiß, um sich dort hinzusetzen, aber das ist mir im Augenblick egal.

Ich habe eine kleine Kiste aus dünnen Holzlatten dabei. Die stelle ich umgekehrt auf die Fliesen und hebe sie an einer Seite wieder etwas an. Unter die hochgehobene Seite stelle ich einen Stock.

So steht die Kiste mit einer Seite schräg nach oben, und wenn ich jetzt Maiskörner darunterlege, habe ich eine Falle.

Zur Sicherheit streue ich mit dem Mais noch eine Schlangenlinie, die zu der Kiste hinführt.

An den Stock binde ich das dünnste Garn, das ich in Omas Zimmer habe finden können. Ich rolle den Faden ab bis zur anderen Seite des Dachs. Dort setze ich mich hin und warte.

Kommt nur, ihr Tauben!

Unsere Stadttauben sind nicht so schön weiß wie die Tauben Alis, aber darüber will ich mir jetzt nicht den Kopf zerbrechen. Eine Taube ist eine Taube.

An diesem ersten Nachmittag misslingt es wieder und wieder. Navid kommt mit neugierigem Gesicht herauf und fragt, was ich da mache, und alle Tauben in der Nähe der Kiste fliegen wieder weg.

Ich werde wütend auf ihn. Navid fängt an zu weinen und also verspreche ich ihm, dass er mir helfen darf. Anschließend zieht er mindestens drei Mal einfach so an dem Faden, wodurch ich die Falle immer wieder neu aufstellen muss.

Navid hält keine dreißig Minuten durch.

Ich schon. Ich sitze da und starre geradeaus, bis Madar ruft, ich solle hinunter ins Haus kommen.

Bashir lacht und sagt, ich wäre noch dösiger, als er dachte.

Aber so einfach gebe ich nicht auf. Ich will eine Taube fangen, und wenn es mich Wochen kostet!

Ich nehme ein paar von Padars Büchern mit nach oben. Es sind Bücher mit Fotos von Panzern und Soldaten. Ich schleppe Flaschen voll kaltem Wasser aufs Dach. Ich sitze jeden Nachmittag nach der Schule da, und wenn wir frei haben, den ganzen Tag.

Endlich, am zweiten Freitag, schrecke ich hoch. Die Kiste fällt zu. Ganz von selbst wohlgemerkt, denn ich bin an meinem Ende des Fadens eingeschlafen.

Ich renne über das Dach zu der Kiste und möchte am

liebsten in die Luft springen. Ich habe eine Taube gefangen! Sie flattert und flattert und sie gehört mir!

Es gelingt mir, die Taube zwischen meine gefalteten Hände zu klemmen. Ich habe noch nie ein eigenes Tier besessen und jetzt habe ich eine Taube! Ich spüre, wie ihr kleines Herz gegen meine Finger klopft, und muss beinahe weinen.

Ich beruhige sie. Ich erzähle ihr leise, dass sie keine Angst haben muss.

Es ist Ruhezeit, aber ich brülle hinunter, dass es geklappt hat und dass alle kommen und sie sich anschauen sollen. Bashir steigt als Erster die Treppe herauf, und dann kommen Navid und Padar. Sie hocken sich neben die Kiste. Sie lachen und klopfen mir auf die Schulter.

Da ist Madar. Sie hat Roya auf dem Arm.

Madar lacht nicht. Sie sagt: »Das geht nicht, Hamayun. Wie würdest du dich fühlen, wenn du die Taube wärst? Mach diese Kiste auf!«

»Nein!«, rufe ich, und Padar sagt: »Ach, lass doch den Jungen.«

Ich bin stark. Ich habe viel mehr gefangen als eine Taube. Ich habe ein Wunder gefangen, ein Wunder, das sich bewegt. Ein Wunder, das Augen hat, die mich ansehen können. Ein Wunder mit einem kleinen Hirn.

Ich weiß sicher, dass die Taube mich lieben wird. Zuerst wird sie ruhig werden. Dann wird sie begreifen, wer ich bin, und damit habe ich sie gezähmt.

Es wird Abend und ich muss ins Bett. Ausnahmsweise hat Bashir mal nichts über Bruce Lee zu erzählen. Bald schläft er und schnarcht und ich schleiche mich wieder aufs Dach. Ich muss einfach noch einmal nach der Taube sehen.

Die Taube ist still. Sehr still.

Und als ich eine Stunde später noch einmal vor der Kiste hocke, schlägt die Taube noch nicht mal mehr mit den Flügeln, als ich sie hochnehme.

Das ist wahrscheinlich ein gutes Zeichen: Sie wird zahm.

Aber am Morgen steht die Kiste offen. Die Taube ist weg.

Als ich still und blass nach unten komme, legt Madar ihren Arm um mich.

»Ich habe sie freigelassen«, sagt sie. »Unschuldige Wesen sperrt man nicht ein.«

Ich reiße mich los und fange an zu schreien.

»Hamu, Hamu!«, ruft Madar. »Die Taube hat nicht gefressen und auch nicht mehr getrunken! Sie wäre gestorben!«

Ich schreie noch lauter. Ich setze mich aufs Dach und niemand, niemand bekommt mich an diesem Tag noch herunter.

Unsere Straße wird die Straße des Piloten genannt, weil ein paar Häuser weiter tatsächlich ein Pilot wohnt. Mit seiner Frau und drei Söhnen.

Der älteste Pilotensohn ist stark und gemein und hat einen viel zu großen Kopf. »Kürbiskopf«, sagen Bashir und ich deshalb, wenn wir von ihm reden.

Eines Tages sehen wir Kürbiskopf auf einem Stapel Steine stehen. Er zeigt einem Haufen Jungs eine Handvoll Münzen. Bashir und ich hören von unserem Tor aus mit.

»Wer als Erster einen streunenden Hund einfängt, der bekommt das ganze Geld hier!«, ruft Kürbiskopf. »Seht ihr das ganze Geld? Rennt! Na los!«

Die Jungs stieben davon. Sie sind alle erst vier oder fünf, während Kürbiskopf so alt ist wie wir.

»Ich traue der Sache nicht«, sagt Bashir.

»Ich auch nicht«, sage ich, »Kürbiskopf hat sich noch nie etwas Schönes einfallen lassen.«

Ein kleiner Junge kommt vorbeigerannt. Wir kennen ihn, er spielt ab und zu mit Navid.

»He, kleiner Elias«, sagt Bashir, »komm mal her!«

»Keine Zeit«, ruft Elias, »ich muss einen Hund fangen!«

»Wozu braucht ihr denn einen Hund?«

Elias bleibt stehen. Seine Augen leuchten. »Wir werden ihn steinigen!«

Einen Moment lang kann ich mich nicht mehr bewegen,

aber Bashir springt auf Elias zu und schüttelt ihn durcheinander. »Du kleiner Irrer!«, ruft er. »Und da willst du mitmachen? Für wen hältst du dich eigentlich? Bist du der Sklave von Kürbiskopf? Leckst du ihm vielleicht auch noch die Füße, wenn er dich dafür bezahlt? Nach Hause mit dir, nach Hause!«

Elias schaut uns verwirrt an, aber Bashir dreht ihn in Richtung seines Elternhauses und versetzt ihm einen Tritt in den Hintern.

Seit die Taliban in Afghanistan das Sagen haben, werden ab und zu Menschen gesteinigt. Verbrecher. Meistens geschieht das in dem Stadion, wo früher Fußball gespielt wurde. Fußball ist mittlerweile verboten, aber oft genug ist das Stadion mit Menschen gefüllt, die sich anschauen wollen, wie jemand mit Steinen totgeworfen wird. Oder erschossen. Oder erhängt.

Ich selbst habe das noch nie gesehen, aber Isah erzählte erst neulich, dass er mit seinem Vater auf der Straße ging und von der Talibanpolizei ins Stadion geschickt wurde. »Es stimmt«, sagte Isah, »jemanden zu erhängen macht kein Geräusch. Ich habe es jetzt selbst erlebt. Vielleicht gurgeln sie noch, aber das konnte ich nicht hören, denn alle haben durcheinandergebrüllt.«

Bashir und ich spionieren Kürbiskopf hinterher. Sobald er weit genug weg ist, schleichen wir zu seinen Steinen und bringen sie rasch auf die andere Straßenseite. »Ich bewache sie«, sagt Bashir, »geh du und hole Geld!«

Ich renne nach Hause und greife mir die Münzen, die Bashir und ich zusammen gespart haben.

Als ich zurück bin, klettert Bashir auf die Steine und fängt an zu rufen. »Belohnung! Große Belohnung für den, der die Hunde befreit! Das hier ist die Hundebrigade! Schöne Münzen für den, der die streunenden Hunde am Leben lässt!«

Es funktioniert. Kürbiskopf darf am späten Nachmittag mit geballten Fäusten zuschauen, wie wir unsere Münzen an genau dieselben Jungen verteilen, die er anzuheuern versucht hat. Und nirgends ist ein gefangener Hund zu sehen.

Als unser Geld alle ist, müssen die meisten Jungen nach Hause. Es ist Zeit fürs Abendessen.

»So«, sagt Kürbiskopf und stemmt seine Fäuste in die Seite. »Ich wusste nicht, dass ihr Diebe seid!«

»Diebe?«, sagen wir.

Er zeigt auf die Steine. »Das da sind meine.«

»Okay«, sage ich, »du kannst sie uns ja wieder abkaufen.«

Das hätte ich besser nicht gesagt. Kürbiskopf wird so wütend, dass er mit dem Kopf voran auf uns zugestürmt kommt. Bashir und ich springen gerade noch rechtzeitig zur Seite. Dumm, denn jetzt hat Kürbiskopf seine Steine wieder. Er schreit und schreit. Dann bückt er sich und fängt an, uns zu bewerfen. Wir sausen, so schnell wir können, nach Hause.

Drinnen lassen wir uns schlapp vor Lachen auf unsere Matratzen fallen. Zwar sind wir unser gespartes Geld los, aber dafür haben wir den Kampf gewonnen. Und alle Hunde leben noch.

Es ist Sommer. Tagsüber ist es zu heiß und abends spiele ich auch nicht mehr so oft auf der Straße.

Bashir hat keine Lust mehr. Er ist zwölf geworden und findet, er könne sich nicht länger mit Knirpsen wie mir abgeben.

Stattdessen hängt er vor dem Fernseher rum. Bashir liebt Kampffilme. Sie kommen aus dem Iran; amerikanische Kampffilme hat er bisher nicht gefunden.

Der Fernseher steht in unserem Zimmer, gut hinter einem Stapel Kleidung und den dicken Türen von unserem Schrank versteckt. Die Taliban haben das Fernsehen zwar verboten, aber sehr viele Leute tun es doch. Na ja, den offiziellen Sender, den dürfen wir empfangen. Aber ausländische Filme sind nicht erlaubt.

Weil Bashir nicht mehr mitkommt, muss ich jetzt immer auf meinen kleinen Bruder aufpassen. Navid darf noch nicht allein nach draußen. Lästig ist das. Navid und seine Freunde sind nämlich wiederum für mich zu klein, also setze ich mich meist in einiger Entfernung von ihnen irgendwo hin. Zuckermandeln essen oder Rosinen. Manchmal nehme ich auch mein Tagebuch mit.

Aber dann kommt die Zeit, in der Padar und Madar uns überhaupt nicht mehr zum Spielen auf die Straße lassen. Bashir meint, es hinge mit den Taliban zusammen. »Ich bin zwölf«, sagt er. »Und vielleicht wollen die Taliban, dass ich für sie kämpfe. Oder vielleicht nehmen sie mich fest. Vielleicht glauben sie, ich würde auch so frei denken wie Padar.«

»Wie?«, sage ich. »Denkt Padar frei?«

»Natürlich, du Dummkopf!«, sagt Bashir. »Weshalb glaubst du, sind wir umgezogen? Padar liest Bücher, Padar mag die Taliban nicht, glaubst du, das bliebe ihnen verborgen? In Mazar wurde es für Padar immer gefährlicher. Hast du Onkel Aaron denn nicht zugehört? Der wollte damals, dass wir umziehen. Er hat gedacht, hier wäre es besser. Tja, Fehlanzeige!«

Das ist neu für mich. Aber es kann nicht wahr sein. Natürlich, Padar ist kein Talib, aber so viele Leute sind das nicht. Und Padar geht immer in die Moschee, er betet fünf Mal am Tag, er will, dass wir in der Schule gut aufpassen und auf die Lehrer hören. Das heißt, er macht doch nichts verkehrt?

»Er hat Sachen aufgeschrieben«, sagt Bashir. »Für sich selbst. Wenn sie das herausbekommen …«

»Ich schreibe auch Sachen auf.«

»Pff … du mit deinen kleinen Kratzfingern!«

»Halt die Klappe!«, sage ich.

Ich habe überhaupt keine Lust, über solche Dinge zu reden. »Halt die Klappe!«, sage ich noch einmal. »Erzähl mir lieber was von Bruce Lee.«

Bashir redet einfach weiter. »Es gibt noch einen Grund, weshalb wir nicht mehr draußen spielen dürfen. Fast hätten sie den kleinen Elias mitgenommen.«

»Mitgenommen?«

»Ja. Ein Kinderräuber ist durch die Straße gekommen. Er hat Elias gepackt und auf sein Fahrrad gesetzt. Zum Glück hat sein Vater es gerade noch rechtzeitig gesehen. Er ist dem Radfahrer hinterhergerannt und hat immer nur geschrien. Die Leute sind auf die Straße gelaufen. Da bekam der Kinderräuber Angst und hat Elias von seinem Fahrrad geworfen. Der Kleine hat jetzt eine Gehirnerschütterung. Aber lieber das, als ganz zu verschwinden.«

»Oh«, sage ich, »ach.«

»Weißt du, was die Räuber mit den Kindern machen?«

Ich will es nicht wissen, aber ich sage: »Was denn? Was machen sie mit ihnen?«

»Sie schneiden dich auf. Sie holen deine Leber heraus. Oder deine Nieren. Und die verkaufen sie. Wenn du Glück hast, nähen sie dich wieder zu. Aber meistens lassen sie dich einfach verbluten. Tropf, tropf, tropf, ganz leer, bis du tot bist.«

Ich mag keine Prügeleien und auch keine Kampffilme, aber jetzt springe ich aus meinem Bett und schlage drauflos. Er soll die Klappe halten! Bashir soll endlich die Klappe halten!

Wir dürfen nicht mehr zu Fuß zur Schule gehen.

Padar bringt uns zum Bus und davon bekommt Bashir jeden Morgen wieder schlechte Laune. So schlechte Laune, dass er nicht will, dass ich mich neben ihn setze. »Der hintere Teil des Busses gehört mir«, sagt er, »und du bleibst vorne!«

Jetzt, wo ich allein bin, fällt mir ein fremder Junge auf. Der Junge setzt sich nie auf einen der Sitze, sondern steht immer an ein und derselben Stelle: direkt hinter dem Fahrer. Er hält sich auch nicht an den Schlaufen fest, sondern klemmt nur die Füße hinter eine Stange.

Der Junge spricht auch mit niemandem.

Aber er bewegt sich. Sein Oberkörper biegt sich mit den Kurven mit. Er tut, als würde er lenken. Vielleicht macht er dazu auch Motorengeräusche, das weiß ich nicht sicher.

Irgendwas ist mit diesem Jungen. Aber was?

Wir steigen an derselben Haltestelle aus, denn er geht auch auf unsere Schule. Er muss ungefähr genauso alt sein wie ich, denn ich begegne ihm manchmal, wenn wir Matten aus einem der anderen Klassenzimmer stehlen.

Wir gehen über den schmalen Weg zum Schulhof. Ich habe ihn jetzt schon so oft gesehen, dass ich beschließe, ihn anzusprechen.

»Hallo.«

»Hallo.«

»Du gehst doch in die G?«

»Ja. Und du in die B, richtig?«

»Ja.«

Wir wissen also voneinander, in welche Klasse wir gehen. Das haben wir offenbar beide herausgefunden.

Ich sage: »Du heißt Faisal.«

Er sagt: »Und du Hamayun.«

Ich sage: »Du machst den Fahrer nach.«

»Ach was«, sagt er, »tue ich nicht!«

»Doch, ich habe es selbst gesehen. Ich sehe es jeden Tag. Du lenkst mit.«

»Stimmt nicht.«

»Okay, dann nicht.«

»Na ja, vielleicht. Manchmal.«

Er schaut mich von der Seite an und muss lachen.

Ich lache auch und weiß es plötzlich. Ich weiß, was mit ihm ist. Was schon die ganze Zeit mit ihm war. Das hier ist der Junge, der mein bester Freund werden wird. Ich weiß es und ich fühle es. Nicht mehr zu ändern.

Es ist Abend. Wir haben Drachen steigen lassen. Isah und Ikhlas sind gekommen und einige Kinder aus der Nachbarschaft. Ich wollte Faisal auch einladen, aber er war gestern nicht in der Schule.

Wir haben unsere Drachen aufs Dach mitgenommen. Wir bekamen sie in die Luft, aber für einen echten Wettkampf war der Wind zu schwach.

Isah und Ikhlas sind zum Essen geblieben, aber sie mussten schon wieder früh nach Hause. Ich fand es nicht so schlimm, denn als sie fort waren, war es auf einmal schön still.

Der Strom ist wieder mal ausgefallen und ich sitze bei Oma. Sie stopft meine Socken. »Woher kommen nur immer alle diese Löcher?«, beschwert sie sich. »Schneidest du dir auch die Zehennägel?«

»Also, äh …«, sage ich und zögere absichtlich ein bisschen. Vielleicht will Oma es ja schnell kontrollieren, und es gibt nichts Schöneres als jemanden, der dir über die Füße streicht.

Von draußen klopft es laut gegen die Tür. Ein paar Mal hintereinander.

Oma und ich laufen in den Flur. Da steht Madar schon. Sie hat ein Öllicht dabei und legt sich einen Schleier vors Gesicht.

»Ist sicher nichts weiter«, sagt sie zu Oma. »Gibst du auf die Kleinen acht?«

Wieder wird gegen die Tür gehämmert. Oma huscht ins Wohnzimmer und ruft Navid und Roya.

»Hamu«, sagt Madar, »geh und öffne das Tor. Jetzt sofort. Nichts sagen. Einfach aufmachen.«

»Wo ist Padar?«, frage ich. »Wo ist Padar?«

»Aufmachen, Hamu!«, sagt Madar.

Es klingt streng und entschieden, und sie hat sich schon umgedreht. Sie ruft: »Bashir! Bashir!«

Ich laufe den Weg entlang zum Gartentor. Ich schiebe den Riegel beiseite und will die Flügel öffnen, aber sie schwenken schon von allein auf.

Ich sehe drei Autos. Ihre Scheinwerfer leuchten durch die Straße. Das viele Licht lässt mich blinzeln. Vor mir steht ein schwarz gekleideter Mann. Hinter ihm springen einige andere Männer aus den Autos. Sie alle tragen Turbane. Sie alle tragen lange Bärte. Talibanpolizei.

Die Männer gehen an mir vorbei durch den Garten. Einen Moment lang schaue ich auf alle diese Schuhe auf unserem Weg, aber dann renne ich um sie herum zur Haustür. Da steht Madar.

»Ins Haus mit dir«, sagt sie, »schnell! Zu Oma.«

Aber ich muss sehen, was passiert. Als der erste Mann Madar bellend fragt, wo Padar ist, mache ich einen Schritt nach hinten.

»Das weiß ich nicht«, sagt Madar und der Talib holt aus. Er schlägt Madar fest auf den Oberarm. Sie wankt und das Öllicht fällt beinahe zu Boden.

Ich renne zu Madar hin und halte mich an ihrem Rock fest.

»Ich weiß es wirklich nicht«, sagt Madar. Sie stellt sich wieder gerade hin, aber die Männer schieben sie zur Seite. Zu siebt oder acht dringen sie in unser Haus ein. Sie gehen in alle Zimmer und Madar geht ihnen hinterher. Sie fängt an zu schreien. »Ich sage doch, er ist nicht hier! Ich bin hier allein mit meinen Kindern. Wir sind einfache Bürger, wir respektieren das Gesetz!«

Ich stehe immer noch im Flur. Mein Kiefer fängt an zu zittern. Ich schlage die Hände vor den Mund, ich habe Angst, dass ich gleich loskreische. Aber aus meinem Hals dringt nicht ein Ton. Meine Hände zittern jetzt zusammen mit der ganzen unteren Hälfte meines Gesichts. Ich zerspringe, das weiß ich sicher, gleich zerspringe ich in tausend Stücke.

Ich werde weggezogen. Oma legt von hinten ihren Arm um mich. Sie bringt mich in ihr Zimmer.

Sobald ich Roya und Navid mit großen Augen auf Omas Matratze sitzen sehe, lässt mein Zähneklappern etwas nach.

Wir sagen nichts, auch Oma nicht. Ich schaue aus dem Fenster und in dem wenigen Mondlicht, das es gibt, sehe ich gerade noch, wie Bashir über die Mauer klettert. Über die rückwärtige Mauer unseres Gartens.

Wohin geht er? Padar warnen? Onkel Aaron holen?

Oma steht auf und geht wieder in den Flur. Sie schiebt den Vorhang ihres Zimmers hinter sich zu und fängt an zu schreien.

Die Männer schreien zurück. Ich höre einen lauten Knall im Bücherzimmer; etwas ist umgestürzt.

Madar schreit mit Oma mit. Ich denke an die Nachbarn. Was werden die von all dem Lärm halten? Und wieso ist Padar nicht da?

Ich setze mich zwischen Roya und Navid. Sie schauen mich an und ihre Augen stehen weit offen. Ich lege meine Arme um sie.

So sitzen wir und warten, auch als wir kurz darauf einige der Taliban hinten in unserem Garten sehen.

Der Lärm nimmt jetzt etwas ab. Sind die Männer wieder weg? Laufen sie jetzt alle durch den Garten?

Oma schiebt den Vorhang beiseite. »Kinder«, sagt sie, »wir brauchen keine Angst zu haben. Die Herren bleiben noch etwas. Sie parken die Autos und dann warten sie, bis Padar nach Hause kommt. Sie wollen ihn nur etwas fragen. Alles wird gut.«

Ich springe auf und renne aus dem Zimmer. Madar steht in der offenen Haustür. Sie stöhnt, als ich mich gegen ihren Arm lehne.

»Entschuldige«, sage ich.

»Macht nichts«, flüstert sie, »nur ein blauer Fleck.«

»Madar«, sage ich, »wo ist Padar? Ist Bashir fort, um ihn zu warnen?«

Ich bekomme keine Antwort, denn die Männer sind wieder zurück. Sie haben Taschenlampen dabei und damit verschwinden alle entlang unserer Seitenmauern. Alle bis auf einen.

Der Talib, der Madar vorhin geschlagen hat, kommt direkt auf uns zu. Ich verwandele mich fast wieder in eine

Statue, aber der Mann knurrt: »Bringt mir einen Stuhl! Ich warte hier. Ihr macht weiter mit dem, was ihr immer tut.«

»Hamayun«, sagt Madar, »geh und hole den weißen Stuhl.«

Ich renne in die Küche und schleppe den Plastikstuhl bis zur Haustür. »Gut«, sagt der Talib.

Er schaut mich an. Madar hat das Öllicht immer noch in der Hand, also kann ich seine Augen sehen. Unter jedem Auge hat er einen dicken, mit Kajal gezogenen schwarzen Strich. Die meisten Taliban haben das.

»Komm«, sagt Madar und nimmt mich mit ins Wohnzimmer.

Ich gehe rückwärts mit ihr mit und denke: So sieht ein Mörder aus.

So sieht ein Mörder aus, denke ich immerfort, auch als wir alle zusammen auf dem Teppich im Wohnzimmer Platz genommen haben.

Wir flüstern und meine Muskeln tun mir weh. Es ist, als hätte ich sehr lange und sehr schnell irgendwohin rennen müssen.

Madar beginnt Roya leise etwas ins Ohr zu flüstern, und Oma hat ihr *Tesbih*, ihre Gebetskette, zur Hand genommen. Ich will fragen, wo Padar ist, wo Bashir ist, aber ich tue es nicht.

Plötzlich herrscht wieder Lärm. Rennende Füße und Geschrei an der Haustür. Madar steht auf. Oma versucht, mich zurückzuhalten, aber ich bin auch aufgesprungen.

Padar ist zu Hause. Aber er liegt auf dem Boden. Drei Taliban stehen um ihn herum. Sie rufen. Sie treten Padar gegen das Bein und zerren ihn hoch.

Wieder will ich loskreischen und wieder kann ich es nicht.

Madar zieht mich weg, nach hinten, und rennt selbst zu Padar. Aber die Männer haben ihn ganz umstellt. Sie schubsen ihn zur Tür hinaus und jemand hält Madar fest. Sie schreit, Oma schreit auch, Roya weint und Navid weint und ich halte mir mit den Händen die Ohren zu. Ich will nichts hören. Ich will nie wieder etwas hören.

Eine Stunde nachdem die Taliban Padar gefangen genommen haben, kommt Bashir zurück. Mit Onkel Aaron und Noorahmed.

Sie kommen ins Wohnzimmer und wir sitzen einfach nur da, Navid, Roya und ich. Wir sagen nichts und wir weinen nicht mehr.

Auch Bashir sagt nichts. Madar will ihn umarmen, aber er stampft in unser Schlafzimmer und knallt die Tür hinter sich zu.

Madar spricht mit Onkel Aaron und Noorahmed. Ich kann sie nicht verstehen.

Durch die Türöffnung sehe ich Oma zwischen unserem Schlafzimmer und der Küche hin- und hergehen. Ich weiß nicht, was sie macht. Vielleicht wärmt sie etwas Essen für Bashir auf. Vielleicht hat Bashir Hunger.

Ich frage mich, wie das möglich ist. Ich selbst will nie wieder etwas essen.

Ich habe auch keine Lust, zu ihm zu gehen.

Wieso ist er davongelaufen?

Wir sind dageblieben. Wir mussten mit ansehen, wie sie Padar mitgenommen haben. Er nicht.

Roya schläft an mich gelehnt ein. Ihr Gesicht liegt auf meinem Bein.

Erst als Navid auch eingeschlafen ist, stehe ich auf. Ich

lege ein Kissen unter Royas Köpfchen. Sie wacht nicht auf.

Ich muss mal, aber dafür müsste ich durch den Garten zu unserem Toilettenhäuschen, und nach draußen wage ich mich noch nicht.

Ich will Onkel Aaron von den Büchern erzählen, die die Taliban mitgenommen haben. Und von Padars umgeworfenem Bücherschrank. Aber Onkel Aaron redet noch immer.

Vielleicht kann ich den Schrank selbst wieder hochstemmen?

Ich gehe in den Flur, aber da fängt Oma mich ab. Sie schließt mich in ihre Arme und flüstert mir etwas ins Ohr. »Geh und hilf Bashir!«

Ich spüre ihre Hand im Rücken und sie schiebt mich in unser Schlafzimmer.

Bashir steht mit einem der Bruce-Lee-Videos in der Hand da. »Was für Trottel«, sagt er. »Noch nicht einmal den Fernseher haben sie entdeckt!«

Ich sage: »Sie kamen wegen Padar.«

Bashir springen Tränen in die Augen.

Ich sage: »Du weinst.«

»Nein«, sagt er, »tue ich nicht.«

Er feuert das Bruce-Lee-Video zurück in den Schrank und nimmt stattdessen ein Paar Socken heraus. »Sind das hier meine oder deine?«

»Deine.«

»Okay.«

Er wirft die Socken in seine Tasche.

»Was hast du vor?«, frage ich. »Und wo bist du gewesen?«

»Ich gehe. Noorahmed hat alles geregelt. Er kennt einen Reisevermittler. Tashmir geht auch. Den holen wir anschließend ab.«

Tashmir ist unser Cousin. Er ist der Sohn der Tante, die mit Padars anderem Bruder verheiratet war. Dieser Onkel ist schon einige Jahre tot. Die Taliban haben ihn aus seinem Auto gezerrt und umgebracht. Sie sagten, er hätte für die frühere Regierung gearbeitet.

»Was? Wohin gehst du?«

»Weg. In den Iran. Und weiter. In den Westen.«

»Warum?«, frage ich. »Warum?«

Ich sage es ganz ruhig, und Bashir ist auch ruhig. Obwohl er immer noch weint.

»Weil es sein muss«, sagt er, »sonst fassen sie mich.«

»Denkst du denn frei?«, frage ich.

»Natürlich denke ich frei. Wir alle denken frei. Du auch. Und du gibst auf meine Videos acht. Wenn ich wiederkomme, müssen sie alle noch da sein.«

»Wann kommst du wieder?«

»Schnell. Es ist schnell wieder normal in unserem Land. Die Taliban wird es bald die längste Zeit gegeben haben, sagt Onkel Aaron.«

Ich antworte nicht. Ich denke: Die Taliban sind Mörder. Ich habe Mörder gesehen. Und ich weiß, dass ich diese Gedanken nicht denken darf.

»Ich will diese Videos nicht«, sage ich. »Ich mag keine Kampffilme.«

Bashir erwidert nichts.

Eine halbe Stunde später stehen Onkel Aaron, Noorahmed, Oma, Madar und ich im Hausflur.

Bashir ist zu Navid und Roya gegangen, um sie zu küssen, und jetzt umarmt er zuerst Oma und danach Madar.

Madar jammert leise, ich kann sie fast nicht hören.

Onkel Aaron hängt Bashir drei Taschen um die Schultern.

Oma holt eine Schale Wasser aus der Küche.

Bashir kommt auf mich zu.

Er schaut mich an. Er weint noch immer, aber er wischt seine Tränen nicht weg. Er zwinkert noch nicht einmal mit den Augen.

Er streckt mir seine Hand hin.

Ich strecke auch meine Hand aus.

Wir haben uns noch nie die Hand gegeben, jedenfalls nicht auf diese Weise.

Wir lassen los und Bashir dreht sich um.

Als er auf dem Gartenweg steht, schüttet Oma die Schale mit Wasser auf den Fliesen hinter ihm aus. »*Khoda jaret*«, sagt sie, »mögest du eine gute Reise haben. *Inschallah*, mögest du gesund zurückkehren!«

Sie zupft Blätter von den Rosen, und als Onkel Aaron und Noorahmed das Gartentor hinter Bashir schließen, streut sie die ebenfalls auf den Boden.

Padar ist schon drei Tage weg. Ich habe seitdem nicht mehr in meinem eigenen Zimmer geschlafen. Meine Matratze liegt jetzt neben der von Oma. Ich will nicht in der Nähe der Videos mit Bruce Lee aufwachen. Bruce Lee hat überhaupt keine Macht und auch keine Muskeln. Bruce Lee ist der größte Waschlappen, den es gibt.

Ich will nicht zur Schule, aber Madar meint, ich muss. Und auch Onkel Aaron, der jetzt jeden Tag bei uns vorbeischaut, sagt das.

Isah und Ikhlas hören nicht auf, mir Fragen zu stellen. »Wieso ist dein Vater im Gefängnis? Was hat er getan? Wie sahen die Taliban aus? Hatten sie auch Messer dabei oder nur Kalaschnikows?«

Ich sage ihnen das, was Madar und Onkel Aaron mir gesagt haben: »Es ist ein Irrtum. Padar kommt bald wieder nach Hause.«

Sie liegen mir weiter in den Ohren, aber ich drehe ihnen den Rücken zu. »Hamu«, rufen sie, »he, Hamu, komm schon!«

»Lasst mich in Ruhe!«, schreie ich. »Lasst mich in Ruhe!«

Ein Stück weiter sehe ich Faisal.

Als ich vor ihm stehe, sagt er: »Meine Lieblingsfarbe ist Lila.«

»Na so was«, sage ich, »meine auch!«

»Na klar«, sagt Faisal.

Er lacht.

»Übrigens«, sagt er, »was ich mache, sind gar keine Lenkbewegungen. Das denkst du bloß. Du siehst, wie ich durch den doofen Bus geschleudert werde, und meinst, ich wollte dem Fahrer helfen.«

»Aha«, sage ich, »das wolltest du also: dem Fahrer helfen!«

»Äh … ja«, sagt Faisal und dann lache ich auch.

Kurz darauf, direkt bevor die Schulglocke läutet, flüstert er: »Wenn ich in unserem Land das Sagen hätte, dann würde ich jeden Talib beim Bart fassen und ihm den in den Hals stopfen. Doch, das funktioniert, wusstest du das nicht? Dann ersticken sie. Natürlich nur, wenn du ihnen auch die Nase zuhältst.«

Ich erschrecke und schaue um mich. Hat irgendwer etwas gehört? Nein.

Den Rest des Tages sehe ich nicht mehr immer nur Padar vor mir, wie er auf dem Boden liegt, und auch nicht Bashir, wie er durch den schwarzen Garten davonläuft. Ich sehe zwanzig strampelnde Taliban mit ihren Bärten im Mund.

Nach dem Unterricht sage ich Nein zu Isah und Nein zu Ikhlas, und im Bus stelle ich mich neben Faisal. Um dem Fahrer zu helfen.

Das erste Mal, als ich zu Faisal nach Hause komme, zeigt er mir seine Hefte. Genau wie ich schreibt er Tagebuch. Ich sehe, wie schön seine Schrift ist. Er malt die Buchstaben beinahe. Es ist, als hätte er sie rund und deutlich aus seinem schwarzen Stift tropfen lassen. »Das möchte ich auch«, sage ich, »ich möchte das auch so können.«

»Ach, das bringe ich dir bei«, sagt Faisal.

Er sitzt neben mir am Wohnzimmertisch. »Du drückst zu fest«, sagt er, »so machst du die Spitze kaputt.«

Bashir hat es mir hundert Mal gesagt, aber jetzt erst merke ich, dass ich auch schreiben kann, wenn ich viel weniger kräftig auf den Seiten herumkratze.

Faisal sitzt neben mir und summt vor sich hin.

»Oh, entschuldige«, sagt er, als ich den Kopf hebe.

»Nein«, sage ich, »mach nur weiter!«

»Das ist aus einem Film«, erklärt er mir. »Magst du Filme?«

»Bashir hat Kampffilme«, sage ich. »Ich weiß nicht, ob ich die mag.«

»Indien!«, ruft Faisal. »Da kommen die besten Filme her! Hast du keine Filme aus Indien? Es sind immer Filme mit Liedern. Und getanzt wird darin auch.«

Er bewegt sich auf seinem Stuhl.

»Verstehst du denn, was sie sagen?«, frage ich.

»Ach ja«, sagt Faisal, »das geht von allein. *Baya* heißt Bruder und *Pyar* heißt Liebe. Es geht immer um Liebe, ja, das versteht man schon.«

Und dann steht er auf und fängt einfach so an zu tanzen und zu singen.

»Das hier ist mein Lieblingslied«, sagt er, während er weiter seine verrückten Bewegungen macht. »Ich bringe es dir noch bei.«

Es ist eine Woche später und fast schon mein Geburtstag. Madar sagt, ich dürfte mir einen Kuchen aussuchen. Aber ich will nicht.

»Hamayun«, sagt sie, »wir feiern deinen Geburtstag. Wir lassen uns das Leben nicht verderben. Ich weiß, du möchtest, dass Padar nach Hause kommt, und er kommt auch nach Hause. Vielleicht ist er schon vor deinem Geburtstag wieder da. Noorahmed findet gerade heraus, wo man ihn gefangen hält. Noorahmed kennt Leute. Er kennt sogar Leute bei den Taliban. Es ist alles ein Missverständnis, das habe ich dir doch schon erzählt.«

»Aber was ist mit Bashir?«, erwidere ich. »Bashir …«

Ich bin böse. Auf die Taliban. Auf Noorahmed, der mit ihnen redet. Auf Bashir, der einfach so fortgegangen ist. Auf Madar, die sagt, wir müssten meinen Geburtstag genau wie sonst feiern, auch wenn sich alles geändert hat.

Madar zieht mich an sich. »Bist du wütend, kleiner Junge«, sagt sie, »bist du wütend?«

Sie seufzt so tief, dass ich davon erschrecke.

»Na gut, einen kleinen«, sage ich. »Einen kleinen Geburtstagskuchen.«

An meinem Geburtstag kommt Onkel Aaron vorbei, mit Tante Sanya und ihrer kleinen Tochter. Sie schenken mir Zeichenfedern. Schwarze, genau wie die von Faisal.

Von Madar und Oma und Navid und Roya bekomme ich einen kleinen Zeichentisch. »Er passt genau in dein Zimmer. Vielleicht kannst du auch wieder dort schlafen.«

Noch andere Tanten und andere Onkel und Cousins und Cousinen sind gekommen; das ganze Haus ist voll. Isah und Ikhlas kommen mit Süßigkeiten und Faisal bringt mir einen Zeichenblock mit. Aber er schenkt mir auch noch einen Gutschein. Einen Gutschein, mir zusammen mit ihm seinen Lieblingsfilm anzuschauen, in einer speziellen Videovorführung bei ihm zu Hause. *Taqdeerwala* lese ich in der schönsten Schrift, die ich je gesehen habe. Um sie herum hat Faisal tanzende Männer gezeichnet und ich erkenne die Bewegungen, die er mir selbst vorgemacht hat. »*Taqdeerwala* ist mein Lieblingsfilm. Also den solltest du dir ansehen.«

Soll ich es wagen? Soll ich es wieder wagen, mir Videos anzuschauen? Ich weiß es nicht.

Isah und Ikhlas starren auf den Gutschein in meiner Hand. Sie starren auch auf Faisal.

Ich denke: Wie geht das jetzt mit drei Freunden? Aber Faisal fragt: »Wo ist das Dach?« Und zu Isah und Ikhlas gewandt sagt er: »Kommt ihr mit?«

Und dann spielen wir den ganzen Nachmittag zu viert.

Am Ende des Tages, als alle fort sind, setze ich mich dicht zu Onkel Aaron.

»Hallo, König«, sagt er, »König des Festes.«

Ich bin müde. Ich gähne.

»König«, sagt er, »leg deinen Kopf mal in meinen Schoß. Dann können wir reden.«

Ich liege gern bei Onkel Aaron. Er riecht so gut. Nach Staub natürlich, aber auch nach sich selbst. Nach Mann.

Er sagt: »Bashir geht es gut. Und Tashmir auch.«

Ich erschrecke.

»Der Reisevermittler ist gut. Er hat schon viele Jungs nach Europa gebracht.«

Ich sage nichts.

»Noorahmed kennt ihn.«

Dann kann ich nicht mehr an mich halten. »Kommt Bashir zurück?«

»Natürlich. Sobald es geht. Du musst wissen, Hamayun-jaan, in Afghanistan hat es noch nie eine Regierung gegeben, die es länger als fünf Jahre ausgehalten hätte. Nach den Taliban wird alles besser, und die Taliban sind schon bald die längste Zeit an der Macht gewesen.«

»Woher wissen wir«, frage ich, »wo Bashir jetzt ist? Hat Madar schon etwas von ihm gehört?«

»Nein. Und vorläufig geht das auch noch nicht. Es ist sicherer, wenn Bashir und Tashmir erst einmal keinen Kontakt zu uns aufnehmen. Das sagt Noorahmed. Aber eines Tages kommt ein Brief. Ein Brief für dich, von Bashir. Und dann erfährst du alles.«

Ich seufze.

»Aber, aber, kleiner König!«, sagt Onkel Aaron. »Jetzt bist du zehn Jahre alt. Und bis Padar wieder da ist, bist du der älteste Mann im Haus. Und deshalb musst du gut zu Madar sein. Du musst auf sie achtgeben und darfst ihr keinen Kummer bereiten. Nicht zu viele Fragen stellen, nicht böse sein. Das kannst du, ich weiß es.«

Natürlich kann ich das. Ich setze mich auf und schaue zu Onkel Aaron. Ich nicke. Ich kann nichts sagen, aber ich nicke.

»Fein«, sagt Onkel Aaron, »morgen nehme ich dich mit in meine Moschee. Ab jetzt gehen wir beide gemeinsam dahin. Und später heiratest du meine Tochter.«

Faisal ist versetzt worden. Er ist jetzt in unserer Klasse.

Isah, Ikhlas und ich freuen uns. Jetzt ist es noch einfacher, die besten Matten zu stibitzen, denn ab jetzt haben wir einen Mann zusätzlich. Außerdem weiß Faisal, wie man Schlösser aufbekommt. Diejenigen Klassen, die Stühle und Tische haben, schließen ihre Räume ab, aber wir schleichen uns immer schon frühmorgens in die Schule und Faisal fummelt und fummelt mit seinem Wunderdraht. Tschck!, machen die Schlösser und wir sitzen den ganzen Tag höher als die anderen.

Wenn wir zu viert sind, ist Faisal lebhaft und fröhlich. Er brabbelt, er murmelt in sich hinein. Oft muss er schon mitten im Satz loslachen. »Was sagst du?«, fragen wir und dann lacht er nur noch lauter.

Eines Tages tanzt er auf dem Schulhof um uns herum. Er fragt: »Was ist die traurigste Art zu sterben? Wenn ihr euch aus Versehen unter einen Baum setzt, auf den der Klassensprecher geklettert ist. Fällt er herunter, dann seid ihr platt. Habt ihr übrigens schon mal seine Mutter gesehen? Wenn die sich auf die Waage stellt, dann bettelt das Ding um Gnade!«

Wir kichern, aber als wir in die Klasse kommen, wird Faisal nach vorn gerufen. Einer der Schleimer hat Faisals Witz aufgeschnappt.

Faisal bekommt einen Metallstab zwischen die Finger.

Und danach drückt der Klassensprecher Faisals Hand zusammen.

Faisals Augen füllen sich vor Schmerz mit Tränen, aber er steht gerade da und starrt die Schleimer an. Einen nach dem anderen starrt er sie an.

Einige Wochen später ist es richtig Sommer.

Padar ist immer noch nicht zu Hause und ich frage Madar auch nicht mehr nach ihm. Das macht sie sonst bloß traurig.

In der Schule gibt es immer weniger Lehrer. An einem der wärmsten Tage scheint nach der Koranstunde wieder mal kein einziger auftauchen zu wollen.

Wir haben unsere Französischvokabeln schon gelernt und jetzt dösen alle vor sich hin.

»Hast du dein Tagebuch dabei?«, fragt mich Faisal.

»Nein.«

»Schade.«

»Wieso?«

»Dann könnte ich etwas in deines schreiben und du etwas in meines.«

Während ich noch darüber nachdenke, fängt Faisal schon von etwas anderem an. »Ich bin müde. Ihr auch?«

Isah und Ikhlas schauen ihn gähnend an.

»Wer hält die erste Wache?«, fragt Faisal. »Isah? Okay. Hamu, Ikhlas, lasst uns jetzt schlafen. Isah weckt uns, wenn es nötig ist.«

So ein kleines Wachsystem organisieren wir des Öfteren, und nicht nur wir. Überall im Klassenraum hört man leise Schlafgeräusche.

Aber diesmal geht es schief.

Offenbar hat Isah die Augen auch nicht offenhalten können. Offenbar ist die Gurke hereingekommen und wir haben weitergeschlafen. Offenbar hält er es für einen guten Witz, seinen Stock nass zu machen, so dass er uns beim Schlagen noch mehr wehtun kann. Kein Wunder, dass wir ihn mehr hassen als alle anderen Lehrer. Leise hat er sich uns genähert, und offenbar hat keiner von den anderen es für nötig gehalten, uns zu warnen.

In einer einzigen Schrecksekunde federn wir alle hoch, denn Faisal hat einen Schlag auf den Rücken bekommen.

Er springt auf, denkt, Isah hätte ihn geschlagen, dreht sich um und schreit: »Was soll das, du Ziegenficker!«

Und schaut geradewegs in das Gesicht der Gurke.

Die Gurke wird rot und fängt an zu grinsen.

Dann zeigt er zur Tür. »Zum Direktor«, sagt er. »Der mag solche schönen Worte auch.«

Wir gehen zu viert. Es ist unbegreiflich, wie wir es schaffen, unsere Füße hochzuheben, wie es uns gelingt, vorwärtszukommen, denn zum Direktor zu müssen ist dasselbe wie in die Hölle zu spazieren, während man das Tor hinter sich zugehen hört.

Der Direktor kommt gerade aus seinem Zimmer, als wir dastehen und überlegen, wer von uns anklopfen soll. »Was macht ihr hier?«, fragt er. »Fort mit euch, zurück in eure Klasse!«

»*Mullah sahib* … ähm …«, sagt Faisal, »wir müssen zu Ihnen, weil …«

»Was?«

»Ähm ...«, sagt Faisal.

Der Direktor wendet sich zu mir. »Was habt ihr angestellt? Bei wem? In welcher Klasse seid ihr überhaupt? Eure Namen? Welcher Lehrer? Die kurze Version bitte!«

Ich bekomme Angst und fange an zu stottern. Mein Hals ist plötzlich so trocken, dass ich das Ende meiner Sätze nicht erreiche.

»*Mullah sahib* ...«, sage ich, »und da haben wir aus Versehen ein Wort gesagt, das wir nicht ...«

Der Direktor macht eine ungeduldige Handbewegung. »Welches Wort?«, brummt er und schiebt seine Armbanduhr unter dem Ärmel seines *Peran* hervor.

Ich schaue zu Faisal. Ich muss schlucken, aber ich habe keinen Speichel, um zu schlucken.

Faisal erwidert meinen Blick und Isah und Ikhlas weichen ein Stück zurück. Dann flüstern wir, als hätten wir es so verabredet, alle vier gleichzeitig: »Ziegenficker, *Mullah sahib*.«

Der Direktor schaut von seiner Uhr auf.

Jetzt kommt es, denke ich. Stockschläge. Auf den Schulhof gestellt werden, in die Sonne.

Madar muss kommen. Ich fliege von der Schule.

Doch ein Wunder geschieht. Der Direktor bricht in Lachen aus.

Ein paar Sekunden lang sehen wir seinen offenen Mund zwischen den beiden schwarzen Barthälften, und dann knurrt er: »Fort mit euch, schnell!«

Ich sitze mit Faisal auf unserem Dach. Er hat bei Verwandten den Film über den Untergang der Titanic gesehen und kann überhaupt nicht mehr davon aufhören.

»Ich habe etwas beschlossen«, sagt er. »Ich will keine gewöhnliche Kleidung mehr.«

»Bist du verrückt?«, frage ich. »Willst du vielleicht amerikanische Kleidung?«

»Ja«, sagt er. »Muss doch möglich sein. Unter meinem Peran und unter meinem Tomban. Wieso zwingen uns diese Mörder, alle das Gleiche zu tragen?«

»Du bist ein Idiot. Möchtest du etwa eingesperrt werden?«

Ich fange an, ihn mit Blechdosen zu bewerfen. Die liegen hier noch rum, seit Bashir und ich damit auf dem Dach gekegelt haben. In ihnen war Milchpulver gewesen, für Roya.

Faisal wirft die Dosen nicht zurück, sondern kratzt das Papier herunter, mit dem Padar sie uns hat überkleben lassen. Die Taliban verbieten die Darstellung von Menschen, und auf den Dosen waren Babys abgebildet.

Faisal hebt den Kopf und zeigt mir das Babygesicht, das die Fabrik auf die Dose gedruckt hat. Er hat Tränen in den Augen.

»Sieh nur«, sagt er, »wie süß.«

»Ja«, sage ich und erwidere Faisals Blick etwas zu lange.

»Ist was?«, fragt er.

»Nein.«

»Okay.«

Er klebt das Papier wieder über die Dose und summt eine Melodie. »Das ist es«, sagt er, »das Lied aus dem Film. Von der *Titanic.*«

Oma ruft von unten. Es ist Zeit, in die Moschee zu gehen.

»Gut«, sagt Faisal, als wir die Treppe hinuntergehen, »also vielleicht keine amerikanische Kleidung. Aber meine Haare lasse ich wachsen. Bis hierher, bis über die Augen. Genau wie Leonardo DiCaprio.«

Früher war ich immer nach Bashir an der Reihe, wenn Oma uns jeden zweiten Donnerstag die Haare schnitt. Aber jetzt bin ich der Erste.

»Ein Mann hat kurze Haare«, brummt Oma. »So hat der Prophet es geschrieben.«

Ich fühle, wie die Schere meine Kopfhaut entlangfährt, und denke: Vielleicht trägt Bashir seine Haare jetzt so lang, wie er will. Das geht in Europa.

Faisal spricht auch immer davon. »Ich gehe später nach *Germany*«, sagt er. Er spricht es mit einem »Dsch« an Anfang aus. »Dschermany. Da wohnt meine Tante. Es ist das schönste Land der Welt.«

Vielleicht ist Bashir ja in Dschermany. Vielleicht sieht Bashir jetzt aus wie Leonardo DiCaprio.

»So«, sagt Oma, »fertig.« Mit dem kleinen Finger streichelt sie mir noch einmal mehr über den Kopf. »Vergiss deine Mütze nicht, wenn du nach draußen gehst. Vergiss sie nie!«

Ich gehe in mein Zimmer, ziehe die dicken Schranktüren auf und hebe das Tuch hoch, das vor dem Fernseher hängt. Da, irgendwo ganz hinten, liegen Bashirs Videos. Er hat sie in einer durchsichtigen Plastiktüte aufbewahrt. Das ist nicht gut, denke ich, jeder kann sie sehen und wir sind hier nicht in Dschermany.

Ich gehe in den Garten und hole Werkzeug aus dem Schuppen. Es wurde schon eine ganze Weile nicht mehr benutzt. Onkel Aaron wollte eigentlich kommen und helfen, aber von Rosen versteht er nicht so viel wie Padar.

Ich nehme einen Spaten. Neben den Johannisbeersträuchern, das ist eine gute Stelle.

Als Erstes setze ich den Spaten auf die trockene Erde, drücke etwas und trete dann fest auf die obere Kante. Graben ist nicht leicht, aber es geht.

Ich stoße den Spaten immer etwas tiefer, und Staub wolkt auf.

Nach einer Viertelstunde ist das Loch tief genug.

Als ich mich umdrehe, um die Plastiktüte mit den Videos zu nehmen, steht Faisal da.

»Schlau«, sagt er, »Videos pflanzen!«

Unsere Mütter haben uns zum Markt geschickt. Frauen dürfen nicht allein auf die Straße, und außerdem ist es in dieser Jahreszeit unter ihren Burkas auch viel zu heiß.

»Sie sind wie Pferde«, sagt Faisal, »Frauen in einer Burka. Pferde können auch immer nur geradeaus schauen.«

Derartige Dinge fallen bloß Faisal auf. Wir gehen auf einem schmalen Bürgersteig und müssen uns immer an die Wand drängen, sobald uns jemand entgegenkommt.

In der Ferne sehen wir einen etwas zu dicken Talib. Ich weiche schon mal nach links aus, aber als der Talib direkt vor uns ist, gibt mir Faisal plötzlich einen Schubs und ich stoße fast gegen den Mann.

»Los, küss ihn!«, zischt Faisal. »Küss ihn!«

Der Talib hört zum Glück nichts und Faisal kriegt sich vor Lachen kaum mehr ein.

Ein paar Straßen weiter sehen wir kleine Jungs rennen.

Wir kapieren nicht, was da geschieht, also rennen wir auch nicht mit.

Neben uns hält ein Auto. Ein Toyota-Pickup. Auf der Seite steht etwas geschrieben: *Zenda bad Taliban!* Lang leben die Taliban! Es ist die Sittenpolizei.

Zwei Männer springen von der Ladefläche. Sie fassen uns an den Armen. Faisal schreit und bekommt einen Schlag ins Gesicht. Ich will auch schreien, aber es geht nicht.

Sie ziehen uns die Mützen vom Kopf. Jetzt erst sehe ich, dass einer der beiden Männer eine Schere in der Hand hat.

Ich bekomme einen Klaps auf den Kopf und man drückt mir meine Mütze wieder auf die Haare. Ich verstehe nicht genau, was sie zu mir sagen, sie sprechen Paschtu, nicht unsere Sprache. *»Za!«*, das ist das einzige Wort, das ich begreife: *Verschwinde!*

Mit Faisal sind sie nicht so schnell fertig. Sie brüllen ihm ins Gesicht und ziehen an seinen Leonardo-DiCaprio-Haaren.

Faisal schreit immer noch und ich weiß nicht, was ich tun soll. Ich spüre den gleichen Schmerz im Körper wie damals, als sie Padar holen kamen.

Die Taliban haben Faisal jetzt auf ihr Auto gehoben. Da sitzt noch ein Sittenpolizist. Faisal wird von zwei Männern festgehalten, während der dritte, der mit der Schere, Faisals lange Locken unsanft wegschneidet. Auf der linken Seite wird das Haar millimeterkurz zurückgestutzt.

Faisal bekommt einen Schlag in den Nacken und sie schieben ihn von ihrem Pickup.

Ich renne zu ihm.

»Dein Vater!«, schreien sie noch. »Dein Vater!« Und dann sind sie weg.

Ich hebe Faisals Mütze vom Gehweg auf.

»Mein Vater«, bibbert er, »mein Vater.«

»Sie meinen, dein Vater soll dafür sorgen, dass die andere Hälfte deiner Haare geschnitten wird«, sage ich

»Glaubst du«, flüstert Faisal, »glaubst du, sie kommen und kontrollieren es?« Er schaut mich mit großen Augen an.

Ich lege die Arme um ihn. »Nein, nein, nein, natürlich nicht!«

Bei seinem Haus angekommen, sagt Faisal: »Ich will nie mehr lange Haare. Nie mehr.« Und dann erst beginnt er zu weinen.

»Faisal«, sage ich und suche in meiner Brusttasche. »Du wolltest mir doch noch was zeigen.«

Ich halte ihm einen Zettel vors Gesicht. Es ist ein Gutschein. Sein Gutschein.

»Taqdeerwala«, flüstert Faisal, *»Taqdeerwala.«*

Taqdeerwala ist jetzt auch mein Lieblingsfilm. *Taqdeerwala* – allein schon der Titel: *Der Mann, der das Glück fand*.

Und die Geschichte! Gott hat ein Buch geschrieben, ein Buch voll mit Glück. Zwei seiner dümmsten Engel lassen das Buch aus den Händen fallen und es landet auf der Erde bei einem Mann, der darin liest, was die Siegeszahl in der Superlotterie sein wird. Er kauft das Los und wird reich. Am Ende des Films heiratet er auch noch das allerschönste Mädchen.

Faisal will dieser Mann sein und auch ich will dieser Mann sein. Der Mann, der das Glück fand.

In *Taqdeerwala* wird gesungen. Ich habe schon sehr lange keine fröhliche Musik mehr gehört. Und getanzt! Das habe ich sogar noch nie gesehen. Alles ist so fröhlich und so bunt!

Faisal und ich schauen uns den Film jeden Freitag an. Er bringt ihn mit zu uns nach Hause und so wird unser Videogerät also wieder benutzt. Wir ziehen die Vorhänge zu, wir stellen den Ton leise und wir singen nicht allzu laut mit. Trotzdem können wir die Hindi-Wörter schnell auswendig. Das geht von selbst.

Navid wird ein Fan und Roya auch und Isah und Ikhlas natürlich und Faisals kleine Schwester. Und zum ersten Mal seit mehreren Wochen sehe ich auch Madar wieder lachen.

Onkel Aaron, Tante Sanya und ihre Tochter kommen zu Besuch. Faisal ist da und, na klar, wir zeigen *Taqdeerwala*.

Oma findet das alles zu freizügig. »Diese kurzen Röcke«, sagt sie, »bei den Frauen.« Aber sie schaut doch mit. Aus einiger Entfernung.

Eines Nachmittags komme ich aus der Schule. Wie immer gehe ich zuerst zu Oma. Ich küsse ihr die Hand und lege meine Bücher auf den Tisch. Sofort macht sie sich daran, sie fein säuberlich zu ordnen, in der Reihenfolge ihrer Größe. Das macht sie immer, Oma hat es gern ordentlich. Aber sie lächelt anders als sonst.

Ich will mich hinsetzen und meine Hausaufgaben machen, aber es gibt gar keinen Tee. Wie kann das sein?

»Geh nur ins große Zimmer«, sagt sie. »Dein Onkel hat dir ein Geschenk mitgebracht.«

Ich renne ins Wohnzimmer. Da ist Onkel Aaron. Ich springe an ihm hoch. »Hallo, Onkel!«, rufe ich. »Oma sagt, du hättest ein Geschenk für mich!«

»Ach ja!«, sagt er und holt eine Papiertüte hervor. »Ist die Tür zu? Bist du allein?«

»Ja«, rufe ich, »ja!«

Und dann bekomme ich den Inhalt der Tüte zu sehen. Drei Filme. Aus Indien. Ich bekomme einfach so drei fröhliche indische Filme. Den ersten und den zweiten kenne ich nicht, aber den dritten schon: *Taqdeerwala*.

»Ooh!«, rufe ich. »Jetzt habe ich ihn selbst!«

»Aber ja doch«, lacht Madar. »Aber das sind nicht die einzigen guten Nachrichten.«

»Nein?«

»Komm und setz dich her zu mir«, sagt Onkel Aaron.

»Noorahmed hat herausgefunden, wo sie Padar festhalten. Es ist weit weg, aber morgen fahre ich mit Madar dorthin. Und bald danach kannst du mit deiner Mutter zu ihm fahren. Du wirst deinen Vater wiedersehen, Hamayun. Deinen Padar!«

Ich weiß nicht, ob ich lachen oder weinen soll. Ich starre auf die Videos in meiner Hand und stammele: »Kommt Padar denn noch nicht nach Hause?«

»Doch, natürlich«, sagt Onkel Aaron. »Ehe du dich versiehst, steht er wieder hier im Zimmer. Aber zuerst wollen wir ihn überraschen. Stell dir mal vor, wie er sich freuen wird!«

Ich springe auf und rufe: »Darf ich zu Faisal? Onkel Aaron, bringst du mich zu Faisal?«

Doch so schnell geht das alles nicht. Erst im September kann ich wirklich mit Madar ins Gefängnis.

Faisal findet es spannend. »Vier Stunden mit dem Bus, Hamayun! Und dann in ein Gefängnis, mit Wärtern und Gittern und so. Soll ich mitkommen?«

Sofort danach ruft er: »Oh nein, nein, es ist dein Vater!«

Aber ich freue mich, dass er mitkommen will. Ich finde es nämlich auch unheimlich, und zusammen mit Faisal wird eine Art Abenteuer daraus.

Zum Glück hat auch Madar nichts dagegen. Sie und Faisals Mutter sind Freundinnen geworden. Madar bittet mich immer öfter, Faisals Eltern Essen zu bringen. Und wenn ich das tue, bekomme ich immer etwas Leckeres mit zurück. Faisal übernachtet bei uns, wann immer er will, und Bashirs Platz ist dann endlich nicht mehr leer. Ich habe durch Faisals Unterricht immer schöner schreiben gelernt. Manchmal male ich auch etwas in Faisals Tagebuch und er in meines. Und wenn es in der Schule mal wieder nichts zu tun gibt, lesen wir uns gegenseitig vor, was wir geschrieben haben. Isah und Ikhlas schielen dann aus den Augenwinkeln zu uns herüber, aber sie selbst haben kein Tagebuch, also können sie sich auch nicht beschweren.

Seine Kleidungspläne hat Faisal übrigens noch nicht ganz aufgegeben. Eines Tages sagt er, er möchte ab jetzt nur noch schwarze Sachen tragen. »Das ist schön, Hamu, Schwarz.«

»Na ja«, sage ich, »Weiß ist schöner.«

»Ich habe mir schon gedacht, dass du das sagen würdest«, antwortet Faisal, »deshalb trägst du ab jetzt nur noch Weiß.«

An der Bushaltestelle stehen Faisal und ich rechts und links von Madar. Sie hat ihre hellblaue Burka an und wir tragen natürlich Schwarz und Weiß. Ich habe mir Madars Schuhe gut angeschaut. Daran kann ich sie erkennen. Es gibt so viele Frauen in einer hellblauen Burka und alle halten sie ihre Taschen unter ihrer Kleidung verborgen, das heißt, alle sind auch gleich dick. Madar trägt braune Slipper, braun mit schwarzen Schnallen.

Mit dem ersten Bus geht es quer durch Kabul. Ich sehe Einkaufsstraßen, die ich noch nie gesehen habe. Faisal entdeckt immer irgendwelche seltsamen Männer. Solche mit Knubbelnasen. Oder Ohrläppchen, die weit unter ihren Turbanen hervorhängen.

Ich lache zwar, aber das ganze Bremsen und Wiederanfahren macht, dass mir schlecht wird. »Madar«, sage ich, »wir hätten uns an ein Fenster setzen sollen.«

»Hier.« Sie gibt mir eine Handvoll Weintrauben. »Die helfen gegen die Übelkeit.«

Was für ein Zufall! Ich bin verrückt nach Weintrauben!

Madar mag das Geschleuder auch nicht. Wir hören sie pfeifen, während sie Luft holt. »Komm«, sagt Faisal, »wir fächeln!« Und dann wedeln wir ihr Kühle zu. Madar hebt ihren Tschador, den oberen Teil ihrer Burka, ein wenig an. Nach ein paar Minuten meint sie lachend: »Vielen Dank auch! Ihr könnt jetzt wieder weiterplappern.«

In dem zweiten Bus, den wir nehmen, sind mehr Plätze frei, und so können wir hinten bei den offenen Fenstern sitzen.

Wir fahren durch die Berge. Überall sehen wir die Zelte der Kuchi, des Nomadenvolks, das hier wohnt. »Möchtest du gern Schafe haben?«, fragt Faisal.

»Oh nein«, sage ich, »oder doch, eines, bei uns im Garten.«

Kurz darauf fragt er: »Möchtest du gern ein Mädchen sein?«

»Nein, nein!«, rufe ich.

»Ich auch nicht«, sagt er. »Ich möchte es nur gern mal einen Tag lang ausprobieren.«

»Dann geh und such dir einen Regenbogen«, sage ich, »einen Regenbogen, der zwei Tage lang ist. Du kannst den einen Tag hin und den nächsten wieder zurück.«

Das sagen Oma und Madar immer: Wenn man unter einem Regenbogen hindurchgeht, werden Jungen zu Mädchen und umgekehrt. Ich habe es jahrelang geglaubt.

Kurz darauf starrt Faisal verträumt vor sich hin. »Bald zeige ich dir übrigens das schönste Mädchen, das es gibt.«

»Läuft sie da draußen herum?«, frage ich.

»Nein, du Spinner!«, sagt er. »Sie wohnt bei dir in der Nähe. Kennst du den Metzger mit den dicken Armen?«

»*Was?* Meinst du etwa seine Tochter?«

»Ja, Mann. Die ist so was von schön …«

Ich pfeife zwischen den Zähnen. Die Tochter des Metzgers …

»Und?«, fragt Faisal.

»Was meinst du mit: und?«

»Wie findest du sie?«

»Ach, na ja«, sage ich, »Das weiß ich eigentlich nicht …«

»Hamayun, Hamayun …« Faisal schüttelt den Kopf. »Du musst anfangen, auf die Mädchen zu achten. Du bist schon zehn, Mann! Nachher kommen deine Eltern mit einer Frau für dich an, und du hast dir noch überhaupt kein eigenes Bild gemacht! Aber nicht nach der Tochter des Metzgers schauen, hörst du? Die gehört mir!«

Wir sind da. Endlich.

Faisal und ich haben die letzten Stunden der Busfahrt dagelegen und geschlafen, und jetzt schauen wir blinzelnd auf das große, graue Gefängnistor.

Überall stehen Soldaten. Sie tragen Kalaschnikows und starren vor sich hin, als wäre überhaupt kein Bus mit Besuchern vorgefahren.

»Kommt«, sagt Madar und wir folgen allen anderen, die ebenfalls ausgestiegen sind.

Beim Eingang werden die Männer und die Frauen voneinander getrennt. Als Faisal und ich Madar erschrocken anschauen, brummt einer der Wachen: »Ihr seht sie gleich wieder.«

Wir werden durchsucht. Ein junger Soldat schiebt seine Kalaschnikow nach hinten und tastet uns über den Bauch, den Rücken, die Schenkel, ja, er greift uns sogar zwischen die Beine. Es kitzelt.

Meine Mütze wird hochgehoben, denn auch hier wollen sie wissen, wie kurz meine Haare sind. Ich wechsele einen Blick mit Faisal.

Danach bringen sie uns in einen schmutzigen, hohl klingenden Raum. Da sind auch die Frauen wieder. Ich bin froh, als ich Madars braun-schwarze Schuhe entdecke. »Madar, Madar, wurdest du von Soldatinnen durchsucht?«

»Natürlich«, sagt Madar. »Und jetzt warten wir, bis es Besuchszeit ist.«

Der Flur, durch den wir gehen, ist dunkel und laut. Überall hören wir Männergeschrei und Frauenweinen. Ich denke: Soll ich Padar jetzt einen Kuss geben oder nicht?

Wir müssen zu der letzten dicken Holztür. Die Tür hat ein Fenster, aber das ist viel zu hoch für mich. Der Wachmann, der uns hierher gebracht hat, pocht auf die Zellentür und ruft Padars Namen. Dann steckt er einen seiner großen Schlüssel in das Schloss.

Und dann ist er da.

Ich gehe einen Schritt zurück. Padar gleicht nicht dem Padar, den ich kenne. Sein Bart ist viel zu lang und sein Gesicht ist weiß. Er trägt Kleidung, die ich noch nie gesehen habe. Nur seine Augen sind dieselben. Er streckt Madar und mir seine Arme entgegen, aber der Wachmann gibt ihm einen Schlag darauf. »Draußen«, knurrt er. »Mitkommen!«

Auf dem Innenhof stehen Bänke. Dort nehmen wir Platz. »Eine Viertelstunde«, sagt der Soldat.

Sich küssen, sich umarmen, das alles ist überhaupt nicht erlaubt. Aber Padar hält meine Hand mindestens drei Minuten fest. Madar hat den Schleier vor ihrem Gesicht hochgeschlagen. Sie schaut die ganze Zeit zu Padar. Dabei hält sie den Kopf ein bisschen schräg.

Faisal sitzt am weitesten von Padar entfernt. Er sagt nichts. Vielleicht ist er verlegen.

»Hamayun«, sagt Padar, »mein starker Junge. Wie geht es dir?«

»Gut, Padar«, sage ich. Plötzlich ist er wieder ganz der Padar, den ich kenne.

»Padar«, sage ich, »was machst du hier den ganzen Tag?«

Ich will nicht fragen, wann er nach Hause kommt, denn Madar hat mir schon so oft gesagt, dass es ein Irrtum ist, dass die Taliban etwas falsch verstanden haben und dass Noorahmed dabei ist, alles in Ordnung zu bringen. Außerdem macht es sie traurig, wenn ich danach frage. Und wenn es Madar schon so geht, dann wird es Padar wahrscheinlich erst recht traurig machen.

»Ich tue nicht viel, *Batschem*«, sagt Padar. »Reden, denken, beten natürlich. Und manchmal dürfen wir auf den Hof. Wir gehen früh schlafen und stehen auch früh wieder auf. Aber Junge, wirst du vorsichtig sein? Und strengst du dich auch an in der Schule?«

Er wendet sich an Faisal. »Ihr beide seid Freunde? Bist du Faisal? Gibt sich Hamayun denn ein bisschen Mühe in der Schule? Und helft ihr euch gegenseitig?«

Padar und Madar möchten noch etwas miteinander sprechen, also lehnen Faisal und ich uns ein Stück weiter gegen eine Wand. Die Wachleute schauen zu uns und dann wieder zu Padar. Sie sagen nichts und wir sagen auch nichts.

Dann ist es schon wieder vorbei.

Wir gehen noch kurz mit zu Padars Zelle. Madar nimmt Padars schmutzige Wäsche mit. Seine sauberen Sachen hat sie den Soldaten übergeben müssen, zusammen mit ein wenig Gebäck und anderem Essen.

»Seid vorsichtig«, sagt Padar, als wir Abschied nehmen müssen.

Wir können nicht mehr reden, denn die anderen Männer aus Padars Zelle kommen auch zurück. »Wiedersehen, Sohn«, sagt Padar, »bis bald. *Inschallah.*«

Ich weine nicht.

Padar schaut mich an, als würde er denken, dass ich weinen muss.

Aber ich weine nicht.

Während der langen, langen Busreise zurück sind die Weintrauben alle und mir ist wieder schlecht. Wir sitzen an einem kleinen Fenster, aber das muss die ganze Zeit geschlossen bleiben, denn wir fahren durch Wolken von Staub.

Faisal ist still. Das Einzige, was er sagt, ist: »Du hast einen netten Vater.«

»Ja«, sage ich, »ich habe einen netten Vater. Und du auch.«

Faisal denkt eine Weile nach und sagt dann: »Es ist gut, dass ich jetzt weiß, wie es im Gefängnis ist. Man weiß nie, was noch passiert.«

»Wie meinst du das?«

»Na, auch mit meinem Vater.«

Ich nicke, denn ich weiß: Auch Faisals Vater denkt frei. Sehr frei. Man weiß also tatsächlich nie, was noch passiert.

»Madar«, frage ich, »hast du wirklich keine Weintrauben mehr?«

Wir schauen uns immer wieder die Bollywoodfilme an. Aber Padar hat gesagt, wir sollten vorsichtig sein, also überlegen Faisal und ich uns ein Verstecksystem. Genau wie Bashirs alte Bruce-Lee-Videos vergraben wir unsere neuen Filme in Plastiktüten im Garten.

Eines Tages sagt Faisal: »Es werden zu viele. Ich komme völlig durcheinander. Ich will nicht immer wieder umsonst graben. Ich hab eine Idee – holst du mal deine Buntstifte?«

Wir machen Fähnchen. Für jedes Video einen Zweig mit einem Papierschnipsel dran. Kleine Fähnchen sind es, die wir in den Boden über den Tüten stecken, jedes mit einer Mini-Zeichnung darauf, die nur wir verstehen.

Wir malen und schnippeln, als Tante Sanya, Onkel Aarons Frau, hereinkommt. Und kurz darauf ist auch noch eine andere Tante da. Und eine Cousine. Zuletzt ist sogar meine andere Oma da, die Mutter von Madar. Die andere Oma wohnt weit weg und besucht uns fast nie. Ich finde es schön, sie zu sehen. Aber sie hat nur wenig Zeit für mich, denn sie geht sofort zu Madar. Madar ist krank. »Nichts Ernstes«, sagen alle, »nichts Ernstes.«

»Warum sind alle diese Frauen hier?«, fragt Faisal.

Ich zucke mit den Schultern. »Keine Ahnung!«

Kurz darauf kommt Oma, die Oma, die mit uns im Haus wohnt, zu uns. Sie legt ihre warmen Hände auf meine Schultern und sagt: »Vielleicht ist es Zeit, dass Faisal nach Hause geht.«

Wie bitte? Das sagt sie sonst nie. Faisal wurde noch nie nach Hause geschickt!

Ich will fragen, was los ist, aber Faisal fängt auf einmal an zu strahlen. »Ich glaube, ich weiß es!«, sagt er. »Ich glaube, ich weiß es!«

»Was weißt du?«, frage ich, aber er schaut lächelnd zu Oma und Oma lächelt zurück. Und schon ist er zur Tür hinaus.

»Hamayun-jaan, Junge!«, sagt Oma. »Verstehst du denn nicht? Madar liegt doch schon ein paar Tage im Bett! Verstehst du denn nicht, dass ein kleines Baby geboren wird?«

Ich springe auf. *Was*? *Was*? Ein kleines Baby?

Ich kann es fast nicht glauben. »Ist … ist Madar denn … Ich dachte, sie wäre einfach nur dick!«

»Allaaaah … Hamayun …!«, lacht Oma.

Den Rest des Nachmittags und Abends renne ich von einer Tante zur anderen. »Wie lange dauert es noch? Geht es auch wirklich gut? Wie fühlt Madar sich jetzt?«

Ich selbst fühle mich ziemlich dumm. Natürlich, Madar trägt immer weite Kleider. Aber warum hat sie mir nichts erzählt? Warum habe ich nichts bemerkt? Na ja, bei Roya war es auch eine Überraschung. Plötzlich hatte ich eine Schwester.

Und Padar, wusste er es? Ja klar wusste er Bescheid. Er

und Madar haben nicht umsonst so geflüstert, als wir im Gefängnis waren.

Ich rufe: »Darf ich es den anderen erzählen?«

Ich setze Navid und Roya vor mir auf den Teppich und kündige ihnen an, dass sie ein Schwesterchen bekommen. Oder ein Brüderchen. Die kleine Roya begreift es nicht so recht, aber Navid rennt jetzt auch zwischen allen Tanten hin und her.

Doch es dauert und dauert und dauert. Selbst als es dunkel wird, bleibt es im Haus noch still. »Vielleicht wird das Baby erst morgen früh geboren«, sagt Tante Sanya.

Aber ich schlafe gerade erst, als sie mich schon wieder aufweckt.

»Hamayun«, sagt sie, »du darfst kommen und es dir ansehen.«

Mit einem Öllicht gehen wir in Madars Zimmer. Madar liegt unter schöner, sauberer Bettwäsche. Sie lacht und hält eine Decke im Arm. »Hallo, mein Sohn«, sagt sie. Sie klingt müde und froh zugleich. »Und das hier ist dein neues jüngstes Brüderchen!«

Ein Brüderchen! Ich habe ein Brüderchen!

Ich gehe zu Madar und dem Bündel Mensch, das sie im Arm hält. Zwischen allen Deckenfalten entdecke ich ein winzig kleines, rotes Köpfchen. Ein Köpfchen, das ebenfalls aus lauter Falten besteht.

»Qasim«, sagt Madar, »er heißt Qasim. Das hat sich deine Tante Sanya ausgedacht. Und deinem Vater hat der Name gefallen.«

»Ooohh …«, sage ich, »ooohh …«

Weiter weiß ich nichts. Ich überlege, dass wir wieder neues Milchpulver brauchen und ich die Dosen wieder mit Papier überkleben muss. Und ich überlege auch, dass ich Faisal jetzt ein echtes Baby zeigen kann und nicht bloß eins auf einem Bild.

»Darf ich es halten?«, frage ich leise.

»Vorsichtig«, sagt Madar.

Die andere Oma ist hereingekommen. Sie sagt: »Streck einfach die Arme aus.« Und dann halte ich das ganze Deckenbündel im Arm und auch das lebende kleine Baby mittendrin.

Ich betrachte es eine Weile und sage: »Das hier ist das Schönste, was ich je gesehen habe.«

Im selben Augenblick hören wir ein Scharren. Bei der Tür, die von Madars Zimmer direkt in den Garten führt, schiebt sich etwas über den Boden. Was ist das? Eine Ratte? Bekommt der kleine Qasim schon jetzt Besuch von unheimlichen Tieren?

Ich gebe mein Brüderchen an Oma zurück und gehe zur Tür. Ich bücke mich und hebe den kleinen Eindringling hoch. Nein, eine Ratte ist es nicht.

»Seht nur«, sage ich, »seht doch mal, wer kommen und sich mein Brüderchen anschauen wollte!«

»Das hier«, sage ich, »ist das Zweitschönste, was ich je gesehen habe.«

Auf meiner ausgestreckten Hand liegt ein junger Igel.

Es ist Winter geworden, wir haben Schneehütten gebaut, es ist auch wieder Frühjahr geworden und Isah, Ikhlas, Faisal und ich wurden in die nächste Klasse versetzt.

Padar sitzt immer noch im Gefängnis.

Von Bashir haben wir auch noch nichts gehört.

Der Igelbruder, wie wir mein neues Geschwisterchen inzwischen nennen, wächst schnell und gut. Nachts schreit er uns alle wach und tagsüber klammert er sein Fäustchen um jeden Finger, den wir in seine Wiege stecken.

Faisal ist ganz verrückt nach dem kleinen Qasim. Jeden Tag liegt er seiner Mutter wegen eines neuen Babys in den Ohren. »Und einen Igel dazu«, sagt er dann, »bitte!«

Mit der Tochter des Metzgers will es noch nichts werden. Faisal ist viel zu schüchtern, um sie anzusprechen. Ich frage: »Soll ich es ihr sagen? Soll ich ihr einen Brief von dir bringen?«

Damit kann ich Faisal jedes Mal wieder erschrecken: »Dass du mir das nur sein lässt! So was gehört sich nicht! Und außerdem willst du sie dann für dich.«

»Unsinn«, sage ich, »ich will sie nicht für mich.«

Dann wird Faisal böse. »Wieso? Findest du sie etwa nicht schön?« Ich lache ihn aus und sage: »Doch, klar, *Batschem.*«

»*Batschem? Batschem?* Ich bin nicht dein Sohn! Du musst *Rafiq* sagen – *Freund.*«

Es ist Donnerstag und schon Nachmittag. Heute kommt kein Lehrer mehr, wir sind uns sicher. Selbst der Klassensprecher bleibt nicht, sondern hat sich mit seinen Schleimern ein Stück weiter in den Flur verzogen, zu den Vertretern der anderen Klassen.

»Jungs«, sagt Faisal. »Was tun wir hier? Wir sind verrückt, wenn wir noch länger hier drinnen bleiben.«

»Aber wohin willst du denn?«

»In den Zoo! Kommt, wir gehen!«

Isah und Ikhlas springen schon auf, aber ich sage: »Halt, wie kommen wir von hier weg?«

»Jetzt nicht kneifen, *Rafiq*«, sagt Faisal.

Und dann sind wir weg.

Unsere Schule wird von Jungs aus der zehnten Klasse bewacht. Es sind immer die trotteligsten Typen, die sich dazu melden. Wer möchte schon den ganzen Tag lang vor einer Tür Wache schieben? Vielleicht haben sie keine Lust auf ihren Unterricht. Vielleicht macht es ihnen Spaß, einen dämlichen schwarzen Anzug zu tragen. Jedenfalls ist es keine gute Idee, durch die Tür ins Freie zu gehen.

»Ich weiß etwas, ich weiß etwas!«, sagt Isah und bringt uns zu einer Reihe verlassener Toiletten. »Die hier werden nicht mehr benutzt«, sagt er, »das Wasser ist abgedreht. Aber ein Fenster gibt es noch.«

Wir helfen uns gegenseitig nach draußen. Ich gehe als Dritter und im Fensterrahmen sitzend ziehe ich Faisal herauf.

Frei!

Wir nehmen den Bus, aber erst legen wir unser Geld zusammen. Wir haben ein paar tausend *Afghani*. Genug für die Fahrkarten und fünfundzwanzig Alos: saure kleine Früchte in einer spitzen Tüte, mit Salz zum Hineinstippen.

Wir gehen hoch aufs Dach. Madar erlaubt mir nie, dort zu sitzen, obwohl es die besten Plätze sind. Der Wind weht einem um die Mütze und man kann die Alokerne hinunter auf die Straße werfen.

Wir reden über die Schleimer in unserer Klasse. Sie verschenken ihr Mittagessen, um die Gunst des Klassensprechers nicht zu verspielen. Traurig.

Ikhlas prahlt wieder: »Wenn ihr wollt, haue ich einem der Schleimer ein blaues Auge. Oder zwei. Zeigt mir nur welchem, und ich tue es.«

Wir lachen ihn aus, aber er schwört beim Propheten, es zu tun. Morgen. Nein, nächste Woche!

Wir rufen »Stopp!« nach unten, denn wir sind fast da. Der Fahrer fährt zu schnell und hört uns nicht. Wir stampfen auf den Fußboden und das hilft.

Natürlich kaufen wir für den Zoo keine Karten. Das ist auch nicht nötig, denn an der Rückseite gibt es in der Mauer ein Loch. Es stammt noch aus dem Bürgerkrieg. Wir passen genau hindurch. Na gut, Ikhlas ist zu dick, aber Faisal und ich ziehen an seinen Armen und Isah schiebt an seinen Füßen und so klappt es doch.

Zuerst gehen wir zu den Affen. Manchmal werfen die Leute ihnen brennende Zigaretten zu. Das ist lustig, denn die Affen heben die Zigaretten auf und rauchen sie dann in aller Ruhe weiter.

Aber heute hängen sie bloß ein bisschen dösig an ihrem Ast. Wir hören ein Brüllen und rufen: »Marjan!«

Der Löwe Marjan ist unser Lieblingstier. Das kommt besonders wegen seiner Geschichte, die auf einem Schild neben seinem Käfig zu lesen ist. Irgendwann ging der Sohn eines Generals mit seinen Freunden in den Zoo. Er sagte: »Was bekomme ich, wenn ich in den Käfig steige und den Löwen streichele?«

»Fünf Millionen Afghani!«

Das war für den Jungen genug, und er kletterte in den Löwenkäfig. Marjan war damals noch ein Stück jünger. Er griff an und biss dem Jungen ein Bein ab. Der Junge starb später im Krankenhaus.

Sein Vater, der General, war so entsetzlich wütend, dass er am Tag darauf mitsamt einem Panzer in den Zoo fuhr. Er warf eine Granate in den Käfig, wodurch Marjan sein eines Auge verlor. Seitdem brüllt er so unglaublich laut, dass man ihn im ganzen Zoo hören kann und alle rufen: »Marjan brüllt! Marjan brüllt!«

Wir bleiben eine Weile stehen und schauen uns den halb blinden Löwen an, bis Faisal sagt: »Wollen wir schwimmen gehen? Es ist heiß!«

Das ist eine gute Idee. Hinten im Zoo gibt es einen Teich. Wir rennen hin und werfen ein paar Münzen auf die kleine Bank des Autoschlauchvermieters. Wir nehmen zwei, wir pumpen sie auf, wir ziehen unsere Schuhe und Oberkleidung aus und liegen schon im Wasser.

Besser. *Viel* besser als Schule.

Ich kann zwar nicht schwimmen, aber Faisal sagt, er

würde auf mich achtgeben. Ich sitze auf der einen Seite des Autoschlauchs und Faisal auf der anderen. Wir dümpeln vor uns hin, als säßen wir in einem Boot.

Wir beobachten die großen Jungs, die ein Stück weiter von den Felsen aus in den Teich springen. »Später bekomme ich auch solche Muskeln«, sagt Faisal. »Das geht von selbst.«

»Du?«, frage ich. »Ganz sicher nicht. Dafür braucht man die richtige Veranlagung!«

Ganz kurz muss ich an Bruce Lee denken, aber Faisal klettert auf den Schlauchreifen und fängt an, wilde Schreie auszustoßen. Er fällt, der Reifen schlägt um und ich klatsche nach hinten aufs Wasser.

Ich sinke. Ich sinke! Während wir uns unterhielten, sind wir ins Tiefe abgetrieben, das heißt, ich spüre keinen Boden mehr unter den Füßen. Ich sinke, ich sinke!

Ich höre es rauschen und sausen. Irgendwo über mir lacht Faisal.

Ich sinke, es wird still und ich denke: Das war es. Ich sterbe. Einfach so an einem Donnerstagnachmittag.

Aber dann spüre ich zwei Hände unter meinen Achseln. Faisal zerrt mich hoch, und als ich über Wasser bin, wirft er mich schlaff über den Schlauchreifen. Ich habe Wasser geschluckt und jetzt spucke ich Wasser und Alos aus. *»Kuni«*, ist das erste Wort, das ich sage, *»Schwuler.«*

Isah und Ikhlas kommen und helfen. Zusammen mit Faisal ziehen sie mich ans Ufer und legen mich auf meine Kleidung. Ich bekomme immer noch nicht gut Luft. Leute kommen und gucken, was los ist, und ich bin unheimlich wütend auf Faisal. »*Kuni!*«, rufe ich. »Wolltest du mich ersäufen oder was?«

Als ich aufschaue, stehen Tränen in Faisals Augen. »Nein«, sagt er, »nein, nein, niemals!«

Zwei Tage lang rede ich nicht mehr mit Faisal. Er versucht es mit allem Möglichen. Mit Witzen, Zetteln, Bildern, die er mir malt, aber erst als der Bus morgens einen Umweg fahren muss, vergesse ich meine Wut auf ihn.

»Warum denn das?«, fragen wir den Fahrer.

Der Fahrer zeigt auf ein flaches Gebäude, eine frühere Grundschule. »Das da wird jetzt umgebaut«, brummt er, »es stand leer. Wird jetzt ein militärisches Trainingszentrum. Für Knirpse wie euch; viel verrückter darf es nicht mehr werden.«

Nach dem Unterricht schauen wir es uns an. Tatsächlich, plötzlich stehen Zäune um das Gebäude. In der Ferne sehen wir einen Trupp Kinder. Sie sind nicht älter als wir, aber sie tragen Soldatenkleidung. Und sie marschieren. Die ältesten Jungs haben sogar eine Kalaschnikow. »Mit Verzierung«, flüstert Faisal.

Stimmt. Auf den Gewehren sind Streifen oder Sterne zu erkennen. Und alle möglichen Texte, vermutlich auf Arabisch oder so.

In den Tagen danach bringen manche Kinder aus unserer Schule Stöcke mit auf den Pausenhof. Sie üben genau wie die kleinen Soldaten. Wir machen auch einige Male mit. Es ist ein bescheuerter Anblick, aber Faisal und ich können sehr gut im Gleichschritt gehen, unsere Turnschuhe hoch in der Luft.

Am Tag vor *Nauruz*, dem afghanischen Neujahr, wollen alle schnell nach Hause. Morgen wird gefeiert. Die ganze Familie kommt und es gibt Essen und Süßigkeiten. Faisal und seine Eltern mit seiner kleinen Schwester kommen auch. Aber heute sind plötzlich doch Lehrer in der Schule. Gleich ein ganzer Haufen. Sie wollen, dass wir unsere Bücher wegpacken. »Wir gehen demonstrieren!«, sagen sie. »Und danach ins Stadion.«

Kurz darauf geht es durch die Vierzig-Meter-Straße. Die heißt so, weil sie vierzig Meter breit ist. Wir gehen in Dreierreihen, es ist wie Marschieren. Links von mir ist Isah, irgendwo vor mir sehe ich Faisal und Ikhlas und rechts neben mir hat einer der Schleimer Posten bezogen.

Die Gurke kennt unseren Weg. Er gibt die Gangart vor und schreit Sätze, die wir übernehmen müssen. *»Zenda bad Taliban! Zenda bad Taliban!«*

Ich will nicht. Ich will das Essen riechen, das Oma und Madar jetzt schon zubereiten. Ich will meinen kleinen Igelbruder im Arm halten. Ich will, dass Faisal mitkommt und dass er mein Igelbrüderchen im Arm hält.

Aber es ist auch spannend, so ein Aufmarsch. Wir nehmen fast die ganze Straße in Beschlag und alle schauen auf uns. Ich will nur keine Talibansätze schreien, aber der Schleimer passt auf. Dann eben leise, ich tue es leise: *Zenda bad Taliban …*

Als wir beim Stadion angekommen sind, brauchen wir nicht mehr in Reih und Glied zu gehen. Ich stelle mich zu Isah, Ikhlas und Faisal. »Ha«, sagt Isah, »ist schon klar, was wir jetzt machen.«

Ich frage: »Was denn?«

»Was glaubst du?«, sagt er und fängt an zu lachen.

Wir müssen ins Stadion. Wir bekommen Plätze hoch oben zugewiesen, das Fußballfeld ist ein braunes Rechteck irgendwo weit unten. »Eine Hinrichtung«, flüstert Isah. »Kein Galgen. Keine Kuhle für das Steinigen. Die werden erschossen.«

Mir wird kalt. Wo stehen sie denn, die Verbrecher? Und die Henker?

Aber es ist noch längst nicht so weit. Zuerst wird gebetet. Und Reden werden geschwungen. Verschiedene Mullahs erläutern, dass die Gesetze der Sharia gerecht seien und Afghanistan ein Vorbild. Dass Allah unser Land auserwählt habe, um allen zu zeigen, was seine Absicht mit der Welt sei.

Es ist heiß und mir wird ein bisschen schwindelig von all dem Gerede. Ich denke an meinen Onkel, der Padars und Onkel Aarons Bruder war. Ich habe ihn nie gekannt, aber ich weiß, dass er ermordet wurde. Unschuldig ermordet. Und Madar hat mir schon so oft erzählt, dass die Taliban sich irren. Padar sitzt auch wegen eines Irrtums im Gefängnis. Also: Das Land Afghanistan ist ein Vorbild, aber eines, in dem auch Irrtümer vorkommen.

Faisal summt vor sich hin. Fast geräuschlos. Er macht so kleine Fingerbewegungen, ich glaube, sie gehören zu dem Tanz aus *Taqdeerwala*.

Isah stößt mich an. »Da sind sie«, sagt er.

Drei Männer werden hereingeführt. »Die müssen dran

glauben«, sagt Isah und setzt sich etwas gerader hin. »Mist«, sagt er, »ich sehe ja gar nichts!«

Ich auch nicht. Es ist zu weit weg. Ich weiß nicht so richtig, ob ich es spannend finden soll wie Isah oder ob ich wie Faisal an etwas anderes denken möchte.

Wieder folgt eine Rede, danach klingt ein Schuss. Ich habe nichts gesehen und Isah auch nicht. Er ist wütend. »Wozu sitzen wir dann hier?«, ruft er.

Die Gurke gibt uns ein Zeichen, dass wir jubeln sollen. Das tun wir, und später tun wir es noch zwei Mal. Aber nach wie vor habe ich nichts gesehen.

Als wir nach Hause gehen, summt Faisal nicht mehr. Er singt. Leise. Es ist wirklich das Lied aus *Taqdeerwala*.

Aber durch das, was am selben Nachmittag bei uns zu Hause geschieht, vergesse ich unseren Marsch durch die Straßen und auch die ganze Hinrichtung.

Draußen am Tor wird gehupt. Ich renne hin, um zu öffnen. Es ist das Auto von Onkel Aaron, das habe ich schon gehört. Und Noorahmed ist auch da.

Aber es steigt noch jemand aus. Padar.

Padar ist zu Hause!

»Batschem …«, sagt er und schickt mich hinein, um Madar zu holen.

Ich starre ihn an; er hat einen noch längeren Bart als damals, als ich ihn im Gefängnis sah, und auf seinem Gesicht sind schwarze Streifen. Er ist es und doch ist er es auch nicht. Ich renne zur Haustür und schreie: »Madar! Madar! Oma!«

Padar umarmt jeden. Mich auch. Und jetzt, da er spricht und sagt: »Deine Mutter hat dir doch gesagt, es wäre ein Irrtum?«, springe ich in die Luft. Ich renne drei Mal die Treppe zum Dach rauf und runter. Ich schreie so laut, dass die Nachbarn es bestimmt hören können.

Padar wäscht sich, und Navid und Roya und ich setzen uns vor die Tür des Badezimmers. Es dauert lange, ehe er frisch und sauber herauskommt. Aber als er dann da ist und als Madar ihm den Igelbruder in den Arm legt und er ihm zuflüstert: »Hallo, kleiner Qasim, du Geschenk Allahs«, wissen wir es fast sicher: Unser Vater ist wieder da.

Gute Neuigkeiten ziehen noch mehr gute Neuigkeiten nach sich, das kann nicht anders sein. Jetzt werden die Taliban wohl bald geschlagen sein, vielleicht von Ahmad Schah Massud, dem Freiheitskämpfer aus dem Norden. Faisals Eltern sind Anhänger Massuds und meiner Meinung nach hat Faisal sogar eine Massud-Mütze zu Hause.

Und wenn die Taliban verschwinden, dann kommt auch Bashir zurück!

Padar hat wieder angefangen zu arbeiten. Er reist nach Kandahar und in andere Provinzen, um Öl zu kaufen und Elektrogeräte für den Haushalt.

Er ist mehr als ein Jahr fort gewesen, aber die Kunden kennen ihn noch. Faisal und ich schauen nach dem Unterricht oft in Padars Geschäft vorbei. Faisal mag die kleinen Radios in der Vitrine. Und die Kühlschränke. Immer wenn es einen neuen gibt, versucht er zu erraten, woher der wohl kommt. Aus Japan? Aus China?

Wir haben auch Englischunterricht. Jeden Nachmittag nach der Schule rennen wir kurz bei Padar vorbei und danach gehen wir zum *Foreign Language Training Center*. Taliban können umsonst dorthin, aber unsere Väter haben dafür gespart.

Das erste Mal, als wir in das Center gehen, erzählt der Lehrer, wir befänden uns in dem früheren Haus von Ahmad Zahir.

Ahmad Zahir!

Der berühmteste Sänger Afghanistans! Jeder kennt seine Lieder! Er ist schon mehr als zwanzig Jahre tot, verunglückt, ermordet vielleicht, aber immer noch hat jeder mindestens eine oder zwei Tonbandkassetten von Ahmad Zahir im Haus. Und Madar singt abends manchmal leise das berühmte Lied, das Ahmad für seine eigene Mutter schrieb.

Der Englischlehrer ist der netteste Lehrer, den wir jemals gehabt haben. Abdullah Sahib scherzt gern und er mag mich und Faisal besonders. Wir sind die jüngsten Schüler, denn das hier ist eigentlich kein Kurs für Kinder. Aber wir lernen dennoch viel schneller als die meisten Erwachsenen in unserer Klasse.

Neben uns sitzt Said. Er ist zwar ein Talib, aber aus irgendeinem Grund sind die Taliban im Englischunterricht viel freundlicher. Said ist der schwächste Schüler. Sobald er drangenommen wird, schaut er hilflos zu Faisal oder zu mir. Wir sagen ihm dann die Antwort lautlos vor. Im Tausch dafür dürfen wir in der Pause, wenn wir auf dem Rasen vor dem Center sitzen, mal kurz Saids Pistole in der Hand halten. »Russisch«, sagt er dann und lacht stolz.

Die Männer um ihn herum behaupten, er wäre verrückt, uns seine Pistole in die Hand zu geben, aber Said lacht nur: »Das Magazin ist ja nicht drin. Außerdem sind diese Jungen meine Retter.«

Der Mullah, der Koranlehrer, hat auch eine Pistole. Am Dienstag bekommen wir, bevor Abdullah Sahib anfängt, eine halbe Stunde Islamunterricht. Der Koranlehrer legt seinen

Gürtel und seine Pistole vor sich auf den Tisch. Das tut er jede Woche auf die gleiche Art, und jede Woche seufzt er: »Diese Waffe ist der Tod für meinen Rücken!« Danach schaut er zu Abdullah Sahib und sagt: »Was heißt das auf Englisch?«, und dann sagt die ganze Klasse im Chor: *»This gun is killing my back.«*

Der Mullah hat ein Lieblingsthema: Sex.

»Sieben Frauen«, sagt er, »ihr dürft sieben Frauen haben. Merkt euch das gut. Ein Mann muss seine Pflichten tun. Das erwarten die Frauen, das erwartet die Gesellschaft, das erwartet euer eigener Apparat. Also: Sucht euch ein schönes Mädchen, stellt sie dem Imam vor und tut eure Mannespflicht, so oft ihr könnt. Aber dass ihr euch anschließend gut wascht! Dort, von unten. Das nächste Mal mache ich euch vor, wie wir Männer das am besten tun.«

Faisal und ich müssen jedes Mal wieder lachen, aber auch Abdullah Sahib hat seinen Spaß. Wenn der Mullah nach Hause geht, schnallt er sich seinen Pistolengurt wieder um und ruft danach fröhlich: »Männer! Sorgt gut für die Klöten!«

Der Sommer ist heiß, jedes Jahr scheint er heißer zu sein. Mein kleiner Igelbruder kann schon fast laufen und ich bin elf Jahre geworden.

Faisal und ich trotten zum Englischunterricht. »Ich kenne noch einen Witz«, sagt Faisal.

»Bist du dir auch sicher, dass es ein neuer ist?«

»Natürlich ist es ein neuer. Und er handelt von mir. Ich saß einmal in einem Baum und …«

»Den hast du schon erzählt.«

»Nein, nein«, ruft Faisal, »der hier geht anders, ehrlich! Kann ich jetzt weitermachen? Danke. Ich sitze also in dem Baum, da kommt ein sehr schönes Mädchen vorbei. Sie hat ein Röckchen an. Ich sage: ›Du, schlag doch mal ein Rad! Ich gebe dir auch dreitausend Afghani dafür.‹ Gut, sie tut es und ich kann natürlich alles sehen. Ihr Höschen und so. Abends erzählt sie ihrer Mutter stolz, wie sie die dreitausend Afghani verdient hat, aber ihre Mutter erschrickt und sagt: ›Ich verbiete es dir! Faisal schaut auf deine Unterhose, kapierst du das denn nicht?‹ Doch am nächsten Tag kommt sie mit sechstausend Afghani nach Hause! ›Was ist denn das?‹, kreischt ihre Mutter. ›Hast du es doch wieder getan? Ich sage doch: Faisal schaut dir auf die Unterhose!‹ Fängt das Mädchen stolz an zu lachen und sagt: ›Aber nein! Ich hatte heute ja absichtlich gar kein Höschen an!‹«

Ich lache unecht, denn ich kenne ihn schon.

»Faisal«, sage ich, »das war schon wieder ein alter Witz. Außerdem tragen die Mädchen in Afghanistan überhaupt keine Röckchen, das weißt du doch auch. Oder war es zufällig die Tochter des Metzgers?«

»Kuni«, sagt Faisal, »ich erzähle dir nie mehr etwas!«

Said, der junge Talib, sitzt vor dem Center und wartet auf uns. Er starrt bekümmert vor sich hin. »Was ist?«, fragen wir. »Was ist, Said?«

»Habt ihr es noch nicht gehört?«, erwidert er. »Abdullah Sahib ist tot.«

»Was?«, rufen wir. »Der Englischlehrer? Du lügst, Said! Das denkst du dir bloß aus!«

»Nein«, sagt er und sieht fast noch trauriger aus als vorhin. »Er wurde von einem Bus überfahren. Einem Kleinbus der Taliban.«

»Wie?«, rufen wir. »Wann?«

»Heute früh.«

Faisal und ich schauen uns gegenseitig an. Wir sind blass, alle beide. Wir wissen, wo Abdullah Sahib gewohnt hat. Es ist nicht weit, wir müssen dorthin. Wir rennen weg, obwohl Said uns nachruft, wir sollten vorsichtig sein.

»Warte!«, keucht Faisal. Wir schneiden ein paar weiße Rosen vor dem Blumenladen ab, wir bezahlen, wir rennen wieder weiter. Vor dem Haus unseres Englischlehrers stehen mindestens zweihundert Leute. Wir erkennen einige unserer erwachsenen Klassenkameraden, und an der Tür sehen wir auch den Koranlehrer. Es gibt Frauen, die weinen, und alle wirken irgendwie wütend.

Wir kommen gerade rechtzeitig. Als wir uns, so weit es geht, nach vorn durchgedrängt haben, öffnet sich das Gartentor. Vier ernste Männer tragen einen offenen Sarg heraus. »Hamu«, sagt Faisal mir ins Ohr, »ich habe noch nie eine Leiche gesehen …«

»Ich auch nicht«, flüstere ich.

Der Sarg schaukelt auf den Schultern der Männer, als sie an uns vorbeigehen. Plötzlich werden Faisal und ich hochgehoben. Jemand hinter uns hat bemerkt, dass wir Blumen dabeihaben. Wir schießen in die Höhe und erschrecken. Der Englischlehrer sieht aus, als wäre er aus weißem Ton gemacht. Außerdem schaut Watte aus seinen Nasenlöchern hervor.

Wir legen unsere Rosen auf den toten Bauch. Dann werden wir wieder abgesetzt. Die ganze Menschenmenge drängt jetzt hinter dem Sarg her, und wir gehen mit. Immer noch herrscht Lärm. Immer noch sind alle wütend. Wütend auf den Tod. Und vielleicht auch auf den ungeschickten Talibanbus.

Wir sagen nichts, und als der Zug zum Friedhof abbiegt, wechseln Faisal und ich einen Blick. Jetzt wollen wir nach Hause.

Wir gehen und gehen, denn wir haben wirklich keine Lust, uns in einen vollen Bus zu quetschen. Und wir haben auch keine Lust mehr, jemals wieder zum Englischunterricht zu gehen.

Und schlechte Neuigkeiten ziehen noch mehr schlechte Neuigkeiten nach sich, anders kann es nicht sein. Als ich nach Hause komme, sind Onkel Aaron und Tante Sanya da. Ich bin viel zu früh, aber niemand fragt, wie das möglich ist.

»Hamayun«, sagt Onkel Aaron, »Hamayun.« Er schaut mir ernst ins Gesicht.

Padar ist auch da, während er normalerweise um diese Zeit arbeitet. Was ist los?

Onkel Aaron geht fort. Zusammen mit Tante Sanya und ihrer kleinen Tochter. Der Tochter, die ich später einmal heiraten sollte. Sie gehen nach Pakistan. Nicht für kurze, sondern für sehr lange Zeit. »Bis es in Afghanistan wieder gut ist«, sagt Onkel Aaron.

Aber ist es denn nicht schon besser geworden? Die Taliban haben Padar doch freigelassen? Damit haben sie doch zugegeben, dass es ein Irrtum war?

Onkel Aaron sagt, es wäre noch längst nicht sicher und er hätte Angst, dass ihm die Taliban auf der Spur seien. Dass sie wüssten, dass er früher Dinge geschrieben hat, mit denen sie nicht einverstanden sind.

»Aber Padar hat doch auch Dinge aufgeschrieben, und der ist frei!«

»Batschem«, sagt Padar, »was ich geschrieben habe, haben sie nie gefunden. Das habe ich verbrannt. Was Onkel Aaron geschrieben hat, stand in der Zeitung. Das können wir nicht mehr verbrennen.«

»Okay«, sage ich dann und strecke meine Hand nach Onkel Aaron aus.

Wenn ich schon Abschied nehmen muss, dann tue ich es lieber gleich.

»Tschüs«, sage ich und will meine Hand wiederhaben.

»Hamu …«, sagt Onkel Aaron, »komm mal her …« Er zieht mich an sich, aber ich schließe meine Arme nicht um ihn. Ich hätte nie erwartet, dass Onkel Aaron uns im Stich lassen würde.

»Möge Allah mit euch sein«, sage ich. »In Pakistan. Tschüs.«

Und dann strecke ich meine Hand auch noch zu Tante Sanya aus. Aber danach renne ich hoch aufs Dach. Vielleicht gibt es heute Nacht ja Sterne. Afghanistan ist nämlich das Land mit den meisten Sternen. In Afghanistan gibt es viel mehr Sterne als in Pakistan, das weiß ich sicher.

Ich setze mich in einen Winkel und denke: Soll das Dunkel nur kommen. Nur her mit der Nacht!

Es gibt einen neuen Englischlehrer, aber der ist längst nicht so gut wie Abdullah Sahib.

»Natürlich geht ihr weiter zum Unterricht«, sagt Padar. »Ich bezahle das doch nicht umsonst! Und Englisch zu lernen ist wichtig. Sehr wichtig sogar.«

Padar ist nicht nur böse, weil wir nicht mehr hingehen wollen, sondern er hat auch entdeckt, dass wir unser Busgeld der grünen Frau geben.

Die grüne Frau sitzt immer am Eingang des Centers. Sie hat grüne Kleider an und grüne Streifen im Gesicht. Ihr Mann ist auf eine Landmine getreten, genau wie ihre beiden Kinder. »Sie sind alle tot«, sagt die grüne Frau, »jeder, den ich hatte, ist tot.« Aber sie lacht so freundlich, wenn wir ihr unser Geld geben.

»Gute Jungs«, sagt sie dann.

Das gefällt uns. Wir sagen es uns manchmal gegenseitig, Faisal und ich. »Gute Jungs, gute Jungs!«, und dann streiten wir uns über die Augenfarbe der Frau.

»Sie sind grün«, sagt Faisal, »sie ist nämlich die grüne Frau.«

»Ach was«, sage ich dann, »sie sind blau. Du bist farbenblind!«

Und solange wir uns darüber nicht einigen können, geben wir ihr unser Busgeld. Auch wenn Padar es nicht erlaubt. Er selbst kauft übrigens auch einmal in der Woche einen ganzen Stapel Brote und verteilt sie dann in der Straße. Weshalb sollten wir so etwas also nicht auch tun dürfen?

Faisal und ich spielen im Augenblick fast nicht mehr mit Isah und Ikhlas. Weshalb, weiß ich nicht. Oder eigentlich weiß ich es doch. Sie wollen nur noch diese kindischen Spiele spielen. Mit Stöcken marschieren und so.

Nach dem Englischunterricht gehe ich jetzt immer zu Faisal. Oder er kommt mit zu mir. Eines Abends, es ist fast schon August und wir sitzen in Faisals Zimmer, sage ich: »Du, Faisal? Wir ziehen wieder nach Mazar-e-Sharif. Wir ziehen zurück. Übermorgen oder so.«

Faisal schaut mich an. Er starrt mich an. Seine Hand bewegt sich nicht mehr. Aus seinen Augen laufen Tränen.

Ich bekomme einen Riesenschrecken.

»Hey«, sage ich, »das war ein Scherz! Wir ziehen überhaupt nicht um. Nie mehr. Padar sagt, wir bleiben, denn die Taliban haben es jetzt auf andere Leute abgesehen. Entschuldige, Faisal, tut mir leid …«

Aber Faisal weint immer noch.

Er nimmt sein Tagebuch und beginnt zu zeichnen. Erst nachdem er ein paar Minuten vor sich hin gekratzt und Linien gezogen hat, flüstert er: »Solche Sachen darfst du nicht sagen, Hamayun!«

Und dann passiert es doch. Einige Wochen später.

Madar ist krank gewesen. Sie hat Asthma. Auch der kleine Qasim wurde krank. Nichts Ernstes, einfach nur etwas Fieber. Aber Madar konnte nicht so gut für ihn sorgen. Padar hat unseren Igelbruder zur anderen Oma mitgenommen, die ein Stück außerhalb von Kabul wohnt. Qasim ist in letzter Zeit häufiger bei ihr, die Luft ist dort sauberer und die Sonne weniger heiß. Und vielleicht gibt es dort ja auch mehr kleine Igel als bei uns im Garten.

Padar ist vom Dorf der anderen Oma in die südlichen Provinzen weitergefahren, um neue Waren fürs Geschäft zu kaufen. Er ist schon ein paar Tage von zu Hause fort. Zum Glück fühlt Madar sich wieder etwas besser.

Es ist Abend und wir schauen gerade *Taqdeerwala*. Wir sitzen alle auf dem dicken Teppich in meinem Zimmer. »Nur noch ein paar Minuten«, sagt Madar, »es ist schon fast Bettzeit.«

Navid singt die Lieder mit und Roya versucht, die Handbewegungen der Tänzerinnen nachzumachen.

Plötzlich entdecken wir hinter den Gartenmauern große, gelbe Lichter auf der Straße. Ich schaue durch das Fenster und sehe fünf oder sechs Männer durch unser Tor kommen. Haben wir es nicht richtig abgeschlossen? Habe ich den Schlüssel nicht richtig umgedreht? Sie rennen über unseren

Gartenweg und ich weiß, wer sie sind. Ich fange an zu schreien: »Madar! Madar! Die Taliban sind da! Die Taliban!«

Kurz darauf stehen sie schon im Haus. Madar geht in den Flur und ich hechte zum Fernseher. Ich ziehe das Video aus dem Rekorder, aber es ist schon zu spät. Die Taliban kommen in mein Zimmer und schlagen mit einem Knüppel auf den Fernseher ein. Das Glas zersplittert. Navid und Roya und ich springen so weit wie möglich zurück. Ich lasse das Video aus den Händen fallen.

Oma und Madar kommen wieder herein. Sie schreien und wir schreien auch. Einer der Taliban stellt sich mit dem Absatz auf die Videokassette. Der Kunststoff zerbricht. Der Talib tritt *Taqdeerwala* durch das Zimmer und der lange, dünne Film rollt von den Spulen herunter. Der Talib nimmt das Filmband und zerreißt es.

Madar hat Navid zu sich genommen und ich halte Roya fest. Oma versucht, uns aus dem Zimmer zu ziehen. Ich habe noch nie solche Angst gehabt wie jetzt. Ich weiß, dass sie uns auch schlagen werden, dass sie uns genauso kaputtmachen werden wie unseren Fernseher, wie unseren Lieblingsfilm.

Wir rennen in Omas Zimmer, aber die Taliban kommen uns nicht hinterher. Sie schreien Madar an: »Hast du Waffen? Wo sind die Waffen?«

»Ich habe keine Waffen!«, schreit Madar zurück.

Oma legt die Hände auf Navids Schultern und schaut ihm ins Gesicht. »Jetzt musst du tun, worum Madar dich gebeten hat«, sagt sie zu ihm. »Weißt du es noch? Jetzt sofort. Schnell!«

Navid nickt und rennt weg. Er huscht zur Haustür hinaus.

Flüsternd frage ich Oma: »Wohin geht er? Wohin geht Navid?«

Oma zischt: »Still! Still! Navid geht zu Noorahmed, Hilfe holen. Auf kleine Jungs achten sie nicht. Kümmere du dich um Roya. Still!«

»Wo ist dein Mann?«, brüllen die Taliban Madar im Wohnzimmer an.

»Irgendwo unterwegs!«, ruft sie. »Auf Geschäftsreise. Mein Mann ist ein Geschäftsmann. Mit Politik hat er nichts zu tun! Wir sind gläubige Bürger. Was suchen Sie hier? Sie sind an der falschen Adresse!«

Ich höre, wie sie zwischen ihren Sätzen husten muss und wie ihr Atem pfeift.

Genau wie an dem Abend, als sie Padar holen kamen, warten die meisten Taliban nach einer Weile draußen im Garten. Wir sind umzingelt. Kommen sie noch einmal wegen Padar? Wollen sie ihn wieder gefangen nehmen?

Ich habe Roya zu mir auf den Schoß genommen. Sie weint leise, aber ich summe ihr etwas ins Ohr und puste ihr in den Nacken.

»Sorge dafür, dass dein Mann sich meldet!«, ruft der Talib, der noch im Haus ist. Er geht durch den Flur zur Haustür. »Dein Mann muss sich melden! Sag ihm das! Jetzt!«

»Wie könnte ich das?«, ruft Madar. »Er ist fort, auf Geschäftsreise, das sage ich Ihnen doch? Ich kann ihn nicht erreichen!«

Dann ist es eine Zeit lang still. Geht der Talib weg? Gehen sie alle weg? Sind wir gerettet? War es bloß eine Warnung?

Oma flüstert: »Navid ist jetzt bei Noorahmed. Noorahmed wird uns helfen, *Inschallah*. Sie können jeden Augenblick hier sein.«

Aber es dauert noch eine ganze Zeit, bevor wir wieder etwas hören. Roya hat aufgehört zu weinen. Mir schlafen die Arme ein, weil ich sie die ganze Zeit festhalten muss, aber ich lasse sie nicht los. Ich denke an Padar. Und an Onkel Aaron. Wir hätten mitgehen sollen. Nach Pakistan.

Die Taliban sind noch nicht fort. Ab und zu sehen wir einen hinterm Haus durch den Garten laufen.

Madar kommt auf uns zu; ihr Gesicht ist rot und sie hält sich eine Hand vor die Brust. »Sie warten«, keucht sie, »sie tun uns nichts.«

Noch später, ich weiß nicht, wie viel Zeit vergangen ist, hören wir ein Auto anhalten. Es ist das von Noorahmed!

»Bleib hier!«, sagt Madar, aber ich lege die schlafende Roya auf Omas Matratze, stelle mich in den Flur, weit weg von der Haustür, und horche.

Navid kommt auf mich zugerannt. »Ich bin zu Noorahmed gegangen!«, sagt er. Er sieht stolz aus. »Und wir haben den Kommandanten angerufen. Noorahmed musste sehr lange reden, aber es hat geklappt. Der Kommandant kommt und holt die Taliban weg.«

Ich lege Navid meinen Arm um die Schulter und bringe ihn in Omas Zimmer. Er schiebt meinen Arm weg, aber von Oma lässt er sich drücken.

Ich gehe wieder zurück in den Flur und höre Noorahmed sagen: »Denken Sie an die Ehre, die Ehre für das gesamte Viertel! Der Mann dieses Hauses ist nicht da. Es schickt sich doch nicht, wenn die Frauen hier die Nacht in Gesellschaft fremder Männer verbringen? Was würde Ihr Mullah Sahib davon halten?«

Nach einigem Hin und Her hören wir den Kommandanten sagen: »Zwei in den Garten, das genügt. Die anderen nach Hause!«

Nachts wache ich manchmal auf. Dann stelle ich mich an meine Zimmertür und horche auf den Schlaf. Ich höre, wie die anderen im Haus tief und langsam atmen. Ich liebe dieses Geräusch. Es klingt, als würde die Luft selbst sich langsam heben und senken. Aber heute Nacht höre ich nichts. Ich liege in Omas Zimmer. Madar hat gesagt, alles würde gut. Morgen würde sich alles klären und heute wäre eine Nacht wie jede andere.

Das ist sie nicht. Ich bin sicher, dass Madar wach liegt. Und Oma auch. Und Navid vielleicht. Navid begreift, was passiert, er ist groß geworden in letzter Zeit. Roya schläft wahrscheinlich. Alle anderen im Haus sind wach. Genau wie ich.

Es gelingt mir nicht, etwas zu essen. »Ihr geht ganz normal zur Schule«, sagt Madar. »Wenn ihr heimkommt, sind die Wachen fort.«

Navid geht mit den Nachbarkindern mit und ich treffe Faisal am Bus. Das Erste, was er tut, ist lachen. »Wie blass du aussiehst! Nicht gut geschlafen? Oder nur schlecht gelaunt am Morgen? Hör zu, ich habe großartige Neuigkeiten. Es hat geklappt. Ich habe mit ihr gesprochen, mit der Tochter des Metzgers! Sie hat gelächelt! Und sie kannte meinen Namen! Aus der Nähe ist sie noch schöner als von weitem! Ich bin gestern einfach an ihr vorbeigegangen und sie hat Hallo gesagt. Und dann haben wir eine Zeit lang miteinander gesprochen. Sie wird meine Frau. Na ja, nicht, dass wir darüber schon gesprochen hätten, aber ich bin mir sicher. Derartige Dinge weiß ich immer mit Sicherheit.«

Faisal freut sich, und ob ich nun will oder nicht, ich muss über ihn lachen.

»Gib nur acht«, sage ich, »wenn ihr Vater dahinterkommt, möchte er bestimmt, dass du ihn kennenlernst. Ihn und seine Messer, haha!«

»Lach du nur«, sagt Faisal. »Aber den besten Teil der Geschichte habe ich dir ja noch gar nicht erzählt. Sie hat eine Freundin, die ist fast genauso schön. Und diese Freundin, Hamu, die ist gerade richtig für dich. Zwei Freunde mit zwei Freundinnen, das könnte doch nicht besser sein, oder? Habe ich für dich geregelt. Na, was sagst du dazu?«

Ich muss noch einmal lachen und tippe Faisal auf seine Mütze. »Du halber Irrer«, sage ich.

»Ja, ja«, sagt Faisal. »Aber jetzt du. Was ist los?«

Die ganze Schule weiß es. Die Kinder, die bei uns in der Straße wohnen, haben es allen erzählt. *Bei Hamayun zu Hause hat es eine Razzia gegeben.*

Faisal bleibt den ganzen Tag in meiner Nähe. Isah und Ikhlas haben tausend Fragen, aber Faisal sagt: »Zieht Leine! Hamayun hat überhaupt keine Lust darauf, dass ihr ihm so in den Ohren liegt.«

Ich kann meine Gedanken nicht auf den Unterricht konzentrieren. Ich bin müde, ich will schlafen. Aber ich kann nicht schlafen. Ich sehe das Schwenken des Talibanknüppels vor mir und die vielen kleinen Glaswürfel der kaputten Fernsehröhre. Ich weiß, die Wachen werden noch dastehen, wenn ich nachher aus der Schule komme. Das kann nicht anders sein. Ich weiß auch, dass es dann nur zwei Möglichkeiten gibt. Fliehen, genau wie Onkel Aaron und Bashir, oder Padar kommt wieder ins Gefängnis und Madar jetzt wahrscheinlich auch. Und gibt es Kindergefängnisse? Ja, die gibt es. Aber ich bin schon elf. Vielleicht machen sie ja einen Soldaten aus mir.

»Faisal«, flüstere ich, »erzähl noch mal von der Tochter des Metzgers.«

Und dann erzählt er seine ganze Geschichte noch einmal von vorn, auch wenn es das vierte, nein fünfte Mal an diesem Morgen ist.

Die Schule ist aus. Faisal sagt: »Ich bleibe bei dir. Ich gehe mit dir nach Hause.«

»Nicht nötig«, sage ich.

»Doch, ist es«, sagt Faisal.

Wir gehen langsam. Ich traue mich nicht zurück, aber ich muss doch wissen, was jetzt passiert. Wenn Padar nicht da ist, bin ich der älteste Mann im Haus. Ich muss auf Madar achtgeben, Madar ist krank gewesen. Zum Glück ist mein kleiner Igelbruder bei der anderen Oma. Zum Glück weiß mein kleiner Igelbruder von nichts. Zum Glück kriecht er schön draußen durchs Gras, in einem stillen Garten.

Wir kommen an Faisals Straße vorbei. »Ich bleibe bei

dir«, sagt Faisal. Und diesmal sage ich nichts, sondern nicke nur.

»Eigentlich ist es ja auch egal«, sagt Faisal, »wen wir heiraten. Wir bleiben sowieso Freunde.«

»Natürlich«, sage ich.

Wir sind fast da. Noch vier Häuser. Hier macht die Straße eine schwache Biegung. Wir bleiben stehen.

Ich sage: »Ich gehe und schaue nach, ob sie noch da sind. Warte einen Moment hier.«

Ich gehe ein kleines Stückchen weiter, bis halb zur Biegung. Ich will nicht hinsehen, tue es aber doch. Da stehen sie. Zwei andere Wachen diesmal, aber in derselben Art gekleidet. Taliban.

Ich fühle ein Stechen im Bauch und gehe zu Faisal zurück. »Ja«, sage ich, »noch immer.«

»Weißt du«, sagt Faisal, »es ist nicht schlimm, dass dein *Taqdeerwala* kaputt ist. Wir haben ja meine Kassette noch. Und was mir gehört, gehört auch dir. Los, komm, wir gehen weiter.«

»Nein«, sage ich. »Ich gehe allein. Es ist mein Haus.«

»Jetzt sei nicht doof«, sagt Faisal.

»Ich bin nicht doof. Ich gehe allein.«

Faisal denkt ein Weilchen nach und sagt dann: »Hm.«

Ich muss gehen. Etwas anderes gibt es nicht.

Ich habe Angst, aber ich will zu Madar und zu Oma, und vielleicht ist Padar schon nach Hause gekommen.

Ich stelle mich direkt vor Faisal und lege ihm die Hand auf die Schulter.

Ich betrachte seine schwarze Mütze und seine schwarze

Kleidung. Und seine schwarzen Augen. Heute sind sie besonders schwarz.

Ich sage: »Tschüs, Faisal. Tschüs.«

Faisal sagt nichts.

Er schaut mich an.

Und ich drehe mich um.

Die beiden Talibanpolizisten stehen an beiden Seiten unseres offenen Gartentors und starren vor sich hin. Ihre Kalaschnikows zeigen auf den Boden.

Sie lassen mich einfach so durch. Sie bewegen noch nicht einmal ihre Waffen. Sie knurren nicht, sie spucken nicht, sie tun nichts.

Im Haus ist Madar. Sie sieht besorgt aus. Und nervös. »Alles wird gut«, sagt sie, »aber frag mich jetzt nichts. Spiel ein bisschen mit Roya, wenn du magst …«

Roya ist bei Oma und legt ein Puzzle. Navid ist auch schon zu Hause. »Hey«, sage ich, »hey, kleine Schwester! Hallo, Navid!« Und dann spüre ich Omas Hände im Rücken. »Wir trinken Tee«, flüstert sie, »ich habe das Wasser schon heiß.«

Zu unserem Tee kommen wir nicht. Plötzlich sind doch wieder mehr Taliban im Garten. Aber da ist auch Noorahmed wieder. Mit dem Kommandanten. Ich kann nicht hören, worüber sie sprechen. Oma geht und holt Madar. »Komm«, sagt sie zu ihr, »du kannst nicht ohne Tschador an der Haustür stehen, das gehört sich nicht.«

Kurz darauf sitzen wir alle zusammen im Wohnzimmer. Ich schaue zu Madar. Sie beißt sich auf die Unterlippe und ist wieder ganz rot im Gesicht. Ich möchte sie nichts fragen, denn ich sehe auch so, wie ihr Blick an mir vorbeischweift.

Und plötzlich ist es zu Ende. Wir hören ein Auto starten. Dann noch eins. Und kurz darauf kommt Noorahmed herein.

Madar geht auf ihn zu. Sie fängt an zu weinen und küsst ihm die Hand. Navid rennt ans Fenster und schaut verwundert in den Garten. »Sie sind verschwunden«, sagt er, »sie sind wirklich verschwunden!«

»Sie kommen wieder«, sagt Noorahmed zu Madar. »Morgen. Oder sonst übermorgen. Ich habe ihnen versprochen, dass ich deinen Mann holen gehe.«

»Nein!«, ruft Madar.

Ich schaue von ihr zu Noorahmed und wieder zurück.

»Keine Sorge«, sagt Noorahmed. »Das tue ich nicht. Ich habe dem Kommandanten Geld gegeben, also habt ihr eine kurze Verschnaufpause. Aber nicht lange, denn du weißt, dass ... Na ja, ich habe euren Vater erreichen können. Er ist in Medan Shar. Bei mir zu Hause. Das heißt, ihr müsst jetzt schnell sein.«

»O Khoda!«, ruft Oma.

»O Khoda!«, ruft Madar. Aber dann steht sie auf. Sie geht aus dem Zimmer und kommt sofort wieder zurück. »Hamayun«, sagt sie.

Ich gehe zu ihr. Sie nimmt mich bei der Hand und zieht mich in den Flur. »Wir gehen«, sagt sie. »Wir ziehen fort. Frag mich nicht zu viel, aber zuerst fahren wir nach Medan Shar. Du musst packen. Nur etwas Kleidung, Hamu. Nicht zu viel und nicht zu schwer. So, dass du es selbst tragen kannst. Und du musst deinem Bruder helfen. Oma kümmert sich um Roya.«

Ich nicke und renne in mein Zimmer.

Ich weiß, was geschehen muss. Meine Hände reißen

meinen Schrank auf und nehmen Socken daraus hervor und Unterwäsche und zusätzliche Tombans und Perans, weiße natürlich. Meine Hände sind schnell, es ist, als hätten sie sich längst überlegt, was mitmuss.

Navid! Ich muss Navid helfen!

Er hüpft durch den Flur. »Navid!«, rufe ich, »komm her!«

Navid hört auf mich. Und auch seine Hände nehmen, ohne zu zögern, die richtigen Kleidungsstücke.

Ich verstehe es wirklich nicht: Wir müssen uns beeilen, wir müssen rennen, wir haben keine Zeit, und dennoch tun wir alle haargenau das, was wir tun müssen. Als hätten wir es geübt.

Ich gehe zu Madar. Ich muss sehen, was sie gerade macht. Wie sich ihr Atem anhört. Ob sie weint. Ob ich helfen soll. Ich bin der älteste Sohn.

»Was ist?«, fragt sie, als ich in der Türöffnung ihres Zimmers stehe.

Ich sage: »Nichts.«

»Ich komme gleich und kontrolliere eure Sachen.«

»Madar …«

»Jetzt nicht, Hamu«, sagt sie. »Uns bleibt jetzt nichts anderes. Wir können froh sein, dass Noorahmed für uns sorgt. Die meisten Menschen haben kein solches Glück.«

Ich gehe wieder zurück in mein Zimmer, aber ich wüsste nicht, was ich sonst noch einpacken sollte.

Ich gehe zu Oma. Sie steckt Royas Sachen in eine Tasche. Ein Puzzle, zwei von ihren Schmusetieren, Kopftücher.

Hat Oma selbst schon alles gepackt?

Wir sind fertig. Ich schaue auf mein Bett. Schlafen wir hier noch einmal? Noorahmed ist wieder fort. Ja, ich denke, wir legen uns hier noch schlafen und dann fahren wir wahrscheinlich morgen, oder heute Nacht, nach Medan Shar.

Navid kommt und setzt sich auf meine Matratze.

Er sagt: »Wir gehen fort.«

»Ja«, sage ich.

»Gehen wir in ein anderes Land?«

»Ja.«

»Gehen wir zu Bashir?«

Ich erschrecke. Daran habe ich noch gar nicht gedacht. Ja, vielleicht gehen wir ja zu Bashir! Oder zu Onkel Aaron. Nach Pakistan.

»Hör zu«, sage ich, »wir fahren erst zu Padar. Und dann holen wir den kleinen Qasim und die andere Oma. Und dann erst fahren wir weiter. Aber wir dürfen jetzt nicht im Weg sein. Wir dürfen Madar nicht krank machen. Wir müssen gut zu ihr und zu Padar sein.«

»Ja«, sagt Navid. Er nickt. Und als ich ihn so nicken sehe, nicke ich auch. Aber nachdem ich alle Namen aufgezählt habe, weiß ich es auf einmal sicher: Ich werde Faisal nicht mehr wiedersehen.

Ich reiße den Schrank wieder auf. Ich habe noch etwas vergessen. Meine schwarzen Federn. Und mein Tagebuch.

Die Federn stecke ich in unsere Tasche. Und das Tagebuch? Das Tagebuch kann nicht in die Tasche, das ist zu unsicher. Das Tagebuch stecke ich unter meinen Peran, hinter den Rand meiner Unterhose.

Noorahmed ist wieder da.

»Ich habe Benzin geholt«, sagt er. »Also kommt.«

Kommt? Jetzt schon?

Ja. Madar schiebt zwei schwarze Koffer in den Flur. »Kannst du sie tragen?«, fragt mich Noorahmed.

Ich nehme die Koffer und schleppe sie einen nach dem anderen zum Auto. Noorahmed geht hinter mir her. Er öffnet die Kofferraumklappe und hebt sie hinein. Kurz darauf ist auch Navid draußen, mit unserer Tasche. Ich gehe wieder ins Haus, um Omas Sachen zu holen.

Madar hat ihre Burka angezogen. Oma noch nicht. Oma steht in der Küche. Sie lässt Wasser in eine Schale laufen. »Oma«, sage ich, »wo ist dein Koffer?«

Oma dreht den Wasserhahn zu. Sie stellt die Schale hin und hebt beide Hände nach oben. »Hamayun-jaan«, sagt sie, »wer außer mir soll das Haus bewachen?«

Ich verstehe sie nicht.

»Mir werden sie nichts tun«, sagt Oma.

Ich verstehe sie noch immer nicht.

Ich schüttele den Kopf und renne hinaus auf den Flur. Oma dreht hinter mir den Wasserhahn wieder auf.

»Eure Mäntel«, sagt Madar.

Unsere Mäntel? Es ist Sommer! Ich schüttele noch einmal den Kopf und hole sie aus der Abstellkammer.

Noorahmed steht an der Tür, Hand in Hand mit Navid. Oma kommt aus der Küche. Sie trägt die Wasserschale. Die wird sie wieder hinter uns ausgießen, genau so, wie sie es bei Bashir getan hat. Um dafür zu sorgen, dass wir eine sichere Reise haben und sicher wieder zurückkehren werden. Aber ich bin nicht verrückt. Wir kommen nicht wieder.

Ich stelle mich mit den Mänteln neben Noorahmed. Wir warten auf Madar und Roya. Ich betrachte die weißen Wände des Hausflurs und denke: Dieses Weiß, da hätte ich hineinritzen können. Ich hätte es ruhig tun können.

Madar stellt Roya neben mich. Ich nehme ihre Fingerchen in meine. Madar hat einen Koran in der Hand, unter dem wir einer nach dem andern hindurchlaufen müssen. Oma gießt das Wasser aus. Wir gehen zum Gartenweg und alles, alles ist still. Die Nachbarn sind still, die herrenlosen Hunde sind still, wir selbst sind still.

Roya, Navid und ich steigen hinten in Noorahmeds Auto.

Oma und Madar stehen an der Beifahrertür. Sie weinen. Es ist also wahr, Oma kommt wirklich nicht mit. Jemand muss das Haus bewachen.

Ich springe wieder hinaus und umarme Oma. Sofort kommen Navid und Roya hinzu. »Kinder«, sagt Oma, »Kinder. Allah wird euch behüten. Allah hat einen wunderbaren Plan für euer Leben.«

Und dann startet Noorahmed den Motor.

Wir lassen Oma los.

Wir steigen ein.

Wir fahren weg.

Und ich schaue mich nicht mehr um.

»So«, sagt Noorahmed nach einer Weile. Er beobachtet uns in seinem Rückspiegel. »Bei mir zu Hause gibt es auch Kinder. Ihr könnt Freunde werden.«

Ich erwidere nichts. Und auch Madar sagt nichts.

Navid schon.

Er fragt: »Fahren wir denn nicht in ein fernes Land?«

Noorahmed lacht. »Ja. Das werdet ihr bestimmt. Heute Abend aber noch nicht, sondern morgen früh. Sehr früh.«

Navid nickt. Er scheint mit der Antwort zufrieden. »Ja«, sagt er, »zuerst Qasim abholen und die andere Oma. Und dann in ein fernes Land.«

Madar sagt immer noch nichts. Sie hat den Kopf an das Seitenfenster gelehnt und hält die Augen geschlossen.

Noorahmed schaut wieder in seinen Rückspiegel. Seine Augen begegnen meinen.

Und dann erst merke ich, wie sehr mir meine Beine wieder wehtun, wie damals in der ersten Talibannacht, vor mehr als einem Jahr. Denn jetzt verstehe ich noch mehr.

Ich verstehe, was Noorahmeds erschrockener Blick bedeutet. Wir holen niemanden ab. Qasim ist nicht umsonst schon eine Zeit lang bei der anderen Oma. Flüchten tut man auf dem schnellsten Weg. In der kürzesten Zeit. Also lassen wir unsere Großmütter zurück.

Und den kleinen Igelbruder?

Den Igelbruder auch.

ROADMOVIE

Lauter Erinnerungen, lauter DVDs.

Ich meldete mich krank, ich blieb ein paar Tage zu Hause und ging nicht zur Schule.

Ich schloss mich ein in meinem engen niederländischen Zimmer. Ich sah alles wieder vor mir und ich wurde wieder ein wenig der Hamayun mit acht oder zehn oder elf Jahren.

Es war nicht schön.

Ich war mit meinen Gedanken schon so lange nicht mehr in Afghanistan gewesen. Zu Hause versuchten wir, möglichst wenig darüber zu sprechen, und wenn wir die zerschossenen Straßen Kabuls auf ATN sahen, riss immer jemand die Fernbedienung vom Tisch, um zu *Afghanistan sucht den Superstar* zu zappen oder irgendeiner schlecht ausgedachten Soap.

Natürlich, Madar machte immer noch *Qurma* oder *Mantu*. Und am 21. März feierten wir ganz normal *Nauruz*, das afghanische Neujahr. Außerdem gab es jeden Monat mindestens eine Hochzeit von Bekannten oder entfernten Verwandten, und dann tanzten die Männer und die Frauen auf genau dieselbe Weise wie früher in Kabul. Aber auf dem Weg dorthin kamen wir an einem *Febo* vorbei, dieser Imbisskette, wo es heiße Snacks aus dem Wandautomaten gibt, und auf meinem Handy stand als Netzbetreiber Telfort und nirgendwo rochen die Straßen nach der typisch afghanischen Mischung aus Rosen und Dreck. Seit kurzem träumte ich sogar auf Niederländisch, und so war ich nur mehr selten da – in Kabul.

Ich hatte schon sehr lange nicht mehr gewagt, in meinem alten, ersten Tagebuch zu blättern.

Faisal?

Ach, Faisal.

Jetzt, da ich angefangen hatte, mich daran zu erinnern, sah ich ihn wieder vor mir. Er stand in der Bildmitte, und um ihn herum bewegte sich alles wie in einem Film. Aber auch Marjan der Löwe stand auf, um zu brüllen, mein kleiner Igelbruder krähte mir leise ins Ohr, und Oma beugte sich vor, um meine Zehennägel zu kontrollieren.

Mein Hals tat mir unaufhörlich weh.

Nein, schön war es nicht.

Aber ich konnte nicht mehr aufhören. Ich bellte Navid und Roya weg, sobald sie nur in der Türöffnung standen. Ich verließ mein Zimmer nur, um rasch zu pinkeln und schweigend zu essen. Selbst Padar wusste nichts anderes zu tun, als sich zu mir aufs Bett zu setzen und seine Hand auf meine Schulter zu legen.

»Warum bin ich hier?«, fragte ich ihn. »Warum komme ich aus Kabul? Wieso bin ich nicht in China geboren? Ich hätte doch ebenso gut ein Chinese sein können! Padar, wieso bin ich kein Chinese?«

Und dann schüttelte Padar den Kopf und stand wieder auf.

Die einzigen SMS-Nachrichten, die ich las, waren die von Frau Levanti. *Ich bin immer noch erkältet,* antwortete ich, *aber ich werde an dem Theaterstück weiterarbeiten.*

Gute Besserung, tippte sie zurück. *Wann, meinst du, können wir dich wieder in der Schule erwarten?*

Das weiß ich nicht, schrieb ich, *ich bin noch längst nicht da, wo ich sein sollte.*

Padar steht vor dem Tor von Noorahmeds Haus.

Wir steigen aus und er umarmt uns einen nach dem andern. Er legt seine Hände auf unsere Schultern, unsere Arme, unsere Finger.

Ich bin so froh, ihn zu sehen, dass ich weinen will. Aber es geht nicht, mein Gesicht ist immer noch ganz starr.

Der Fußboden in Noorahmeds Zimmer glänzt. Der Teppich dort sieht sehr neu aus und das Sofa ist groß und schwarz. Madar und Noorahmeds Frau gehen in die Küche, Roya und Navid gehen mit.

Ich bleibe bei Padar.

»Erst müsst ihr etwas essen«, sagt Noorahmed und zeigt auf das Sofa. »Setzt euch, setzt euch! Hinlegen geht auch.«

Wir bekommen Reis mit Huhn und Früchten. Auf dem Essgeschirr sind goldene Sternchen aufgemalt. Wir kauen langsamer als gewöhnlich. Und wenn jemand etwas sagt, dann ist es leiser als gewöhnlich. Ich nehme ein paar Bissen und stelle meinen Teller wieder zurück auf den Tisch.

Ich lehne mich seitlich gegen das Sofa. Ich will nicht einschlafen, aber ich tue es doch.

Als ich aufwache, klebt meine Wange an dem Sofaleder. Der Tisch ist abgeräumt. Auf der anderen Seite des Zimmers spielt Madar mit Roya und Navid; sie machen fast kein Geräusch. Neben mir unterhält sich Padar mit Noorahmed. Sobald Padar sieht, dass ich wach bin, legt er mir seine Hand auf die Schulter. Ich versuche, ihm zuzulächeln.

Ich will begreifen, was Padar und Noorahmed sagen. Es geht um Geld und Routen und Politik. Ich warte darauf, dass sie das Dorf erwähnen, in dem die andere Oma wohnt, wo der kleine Igelbruder ist, aber ich weiß durchaus, dass es jetzt um andere Orte geht. Unbekannte Orte, die viel weiter entfernt liegen.

So sitzen wir und die Zeit vergeht. Ab und zu schiebt Padars Hand auf meiner Schulter etwas hin und her. Ab und zu zwicken seine Finger mich vorsichtig in den Arm. Ab und zu streicht einer dieser Finger mir leise seitlich übers Gesicht.

Wieder schlafe ich ein und wieder werde ich auf dem Sofa wach. Aber jetzt ist es Morgen. Die Sonne ist erst halb auf, und doch müssen wir hastig essen und hastig zum Busbahnhof.

Hat Madar überhaupt geschlafen?

Und hat Padar überhaupt geschlafen?

Ich weiß es nicht. Madar sitzt neben mir, auf der Rückbank von Noorahmeds Auto. Auf dem Sitz vor uns schaut Padar die ganze Zeit auf die Straße.

Royas Kopf liegt in Madars Schoß und Navid hat schon drei Mal gefragt, wo Oma und die andere Oma sind und ob wir jetzt Qasim abholen, aber niemand hat ihm eine Antwort gegeben. Ich schaue ihn an und ich schaue ihn nochmals an, und jetzt sagt auch Navid nichts mehr.

Am Busbahnhof ist es nicht schwierig, die Haltestelle nach Kandahar zu finden. Der große Mercedes-Bus steht schon da und wartet. Die grünen Streifen auf seiner Seite sehen aus wie frisch gemalt.

Wir sind früh, aber der Fahrer winkt, sobald er uns sieht. Er springt aus dem Bus und schiebt die Klappe seines Gepäckraums hoch. Er hebt unsere Taschen und Koffer hinein.

Padar und Noorahmed legen sich kurz gegenseitig die Arme um die Schultern. Sie lassen schnell wieder los, sie nicken und Padar sagt: »Danke schön. Für alles. Möge Allah auf allen deinen Wegen mit dir sein.«

»Ich sehe euch wieder«, sagt Noorahmed.

»Inschallah«, sagt Padar, *»Inschallah.«*

Dann nimmt Noorahmed Abschied von Madar. Ich bekomme auch einen Händedruck. »Tschüs, starker Junge«, sagt Noorahmed.

»Alles ist noch frei!«, ruft Navid und rennt ganz durch den Bus zu den hintersten Reihen. Ich setze mich ans Fenster. Ein Glück, es lässt sich öffnen.

»Ja!«, ruft Navid, sobald der Motor anspringt und der Bus zu zittern anfängt. »Ja, es geht los!«

Wir fahren fort.

Padar bückt sich. Er holt etwas aus der Tasche, die vor seinen Füßen steht. Über Madars Knie hinweg reicht er mir eine Plastiktüte.

»Für dich«, sagt er, »es wird eine lange Reise.«

Ich schaue ihm verwundert ins Gesicht und hole einen Karton aus der Tüte. Ich mache ihn auf. In ihm ist ein Walkman. Mit kleinen Ohrhörern. Und eine Kassette finde ich auch noch.

»Bollywood-Lieder«, sagt Padar. »Die magst du doch gern?«

Der Bus fährt schon stundenlang, aber mir ist nicht schlecht. Weil es die letzten Tage geregnet hat, wirbeln die Staubwolken nicht so hoch auf und mein Fensterchen kann offen bleiben. Außerdem halten wir ab und zu vor einem der Motels entlang der Straße. Um etwas zu essen oder um zu beten.

Padar trägt sein großes Gebetstuch um den Hals, es ist gleichzeitig ein Schal. Als wir es auf dem Boden ausbreiten, passen Padar und ich zu zweit darauf. Es ist schön, dazuknien und zu spüren, dass er so nah bei mir ist. Aber ich wage noch nicht, für Oma zu beten oder für den kleinen Igelbruder oder für Faisal. Ich wage es nicht, weil ich dann an sie denken müsste.

Als wir nach einem Halt wieder im Bus sitzen, stellen Navid und Roya jede Menge Fragen über die Wüste, die Zelte und die Kamele mit Kisten und Säcken und Omas und manchmal sogar Ziegen auf dem Rücken. Ich halte die Finger um meinen Walkman geklammert. Ich wage auch nicht, mir meine Kassette anzuhören, noch nicht. Denn was soll ich tun, wenn ein Lied aus *Taqdeerwala* dabei ist?

Fahren und anhalten. Wegdämmern und aus dem Fenster schauen. Wir tun nicht viel anderes, und auch als die Nacht kommt, sind wir noch nicht in Kandahar. Wir schlafen zusammengekrümmt in unseren Sitzen und waschen uns auf der Toilette eines viel zu schicken Hotels.

Am zweiten Tag fahren wir hoch durch die Berge. Vom Fensterspalt her weht mir ein kühler Luftstrom durchs Haar. Ich schaue immerzu nach unten, denn ich versuche, die Schleifen des Flusses im Tal zu verfolgen. Ich habe noch nie so klares Wasser gesehen.

Als wir am Spätnachmittag bei einer Bergmoschee aussteigen, halte ich beim Beten die Augen offen. Wir breiten unser Gebetstuch im Freien aus, und selbst von hier oben kann ich den Fluss noch sehen. Ich knie und spüre das Tagebuch, das ich immer noch unter meinem Hosenbund trage. Ich schiebe es ein kleines Stück höher.

Ich weiß nicht, warum ich es auf einmal doch wage. Kommt es durch den Fluss? Durch die Berge? Oder weil es der zweite Tag unserer Reise ist? Aber als wir unsere festgelegten Gebete aufgesagt haben, denke ich ganz von selbst hinterher: Gott, einziger Gott, bitte sorge für Oma und Oma und unser kleines Brüderchen und auch für Faisal. Dass sie uns hinterherkommen, und wenn das nicht geht, dass ihnen wenigstens nichts zustößt.

Solange ich den Fluss sehe, fühle ich mich gut. Aber wir steigen höher und höher, die Straßen werden schmaler und in meinem Bauch beginnt es zu rumoren. Haben wir keine Trauben dabei? Nein, natürlich haben wir keine Trauben dabei.

Ich hole mein Tagebuch aus der Hose, denn es drückt mir auf den Magen. Madar sieht es, aber sie sagt nichts. Dann beugt sie sich vor und flüstert: »Gib es mir. Ich stecke es gut weg.«

Wir fahren noch näher an den Rand, ich schaue in eine Schlucht und meiner Meinung nach hängt der Bus auf einmal ein bisschen schief. Der Fahrer ruft: »Nur keine Sorgen! Ich bin die Strecke schon so oft gefahren!« Aber ich bekomme gerade noch rechtzeitig die Plastiktüte zu fassen, in der mein Walkman gesteckt hat, und übergebe mich.

»Oje«, sagt die kleine Roya. Ich spüre Mamas Hand auf dem Rücken. »Oje, oje«, sagt Roya und Navid steht mit einem angewiderten Gesicht auf, um sich zu Padar zu setzen.

»Nur keine Sorge!«, ruft der Fahrer. »In einer Viertelstunde machen wir halt!«

Ich bin nicht der Einzige, dem schlecht wird. Von verschiedenen Stellen im Bus haben wir schon gehört, dass auch andere sich übergeben haben, deshalb ist es immer wieder eine Erleichterung, wenn wir kurz ins Freie dürfen. Wenn der Fahrer die Türen aufmacht und der saure Geruch aus den Sitzreihen weht.

Auf dem Parkplatz, auf dem wir jetzt stehen, ist die Luft allerdings noch scheußlicher als im Bus. Navid fragt: »Padar, wieso stinkt es hier so?« Aber ich habe es schon gesehen. Ein paar Meter weiter liegt ein Esel. Tot. Seine Augen sind weggefressen und aus seinem Bauch wirbelt eine dicke Wolke von Fliegen.

Ich ziehe die kleine Roya mit mir zur Vorderseite des Busses und nehme ihr Gesicht in beide Hände, so dass sie sich nicht umdrehen kann. »Was ist?«, fragt sie. »Wieso muss ich mit?« Aber bevor ich antworten kann, übergebe ich mich noch einmal. »Oje«, sagt Roya. Die Spritzer gehen um Haaresbreite an ihren Schuhen vorbei.

Als wir wieder fahren, ist der Fluss zum Glück schnell wieder in Sicht. Wir müssen ihn sogar überqueren. Vor uns liegt die größte und schönste Brücke, die ich je gesehen habe. Sie ist aus Holz und hängt hoch über dem tosenden Wasser. Aber der Bus stoppt. »Hört zu«, sagt der Fahrer, »wir sind zu schwer und ich möchte kein Risiko eingehen. Die Männer steigen aus und gehen zu Fuß. Kinder und Frauen dürfen sitzenbleiben.«

»Was tust du?«, fragt Padar, als ich aufstehe.

»Ich möchte den Fluss sehen«, sage ich.

Und dann gehen wir in einer Reihe hintereinander, die Männer und die Jungen. Unter uns brüllt der schäumende Fluss, über uns wird es dunkel. Die Luft besteht aus feinen, fast nicht zu spürenden Tröpfchen. Der Bus wartet auf der anderen Seite und wir gehen und ich sehe Padar und der Mond ist schon da und ich schaue die ganze Zeit nach unten und atme so tief ein, dass es ist, als würde ich jedes Mal ein Stück vom Wind abbeißen.

Es ist Morgen. Der Fahrer möchte mit uns sprechen, denn wir sind fast in Kandahar. Bei einer kleinen Hütte mit Plastikstühlen und einer Wasserstelle haben wir gegessen. Wir haben uns gewaschen und Navid musste einen neuen Tomban anziehen, weil er Saft verschüttet hatte. Wir sitzen wieder auf unseren Plätzen. »Noch ungefähr zwei Stunden«, sagt der Fahrer, »aber wir werden kontrolliert werden. Sie sind hier besonders streng. Aber keine Sorge, sie schauen hauptsächlich in meine Papiere. Wenn sie fragen, wie oft wir angehalten haben, um zu beten, dann sagt ihr: fünf Mal am Tag. Und wenn sie fragen, ob die Frauen ehrenhaft gewesen sind, sagt ihr: Ja, sie haben ihren Schleier nicht von ihrem Gesicht entfernt. Verstanden?«

Alle nicken und Madar lässt sofort wieder ihren Tschador herunter. Natürlich hatte sie ihn hochgeschlagen, es ist viel zu heiß, um Tag und Nacht einen Schleier vor dem Gesicht zu tragen.

Noch keine zehn Minuten später werden wir angehalten. Meine Schultern werden sofort steif, ich kann nichts dagegen tun. Ich denke: Vielleicht ist es keine normale Kontrolle. Vielleicht ist die Talibanpolizei uns schon auf der Spur. Vielleicht werden wir gefasst. Vielleicht müssen wir zurück.

Die Taliban stehen vorn beim Fahrer. Ich kann nicht verstehen, was sie sagen, aber sie gestikulieren und zeigen auf die Mitreisenden, auf uns. Ich halte den Atem an. Wir sitzen fest, hier hinten im Bus. Das Fenster geht nicht weit genug auf, da passen wir nicht durch.

Ich schaue starr vor mich hin. Padar sitzt genau vor mir. Ich sehe, wie er den Arm in den Gang hängen lässt. Wie er die Hand nach hinten bewegt, zu meinem Bein, meinem Knie. Ich spüre seine Finger. Ich lege meine Hand auf seine. Langsam atme ich aus.

Zwei der drei Talibanpolizisten springen wieder nach draußen. Der Fahrer folgt ihnen und öffnet den Gepäckraum. Der übriggebliebene Talib geht langsam durch den Bus. Padar zieht seine Hand zurück und ich sitze noch steifer da als ohnehin schon.

Ich lege meinen Finger auf meinen Gürtel. Mein Tagebuch! Wo ist es, wo ist es? In der Tasche bei Madar! Was passiert, wenn sie die kontrollieren?

Der Talib trägt eine AK-47. Er schaut allen Reisenden ins Gesicht. Er bückt sich und langt unter die Sitze. Er geht weiter und ist schon fast bei der Rückbank, bei uns. Nur noch drei Sitzreihen, nur noch zwei.

Dann gibt es einen Schlag. Der Talib dreht sich um. Seine Kollegen hämmern auf die Seite des Busses. Sie machen ihm Zeichen. Noch einen Moment, gestikuliert er zurück. Der Talib schaut in unsere Richtung. Seine Blicke schweifen über Madar, über mich, über Navid und über Padar. Er brummt etwas und dann geht er mit steifen Schritten davon.

Sobald er aus dem Bus gestiegen ist, klettert der Fahrer

wieder hinter sein Steuer. Die Taliban hauen jetzt leicht mit ihren Stöcken gegen die Tür. »Weg!«, schreien sie. »Losfahren!«

Der Fahrer schaut in seinen Rückspiegel und lächelt uns zu. »Hab ich's nicht gesagt? Ihr braucht euch keine Sorgen zu machen!«

Padar hat uns von Kandahar erzählt, er ist dort häufig genug gewesen. Wir halten bei einem Marktplatz. In der Luft hängen lauter fremdartige Essensgerüche. »Kauft hier!«, höre ich. »Allerbeste Qualität!«

Wir verabschieden uns von dem Fahrer und Padar führt uns zwischen den Marktbuden hindurch. »Jetzt fahren wir nach Farah«, sagt er. »Wir dürfen keine Zeit verlieren.«

Auch in dem neuen Bus sind die hinteren Sitzbänke frei. Wir reisen wieder den ganzen Tag, aber wir müssen nicht mehr durch die Berge. Draußen sehe ich Bäume, Bäume, Bäume und Menschen mit Körben auf dem Kopf.

Das Wetter spielt seltsame Spiele. Manchmal knallt die Sonne grell auf die Fenster, und ein paar Minuten später wird es dann wieder so dunkel, als würden wir durch einen Tunnel fahren.

Navid und Roya kichern. Wegen der Leute, die vor uns sitzen. Sie sprechen Farsi, die Sprache des Iran. Es ähnelt unserem Dari, nur klingt es viel lahmer. Wenn wir »Wasser«, sagen, dann machen sie »Waaasser« daraus.

»Nicht lachen!«, zischt Madar, als Padar mit ihnen ins Gespräch kommt, aber sie selbst kann ihre Mundwinkel auch kaum beherrschen. »Waaaaasser«, flüstert Navid und schwupp, geht es wieder los.

In Farah steigen wir um und in Herat noch einmal. Jetzt fahren wir in Kleinbussen, das Gepäck wird mit Seilen auf dem Dach festgezurrt. Wir liegen die ganze Zeit aneinandergelehnt da und schlafen. Wie lange sind wir schon unterwegs? Drei Tage oder so? Manchmal, wenn ich mich aufrichte und aus dem Fenster schaue, ist es Tag, und manchmal ist es Nacht.

Schlecht ist mir nicht mehr, ich bin nur etwas müde. Ich träume von Maschinengewehren und toten Männern mit Watte in der Nase. Ich träume von Wasser und Waaasser und von rauchenden Affen – ich weiß nicht, was ich mir da zusammenträume.

Erst als wir die Grenze passiert haben (es gab Polizeibeamte, aber es waren keine Taliban. Padar gab ihnen unsere Pässe und ich war müde, so müde), rüttelt Madar mich wach.

Das Erste, was ich sehe, ist eine Schlange wartender Frauen. »Wir gehen duschen«, sagt Madar. »Roya und ich hier und ihr dort.« Sie zeigt auf die Schlange der Männer hinter uns.

Aber ich muss mir erst die Frauen noch etwas ansehen. Sie tragen keine Burkas und keine Tschadors! Zwar haben auch sie Kopftücher um, aber die sind nur unter dem Kinn zugeknotet. Diese Frauen zeigen ihre Gesichter und niemand schaut dabei erschrocken oder verängstigt. Jetzt bin ich mir sicher: Zum ersten Mal in meinem Leben bin ich im Ausland.

Nach dem Duschen sagt Padar: »Wir sind im Iran. Hier gibt es keine Taliban, die dürfen nicht hierher. Wir fahren noch viel weiter, bis nach Europa, aber hier wohnt der Reisevermittler, der den nächsten Teil der Strecke organisiert.«

Ich fühle, wie meine Schultern herabfallen. Wie eigenartig! Es ist, als könnte ich mich auf einmal leichter bewegen.

»Kommt«, sagt Padar. »Wir müssen nachher unsere Pässe noch abholen. Aber erst kaufen wir uns neue Kleidung.«

Madar springt auf. Roya schaut froh und ich kann es fast nicht glauben. Wir gehen in das kleine Geschäft, das Padar entdeckt hat. Wir sehen T-Shirts und Kleider, Hosen aus dem Westen und Pullis und so. Madar kauft iranische Kopftücher und Roya sieht ganz heiter aus.

Navid und ich bekommen jeder eine Jeans und ein T-Shirt mit englischen Sätzen drauf. Meines ist naturweiß mit roten Buchstaben. *Future brand, mens wear united.* Ich denke an Faisal und an Leonardo DiCaprio, und ich muss lachen über Madar. Sie bittet an der Kasse um einen Müllsack. Dahinein stopft sie alle unsere alten Kleider. Ganz obenauf ihre eigene hellblaue Burka.

»So«, sagt sie, als sie den vollen Sack draußen in einen Container wirft. »So, das war das.«

Wir fahren in die Hauptstadt, nach Teheran. Es ist wieder eine ziemlich lange Fahrt. In dem Kleinbus dorthin sitzen keine anderen Reisenden. Der alte Fahrer ist fröhlich. Er versucht, möglichst deutlich zu sprechen. »Teheran«, ruft er, »das ist die schönste Stadt der Welt. Ich selbst wohne da!«

Er hupt und hupt, und wenn vor uns auf der Straße ein Auto etwas zu lange stehenbleibt, springt er hinaus, schlägt dem Auto aufs Dach und schreit: »Was glaubt ihr wohl? Dass heute Schneckentag ist?«

Padar und der Fahrer kommen gut miteinander aus. Sie stellen sich gegenseitig viele Fragen, und als es einen Moment still wird, ruft der Fahrer uns zu: »He, ich weiß noch einen Witz! Sitzt ein Iraner im Flugzeug, zusammen mit einem Afghanen und einem Pakistaner. Der Pilot kommt und meldet, das Flugzeug sei zu schwer. Der Pakistaner wirft ein Buch aus dem Fenster und sagt: ›In Pakistan brauchen wir keine Bücher.‹ Der Afghane wirft seine Armbanduhr fort. ›In Afghanistan brauchen wir keine Uhren.‹ Dann schauen sie beide auf den Iraner. Der Iraner wirft den Pakistaner aus dem Flugzeug. ›So,‹ sagt er und nickt dem Afghanen zu, ›im Iran brauchen wir keine Pakistaner.‹«

Der alte Fahrer bringt uns zu einer Telefonzelle. Da kann Padar den Reisevermittler anrufen. »Schöne Ferien!«, ruft der Fahrer. »Teheran ist eine wunderbare Stadt! Ich wohne selbst hier!«

Kurz darauf fährt der Reisevermittler vor.

Ich erschrecke, als er aus seinem Auto steigt. Wie lang er ist! Zwei Meter? Er gestikuliert mit schnellen Handbewegungen, wir sollen uns beeilen und einsteigen. Weshalb macht er das? Ist er nervös?

Der Reisevermittler hupt fast genauso viel wie der alte Fahrer, aber er macht keine Witze. Wir sitzen zusammengepfercht hinten in seinem Auto und Padar ist still, Madar ist still, alle sind still. Und so weiß ich auf einmal sicher, dass der Mann kein echter Reisevermittler ist, sondern ein *Qachaqbar*. Ein *Knochenträger*. So nennen wir das auf Dari.

So wie ein Hund einen gestohlenen Knochen heimlich an einen anderen Ort schmuggelt, so wird uns dieser *Qachaqbar* nach Europa bringen.

Er ist der Hund, wir sind die Knochen.

Der Knochenträger fährt uns zu einer Unterkunft. Dort müssen wir warten, wir dürfen essen, duschen und müssen noch länger warten. Inzwischen sorgt er dafür, dass wir neue Pässe bekommen.

Nach ein paar Tagen fange ich an, in ein wehrloses Stück Wand hinter meiner Matratze Striche zu kerben. Für jeden Tag einen.

Der *Qachaqbar* bringt Einkäufe für uns mit, die wir aber bezahlen müssen. Am Anfang rufen Madar und Padar jedes Mal, wenn sie durchs Fenster das Auto des Knochenträgers sehen, wir sollten unsere Taschen packen. Vielleicht geht es ja jetzt weiter!

Wohin?

Mit dem Flugzeug nach Europa.

Padar erzählt uns, dass man in Europa frei denken darf. Dass Jungs nicht immer ihre Mütter begleiten müssen, wenn diese zum Markt gehen. Frauen dürfen dort allein auf die Straße, ohne Burka, ohne Kopftuch sogar. Wir können es kaum glauben. Aber wir brauchen es auch noch nicht zu glauben, denn der Knochenträger scheint keine Eile zu haben.

Ich habe schon vier Striche gemacht.

Fünf.

Sechs.

Sieben.

Madar hört auf zu sprechen. Das stimmt nicht ganz, denn sie antwortet, wenn man sie etwas fragt, aber je öfter ich sie betrachte, desto klarer wird es: Ihr Gesicht bewegt sich nicht. Ihre Augen sind zwar offen, aber sie starrt auf reglose Dinge. Auf die Tür, den fahlen Teppich, die Risse in der Wand.

Padar legt ihr seine Hand auf den Arm und flüstert mit ihr. Madar nickt. Ihre Finger streichen über den Stoff ihres Rocks, aber es ändert sich nichts.

Ihre düstere Stimmung durchzieht das ganze Zimmer. Wir alle bewegen uns langsamer. Wir hören auf zu lachen und streiten uns auch nicht mehr. Abwechselnd stellen wir uns neben Madar. Wir verabreden uns nicht, es geschieht einfach.

Niemand sagt es laut, aber wir wissen, an wen sie denkt.

Ich ziehe Roya und Navid in den engen Flur und sage: »Wenn ihr nach dem kleinen Qasim fragen wollt, dann geht damit nicht zu Madar. Und wenn ihr weinen müsst, dann kommt ihr zu mir.«

Sofort fängt Roya an zu weinen. Navid und ich knien uns vor sie hin und sagen: »Still, still, komm her zu uns.«

Die Tür geht auf, da ist Madar.

»Oh«, sagt Navid, »oh.«

»Es geht schon wieder«, sage ich, »hab ich recht, Roya? Es geht doch wieder?« Aber Roya schaut mit vollen Augen hoch zu Madar und Madar schaut zurück, und dann weint Roya in Madars Armen.

Den restlichen Nachmittag sitzen sie zusammen auf dem Sofa.

Padar, Navid und ich beobachten die beiden aus den Augenwinkeln. Nach einer Weile schläft Roya ein, aber Madar bleibt und starrt vor sich hin, und mit ihrer Hand streicht sie weiter über Royas Haar. Stundenlang. Immer auf ein und dieselbe Weise.

Wir müssen Fotos machen lassen, für neue Pässe. Endlich dürfen wir auf die Straße. Der Knochenträger hat uns einen Zettel mit einer Adresse gegeben. Wir gehen zu Fuß dorthin, wir haben Zeit genug. Ich habe schlecht geschlafen. Vielleicht haben wir alle schlecht geschlafen, und doch sucht Navid nach unbekannten Automarken und Roya zeigt auf sämtliche herrenlosen Katzen. Um uns herum sprechen die Leute alle so komisch, wir haben uns fast schon daran gewöhnt.

Einer nach dem anderen müssen wir uns hinsetzen. Der Fotograf schraubt den Hocker in die richtige Höhe und blitzt uns ins Gesicht. Und jedes Mal zittert dabei sein Schnurrbart.

Die Fotos sind erst in ein paar Stunden fertig, also können wir irgendwo etwas essen. Madar hat Kekse mitgenommen, Obst und Pinienkerne. Wir setzen uns nah beieinander auf ein Stück Rasen.

Madar klingt immer noch, als würde sie schauspielern. Als würde sie sich selbst nachmachen. Sie sagt: »Ich habe etwas Leckeres dabei!«, und holt ein Stück *Qorut* hervor.

Steinkäse! Dieser wunderbare, steinharte Käse, von dem man kleine Stückchen abbrechen muss, um sie anschließend am Gaumen zerschmelzen zu lassen.

Ich stecke mir ein Bröckchen in den Mund. Es ist gut, es ist wunderbar, es ist der leckerste Käse, den ich kenne, und doch lasse ich mich plötzlich rücklings ins Gras fallen.

Ich heule fast und weiß nicht einmal, weshalb.

Ich suche in Madars Tasche nach dem Walkman. Schnell öffne ich die Klappe, lege schnell die Kassette ein, stopfe mir schnell die Kopfhörer in die Ohren und dann höre ich die ersten Töne des ersten Bollywood-Lieds.

Ich kenne es nicht. Es ist also nicht aus *Taqdeerwala*. Aber die Melodie klingt genauso frei und witzig.

»Darf ich auch?« ruft Navid.

Und dann passiert es einfach so, ganz plötzlich: Madar ist wieder da. Sie blickt wieder klar und streng zu Navid und sagt: »Nein. Erst Hamayun.«

Ganz langsam richte ich mich wieder auf.

Ich schaue zu Madar und lächele vorsichtig.

Ganz vorsichtig lächelt sie zurück.

Ein paar Stunden später, als wir wieder zu Hause sind und der Knochenträger unsere Passfotos holen kommt, höre ich Padar sagen: »Kasachstan? Wir fahren erst nach Kasachstan? Aber wann denn? Und warum reisen wir nicht geradewegs nach Europa?«

Der Knochenträger zuckt mit den Schultern. »Das ist meine Angelegenheit«, sagt er.

An diesem Abend mache ich den zwölften Strich.

Ich habe es durchaus verstanden. Padar, mein Vater, der so viel gereist ist, der alles über die Berge, die Städte und den Fluss erzählen kann, dieser Padar ist jetzt nicht mehr der Chef. Der Chef ist der Knochenträger.

Am Tag meines siebzehnten Strichs stellen wir keine Fragen mehr. Madar nicht, Padar nicht und wir auch nicht. Der Knochenträger kommt, der Knochenträger geht und wir packen schon längst nicht mehr jedes Mal unsere Sachen zusammen.

In dem leeren Haus, in dem wir übernachten, steht zum Glück ein Fernseher. Jeden Morgen schauen wir uns die Kinderserien an. Navid und Roya liegen mit den Bäuchen auf dem Boden. Sie haben die Ellbogen auf den Boden gestemmt und das Kinn in die Hände gestützt. Ich sitze hinter ihnen. Ich schaue zu Madar, ich schaue zu Padar, ich schaue zum Fernseher und ich höre meine Lieder.

Ab und zu darf ich mit in die Geschäfte in der Nachbarschaft. Die Batterien sind billig. Ich nehme jedes Mal ein paar mit, denn ich will mir einen Vorrat anlegen. Warum tue ich das? Darum tue ich das.

Ich kaufe auch eine Zeitung, und zwar die mit den meisten Bildern. *Jame-e-Jam* heißt die Zeitung und ihre Macher sind ziemlich wütend auf Amerika. Amerika ist ein Hurenland steht da in großen, schwarzen Buchstaben. Aber ich erfahre auch, was man gegen Wut machen kann. Orangensaft trinken, frisch aus einer Apfelsine, die man zuvor gut zwischen den Handflächen gerollt hat.

Als der Knochenträger zum soundsovielten Mal kommt und Geld für neue Papiere und neue Stempel verlangt, lege ich schon mal eine Apfelsine bereit.

Aber diesmal hat der Knochenträger eine andere Nachricht für Padar. »Morgen früh«, sagt er. »Dann bringe ich euch zum Flughafen. Sieh zu, dass deine Familie bereitsteht.«

Ich zähle meine Striche. Fünfundzwanzig.

Navid und Roya schlafen schon, aber Madar winkt mich ins Wohnzimmer. Ihre Miene ist ernst und die von Padar auch. Sie haben Banknoten in der Hand.

»Hamayun-jaan«, sagen sie, »ab jetzt kennen wir die Route des Reisevermittlers nicht mehr.«

»Des Knochenträgers«, sage ich.

Madar erschrickt. »Hamu! Achte auf deine Worte!«

Padar redet weiter. »Wir haben sehr viel Geld bezahlt«, sagt er. »Für jeden von uns. Noorahmed ist sich sicher, dass wir den Reisevermittlern trauen können. Sie haben schon viele Leute in den Westen gebracht. Auch Bashir. Wir werden also auf sie hören, auch wenn sie uns nicht viel erzählen. Auch wenn wir nicht verstehen, entlang welcher Wege wir reisen. Aber gleichzeitig wollen wir auf der Hut sein. Deshalb haben wir hier amerikanische Dollars, die teilen wir auf. Wir alle behalten eine kleine Menge bei uns. Auch du, Hamayun. Wir verstecken es. Wenn etwas schiefgeht, wird dieses Geld dich retten. Es wir schon nichts schiefgehen, keine Angst, aber wir müssen vorsichtig sein.«

Madar zieht mich zu sich. Sie fasst den unteren Rand meines T-Shirts und schneidet ihn seitlich ein klein wenig ein. Durch den Einschnitt schiebt sie eine kleine Rolle Banknoten in den Saum.

Ich fühle daran. Es fällt nicht auf. Es ist, als hätte die kleine Verdickung schon immer zu meinem T-Shirt gehört.

»In deine anderen T-Shirts habe ich genauso ein kleines Loch geschnitten«, sagt sie. »Niemand wird es sehen.«

Padar legt seine Hand über die von Madar. »Deine Mutter ist gut im Verstecken. Die Taliban haben auch nichts gefunden.«

»Die Taliban?«, sage ich. »Damals in der Nacht?«

Madar nickt. »Unser Geld befand sich in der doppelten Tür. Der zu unserem Schlafzimmer.«

»Hä?«, frage ich. »War das eine doppelte Tür?«

»Mit einer unsichtbaren Klappe«, lacht Madar.

Ich lache auch und bekomme auf einmal Lust auf die Weiterreise. Ich lege meine Hand über die Dollars in meinem T-Shirt und bin mir sicher: Ich bin bereit für alle Abenteuer. Madar und Padar haben an alles gedacht!

Wenn in Kabul ein Flugzeug über uns hinwegflog, dann blieben wir immer stehen und starrten hinauf. Aber heute erheben wir uns selbst in die Luft!

Es ist noch dunkel, als wir zum Flughafen fahren. In den Straßen Teherans schieben ein paar frühe Ladeninhaber ihre Rollläden hoch. Ich betrachte die Nackenhaare des Knochenträgers vor mir. Wir reden nicht mit ihm. Das hat auch keinen Sinn. Als Padar fragt, wie lange der Flug nach Kasachstan dauern wird, hebt der Knochenträger sofort die Hand: »Keine Informationen!«

Aber im Wartesaal des Flughafens muss Padar so tun, als wären er und der Knochenträger Freunde. Sie machen künstliche Witze und lachen auch künstlich darüber. Der Knochenträger streicht sogar kurz über Royas Wange. Finger weg, denke ich, Finger weg!

Wir schleppen unsere Taschen zu einem Loch in der Wand. Über ein Fließband ruckeln sie hinein und kurz danach wieder heraus. Plötzlich haben sie einen Aufkleber. Das geht noch einmal so: wieder fort und zurück, jetzt mit Aufkleber Nummer zwei. Erst beim dritten Mal behält das Loch unsere Taschen.

Die Soldaten am Zoll schauen uns über den Rand unserer Pässe hinweg an. Ihre Augen huschen über die Fotos und über unsere Gesichter. Nach einigen Sekunden knallen sie ihre Stempel hinein, so als wären sie wütend, nicht entdeckt zu haben, was damit nicht stimmt.

Als wir in den zweiten Warteraum kommen, kann ich nicht mehr an mich halten. Ich renne zum Fenster. Es ist genauso groß und breit wie eine Filmleinwand und wird ganz von einer bereitstehenden Boeing ausgefüllt. Die Morgensonne bricht sich an ihrer silbernen Außenseite.

Navid hat sich neben mich gestellt und Roya auch und Padar. Madar holt Milch und Kekse hervor, die sie sofort wieder wegpacken muss.

»Keine Zeit«, sagt der Knochenträger, »keine Zeit!«

Zum zweiten Mal an diesem Tag schaue ich für einen Moment auf seine Nackenhaare, aber dann drehe ich mich weg. Ohne den Anblick dieser Härchen könnte ich glauben, das hier wäre ein Film. Ein Flugzeugfilm. Und wir würden nicht fliehen und nicht für ewig nach Ich-weiß-nicht-wohin umziehen, sondern einfach nur alle ein bisschen vor uns hin träumen.

Es geht los. Das Flugzeug beginnt zu schütteln. Ich schaue aus dem Fenster und mit dem unter uns wegschießenden Asphalt verschwinden auch meine Filmfantasien. Das hier klappert und zittert, das hier ist echt. »Padar«, rufe ich, »Padar, wieso fahren wir immer noch, wir sollen doch fliegen?«

»Wir heben schon ab«, sagt Padar, und es stimmt. Wir werden zurück in unsere Sitze gedrückt, das Flugzeug hängt schief und vor dem Fenster schießen weiße Schlieren vorbei.

Kurz darauf kippen wir wieder in die Waagerechte, und jetzt sehe ich draußen nur mehr Blau. Und ein Stück tiefer etwas Wattiges: die Oberseite einer Wolke.

Hinter mir rufen Navid und Roya »Wow, wow, wow!«, und ich weiß nicht warum, aber plötzlich sehe ich Faisal vor mir. Faisal, der ein *Taqdeerwala*-Tänzchen aufführt.

Von der Landung merke ich nichts, denn ich schlafe. »Kasachstan ähnelt Afghanistan«, sagt Padar, aber auch das sehe ich nicht, denn der Kleinbus, in dem wir transportiert werden, hat graue Platten vor den Fenstern.

Nach einer langen Autofahrt beginnen die Räder plötzlich über die Straße zu holpern. Fahren wir über hart gewordenen Schlamm?

Als wir aussteigen, dämmert es gerade. Bäume tauchen auf und Sträucher und ein seltsames, altes Haus. Es hat ein Spitzdach, wie ich es noch nie gesehen habe. Der Knochenträger, der jetzt mit einem zweiten Mann zusammen ist – auch einem Knochenträger? –, sagt, wir sollen weitergehen.

Drinnen stinkt es. Die Wände sind verschimmelt und neben der Tür liegt Unrat. Wir sollen die Treppe hinauf, sagt der Knochenträger, schnell, schnell, schnell!

Oben ist mindestens ein Jahr lang nicht sauber gemacht worden. Der Spiegel im Wohnzimmer ist kaputt und das breite schwarze Sofa sieht aus, als wäre es hundert Jahre alt. Es hat Risse, aus denen der Schaumstoff hervorquillt. Madar schaut so erschrocken, dass der Knochenträger sagt: »Es ist nur für kurze Zeit.«

Er stellt eine Kiste mit etwas Essen für uns hin. Kartoffeln liegen darin und ein Huhn. Madar macht sich sogleich auf die Suche nach dem Herd.

»Also«, sagt der Knochenträger, als er uns einen Stapel

Decken bringt, »ihr dürft nicht nach draußen. Und auch nicht nach unten. Jemand anders kommt euch abholen.«

Als er fortgeht, stöhnen die Türen. *Iiih-aaah*, hören wir und dann: *rumms*!

Das höre ich noch mindestens vier Tage lang. Nachts ist es kalt und es gibt keine Matratzen, also liegen wir dicht an dicht, halb auf und halb unter unseren Decken. Und jede Nacht höre ich unter uns, aus dem Erdgeschoss: *iiih-aaah-rumms*!

Wir kommen uns vor wie eingesperrt. Die Toilette ist so klein, dass ich meine Füße darin nicht gerade hinstellen kann.

Roya lässt Madar nicht mehr los und Navid, Padar und ich spielen dumme Spiele. Wir denken uns Tiere mit einem A aus und Jungennamen und Kleidungsstücke. Wir ziehen Lose mit erfundenen Geldbeträgen oder mit dem Wort »Dieb«. Wenn ich gewinne, ist alles gut. Wenn ich verliere, ändere ich die Regeln.

»Ruhig, ruhig!«, sagt Madar, wenn wir uns streiten. Es werden ihre beständigen Worte. Sie schaut erschrocken um sich und sagt: »Ruhig, ruhig! Sie können uns hören!«

Ich höre meine Kassette. Padar erzählt von den Musikbäumen in Afghanistan. Von Zeit zu Zeit machten sich die Taliban auf die Suche nach westlichen Musikkassetten. Alle Kassetten, die sie fanden, zertraten sie, und die dünnen Bänder hängten sie dann in die Bäume vor dem Haus, das sie kontrolliert hatten. »Das war natürlich als Schande gedacht«, sagt Padar, »aber manchmal sah es einfach prächtig aus, all die wehenden Bänder!«

Ich öffne mein Tagebuch, aber ich blättere nicht darin. Ich will Faisals Handschrift nicht sehen. Ich zeichne die Sträucher nach, die hinter den schmutzigen Fenstern stehen. Ich schreibe: *Wieder Huhn. Und dieses nasse, dunkle Brot. Es ist öde hier, aber ich habe keine Angst.*

Denn das denke ich jede schlaflose Nacht wieder, in der Kälte, dem Gestank: dass es hier nicht schön ist. Aber auch, dass die Taliban uns nichts mehr tun können. Dass wir trotz allem sicher sind.

Und dann wickle ich mich in meine Decke ein. Ich rolle etwas näher an Padar und horche auf die Geräusche des Hauses. *Iiih-aaah-rumms.*

Warum werden wir nicht abgeholt? Müssen vielleicht wieder neue Pässe gemacht werden? Für noch eine Flugreise? Die nach Europa?

Ich frage Padar, ob wir genug Geld bezahlt haben, um zwei Mal zu fliegen.

Er sagt: »Ich habe genug bezahlt, um sechs Mal zu fliegen. Aber danach geht es jetzt nicht mehr. Der Reisevermittler bestimmt die Zeit.«

»Geht es nicht schneller? Vielleicht, wenn wir dazuzahlen?«

»Batschem«, sagt Padar, »woher sollen wir dieses Geld denn nehmen? Was meinst du, wie viel das Gefängnis gekostet hat?«

»Das Gefängnis?«

»Natürlich! Dachtest du etwa, die Taliban hätten mich freigelassen, weil sie eingesehen haben, dass sie sich getäuscht hatten? Deine Mutter hat sparen müssen, *Batschem*. Sie musste mich freikaufen. Und Noorahmed hat ihr dabei geholfen.«

Wie dumm ich doch bin. Ich sage »Oh!« und starre vor mich hin.

»Hamu, wir werden schnell weiterreisen. Heute Nachmittag schon, du wirst sehen!«

Ja, ich bin dumm. Aber ich weiß trotzdem, wie Padar schaut, wenn er mich beruhigen will.

Ich nicke ihm zu und denke: Ab jetzt frage ich nie mehr etwas, was Padar auch nicht weiß.

Nie mehr.

Nie mehr.

Degah.

Wieder geht es im Dunkeln weiter. Vor dem Haus steht ein kleines, weißes Auto ohne Nummernschild. Madar trägt die schlafende Roya nach draußen und ich schiebe Navid vor mir her.

Unsere Taschen werden nach hinten verfrachtet und ein neuer Knochenträger fährt uns durch den Wald. Äste peitschen gegen die Scheiben und manchmal meine ich, kleine Tiere zwischen den Bäumen davonspringen zu sehen.

Langsam wird es heller. Wir fahren nicht zu einem Flughafen, wir fahren nicht in eine Stadt. Wir parken an einer Lichtung. Vor dem Auto sehen wir mannshohe Sträucher und hinter uns wächst nichts als Gras. Wir müssen sitzenbleiben. Der Knochenträger spricht kein Dari und kein Farsi, aber seine Handbewegungen sind deutlich genug.

Die Kälte kriecht durch die Ritzen der Autotüren, aber gerade bevor wir wirklich zu zittern anfangen, ruft uns der Knochenträger. Er öffnet den Kofferraum. Wir verteilen unser Gepäck so, wie wir es verabredet haben. Ich trage links meine und Navids blaue Tasche und rechts die von Madar, in der auch mein Tagebuch steckt. Der Knochenträger bedeutet uns, dass wir uns beeilen sollen. Er geht ein Stück vor uns her, und dann sehen wir die Soldaten.

Es sind sechs, nein, acht an der Zahl. Sie haben hellere Haut als wir. Das hier müssen Russen sein. Kahlköpfige Russen mit grünen Baretts.

Wieso sind sie hier? Werden wir verhaftet? Mein Herz beginnt zu hämmern und ich schaue wild um mich. Links und rechts stehen plötzlich noch mehr Menschen mit Taschen und Koffern. Männer und Frauen, fast keine Kinder. Ich stelle mich näher zu Padar.

Einer der Soldaten, der Anführer, der Kommandant oder so, tritt einen Schritt vor und ruft: *»Don't worry! Be quiet!«*

Das verstehe ich! Das ist Englisch! Das hier können also keine feindlichen Soldaten sein.

Padar schaut mich an und ich übersetze, was der Kommandant gesagt hat.

Einen Moment lang wird es still. Jeder schaut jeden an und alle warten ab. Dann deutet der Kommandant auf ein paar ältere Frauen. Zwei Soldaten gehen auf die Frauen zu und übernehmen deren Koffer.

Unser Knochenträger tritt vor und fragt den Kommandanten etwas. Der Kommandant schnauzt eine Antwort. Der Knochenträger zuckt mit den Schultern und geht zu einer Gruppe von Männern, die genauso aussehen wie er. Sind das auch Knochenträger?

Auf einmal entdecke ich ein altes Mütterchen. Sie kommt mir älter vor als unsere Oma, aber irgendwie auch cooler. Sie trägt ein viel zu kurzes Kopftuch und einen viel zu fröhlich geblümten Rock, unter dem zwei Stiefel hervorschauen. Fast hätte ich laut gelacht, denn wer läuft so früh am Morgen schon mit einer Sonnenbrille herum? Wie ein Geheimagent sieht sie damit aus. Auf einmal weiß ich, wie ich sie nennen werde: *James Bond.*

Der Kommandant fängt wieder an zu reden. Einer der Knochenträger übersetzt jetzt, was er sagt: »Wir gehen zu Fuß. Sie sind in sicheren Händen. Wir haben wenig Zeit. Sollte jemand krank werden, dann bleibt er zurück. Unsere Leute werden ihn – oder sie – abholen. Sie alle bekommen jetzt Regenumhänge. Die dienen gleichzeitig zur Tarnung. Schauen Sie immer nach vorn. Bei Gefahr halten wir dieses rote Fähnchen in die Höhe. Dann knien Sie sich hin und ziehen sich ihren Regenumhang über den Kopf. Wir bedecken Sie dann alle mit dieser grünen Plane. So sind Sie auch aus der Luft nicht zu sehen. Fragen Sie nichts. Seien Sie still. Achten Sie darauf, wohin Sie treten. Kleine Kinder müssen von ihren Eltern getragen werden.«

Bei den letzten Worten schaut er Padar an. Padar nickt. Auch ein paar andere Männer nicken. Jeder atmet Dampfwölkchen aus. Keiner sagt etwas. Ich sehe, wie James Bond den Mund bewegt, aber es kommen keine Worte heraus. Dann gibt der Kommandant einen Befehl und die Soldaten nehmen sofort Haltung an. Sie tragen Maschinengewehre, kleine Kalaschnikows, und manche haben auch noch etwas dabei, das wie ein Besen aussieht. Merkwürdig. Soldaten mit einem Besen? Wozu?

Die Regenumhänge werden verteilt. Es sind schwarze Plastikponchos, mit einem Loch für den Kopf. Padar bückt sich und hebt Roya auf seinen Rücken. Madar nimmt Navid bei der Hand und ich bekomme eine zusätzliche Tasche. Ich versuche, das Gewicht des Gepäcks so zu verteilen, dass es links und rechts im Gleichgewicht hängt. Der Poncho fällt schimmernd darüber hinweg.

Der Kommandant geht los. Die Knochenträger kümmern sich um die Reihenfolge innerhalb unseres Zugs, bleiben dann aber selbst zurück.

Wir sind unterwegs. Die Henkel der Taschen schneiden mir in die Schultern, aber ich spüre es nicht. Der Wald riecht wild und spannend. Die Sonne scheint immer greller zwischen den Blättern hindurch und ich freue mich, dass ich meine Beine wieder bewegen kann.

Ich drehe mich um. James Bond schlurft direkt hinter mir, ich höre sie keuchen.

Hinter uns sehe ich die Besensoldaten wieder. Sie gehen rückwärts und bewegen die Besen hin und her über den Weg, und ich verstehe auf einmal, weshalb. Sie verwischen unsere Spuren.

Nach einer Weile kommen wir auf freies Feld. Das hohe, weiche Gras peitscht gegen unsere Schuhe. Meine Socken und Füße werden nass und Mücken umschwirren meinen Kopf. Aber das Gras ist hellgrün und aus dem Wald hören wir immer noch Vögel fliegen. Die fegenden Soldaten versuchen, das zertretene Gras wieder aufzurichten.

Wir besteigen einen Hügel. James Bond schimpft jetzt laut hörbar. Madar muss lachen und das ist wie ein Zeichen. Um uns herum machen immer mehr Leute fröhliche Gesichter. Ich drehe mich um und halte den Atem an. Das wogende Gras auf dem abschüssigen Hang, das blühende Unkraut und in der Ferne der grüne Wald voller Vogelgezwitscher: Das hier ist die schönste Filmkulisse, die ich je gesehen habe.

»Weitergehen, Hamu«, sagt Padar, aber ich will stehenbleiben. Ich möchte mich auf den Rücken legen. Ich möchte den Hügel hinunterrennen und wieder hinauf und danach noch einmal, noch einmal, noch einmal … »Hamu! Weitergehen!«

Nach dem Hügel kommt wieder ein Wald. Madar geht jetzt neben James Bond her. Sie lachen beide. Jeder redet jetzt mit jedem, nur der Kommandant und die Soldaten sagen nichts.

Auch wenn wir das rote Fähnchen sehen und wir uns alle bücken und zusammen hinkauern, auch dann bleibt es nicht lange still. Falscher Alarm. Nach ein paar Sekunden stehen wir wieder auf.

Aber dann auf einmal, ein ganzes Stück weiter, sammeln sich die Soldaten um ihren Kommandanten. Ein paar Reisende gehen mit nach vorn, werden aber mit einer Handbewegung auf Abstand gehalten.

»Eine breite Straße«, flüstert jemand, »wir müssen sie überqueren!«

Der Kommandant gibt ein paar unbegreifliche Zeichen und verschwindet. Die Soldaten schwärmen aus und langsam begreifen wir die Absicht dahinter. Padar flüstert: »Wir werden einer nach dem andern auf die andere Seite gebracht. Der Kommandant ist schon dort. Tut genau, was die Soldaten sagen. Gut achtgeben. Nicht reden!«

Madar beugt sich zu Padars Ohr. »Hamu«, sagt Padar, »du bleibst bei Frau Medan.«

Frau Medan?

Ich schaue zur Seite. Ach, James Bond!

Durch die Bäume sehe ich die Straße: Sie liegt etwas tiefer als der Waldrand und besteht aus Schlamm. Tiefe Reifenspuren sind auf ihr zu sehen, und auf der anderen Seite gibt es auch eine Böschung und dahinter wieder einen Wald. Ich schaue zu James Bond und strecke meine Hand aus. *»O Khoda«,* murmelt sie, »oh Gott!«

Wir sind schon fast an der Reihe. Drei Soldaten sind über die Straße verteilt, und immer winken sie einer Person, die hinüberlaufen soll. Offenbar muss es schnell gehen und heimlich. Ist das hier vielleicht eine Grenze?

Madar und Navid rennen nach unten, dann durch den Schlamm, und an der anderen Seite wühlen sie sich den Hügel hinauf. »Oh Gott«, murmelt James Bond, »das muss ein Traum sein, ein Albtraum …«

Da geht Padar, die Taschen um seine Arme schwenken hin und her und Roya presst sich an seinen Rücken.

James Bond atmet schneller und schneller. *»O Khoda ya mordom, khalas shodom, o Khoda, raftom!«* Ich kann nichts dafür, ich muss einfach lachen. »Ich sterbe, es ist vorbei, oh Gott, ich gehe!« Genau das Entgegengesetzte von dem, was der echte James Bond in diesem Moment sagen würde.

Ich drücke ihre Hand und sage: »Es klappt schon. Kommen Sie. Halten Sie sich an mir fest!«

Wir müssen. Wir sind die Letzten. Hinter uns kommt noch ein einziger Soldat, und der drückt mir schon in den Rücken.

»Ohh!«, ruft James Bond, *»ohhh Khodaaaa!«,* und dann stolpern wir bergab. Wir machen hohe, hastige Schritte. Es ist nicht leicht, James Bonds Hand zu halten und gleichzeitig

die Taschen nicht von meinen Schultern rutschen zu lassen, aber wir finden plötzlich einen springenden, pinguinartigen Rhythmus, in dem wir sowohl unsere Füße weit hochheben als auch unsere Arme in die Luft halten. Ich meine, die Soldaten, an denen wir vorbeikommen, leise lachen zu hören, aber ganz sicher bin ich mir nicht.

Oben an der Böschung auf der anderen Seite stehen alle anderen und feuern uns an. Ich sehe Madar, ich sehe Padar, und dann lässt James Bond mich los, weil sie ihre Hände und Füße zum Hinaufklettern braucht.

Aber nachdem wir von ein paar ausgestreckten Armen hochgezogen wurden und noch eine Weile weitergestolpert sind, weil die Soldaten hinter uns jetzt auch den Hügel hochgerannt kommen, fasst James Bond doch wieder meine Hand. *»Shokr e Khoda«*, stöhnt sie, »wir sind da.«

Sie lehnt sich an einen Baum und sagt keuchend zu Madar und Padar: »Wissen Sie, Ihr Sohn ist ein Held!«

Wir gehen weiter, weiter, weiter. Die Waldwege schlängeln sich hinauf und hinab und wieder hinauf. Es wird nicht mehr geredet. Es werden keine Nachrichten mehr ausgetauscht über Razzien in Kabul, über Bekannte von Bekannten und über den reichen, freien Westen.

Es wird schon dunkel, als wir ab und zu wieder Häuser sehen. Plötzlich halten die Soldaten inne. Der Kommandant wartet, bis alle zusammenstehen, und zeigt dann auf eine kleine Straße. »Sie sind da«, sagt er.

»Das Haus am Ende der Straße. Da warten Sie auf weitere Anweisungen.«

Sobald wir vor dem Haus stehen, sind die Soldaten weg. Verschwunden. Wir sollen auf unsere neuen Kontaktpersonen warten. Meinen sie neue Knochenträger? Und wann kommen die?

Einer der Männer aus unserer Gruppe fasst nach der Tür. Sie ist offen. Wir gehen hinein. Jemand klappt die Fensterläden auf, findet einen Besen und fängt an zu fegen. Jemand sammelt das Essen ein, das hier und da noch in unseren Taschen steckt. Padar und ein paar andere Männer kümmern sich um das Kochen. Madar und ein paar andere Frauen teilen das große Wohnzimmer ein: einen Bereich für die Männer, einen für die Frauen und dazwischen ein winzig kleines Stückchen für uns als die einzigen Kinder hier.

Ich bin der Erste, der die neuen Menschenschmuggler sieht. Sie haben neue Reisende gebracht, und jetzt schauen sie verwundert um sich. Ich hatte gerade zusammen mit Navid Bollywoodlieder gehört, aber jetzt ziehe ich meinen Ohrstöpsel heraus und gehe zu Padar.

Die Knochenträger schnauzen ihn an. Einige andere Männer stellen sich zu ihm und dann schnauzen die Schmuggler auch sie an. Wird das ein Streit?

Ich gehe zurück zu Navid und fordere meinen Ohrstöpsel wieder. Ich will das Schreien nicht hören, aber es endet zum Glück damit, dass die Schmuggler eine Kiste mit Essen absetzen und weggehen.

Das ganze Zimmer ist jetzt voll, alle sitzen oder liegen irgendwie da. James Bond und meine Mutter sind Freundinnen geworden. Sie lehnen zusammen an der Wand, sie flüstern und Roya liegt aufgerollt zwischen ihnen. James Bond hat immer noch ihre Sonnenbrille auf. Sie setzt sie nur ab, wenn sie sich die Augen trocken wischen muss.

Ich habe aus meiner Tasche ein Kissen gemacht. Navid sitzt neben mir, und daneben, am Rand der Männerzone, redet Padar mit jemandem über – ja, worüber? Ich versuche, ihr Gespräch zu verfolgen, aber hier sind so viele Menschen und Stimmen, dass die Sätze aus dieser Zimmerseite in den drei Meter weiter gesagten Sätzen aufgehen.

Bis ich jemanden singen höre. Ich gucke um mich und sehe einen Mann von ungefähr fünfundzwanzig Jahren. Er hat ein rundes Gesicht und schräge, asiatische Augen. Er muss also wohl ein Hazara sein. Die Hazaras haben es besonders schlecht in Afghanistan. Viele Leute, allen voran die Taliban, halten die Hazaras für ein minderwertiges Volk. Aber der Mann singt ein Lied, das wir alle kennen. Über »unser Land der Sonnen und Himmel«. Seine Stimme ist tief und heiser.

Ich rutsche vor, denn wie wagt er es? Zu singen, während wir alle uns noch an dieses fremde, übervolle Schmugglerhaus gewöhnen müssen?

Als sein erstes Lied aus ist, klatsche ich. Ein paar andere klatschen mit. Der Hazara-Sänger schaut mich an. »Ich bin Musikant«, sagt er, »Hochzeitsmusikant. Und auch schon mal Straßensänger. Und wenn sie sagen, ich dürfte in meiner eigenen Heimat nicht mehr singen, dann singe ich eben woanders.«

»Noch ein Lied!«, ruft jemand hinter mir.

»Nein!«, ruft ein anderer. »Man wird uns entdecken!«

Der Hazara-Sänger lächelt. »Hier geht es«, sagt er. »Ihr seid das erste Mal hier, aber ich wurde schon einige Male weggebracht und bin wieder zurückgekommen. Ich sehe alte Freunde. Und es gibt auch neue Gesichter. So geht das. Wir werden in Gruppen hin und her geschoben. Das hier ist eine Art Basislager, und glaubt mir, hier sind wir unter uns. Es gibt keine Nachbarn. Das hier ist Niemandsland.«

»Aber in welchem Land sind wir denn?«, fragt ein alter, grauhaariger Herr. »Die Knochenträger erzählen uns nichts. Und Musikjunge, wie heißt du eigentlich?«

»Morteza, angenehm. Und vergessen Sie die Fragen. Vergessen Sie alle ihre Vorstellungen in Bezug auf Reisen und Pläne und Kalender. Wir sind Schmuggelware. Unsere Fahrer sind Kriminelle und wir sind nichts als atmende Pakete. Was wir haben, sind Geschichten und Witze und Luft und Hoffnung und Musik. Aber lassen Sie mich noch etwas singen und helfen Sie mir mit dem Rhythmus. Los geht's!«

Und dann sitzen wir alle da und tippen und schlagen den Takt. Morteza kennt hunderttausend Lieder. Kinderlieder, Festtagslieder, Hits von Ahmad Zahir.

Manche Leute singen mit, andere hören mit geschlossenen Augen zu.

Als Morteza später am Abend erzählt, wie die Taliban das steinerne Grabmal von Ahmad Zahir mit Raketen beschossen haben, sehe ich eine kleine Gruppe von Leuten die Fäuste ballen und in sich hineinfluchen. »Die Taliban sind schlaffe Kühe«, lacht Morteza. »Bestimmt hatten sie Angst, Zahir könnte mehr als zwanzig Jahre nach seinem Tod noch aus seinem Grab hüpfen. Na ja, sie hatten recht: Ahmad Zahir hüpft jeden Tag noch aus seinem Grab hervor. In jeder Erinnerung, in jedem Lied, das in unseren Gedanken erklingt. Und in die können sie mit ihren Raketen keine Löcher schießen!«

Dieser Abend ist der erste von sehr vielen gleich verlaufenden Abenden. Es stimmt, was Morteza gesagt hat: Wir vergessen den Kalender. Wir warten in verfallenen Häusern, manchmal mit einer großen Gruppe, manchmal mit einer kleinen. Wir werden abgeholt und weggebracht, wir nehmen Abschied von Menschen, die wir kennengelernt haben und nie mehr wiedersehen – oder ein paar Tage später eben doch. Gerade haben wir uns an den einen Knochenträger gewöhnt, da ist es schon wieder ein anderer. In den Wochen und Monaten, die kommen, spielen wir Spiele, hören uns Geschichten an, singen mit Morteza mit, oder wir schlafen. Stundenlang. Wir sitzen in holprigen Autos oder gehen zu Fuß durch noch mehr Wälder. Auch stundenlang.

Ganz selten hole ich die schwarzen Federn aus der Tasche, lege meinen linken Arm wie eine Mauer um das Papier und schreibe auf, was ich gesehen habe. Jeden, der in meiner Nähe ist, frage ich: »Wann sind wir noch so lange durch den Regen gelaufen? Was haben wir da gegessen? Wie sah dieser Kommandant noch mal aus?«

Manchmal fragt jemand: »*Batschem,* wieso möchtest du dir das merken?«, aber das weiß ich nicht. Ich schreibe und schreibe und schreibe.

Und ich drücke inzwischen auch wieder viel zu fest auf meine Federn.

Wir können nur ab und zu duschen. In dem großen Haus hatte es ein Badezimmer gegeben, aber später in anderen Häusern nicht mehr, und dann spritzten wir uns unter tropfenden Wasserhähnen nass. Ich versuche, alle paar Tage ein neues T-Shirt anzuziehen, aber wir haben unterwegs schon eine Menge Gepäck zurücklassen müssen: zu viel, zu schwer, zu wenig Platz. Die anderen tragen meist ein und denselben Pulli oder ein und dasselbe Hemd – nicht sehr frisch natürlich, aber dadurch sind sie leichter zu erkennen. Manche Frauen haben Waschpulver dabei, aber alles ist irgendwann alle und die Knochenträger verlangen viel zu viel Geld für unsere Einkäufe. Nach einer Weile finde ich mich damit ab: auch mit dem Gestank, dem Staub, den ewig schwarzen Fingernägeln.

Ich lerne, auf schmutzigen Toiletten zu pinkeln. Oder hinter Bäumen und Büschen, innerhalb weniger Sekunden und mit drei, vier Männern neben mir. Kacken ist schwieriger, aber wir essen nicht so viel, also müssen wir auch weniger oft.

In einem der kleineren Häuser, in denen wir landen, ist die Toilette noch dreckiger als alles, was wir bis dahin gesehen haben. Navid rennt vor uns allen hinein. Er ruft: »Ich muss ganz dringend!« Aber mit derselben Geschwindigkeit, mit der er in die Toilette gestürmt ist, kommt er auch wieder heraus. Er angelt sich eine Plastiktüte aus Madars Tasche und ist gleich wieder verschwunden. Wir gehen ihm hinterher. Mit der Hand in der Plastiktüte steht er da und bürstet die Kloschüssel.

Wir lachen und sagen: »Navid-jaan, was tust du da?«

»Sauber machen!«, ruft er. »Sonst kann ich nicht!«

Es bringt ihm den ganzen weiteren Nachmittag Streicheleien und Süßigkeiten ein, und von dem Moment an ist Navid, wo wir auch sind, der Toilettenschrubber.

Ich bekomme auch eine feste Aufgabe. Die Männer – deren Schnauzer und Bärte übrigens auch immer länger werden – sind für das Kochen der Kartoffeln und das Braten der Hühner verantwortlich. Etwas anderes gibt es meistens nicht. Die Hühner müssen festgehalten werden, so dass Padar sie anschneiden kann. »Hamu, das machst du!«, sagt er. »Das hast du zu Hause doch auch schon getan?« Stimmt. Ich habe es schon damals gehasst, mit diesen scharfen Gabelspitzen in das zischende Fleisch zu stechen, mit abgewandtem Gesicht, um nicht im Bratendunst zu stehen, und dann zu warten, bis Padar die Dinger endlich klein hatte. Aber hier füge ich mich in mein Schicksal. Hamayun der Hühnerspießer.

Ich bete fast nicht mehr. Padar und Madar halten es ziemlich gut durch, aber ich schlafe lieber etwas länger oder stöpsele mir direkt vor dem *Namaz* meine Kopfhörer ins Ohr.

Wenn ich nämlich bete, denke ich an Afghanistan, und das tue ich lieber nicht. Es gibt so wenig in den Wäldern und in den entlegenen Häusern, das mich an Kabul erinnert. Alles riecht anders, alles schmeckt anders. Vielleicht bin ich selbst auch nicht mehr der Hamayun, der ich war, vielleicht bin ich eine Art Unterwegs-Hamayun. Jedenfalls: Wenn ich zu viel an früher denke, wird mir schwindelig, und wenn mir schwindelig wird, sind meine Taschen doppelt so schwer.

Manchmal wache ich in der Nacht auf. Und egal wie spät oder wie dunkel es dann ist, immer höre ich irgendwen schluchzen. Jeder versucht, das im Stillen für sich zu tun, aber ich habe scharfe Ohren. Es hört sich ekelhaft an.

Um mich abzulenken, versuche ich herauszufinden, aus welcher Ecke es kommt. Und wenn es sehr nahe ist, hoffe ich, dass ich irgendwo an der Zimmerdecke eine kleine Eidechse laufen sehe. Vor denen fürchte ich mich, also muss ich dann so lange an die Decke starren, bis die Eidechse davongekrochen ist. Das ist unheimlich, ach ja, richtig gruselig finde ich das! Und doch ist es viel weniger unheimlich, als dem Kummer Erwachsener zuhören zu müssen.

Ein paar der Männer haben ein kleines Radio dabei. Wenn es sicher ist, wird abends *BBC Persian* gehört. Ich bin nicht so versessen darauf, denn gute Nachrichten gibt es nie.

Irgendwann in den ersten Wochen, in einem Haus mit stinkenden Teppichen voll hart gewordenem Dreck, kommt es deswegen sogar zum Streit. Im Radio wird erzählt, Ahmad Schah Massud sei ermordet worden. General Massud, der Held von Faisals Familie und so vieler anderer Leute. Einer der letzten Widersacher der Taliban. Er wurde von falschen Journalisten getötet, die in ihrer Kamera eine Bombe versteckt hatten.

Alle sind erschrocken. Hier und da weint jemand, aber ein Mann ruft auch, Massud hätte sich im Bürgerkrieg von vor zehn Jahren ebenfalls die Hände blutig gemacht. Ein paar andere können nur mit Mühe verhindern, dass er eine Faust ins Gesicht bekommt.

Am Abend danach gibt es wieder eine wichtige Nachricht. Flugzeuge sind in ein Wolkenkratzerpaar geflogen. In New York. Die Türme sind eingestürzt. Offenbar ist es die Schuld Osama Bin Ladens. Der hat die Piloten losgeschickt.

Ich denke: Osama Bin Laden? Woher kenne ich diesen Namen nur? Und dann fällt es mir wieder ein. Als wir mit der Schule durch die Straßen Kabuls marschierten, mussten wir »Lang leben die Taliban!« rufen. Manchmal auch noch etwas anderes. Etwas, das keiner von uns verstand: »Es lebe Osama Bin Laden! Osama Bin Laden ist unser Bruder!« Wir hatten noch nie von dem Mann gehört. Faisal fragte mich: »Wusstest du, dass wir noch einen Bruder haben? Was meinst du, sind unsere Mütter fremdgegangen?«

Jetzt kommt es deswegen vielleicht zu einem Weltkrieg. Und Afghanistan steckt mittendrin, denn die Taliban helfen Osama, sich zu verstecken. In der Woche danach beginnen die abendlichen Gespräche leise, aber immer endet es in Geschrei. Ich verstehe nicht genau, worum es geht, aber Padar sagt, wir hätten nichts mit diesem Osama zu schaffen und sollten es auch gar nicht wollen. Und dann schaut er mit einem Stirnrunzeln zu einigen Männern, die ich kaum kenne.

Am nächsten Abend behauptet jemand in der anderen Ecke des Zimmers, die Amerikaner würden Afghanistan zu Schutt bombardieren, und ich sehe Morteza viel zu wütend und viel zu schnell aufstehen. Er will zu den Leuten, die so reden, aber ich bin schneller. »Morteza!«, rufe ich. »Würdest du bitte noch etwas singen? Das Lied vom Bürgermeister von Bamyan?«

James Bond mag Märchen gern. Dafür bin ich natürlich zu alt, aber es ist trotzdem schön zuzuhören, wenn sie erzählt. Als das kleinste Geißlein sich in der Uhr versteckt, weil der Wolf hereingekommen ist, schlägt sie die Hände vor die Augen. Und wenn der Wolf ertränkt wird, erstickt James Bond fast selbst. Am Ende jedes Märchens springen Navid und Roya ihr auf den Schoß und rufen: »Noch mal!«

Aber manchmal ist sie still. Dann zeigt sie Madar ihre Fotos. Sie streichelt sie, streicht die Falten glatt. James Bond hat fast keine Verwandten mehr – sie sind im Bürgerkrieg umgekommen. Sie hat zwar noch eine Tochter, aber die wohnt jetzt in Österreich. Ihr Sohn? Den haben die Taliban mitgenommen und aufgeknüpft. An einem Laternenpfahl. Ich weiß es, ich habe heimlich zugehört. Und so setze ich mich ebenfalls zu James Bond, wenn sie mit ihren Märchen beginnt.

James Bond will also nach Österreich. Andere denken an England oder Kanada. Morteza hat einen Cousin in Norwegen, und als es heißt, morgen würden wir vielleicht wieder abgeholt, schwirren noch mehr Ländernamen durchs Zimmer. Ich bitte Padar, mir eine Karte von Europa in den Staub auf einem Schrank oder einer Fensterscheibe zu zeichnen, aber weil wir nicht genau wissen, wo wir sind, kann ich sie nicht mit Pfeilen versehen. Und manchmal sagt Padar: »Der

Reisevermittler wird uns schon dorthin bringen, wo wir hinsollen.« Und mit der flachen Hand wischt er die Karte wieder weg.

Die Knochenträger sagen nichts. Und falls doch, dann Sätze wie: »Wir holen euch in zwei Tagen ab. Frühestens. Und spätestens in drei Monaten.«

Also lernen wir warten.

Alles, was sich bewegt, wird zum Ereignis. Wenn es Zeit zum Kochen ist, bin ich schon zehn Minuten vorher in der Küche. Die Kartoffeln werden langsam geputzt, das Wasser läuft langsam in den Topf, wir kochen und essen und waschen langsam, langsam ab.

Geschichten werden nochmals erzählt, mit anderen Wendungen und einem anderen Ausgang. Und jeden Tag trinken wir fünf oder sechs Mal Tee, wir führen die Becher in Zeitlupe zum Mund.

Navid hat Geburtstag. Wir müssen den ganzen Tag laufen, und doch freut er sich. Ich trage Roya, denn heute darf Navid auf Padars Rücken. »Ich bin der König«, flüstert Navid, »ich bin der König des Tages!«

Als wir am späten Nachmittag in wieder einem neuen, dunklen Haus angekommen sind, sagen alle, dass Navid heute doch wirklich nicht die Toilette putzen darf. Sobald der Knochenträger weg ist, bastelt Madar ihm eine Krone und Morteza singt ein selbst gedichtetes Geburtstagslied.

Aber er wird unterbrochen. Aus der Gruppe von Männern, die um das Radio sitzt, klingt Jubel. Und sofort danach:

»Pst, pst!« Und dann noch lauterer Jubel. »Die Taliban!«, ruft jemand. »Sie sind geschlagen! *Glameshan jam shod!* Ihre Teppiche sind aufgerollt! Afghanistan ist frei!«

Morteza springt auf und rennt zu ihnen. Der Rest der Anwesenden im Zimmer blickt fragend um sich: »Was sagen sie, was sagen sie?«

Die Amerikaner haben die Taliban verjagt. Es kommt eine neue Regierung, mit Hilfe von Präsident Bush.

»Diese Schlappschwänze!«, ruft Morteza. »Ein kleines Bombardement und pffft – weg sind die Bärte!«

Überall um ihn herum ballen sich Hände zu Siegesfäusten. Ich sehe, dass James Bond weinen muss, und ich sehe auch, dass es Freudentränen sind.

Alle reden durcheinander und plötzlich höre ich jemanden sagen, wir könnten jetzt zurück. Zurück nach Afghanistan. Ich erschrecke und renne zu Padar. Ich ziehe an seiner Kleidung. »Padar, Padar, fahren wir zurück?«

Padar hört mitten im Satz auf zu sprechen. Er dreht sich um und legt mir beide Hände auf die Schultern. »Nein Hamayun. Wir fahren bestimmt nicht zurück.«

Ich nicke, denn ich weiß plötzlich, dass ich das auch nicht will. Wir können wirklich nicht mehr zurück. Wir sind durch viel zu viele Wälder gelaufen.

An diesem Abend geht niemand früh ins Bett. Morteza holt alles aus der Küche, was als Trommel dienen kann: Töpfe, Teller und ein Metalltablett. Er singt sich heiser und alle klopfen und klatschen und kichern im Takt dazu. Es ist, als wären wir krank gewesen, wir alle, und als wären wir jetzt durch die Berührung einer großen, unsichtbaren Hand geheilt.

Und Navid? Der findet, dass er noch nie einen so schönen Geburtstag gehabt hat. Er tanzt durchs Zimmer und ruft: »Ich bin der König von Amerika! Ich bin Präsident Bush!«

Einige Wochen später verlieren wir Morteza. Die Gruppe, zu der er gehört, wird abgeholt. Uns bleibt kaum Zeit zum Abschied, aber er sagt: »Eines Tages sehe ich euch irgendwo in der freien Welt wieder. Oder vielleicht schon morgen. Hier.«

Aber das Letzte stimmt nicht. Wir sehen ihn nie mehr, denn zwei Tage später ziehen wir selbst weiter.

Wir landen in einem Haus, in dem nicht gesungen werden darf. Vor den Fenstern hängen schwarze Vorhänge und wir müssen still sein, denn nicht weit weg wohnen Nachbarn.

Die Frauen schlafen hier in einem anderen Stockwerk als die Männer, und nur die Kinder dürfen hin und her. Ich höre auf der Männeretage zwei alten Brüdern zu, die sich leise Anti-Taliban-Geschichten erzählen. »Gut«, sagt der eine von ihnen, »ein Talib wohnte also in unserer Straße. Eines Tages sehen wir ihn draußen im Freien pinkeln. Mit dem Rücken zu uns. Ich schaue meinen Bruder an und der mich. Wir schleichen uns an den Talib heran, werfen ihm ein Tuch über den Kopf, fesseln ihm die Arme und werfen ihn kopfüber in seine eigene Pisse. Anschließend geben wir ihm noch ein paar Fußtritte und machen uns aus dem Staub. Am nächsten Tag treffen wir ihn auf der Straße. Wir rennen zu ihm und fragen besorgt: ›Freund, was ist denn mit dir geschehen?‹ Der Talib erzählt uns die ganze Geschichte und schwört, die Täter umzubringen, wenn er herausbekommt, wer sie sind. Wir nicken eifrig und sagen: ›Es ist eine Schande! Weißt du was? Wenn du diese Kriminellen findest, dann helfen wir dir, sie zusammenzuschlagen!‹«

Die Brüder beginnen aus tiefster Kehle zu lachen. Pst, machen einige andere, still!

Ich gehe zur Frauenetage. Auch dort sitzen alle zusammen. Und auch dort erzählt jemand eine Geschichte. Aber diese Geschichte handelt von Sposmai.

Sposmai ist ein ungefähr sechzehn Jahre altes Mädchen. Sie ist vor gar nicht so langer Zeit mit ihrer Mutter zu unserer Gruppe gestoßen. Ich nenne sie heimlich das Leichenmädchen, denn ihr Gesicht ist so unheimlich weiß, und sie redet fast überhaupt nicht. Auch jetzt starrt sie wieder nur vor sich hin. Aber ihre Mutter, die neben ihr sitzt, gestikuliert eifrig. Alle seufzen, schütteln den Kopf und seufzen nochmals. *Toba*, heißt es, *toba Khodaya toba* …

Ich setze mich hinter Madar und James Bond. »Um was geht es?«, frage ich leise.

Plötzlich wird es still. Alle Köpfe schauen zu mir und Madar klopft mir leicht auf die Schulter. »Geh noch etwas nach unten, Hamayun.«

Unten ist die Stimmung inzwischen auch umgeschlagen. Die Männer schweigen und hören Radio. Ich setze mich dazu und bekomme gerade noch die übelste Nachricht mit, die ich mir vorstellen kann: Marjan ist tot. Der Löwe, den ich im Zoo so oft habe brüllen hören, er hat die Nahrungsmittelknappheit nach den Kämpfen in Kabul nicht überlebt.

Das kann nicht sein. Marjan, der einäugige Löwe, das Raubtier, das Faisal und ich uns mindestens hundert Mal angeschaut haben, er kann nicht gestorben sein. Marjan hat alle Kriege überlebt, es kann überhaupt nicht sein. Wenn es Marjan nicht mehr gibt, dann gibt es auch keinen Zoo mehr, und ohne den Zoo gibt es auch Kabul nicht mehr.

Ich fange an, immer schwärzere Dinge zu denken, ich kann mich nicht dagegen wehren, also renne ich weg. Ich laufe zur Treppe. Ich kann nicht bei den Männern sein und auch nicht bei den Frauen, also setze ich mich auf eine der unteren Stufen. Und fange an zu weinen. Das Wasser läuft mir einfach aus den Augen. Ich halte mir das untere Ende meines T-Shirts vors Gesicht und es ist in wenigen Sekunden salzig und nass. Dann spüre ich eine Hand auf meinem Haar.

»Ach, lieber Junge«, sagt jemand. Ich hebe den Kopf. Es ist James Bond.

»Ach, lieber Junge«, sagt sie noch einmal. »Was hast du vorhin aufgeschnappt? Findest du es so schlimm? Sie kommt schon noch darüber hinweg.«

»Nein«, sage ich, aber ich glaube, sie kann mich nicht recht verstehen.

»Sie hat gerade noch Glück gehabt«, sagt James Bond. »Der andere Knochenträger hat ihn noch gerade rechtzeitig von Sposmai weggezerrt. Sposmai ist natürlich fürchterlich erschrocken, und es bleibt scheußlich, aber ...«

»Was?«, sage ich. Ich verstehe überhaupt nichts mehr.

»Das mit Sposmai, oder?«, sagt James Bond. »Die fast von einem Knochenträger ...«

Jetzt fange ich an, noch mehr zu weinen. »Nei-hein«, sage ich, »nein. Marjan ist tot!«

James Bond ist einen Augenblick still. »Marjan?«, fragt sie. »Marjan der Löwe?«

Ich nicke.

»Toba …«, flüstert James Bond. Und dann setzt sie ihre Sonnenbrille ab und zieht mich an sich.

Die Gruppe wird kleiner. Das Leichenmädchen und ihre Mutter sehen wir nicht wieder. Vielleicht sind wir in Schweden oder der Ukraine, aber manche behaupten auch, wir zögen durch die Türkei.

Madar hat immer mehr Atemprobleme. Wir sind alle erkältet und Navid klagt über Kopfschmerzen. Es ist Winter und die Wochen kriechen vorbei.

James Bond murmelt fast täglich: »Das hier ist ein Albtraum, ich sterbe, ich sterbe!« Sie hat uns beigebracht, wie man sich nachts in seine Decke wickeln muss, damit man keine Erfrierungen bekommt. Tagsüber tragen wir mehrere Schichten schmutziger Kleidung übereinander, und darunter schwitzen wir dann.

Padar trägt Roya fortwährend auf dem Rücken, und jetzt, wo wir alle dünner und schlaffer geworden sind, ist es auch für Navid oft zu schwer, selbst zu laufen. Zum Glück hat er Sikander. Der trägt ihn, als wäre er ein streunendes Kätzchen.

Sikander ist ein Mann, der aussieht wie ein Bär. Wie ein Bär mit einem Buch. Denn neben einer kleinen Schultertasche ist das das Einzige, was Sikander bei sich hat: ein Buch. Er holt es jeden Abend hervor. Es hat einen blauen Ledereinband und die Ränder der Seiten sind goldfarben. Welches Buch es ist, weiß niemand, denn sobald jemand in Sikanders Nähe kommt, steckt er es weg.

Sikander redet nicht. Manchmal lacht er und das klingt dann wie ein Zug, der vorbeidonnert. Navid kann gar nicht genug davon bekommen. Er probiert alle seine Witze aus, er traut sich sogar, Sikander zu kitzeln, und das alles tut er ausschließlich für Sikanders Maschinengewehrlachen.

Am Ende eines anstrengenden Nachmittags müssen wir über einen viel zu steilen Hügel.

Sikander sieht, wie wir uns abmühen. Er hebt seine flache Hand in unsere Richtung. Wir hören auf zu klettern und beobachten verwundert, was er tut. Er stützt James Bond und hilft ihr so über den Hügel. Kurz darauf kommt er wegen Madar zurück. Danach bin ich an der Reihe und dann die anderen aus unserer Gruppe. Am Ende ist er ganze vierzehn Mal hoch- und runtergelaufen.

Navid sagt zu mir: »Sikander wird nie müde. Das kann er gar nicht, müde werden. Er hat überall Muskeln.«

Ich denke an Bashirs Geschichten. Aber bevor ich etwas über Bruce Lee sagen kann, wiederholt Navid: »Ja, ich bin mir sicher. Sikander hat überall Muskeln. Außer in seiner Kehle.«

Wir kommen in ein Haus, das kleiner ist als alle anderen vorher. Oder nein, es ist gar kein Haus, sondern eine Garage. Die großen Türen gehen kaum zu, wir müssen auf einem Betonfußboden sitzen und Lampen gibt es auch nicht. Der Schmuggler sagt: »Es ist nicht für lange. Wir holen euch noch heute wieder ab.«

Wir stellen die Taschen hinten in die Garage, aber obwohl wir unterwegs schon manches zurückgelassen haben, ist es immer noch so viel Gepäck, dass wir es hoch aufstapeln müssen.

Ein paar Männer schauen sich an und sagen: »Was jetzt?« James Bond seufzt: *»O Khoda …«*, und hier und da hören wir irgendwen fluchen.

Aber dann geschieht ein Wunder. Sikander fängt an zu reden. Quer durch die Dämmerung hindurch sagt er mit schwerer, gebrochener Stimme: »Holz suchen. Feuer.«

Er schiebt die Türen auf und geht in den Wald. Padar folgt ihm. Ich auch.

Während wir alle immer noch starr vor Staunen über Sikanders Stimme sind, weiß ich plötzlich, wie ich ihn später in meinem Tagebuch nennen muss. Den Hulk. Denn als Padar und ich jeder an einem halb abgebrochenen Ast zerren, reißt Sikander, der Hulk, sie mit einem Ruck von den Bäumen ab.

Auf der Schwelle vor der Garage wird das trockenste Holz

zu einem knisternden Feuer verheizt. Der Abend fliegt vorüber und niemand geht schlafen. Wir schauen in die Flammen. Es fängt an zu regnen, aber der Schauer geht gerade noch außerhalb des Feuerkreises nieder.

Die Einzigen, die schlafen können, sind Navid und Roya. Der Hulk hilft Madar, sie hinten in der Garage auf einen weichen Taschenstapel zu legen.

Ascheteilchen wehen herein und bald sind unsere Gesichter voll schwarzer Streifen. Es muss mehr Holz geholt werden, aber diesmal darf ich nicht mit. »Bleib beim Feuer«, sagt Padar, »und halte Wache. Wenn etwas ist, pfeifst du auf den Fingern.«

Aber sie bleiben nur ganz kurz weg, trockenes Holz ist kaum zu finden. Die Frauen haben zusätzliche Kleidungsstücke aus ihren Koffern geholt. Die breiten sie über die klatschnassen Männer, und was sie dann noch übrig haben, wickeln sie uns um die Schultern und Füße.

Und wieder sitzen wir nur da. Die Geschichten sind uns ausgegangen. Zwei Männer geraten fast in Streit, weil der eine das Teeglas des anderen fallengelassen hat. Einige Frauen weinen. Ich habe mein Tagebuch genommen. Nicht um etwas hineinzuschreiben – meine Finger sind steif und das Feuer ist beinahe erloschen. Nein, ich wickle einen Pullover darum und klemme mir das ganze Päckchen so gut, wie es geht, zwischen Kopf und Garagenwand. Ich schließe die Augen.

Ich spüre die Kälte der Wand quer durch mein Tagebuch hindurch. Mein Gesicht wird wieder genauso starr wie damals, irgendwann, wie war das noch und wo? Wir waren, glaube ich, zu Hause und es kamen Männer mit Kalaschnikows.

Ich schrecke hoch. Neben mir erklingt Geflüster und in diesem Geflüster ein Brummen, ein schwerer Störton. Ich schaue zur Seite. In einem vereinzelten Mondstrahl sehe ich Sikanders blaues Buch. Es liegt aufgeschlagen auf seinem Schoß und die Buchseiten werfen einen sanft gefärbten Schein auf die Unterseite seines Gesichts.

Sikander spricht mit Padar. Über sein Buch.

Das zweite Wunder an diesem ungewöhnlichen, unangenehmen Geschichtenabend.

Wir hören Autos. Sikander schiebt das Buch unter seine viel zu kurze Lederjacke. Er steht auf. Die Garagentüren öffnen sich und wir sehen drei schwarze BMW-s. Sie schimmern im Mondlicht.

Der Knochenträger, der uns hier zurückgelassen hat, klatscht in die Hände. »Abmarsch, Abmarsch! Beeilung!«

Wir springen auf und greifen alle gleichzeitig nach unseren Taschen.

»Einsteigen!«, ruft der Knochenträger. »Ihr habt eine Minute Zeit! Die Frauen auf die Sitze, die Männer nach hinten!«

Sollen wir alle in diese Autos? Das passt nie!

Ich sehe Madar mit Roya und Navid zum ersten BMW rennen. Ich schleppe die Taschen dorthin. Der Hulk hebt sie hinein und stopft sie unter Madars Füße. Ich schreie: »Padar!« Ich schaue mich um und entdecke ihn neben dem dritten Auto. Die Heckklappe geht hoch und Padar beugt sich schon vor. Ich will zu ihm, aber wieder ruft jemand: »Beeilung!«

Ich muss in den Kofferraum. Ich kann nur noch an schnell, schnell, schnell denken und daran, dass ich nicht allein zurückbleiben will. Ich steige hinein, es geht nicht anders, ich drehe mich dabei sehr ungeschickt, ich stoße mir den Kopf und zucke zusammen.

Ich bekomme einen Schubs. Jemand ruft »Tempo!«, jemand ruft »Weiter!«.

Ich falle gegen die Rückbank. Gegen die Rückseite der Rückbank. Hinter mir klettert noch jemand herein. Das Auto sinkt ein Stück tiefer und mein Bauch und meine Knie werden gegen den Boden des Kofferraums gedrückt.

Ich gerate in Panik, denn ich rieche auf einmal, wer da gegen mich rollt. Der Hulk.

»Ja!«, schreit jemand draußen und die Kofferraumklappe schlägt zu.

Einen Moment lang ist alles schwarz. Einen Moment lang bin ich nicht mehr da. Aber dann höre ich Roya weinen. »Still!«, ruft Madar. »Sei still!«

Ich versuche, mein Gesicht zu bewegen. Es gelingt mir nicht, meine Wange scheuert gegen den groben Stoff der Rückbank.

Plötzlich gibt es etwas Licht, jemand zieht die Hutablage hoch.

»Hamayun!«, ruft Madar. »Wo bist du, wo bist du?«

»Hier«, piepse ich, »hintendrin.«

»Allahhh ... Geht es? Schaffst du es? Bekommst du Luft?«

Der Hulk zwängt und stößt. Er versucht, möglichst weit von mir wegzurücken. Das bringt vielleicht ein paar Millimeter, aber die Knöpfe seiner Jacke stechen mich nach wie vor in den Rücken. Zum Glück kann ich den Kopf jetzt so drehen, dass mein Mund nach oben zeigt. »Ja«, rufe ich, »ja!«

Der Motor startet und wir fahren langsam los. Jetzt haue ich auch noch gegen den Boden. Das geht nicht, denke ich. Ich ersticke, ich sterbe!

Ich schließe die Augen. Ich spüre jeden Kieselstein und jeden kleinen Zweig, über den das Auto ruckelt. Der BMW hat viel zu weiche Reifen, oder womöglich auch viel zu harte, wie ist das noch mal?

Die Geräusche aus dem Auto verschwimmen ineinander.

Vielleicht falle ich in Ohnmacht oder vielleicht schlafe ich eine Weile, ich weiß es nicht, aber als ich wieder aufwache, hat das Rütteln nachgelassen.

Wir kriechen über die Straße und ich höre ein Knirschen. Ein solches Geräusch kann nur von frisch gefallenem Schnee herrühren. Das ist gut, denke ich, jetzt schaffe ich es wohl doch.

Aber dann zieht die Kälte allmählich durchs Auto und ich denke: Ersticke ich nicht, dann erfriere ich wahrscheinlich hier drin.

»Hallo«, höre ich neben mir. Das kommt von Sikander, dem Hulk. »Hallo!«

»Was?«, ruft Madar. »Ist etwas mit Hamayun?«

»Nein, nein«, fiepe ich.

»Zigarette«, brummt der Hulk. »In der Tasche neben Ihnen.«

»Nein!«, fiepe ich wieder.

»Ich weiß nicht«, keucht Madar. »Ich komme nicht heran. Ich kann mich hier kaum bewegen!«

Ich höre, wie Sikander anfängt, schwer durch die Nase zu atmen.

»Grr!«, macht er, »ch-ch-ch!«

Den Rest der Zeit denke ich nur an meine Arme, die wehtun. An meine Beine, die eigenartig gegen meinen Bauch gefaltet sind. Und an Luft. Daran, die Erschütterungen des Autos abzufangen. An die lauter gewordenen Straßengeräusche in meinem Ohr. Ans Sterben. Ans Sterben. Ans Sterben.

Wir fahren schneller und schneller und es dauert eine Stunde. Oder zwei Stunden oder drei.

Dann halten wir. Dann geht die Kofferraumklappe auf. Aber ich bin so zusammengedrückt, dass ich es gar nicht mehr merke.

Der schwere Körper vom Hulk schiebt sich weg.

Jetzt spüre ich allmählich etwas Neues. Eine andere Kälte, einen Zug im Rücken.

Am Ende weiß ich nicht, wie ich aus dem Auto gekommen bin. Das kann mir nicht einfach so gelungen sein, denn mein Körper ist aus Stein. Hat jemand mich herausgehoben? Der Hulk?

Dann stehe ich. Ja, ich stehe. Aber meine Knie knicken ein und mein Körper klappt zusammen. Ich halte mich nur dadurch aufrecht, dass ich mich mit beiden Armen auf den Oberschenkeln abstütze. Und ich erlebe einen Angriff. Von innen, aus meiner eigenen Lunge. Es fühlt sich an, als würde sie zusammengedrückt, regelrecht aufgerollt. Atmen geht nicht mehr, das Einzige an Luft, das mir bleibt, ist das, was noch in meinem Hals steckt, in meiner Mundhöhle. Wenn dieses letzte Restchen demnächst auch aufgebraucht ist, ersticke ich trotz allem noch, hier, jetzt, außerhalb des Autos. Es fiept, es pfeift, es zwickt und etwas sticht auch, aber dann geschieht ein Wunder: Meine Luftröhre öffnet sich schlagartig wieder.

Ich ersticke also doch nicht. Ich sterbe noch nicht.

Vorsichtig richte ich mich auf und sehe, was um mich herum geschieht. Leute übergeben sich am Straßenrand. Sikander sitzt an einen der Autoreifen gelehnt und sucht nervös nach einer Zigarette.

Padar stützt Madar, und Roya und Navid halten sich gegenseitig fest, während sie mit kreidebleichen Gesichtern auf etwas starren. Auf mich.

»Ich dachte, du würdest kch-ch-ch gehen«, sagt Navid und fasst sich an den Hals. »Du weißt schon«, sagt er, »kch-ch-ch!«

Madar legt mir einen nassen Lappen auf die Stirn. Sie hat mich den ganzen Tag bei sich gehalten. »Navid«, sagt sie, »sprich nicht so. Hamayun hat jetzt auch Asthma, genau wie ich.«

Ich bin gerade erst wieder aufgewacht. Ich erinnere mich nur daran, wie fürchterlich Madar selbst immer husten musste. Als ob in ihrem Hals ein Schwan stürbe.

Ich weiß nicht, in was für einem Haus wir gelandet sind. »Es ist schmutzig hier«, sagt Navid. »Auf dem Tisch liegt ganz viel Staub, wie eine Tischdecke.«

Ich lache vorsichtig. »Hast du das Klo geputzt?«

»Ja«, sagt Navid, »es hat sieben Stunden gedauert.«

»Navid-jaan ...«, sagt Madar.

»Weißt du es schon?«, fragt er dann. »Sikander ist fort.«

Ich fahre hoch. »Was? Wohin?«

»Einfach so. Fast alle sind fort. Wir werden auch noch abgeholt.«

Ich schaue durch das Zimmer und entdecke von allen Leuten, die ich kenne, nur noch James Bond.

»Hamu«, sagt Madar, »bleib noch etwas liegen. Du weißt doch, wie das geht. Vielleicht sehen wir ihn morgen schon wieder.«

Aber das ist nicht so. Gerade jetzt, wo ich anfange zu denken, dass wir es nach all den Monaten nicht mehr lange aushalten werden, gerade jetzt, wo ich Angst habe, dass Madar zu krank zum Weiterlaufen ist und ich zu starkes Asthma bekommen werde, um ihre Taschen zu tragen, gerade jetzt werden wir von einem neuen Knochenträger abgeholt. Wir allein, zusammen mit James Bond.

Der Neue ist anders als die anderen Schmuggler. Er lacht. Er trägt einen Anzug. Er sieht nicht aus wie drogensüchtig. Er ist etwas älter, er hat blonde Haare und er erkundigt sich nach unseren Namen. Das hat bisher noch kein Schmuggler getan.

Und er bringt uns zum Zug. Zum Zug! Wir brauchen nicht mehr zu laufen!

Der Bahnhof sieht aus, als wäre er schon mindestens ein Jahr nicht mehr gefegt worden. Abfallbehälter gibt es nicht und überall liegen Dosen herum. Fremde Schilder hängen da, mit fremden Worten. Wir fragen nicht, was sie bedeuten, denn der Schmuggler hat es eilig. Während wir hinter ihm die Treppe hinaufgehen, denke ich: Das hier könnte möglicherweise der Haupt-Knochenträger sein. *Der Pate*.

Bashir! Der hat mir von den Filmen mit dem Paten erzählt. Während wir in den verlassen wirkenden Zug einsteigen, sehe ich ihn plötzlich wieder vor mir. Ganz kurz. Bashir.

Der Zug ist lang und leer. Überall gibt es Abteile mit schmalen Betten. Der Pate spricht beinahe kein Englisch, aber wir verstehen auch so, dass wir uns selbst ein Fleckchen aussuchen dürfen. Madar lässt sich auf eine der Matratzen fallen, und während ich die Taschen in das Gepäcknetz über uns hieve, versuche ich zu sehen, ob sie weinen muss. Nein. Sie lacht. Denn Navid und Roya springen schon von Bett zu Bett.

Padar holt sie herunter, aber der Pate sagt nichts, sondern setzt sich ein Stück entfernt an einen Tisch und nimmt einen Stift und ein schwarzes Heft hervor.

Der Zug fährt los. Ich helfe Padar mit dem letzten Koffer, dann entscheide ich mich auch für ein Bett. Das in der Ecke. Neben James Bond.

Zum ersten Mal seit langer Zeit sind wir alle wieder fröhlich. Wir schlafen eine Zeit lang und danach spielen wir Spiele. Knöchelschlagen, mit zwei Fäusten gegeneinander. James Bond verliert die ganze Zeit.

Ich schaue nach draußen. Wiesen, Wälder und flache Hügel schießen vorbei. Die schmutzigen Fenster gehen nicht auf, aber jedenfalls sind die Laken weiß und kühl.

Jetzt wage ich zu fragen. Jetzt. Nach fast einem halben Jahr.

»Padar«, sage ich, »glaubst du … ich meine … fahren wir zu Bashir?«

Padar dreht den Kopf weg. Aber er antwortet mir trotzdem. »Ich …«, sagt er. »›Zu meinem Sohn‹, habe ich gesagt … ›Wo immer er ist. Bringt uns zu meinem ältesten Sohn.‹«

Es bleibt einen Augenblick still. Redet er noch weiter?

Padar wendet sich wieder zu mir. »Der Reisevermittler konnte uns nichts garantieren.«

»Ach«, sage ich, »ach.«

»Ja«, sagt Padar.

»Aber … gibt er sich denn Mühe?«

Padar legt seine Hand auf meine. »Ja. Sie geben sich Mühe. Alles wird gut. *Inschallah.*«

Ich schaue zum anderen Ende des Waggons. Zu dem Paten, der sich gerade eine Wasserflasche an den Mund setzt. *»Inschallah.«*

In das Holz sind Namen eingeritzt. Die Zugwand ist voll davon, direkt neben meinem Kopf. Der Tag ist vorbei und wir fahren noch immer. James Bond schnarcht, der Pate schnarcht und ich lese die eingekratzten Worte zum hundertsten Mal. Es sind Namen, europäische Namen. Ich habe sie Padar gezeigt, weil es meiner Meinung nach ein gutes Zeichen ist. Wir kommen näher. Vielleicht sind wir ja plötzlich da. Morgen oder so. Aber Padar sagt nur: »Dass du mir nur nichts dazukratzt, Hamayun!«

Der Pate erlaubt uns nicht, durch den Zug zu gehen, und schon gar nicht, mit anderen Reisenden zu sprechen. Und wenn wir so wie heute irgendwo anhalten, dann steht der Pate an der Tür zum Gang. Er beratschlagt mit den Kontrolleuren, er zeigt ihnen unsere Pässe.

Aber beim Weiterfahren habe ich in den Kurven gesehen, dass ein zweiter Zugteil an unseren angekoppelt wurde. Und jetzt versuche ich, den krummen Schwanz aus Eisenbahnwaggons zu zeichnen. Ich benutze dazu den Innendeckel meines Tagebuchs, denn die Schreibseiten sind fast alle voll. Jedes Mal wieder, wenn ich die Knochenträger um Papier bat, haben sie vergessen, mir welches mitzubringen.

Madar sitzt bei James Bond und zusammen schauen sie zu mir. Madar sieht etwas besser aus und sie pfeift auch nicht mehr so beim Atmen. Sie hat keinen neuen Asthmaanfall gehabt.

»Hamayun-jaan …«, sagt James Bond.

»Ja?«

»Möchtest du Künstler werden? Schriftsteller? Zeichner?«

»Nein, nein«, sage ich.

Madar lacht. »Er wird Arzt.«

»Ja?«, fragt James Bond.

»Ja«, sage ich, »für alle Leute, die keine Luft bekommen. Und für noch mehr Krankheiten.«

»Das ist schön«, sagt James Bond und wendet sich wieder zu Madar. »Liebe Freundin, ich wiederhole es noch einmal: Dein Sohn ist ein Held!«

Es dauert lange. Wir fahren und wir fahren, und Madar schläft fast die ganze Zeit. Der Pate sagt nichts zu uns. Ab und zu wagen Navid und ich uns ein Stückchen näher, und dann hebt er seine Plastikflasche in die Höhe. »Wasser?«, fragt er in seinem verrückten Englisch. »Wasser«, sagen wir und dann gibt er uns einen neuen kleinen Vorrat mit.

Es wird noch wärmer im Zug und es gibt keine Duschen. Vom langen Hin- und Hergerüttel auf den Gleisen wird einem außerdem übel. Nicht speiübel, sondern bauchwehübel. Ich liege auf meinem Bett und träume von frischen Weintrauben. Ich träume auch von Apfelsinen, aber die helfen gegen Wut, und wütend bin ich nicht.

Jetzt, wo ich darüber nachdenke, fällt mir auf, dass ich diese ganze Reise über noch nicht wütend gewesen bin.

Noch eine Nacht geht vorbei und noch ein Tag, und wir lachen wieder ein bisschen weniger. Das einzige Mal, dass ich grinsen muss, ist, als wir James Bond verloren haben.

Ich frage: »Wo steckt sie? Ich hab sie schon eine ganze Weile nicht gesehen.«

»James Bond?«, erwidert Navid. »Vielleicht ist sie aus dem Fenster gesprungen?«

Wir suchen nach ihr und finden sie schließlich auf der Toilette. Sie kann nicht mehr heraus. *»Khalas konend mara, Khodaya!«,* ruft sie. »Hilfe! Hilfe, um Gottes willen!«

Padar redet langsam und ruhig auf sie ein. »Drehen, links herum! Nicht panisch werden! Ruhig! Noch einmal!«

Als sie endlich freikommt, ist ihr Kopftuch heruntergerutscht und die Haare hängen ihr ins Gesicht. Sie fällt beinahe auf die Knie vor Padar. »Du hast mich gerettet, *o Khoda!«*

Und dann müssen wir alle kurz wegschauen, damit sie unser Grinsen nicht sieht.

Irgendwann am dritten Tag lausche ich dem *Tack-tack-tack,* dem Geräusch, wenn Madar Navid die Nägel schneidet. *Tack-tack-tack,* klingt es gedämpft, weil Madar ihre Hand um den Nagelknipser schließt, damit die abgeschnittenen Nägel nicht wegspringen.

Plötzlich steht der Pate vor uns. Ich öffne die Augen. Der Pate sagt nichts, aber er wirkt gehetzt.

Er tippt auf seine Armbanduhr. Nicht ein oder zwei Mal, nein, er macht immer die gleiche Bewegung.

Madar kapiert es zuerst nicht, und so klingt sein *Tick-tick-tick* jetzt quer durch ihr *Tack-tack.*

»Go!«, sagt er dann. *»You go!«*

Wir müssen packen. Wir stopfen unsere Sachen in die Taschen und plötzlich verstreichen die Minuten drei Mal so schnell. Ehe wir uns versehen, schiebt uns der Pate zur Tür. Er kommandiert uns durch eine volle Bahnhofshalle, vorbei an kleinen Geschäften und Bänken mit wartenden Leuten. Wir rennen fast, denn wir müssen auf einen anderen Bahnsteig und haben offenbar nur wenige Minuten Zeit.

Bei dem neuen Zug stehen lauter Menschen, es wird gebrüllt und geschubst.

Ein Pfeifton schneidet durch die Luft, und gerade bevor die Türen zuklappen, springen wir hinein.

Der Pate steht im Gang des neuen Zugs und fuchtelt mit den Armen: *»Here! Here!«*

Wir stolpern in ein Abteil, das viel kleiner ist als das im ersten Zug. Viel kühler auch. Der Pate wirft uns noch einige Taschen hinterher und schiebt dann die Zwischentüren zu.

Mein Herz klopft doppelt so schnell wie sonst. Haben wir auch alles dabei? Konnten alle rechtzeitig in den Zug steigen?

Madar lässt sich auf eines der Betten fallen. Sie hält sich eine Hand gegen die Brust und ist ganz rot im Gesicht. Padar beruhigt Roya, die weint und Schluckauf hat. Selbst Navid ist durcheinander.

Ich will ruhig bleiben, aber der Zug fährt schon und so fange ich an zu schreien. »Wo ist James Bond? Wo ist James Bond? James Bond ist nicht dabei!«

Wir sehen James Bond nicht mehr wieder, genau wie wir Morteza und Sikander, den Hulk, nicht wiedergesehen haben.

Einen oder zwei Tage sitzen wir jetzt schon in diesem Holperzug, und ich frage mich, weshalb man überhaupt anfangen soll, neue Leute zu mögen, wenn sie jederzeit wieder verschwinden können.

Navid quengelt noch eine Zeit lang weiter: »Wo ist James Bond?«

»So heißt sie nicht.«

»Hamayun sagt es auch.«

»Sie heißt Frau Medan.«

»Aber wo ist sie denn?«

»Unterwegs nach Österreich. Zu ihrer Tochter. Es ist gut so.«

»Es ist überhaupt nicht gut!«

»Nein?«

»Nein. Und ist auch nicht fair!«

Als ich dieses Gespräch zum vierten Mal mitanhören muss, fauche ich Navid an: »Jetzt hör schon damit auf!«

»Aber du sagst selbst, dass du James Bond …«

»Sie heißt nicht James Bond!«

Ich kann es nicht ändern. Jetzt bin ich wütend. Und ich habe immer noch keine Apfelsine.

Es wird kühler. Durch die Lüftung in der Wand strömt kalte Luft. Der Wind führt Gerüche mit sich, die ich nicht kenne. Frisch sind sie, neu.

Madar schläft wieder viel, aber sie keucht zum Glück nicht mehr.

Ich selbst weiß nicht, wie ich mich fühle. Padar versucht, mich zu ein paar Spielen zu überreden, aber ich schüttele bloß den Kopf. Erst als er sagt: »*Batschem*, jetzt komm schon«, mache ich mit. Weil ich muss.

Manchmal legt er mir seine Hand auf die Schulter und sagt: »Sieh mal aus dem Fenster! Merkwürdige Häuser! Grüne Hügel! Ein Fluss!«

Und dann schaue ich, weil er es gern möchte.

Mir ist das alles gleich. Wohin wir fahren, ob wir überhaupt irgendwohin fahren.

Wir sind ausgestiegen, es ist dunkel.

Wir schlafen noch halb, aber der Pate bringt uns zu einem Kleinbus mit verdunkelten Fenstern. Er kramt im Handschuhfach des Armaturenbretts und holt Spielzeugautos daraus hervor. Drei. Eins für Roya, eins für Navid und eins für mich. Wir betrachten sie. Sie liegen fremd in unserer Hand. Mama stößt mich an.

»Thank you«, sage ich.

»Yes«, sagt der Pate, *»okay.«*

Und dann schlafen wir wieder ein.

Irgendwas ist mit dem Licht. Es ist weißer hier, härter. Es blitzt durch die Windschutzscheibe und dringt zwischen unsere Augenlider. Wir wachen einer nach dem anderen auf.

Wir strecken uns, soweit das möglich ist, und versuchen, unsere Arme und Beine zu bewegen.

Padar beugt sich zu dem Paten. Der Pate murmelt etwas.

»Wie bitte?«, fragt Padar.

Der Pate wiederholt seinen Satz.

Padar dreht sich zu mir. »Ich verstehe ihn nicht. Was sagt er, weißt du es?«

Ich mache die Augen jetzt ganz auf und beuge mich ebenfalls zu den Vordersitzen vor. Ich schaue den Paten im

Rückspiegel an. Er schaut zurück und sieht, dass ich zuhöre. *»This«*, sagt er, *»was your last journey.«*

Ich kann es fast nicht glauben. Ich sage: »Padar, ich glaube … ich glaube, wir sind fast da.«

»Wo?«, fragt Padar. »Wo sind wir?«

Aber ich bekomme keine Gelegenheit, das zu fragen. Der Kleinbus hält an, der Pate steigt aus und schiebt die Seitentür auf. Wir klettern heraus und blinzeln in das helle Tageslicht. Blinzeln die Steine an. Und die Menschen. Und das große Gebäude, vor dem wir stehen.

Der Pate lädt die Taschen aus und wirft sie am Straßenrand auf einen Haufen. Navid nimmt Padars Mantel und Roya verkriecht sich hinter Madar.

»Wo sind wir?«, fragt mich Padar. »Offenbar hat er uns an einigen Grenzposten vorbeigeschmuggelt. Frag ihn mal, wo wir sind.«

Ich gehe zum Paten, aber der streckt Padar schon seine Hand hin. *»Bye bye«*, sagt er, und ehe wir uns versehen, ist er fort.

Und dann stehen wir da, neben unseren unordentlichen, schmutzig gewordenen Taschen. Wir wissen nicht, wo wir sind, und Navid, Roya und ich halten jeder ein Spielzeugauto in der Hand.

Madar schaut zu Padar. »Was jetzt?«, fragt sie. »Wo sind wir? Das da sieht aus wie ein Bahnhof. Was sollen wir jetzt tun?«

Ich stehe neben ihr. Padar schaut zu mir.

»Wir gehen und fragen irgendwen«, sagt er.

Wir schauen uns um. »Da«, sage ich und zeige auf zwei große, weiße Männer in grellgelben Westen. *Security* steht auf den Westen. Sind es Polizisten?

Padar folgt mir. Ich spüre, wie mir das Herz bis zum Hals klopft, aber ich stelle mich direkt vor die Security-Leute und sage: *»Excuse me. Can you tell us where we are?«*

Einer der Männer fängt an zu lachen. Er hebt schon den Arm, um uns abzuwimmeln, aber der andere Beamte sagt: *»Amersfoort.«*

»Was?«, sagt Padar zu mir.

»Excuse me«, sage ich noch einmal. *»Can you tell us where we are? In what country?«*

Jetzt lachen die Männer beide, aber als Padar und ich sie weiterhin anschauen, begreifen sie, dass wir es wirklich nicht wissen.

Sie runzeln die Stirn. Einer der Männer zieht ein Telefon aus der Tasche. Der andere bewegt seine Lippen übertrieben deutlich, als er sagt: *»You are in the Netherlands. Ne-der-land.«*

REALITY SHOW

Ich schaue hoch vom Computer. Ich hatte endlich mit einer Theaterszene angefangen. Eine Familie, das erste Mal in einem Land, dessen Namen sie noch nicht einmal kannten.

Ich hatte es halb auf Englisch geschrieben und halb auf Niederländisch. Viel zu viele Worte wahrscheinlich, viel zu ausführlich.

Ich war wütend gewesen auf die Knochenträger, also hatte ich ziemlich kräftig auf meine Tastatur eingedroschen. Aber zuletzt dachte ich: Ein Pate, das ist fast so etwas wie ein Patenonkel. Vielleicht ist er ein Krimineller, aber andererseits: Ohne seine Hilfe wäre ich jetzt nicht das, was ich bin. Oder da, wo ich bin.

You are in the Netherlands. Ne-der-land. Ich lehnte mich in meinem wackligen Schreibtischstuhl zurück. Ich spürte einen leisen Schmerz im Rücken und musste über mich selbst lachen. Das hier war erst ein kleiner Anfang. Hunderttausend solcher Filme steckten in meinem Kopf. Wie macht man aus so vielen Ideen ein Theaterstück? Wie konnte ich Afghanistan auf der Bühne zeigen – und dann auch noch etwas von der Reise erzählen und etwas über all die niederländischen Jahre?

Tee, dachte ich.

Ich ging zu Madar. Ich schloss von hinten meine Arme um sie und legte meinen Kopf auf ihre Schulter. Nanu, dachte ich, ist sie kleiner geworden? Oder bin ich selbst so schnell gewachsen?

»Madar«, sagte ich, »kocht das Wasser schon?«

Padar war bei Freunden und die anderen waren in der Schule. Madar lächelte und ich lächelte zurück.

Wir saßen uns gegenüber und nahmen langsame Schlucke. Sie fragte nichts. Das kann sie, Madar: in wichtigen Augenblicken nichts fragen.

»Ich schreibe ein Theaterstück«, sagte ich.

»H-hm.«

»Für die Schule. Und es handelt von Menschen, die fliehen mussten. So wie wir.«

»H-hm.«

»Ich habe eine ganze Menge Dinge im Kopf. Filme und so, Szenen.«

»H-hm.«

»Das heißt, ich bin noch längst nicht fertig.«

»Das ist gut, Hamu-jaan.«

»Ja?«

»Ja. Das ist gut.«

Wieder in meinem Zimmer rieb ich mir über die Oberschenkel. Ich streckte die Arme. *Ne-der-land*, dachte ich.

Es zog meine Finger schon wieder zu den Tasten und meine Hand krümmte sich wie von selbst. Ich wollte an der Szene weiterarbeiten. Aber zuerst musste ich die DVD in meinem Kopf noch einmal hervorholen. Wie wir dastanden. Wie ich ein Asylbewerber wurde.

Ich holte Luft und legte eine neue Seite an.

Wir sind in den Niederlanden.

Wir sind in den Niederlanden. Ich übersetze es für Padar.

»Nederland«, sagt er und seine Augen leuchten auf.

»Where do you come from?«, fragt der freundliche Sicherheitsmann.

Ich schaue zu Padar. »Er fragt, woher wir kommen.«

»Kabul«, sagt Padar, »Afghanistan.«

»Aha«, sagt der Mann.

Sein Kollege spricht jetzt in sein Telefon. Wir hören fremde Klänge. Die Sprache von Niederland!

Die Männer begleiten uns zu unserem Gepäck. Sie geben Madar die Hand und ich sehe, dass sie unsicher ist, ob sie den Männern vertrauen kann.

Ich bin mir auch nicht sicher. Sie sind höflich und sie sprechen leise, aber sie sehen aus wie von der Polizei. Für den Knochenträger war die Polizei der Feind. *Dogs* mussten wir sie nennen.

Die Sicherheitsleute beugen sich über Navid und das Spielzeugauto, das er immer noch in der Hand hält. Sie machen Lenkbewegungen und Hupgeräusche. Sie halten den Daumen hoch und wünschen uns Glück.

Und dann sind da plötzlich echte *Dogs*. Ein Polizist und eine Polizistin. Erschrocken stelle ich mich neben Padar, aber der legt mir ganz ruhig seine Hand auf die Schulter.

Diese Polizeibeamten geben allen die Hand, sogar mir, sogar Navid. Ich muss noch einmal erklären, woher wir kommen und wer wir sind. Dass wir nicht wissen, wo wir hinsollen. Dass wir Flüchtlinge sind.

Sie geben uns Papiere. Sie erklären uns, dass wir mit dem Bus fahren sollen. An einen Ort ungefähr eine Reisestunde von hier. Eines der Papiere sollen wir dem Busfahrer zeigen.

Ich übersetze alles für Padar, und Padar nickt.

Er nimmt die Hände der Polizisten und der Sicherheitsmänner und sagt: *»Thank you. Thank you.«* Madar macht eine kleine Verbeugung. Die Sicherheitsmänner halten noch einmal den Daumen in die Höhe und gehen fort. Die Polizistin sagt, sie würde uns die Bushaltestelle zeigen.

Die Sonne scheint, de Straßen sind sauber und der Bus blitzt. Ich muss an den Beginn unserer Reise denken, vor einem halben Jahr – denn auch jetzt können wir hinten im Bus sitzen. Navid zeigt schon von außen auf die leeren Sitzreihen. Die Polizistin muss lachen. *»Before you go«,* sagt sie, *»you need this.«* Sie gibt uns ein paar lange Streifen aus Pappkarton, manche mit blauem und andere mit rosafarbenem Aufdruck. Sie bewegt ihren Mund langsam und deutlich, um uns den verrückten Namen der Pappstreifen beizubringen. *»Strippenkaart. Strip-pen-kaart.«*

Dann startet der Busfahrer den Motor und wir müssen einsteigen. Wir geben der Polizistin nochmals die Hand – *thank you, thank you* –, wir hieven unsere Taschen hinein und zeigen die Streifen und unsere Papiere.

Die Polizeibeamtin winkt uns, winkt mir, und während ich hinter den anderen durch den Gang zu unseren Sitzen gehe, winke ich zurück. Ich murmele mein zweites niederländisches Wort: *»Strip-pen-kaart.«*

Padar schaut uns an und sagt: »Das ist gut. Wir sind in den Niederlanden. Die Niederlande sind ein freundliches Land. Hier darf man denken und sagen, was man will. Unsere Reisevermittler haben getan, was ich von ihnen erwartet habe. Wir müssen sehr zufrieden sein. Denn vielleicht … vielleicht … na ja …«

Was?

Padar schaut zu Madar. Er beendet seinen Satz nicht.

Während der Bus leise summend davonfährt, denke ich nach. Wie sah Bashir noch mal aus? Wieso weiß ich das nicht mehr genau? Wie kann man das Gesicht seines eigenen Bruders vergessen?

»Seht mal!«, sagt Padar und zeigt nach draußen. »Das Land ist ganz grün. Und nirgendwo liegt Staub!«

Roya hat sich an Madar geschmiegt. Sie schläft beinahe.

»Ich bin müde«, sagt Navid. Er seufzt und lässt sein Spielzeugauto träge über die Sitzlehne fahren. »Bekommen wir hier jetzt ein neues Haus?«

»Vielleicht«, sagt Padar. »Aber zuerst fahren wir in eine Auffangstelle. Da werden sie uns sicher vieles fragen. Wir bekommen neue Papiere und dann sucht man irgendwo ein Fleckchen für uns.«

»Morgen schon?«, fragt Navid.

»Nein, nein«, sagt Padar, »so schnell geht das nicht. Aber

hier verstehen sie, dass wir nicht in Afghanistan bleiben konnten. Deshalb werden sie uns hier wohnen lassen.«

»Padar«, frage ich, »Die Niederlande, das ist doch nicht weit von Dschermany?«

»Nein«, sagt Padar. »Nach Germany, also nach Deutschland, oder in die Niederlande sollte uns der Reisevermittler bringen. Wenn alles gut ging jedenfalls. Diese Länder liegen direkt nebeneinander.«

»Ich bin müde«, sagt Navid wieder.

Und dann fühle ich es auch. Ich möchte am liebsten kurz schlafen. Außerdem dachte ich immer, in Europa stünden ganz hohe Gebäude. Solche mit achtzig oder vielleicht sogar hundert Stockwerken. Aber wenn wir hier aus den Fenstern schauen, sehe ich nichts als Wiesen. Grün, das schon, und auch frisch. Und Kühe gibt es hier, mit schwarzen und weißen Flecken. Und doch kann ich nicht aufhören zu gähnen. Nur für einen Moment, denke ich, nur einen Moment lang die Augen schließen. Denn wir sind da. Wir brauchen nicht mehr zu laufen und keine Taschen mehr zu schleppen. Die Knochenträger haben uns endlich aus dem Maul fallen lassen.

Der Weg vor uns besteht aus lauter kleinen Kieseln. Der Busfahrer zeigt dorthin. Es ist immer noch Morgen und uns bleibt nichts anderes zu tun, als geradeaus zu gehen, auf das niedrige Gebäude zu.

Es gibt eine Tür. Es gibt Schilder und Buchstaben, aber die verstehen wir nicht.

Drinnen sehen wir als Erstes einen Schalter und hinter dem Schalter eine blonde Frau. Sie ist klein und ehrlich gesagt auch ein bisschen dick. Sie schaut uns direkt in die Augen und spricht ziemlich laut.

»Yes?«, ruft sie, als wir auf der Schwelle stehenbleiben. *»Come, come!«,* ruft sie und es ist, als würde ihr irgendwas nicht gefallen. Oder als hätten wir sie jetzt schon irgendwie verärgert.

Padar tritt vor und ich stelle mich neben ihn. Jetzt schaut uns die Frau aus noch geringerer Entfernung in die Augen. *»Yes?«,* sagt sie, *»do you have your papers?«*

Padar zeigt die Papiere, die wir von der Polizei in Amersfoort bekommen haben. *»Names?«*

Padar sagt seinen Namen.

»Yes?«

»Was?«, fragt Padar mich.

»Excuse me«, sage ich zu der Frau, *»what do you want?«*

»The names«, sagt sie und ihr Finger sticht in die Luft: auf mich, auf Madar, auf Navid und Roya.

Padar füllt ein Formular aus. Die Frau schaut es sich an und bedeutet uns, dass wir weitergehen sollen, um die Ecke, in einen Saal.

Wir erschrecken. So viele Menschen hatten wir nicht erwartet. An allen Wänden stehen Stühle und fast alle sind besetzt. Wir sehen Familien und Männer und alte Mütterchen. Auf dem großen Tisch in der Mitte des Saals stehen Plastikbecher, und überall liegen Tüten herum.

»Okay«, sagt die blonde Frau hinter uns, *»you wait now. Wachten.«*

Sie sagt es noch einmal: *»Wachten.«* Das ist das dritte niederländische Wort, das wir lernen.

In der entferntesten Ecke finden wir vier freie Stühle. Jetzt muss Padar noch viel mehr Formulare ausfüllen. Er muss aufschreiben, woher wir kommen, wie lange wir unterwegs gewesen und wann wir angekommen sind. Die Formulare sind auf Farsi, also brauche ich ihm nicht zu helfen.

»Uh«, sagt Roya, »ich habe Hunger.«

»Ja«, sagt Navid, »Hunger.«

Und auf einmal höre ich sie auch: die Gitarrenklänge aus meinem Magen. Ein gutes Zeichen. Wenn man gestresst ist oder immerfort an seine Probleme denken muss, dann sind sie nicht zu hören. Unterwegs habe ich auf diese Weise oft ganze Tage hindurch kaum etwas gegessen. Offenbar fühle ich mich jetzt, trotz der bärbeißigen Frau am Empfang, mehr oder weniger wohl – sonst würde mein Bauch nicht so knurren.

Navid hat es schon entdeckt: Es gibt Regale mit etwas zu trinken und zu essen. Und anscheinend darf man sich dort einfach so bedienen, denn andere tun es auch. Unglaublich! Das hier ist ein großartiges Land und alles ist gut geregelt.

»Geht nur!«, sagt Madar.

Wir kommen zurück mit grellbunten Getränkepacks und weichen, weißen Brötchen mit gelbem Käse. Ich nehme einen großen, großen Bissen und es ist wunderbar. Mein erstes niederländisches Essen! Stopft man sich zu viel davon in den Mund, dann klebt es einem am Gaumen fest, aber dann spült man es mit dem Kakaogetränk wieder herunter. Mit der Zunge bekommt man es nach einiger Zeit auch weg.

Ich esse zwei dieser Brötchen. Nein, drei. Wir haben schon so lange nichts mehr bekommen. Vier Brötchen, und die Käsescheiben sind immer noch genauso dick.

Wachten. Das ist ein doofes niederländischen Wort. Hart klingt es auch, mit diesem Ach-Laut. Und so ist es. Wir warten und warten. Stunden um Stunden gehen vorbei und niemand kann uns sagen, was geschehen wird.

Plötzlich müssen wir Fotos machen lassen. Es geht schnell und die Passbilder sind dunkel und hässlich. Na ja, denke ich, jetzt sehe ich wie ein kleiner Terrorist aus. Gern hätte ich gefragt, ob ich noch eins machen darf, aber das wäre natürlich merkwürdig, und ich traue mich auch nicht.

Sie brauchen unsere Fingerabdrücke, auch die von mir und Roya und Navid. Die Tinte geht nicht mehr ab, selbst mit Wasser und Papierservietten nicht.

Und dann warten wir wieder ein paar Stunden.

Ich habe noch nie jemanden aus Afrika gesehen. Was ich tue, gehört sich nicht, aber ich kann es nicht lassen und starre auf die andere Seite des Saals. Da sitzt eine unglaublich breite Mutter mit ihrem Baby und ihrer kleinen Tochter. Ihre Haut ist so schwarz, dass sie glänzt. Die kleine Tochter heißt offenbar Monica, denn die Mutter ruft das alle zwei Minuten. »Monica, Monica!«

Monica schlürft Milchpacks leer und schießt dann mit den Strohhalmen auf ihre Mutter.

»Monica, Monica!«

Von Zeit zu Zeit steht die blonde Frau wieder in der Türöffnung, raschelt mit ihren Papieren und sagt einen Namen. Alle schauen sich an. Die Namen aus ihrem Mund klingen niederländisch, selbst wenn sie arabisch oder iranisch sind. Manche Leute grinsen, andere springen auf.

Unser Name ist einfach nie dabei.

Es wird Mittag und Abend. Ich habe keine Lust mehr auf Brötchen mit Käse und süße Milch, denn dann muss ich wieder aufs Klo und die Toiletten werden immer schmutziger.

Außerdem muss ich aufpassen, denn wir können jeden Moment aufgerufen werden, das kann doch wohl nicht anders sein? Selbst Monica und ihre Mutter sind schon fort, obwohl sie nach uns gekommen waren.

Madar schläft auf ihrem Stuhl, ihr roter Kopf ist ein bisschen nach hinten gefallen.

Padar hat auch die Augen geschlossen.

Endlich, endlich erscheint die blonde Frau wieder in der Türöffnung. Und diesmal ist sie nicht allein. Neben ihr steht ein rothaariger Mann.

Der Mann schaut durch den ganzen Saal, bis sein Blick an uns hängenbleibt. Durch die fernen Scheiben des Büroraums hinter ihm sehe ich, dass es draußen schon dunkel wird. Er flüstert mit der blonden Frau und danach ruft er unseren Namen.

Madar ist auf der Stelle wach. Padar auch.

Wir nehmen unsere Sachen und innerhalb einer Minute stehen wir am Ausgang. Es werden noch einige Leute mehr aufgerufen. Ich schaue auf die blonde Frau und den rothaarigen Mann und kann es nicht lassen. Ich frage: *»Excuse me, lady, sir, where are wir going?«*

Der Mann muss lachen. *»Well«*, sagt er, *»what do you think? We're gonna party!«*

»Los, kommt, wir gehen feiern!« Ist das ein Witz? Oder sagt man das so auf Niederländisch?

Wir sind durcheinander, aber wir folgen den beiden einfach zu einem weiteren Bus und eine halbe Stunde später kommen wir bei einem Gebäude an, das fast genauso aussieht wie das vorher.

»Zevenaar«, sagt der rothaarige Mann, *»this is Zevenaar.«*

Wir heben unser Gepäck aus dem Bus und ich frage doch noch mal nach: *»What do you mean with party?«*

De Mann lacht und streicht mir durchs Haar.

Das Wartezimmer in Zevenaar ist kleiner. Wir müssen uns wieder hinsetzen und der rothaarige Mann sagt: *»Wachten.«* Aber er sagt auch, dass es nicht lange dauern wird.

Kurz darauf steht wieder eine Frau vor uns, ebenso blond und dick wie die vorige. Aber ihr Gesicht ist freundlich und sie lächelt.

»Hello!«, sagt sie. *»You will sleep here! And we will talk tomorrow. Everything is alright. O, and what's your name?«*

Sie beugt sich über Roya, und danach versucht sie, unsere Vor- und Nachnamen richtig auszusprechen. *»You are so clever«,* sagt sie zu mir, *»you know English. Good!«*

Wir bekommen fünf Plastikpäckchen. Sie enthalten ein Stück Seife, Haarshampoo, Papierhandtücher und auch eine

Zahnbürste. Auch die anderen im Warteraum bekommen Schlafsachen.

Türen öffnen sich. Jemand ruft: *»Ladies left, men to the right!«*

Es geht schnell, aber Madar findet doch noch eine Gelegenheit, uns eine gute Nacht zu wünschen.

Der Schlafsaal ist groß. An zwei Seiten sehe ich offene Verschläge, durch eine dünne Holzwand voneinander getrennt. In jedem stehen zwei Etagenbetten. Ein paar Jungs rennen sofort bis ganz nach hinten durch, aber Padar führt uns zu einem der vorderen Verschläge. Er sagt: »Navid und ich schlafen unten. Hamayun, gehst du nach oben?«

Ja!

Ich klettere hinauf.

Auf jedem Bett liegen Decken und ein Kissen. Ich sehe, wie die Männer gegenüber von uns das Bettlaken, das sie bekommen haben, um die Matratze spannen. Simpel. »Padar«, rufe ich hinunter, »sollen wir die Betten zusammenschieben? Dann habe ich doppelt so viel Platz!«

Wir müssen auch noch Zähne putzen. Wir nehmen unsere Plastikpäckchen mit zu den Waschbecken. Duschen dürfen wir jetzt nicht – das geht nur morgens. Zwei Minuten pro Person.

Es ist voll im Waschraum, und als wir endlich zu einem Wasserhahn können, sage ich: »Padar, sie haben die Zahnpasta vergessen.«

Padar schaut sich um, ob jemand vor uns vielleicht noch

etwas übrig hat, aber Navid schiebt sich einfach die Zahnbürste in den Mund. »Dann putze ich sie mir eben ohne.«

»Nanu?«, murmelt er kurz darauf. »Da ist schon Zahnpasta drauf! In der Bürste!«

Und ja, das ist schlau ausgedacht: Als ich zu putzen anfange, löst sich ganz von allein weiße Zahncreme aus den Borsten.

Ich klettere in mein Bett und horche auf die Schlafsaalgeräusche. Überall erklingen andere Sprachen. Es gibt eine afrikanische Ecke mit Männern, die genauso schwarz glänzende Gesichter haben wie Monica und ihre Mutter, es gibt Leute aus dem Irak und dem Iran, und Mongolen gibt es meiner Meinung nach auch.

Das Deckenlicht wird ausgemacht. Aber jeder hat einen eigenen Lichtschalter über dem Bett, und so hören wir überall: »Mach doch mal das Licht aus! Mach mal das Licht an!« – so geht es noch stundenlang weiter.

Ich finde es nicht schlimm. Mein Laken riecht frisch und wir sind in dem Land, das Padar als Blumenland bezeichnet. Als Tulpenland. Ich denke: Es ist eher ein Brötchenland. Ein Käseland. Ich gähne und gähne. Jedenfalls sind die Niederlande das Land, in dem wir bleiben werden. In dem wir lange schlafen können. Lange und sicher.

Aber um sieben Uhr wird laut gegen die Tür geschlagen. Polizei. Wir schrecken hoch. *»Get up!«*

Polizei? Nein, Wachleute vielleicht. Es sind junge Männer und sie tragen dunkle Anzüge. Ich rufe: »Padar, Padar!«

Padar steht schon neben dem Bett. »Das sind Leute von hier, Hamayun. Leute aus Zevenaar.«

Dann erst sehe ich es: Die meisten anderen sind schon aufgestanden. Die Betten sind leer und vor den Duschen steht eine lange Schlange. »Komm«, sagt Padar, »wir gehen auch.«

In den Sanitärräumen liegen überall Shampoofläschchen auf dem Boden. Nackte Männer kommen heraus, die Papierhandtücher sind nicht groß genug.

Wieso haben wir keine richtigen Handtücher bekommen? Ich muss mich im Rekordtempo duschen, und das Abtrocknen ist wirklich nicht einfach.

Beim Frühstück in der großen Küche sehen wir Madar und Roya wieder. Wir verstehen das System schon bald: ein Tablett nehmen, sich in die Schlange stellen und Brot und Käse holen. Es ist herrlich, dass wir uns das Essen einfach so nehmen dürfen, und es gibt genug für alle.

Aber ich muss auch an die Wachen denken. Wieso sind sie so streng? Und warum hängen überall Kameras? Ich frage Padar danach. Er weiß es auch nicht. Es kommt mir übrigens so vor, als würde er an andere Dinge denken. Er flüstert auch immer mit Madar.

Nach dem Frühstück müssen wir uns wieder in den Warteraum setzen. Ein Dolmetscher kommt zu uns, ein sehr vornehmer Afghane, der die unterschiedlichsten Papiere dabeihat. Er spricht langsam und deutlich. »Es gibt Regeln«, sagt er. »Wenn ihr in diesem Land bleiben wollt, müsst ihr diese

Regeln kennen. Zuerst werdet ihr verhört, vielleicht auch mehrere Male. Ich rate euch, die Wahrheit zu erzählen. Berichtet ehrlich, weshalb ihr in den Niederlanden seid. Weshalb ihr fliehen musstet. Ach, und ihr werdet auch von Grenzschutzbeamten kontrolliert, niederländischen Soldaten also. Bereitet euch darauf vor. Zuletzt wird man euch einen Wohnort zuweisen.«

Ich kann es nicht glauben. Die Soldaten haben mich in einen gesonderten kleinen Raum mitgenommen. Ich finde es nicht schlimm, denn ich weiß ja, dass sie mich kontrollieren werden. Das haben sie mit Padar und Madar auch schon getan. Erst haben sie meine Kleidung abgetastet, den Inhalt meiner Taschen kontrolliert und auch in die Tasche geschaut, in der ich meine Sachen habe. Das hatte ich erwartet. Aber jetzt sagen sie, ich müsste mich ausziehen.

Ich ziehe mir mein T-Shirt über den Kopf und schaue die Grenzsoldaten an.

»Weiter«, sagen sie.

Gut, ich ziehe mir die Schuhe aus und die Jeans. Aber dann muss auch meine Unterhose noch herunter. Sie schauen überall. Überall!

»Ready«, sagen sie, *»thank you. You're good.«*

Ich wage nicht, es Padar zu erzählen. Aber ich bekomme auch gar nicht die Gelegenheit dazu, denn die nette Frau kommt und sagt, es gäbe eine Kinderbetreuung. Dort könnten wir fernsehen und auch spielen. Ich übersetze es für Padar.

»Bedankst du dich bei der Frau?«, sagt er. »Es ist sehr freundlich von ihr. Aber ihr könnt da jetzt noch nicht hin. Wir müssen erst noch auf etwas anderes warten.«

»Worauf denn?«

»Das wirst du schon sehen.«

Und dann ist alles mit einem Schlag weg. Das Laufen durch die Kälte, die endlose Reise, der Soldatenschreck von heute früh und diese verrückte Untersuchung, die mir einen roten Kopf einbrachte. Ich habe keine Angst mehr, ich bin nicht mehr wütend, ich bin nicht mehr dumm und traurig – denn jemand kommt angerannt. Schnell, quer durch den Flur auf den Warteraum zu. Hinter ihm kommt noch jemand und es ist, als hätte ich die beiden erwartet, denn zufällig sah ich gerade auf die auffliegende Tür.

Aber es stimmt nicht, ich hatte ihn nicht erwartet, nicht diesen Jungen, der immer nur »Padar! Madar!« ruft und dabei die Arme weit aufreißt.

Bashir.

Navid erschrickt und Roya fängt an zu weinen. Ich selbst zucke auch zusammen, aber mein Schrecken ist gleich wieder weg, denn ich will schreien und springen. Ich will in die Luft, will im Kreis springen, denn er ist es wirklich. Bashir, Bashir, mein Bruce-Lee-Bruder, und ich habe sein Gesicht überhaupt nicht vergessen.

Er hält die Arme um Madar geschlungen, als wollte er sie quer durch sein Herz ziehen. Madar atmet stoßweise. Sie weint auf Bashirs Schulter, denn er ist groß geworden und sieht ganz verändert aus. Auch wenn er sich nicht verändert hat.

Er lässt Madar los und umarmt Padar. »Padar«, ruft er, »Padar!«

Ich stehe auf meinen Fußspitzen und dann wieder auf den Hacken. Ich reibe mir kräftig mit der rechten Hand über den linken Arm. Ich bin fast an der Reihe, ich bin fast an der Reihe. Padar hat jetzt auch rote Augen! Das habe ich noch nie bei ihm gesehen!

Tashmir, der Cousin, mit dem Bashir nach Europa gekommen ist, steht die ganze Zeit da und wartet. Ich schaue ihn an und er lacht, aber dann bin ich an der Reihe, meinen Bruder zu umarmen. Er haut mich. Er haut mir auf die Schultern und den Rücken. Er sagt: »Ich kann es nicht glauben, was macht ihr denn hier? Ich habe nie etwas gehört und jetzt seid ihr da. Navid. Navid-jaan! Und liebe, kleine Roya, wie groß du geworden bist! Hey, und du, Hamu, Brüderchenbruder!« Wieder haut er mich auf die Schulter. »Hast du sie hierhergebracht? Wahnsinn! *O, Khodaaaa!«*

Es ist ein unbegreifliches Fest. Irgendwann sehen wir, dass uns eine blonde Frau aus einiger Entfernung zulächelt. Sie kommt auf uns zu: Wir bekommen ein eigenes Zimmer. Ich hole Tee und Brötchen und Kuchen und noch mehr Tee.

Bashir wohnt in den Niederlanden. Hierher haben die Knochenträger ihn und Tashmir gebracht. Waren es dieselben wie bei uns? So ganz kommen wir nicht dahinter. Aber Padar hatte immer gesagt, dass wir in das Land seines ältesten Sohnes gebracht werden wollten, und das hat offenbar geklappt.

»Ich wollte euch so oft schreiben«, sagt Bashir. »So unheimlich oft. Und anrufen. Aber der Reisevermittler hatte gemeint, das wäre unvernünftig. Eine Zeit lang zumindest. Es könnte gefährlich für euch sein. Und ich habe nie etwas gehört. Und ich wusste nie, wann dieses ›eine Zeit lang‹ zu Ende sein würde.«

Madar fängt wieder an zu weinen. Sie hält Bashirs Finger fest, und Padars Hand liegt auf der von Tashmir. Padar räuspert sich und sagt: »Wir haben dir geschrieben, *Batschem*. Euch. Die Post ging an den Reisevermittler. Und danach an dich. Dachten wir.«

Bashir schüttelt den Kopf. »Nein«, sagt er, »die habe ich nie bekommen. Aber macht nichts, ihr seid ja jetzt hier. Und ein bisschen was habe ich natürlich schon von Onkel Aaron gehört.«

Und dann erst fange ich an zu weinen. Ich kann es nicht mehr zurückhalten. Denn auch Onkel Aaron ist hier in diesem Land! Bashir erzählt, dass er und Tante Sanya und ihre kleine Tochter vor gar nicht langer Zeit angekommen sind. Aus Pakistan.

Padar legt seinen Arm um meinen Rücken. »Nicht weinen«, sagt er, »alles ist, wie es sein soll. Wir sehen Onkel Aaron morgen. Er und Tante Sanya müssen ganz aus dem Norden des Landes anreisen.«

»Und wo wohnt ihr?«, frage ich Bashir schluchzend. »Auch im Norden? Bei Onkel Aaron?«

»Nein, du Spinner«, lacht Bashir. »Wir haben unser eigenes Zuhause. Eine kleine Wohnung. Bei Tashmirs Mutter. Die kam direkt nach uns an. In Amersfoort wohnen wir, das ist etwas mehr als eine Stunde von hier entfernt. Als Padar heute früh anrief, sind wir sofort in den Zug gesprungen.«

»Amersfoort?«, rufe ich. »Da waren wir gestern auch! Da sind wir angekommen! Am Bahnhof!«

»Wie? Nein!«, sagt Bashir. »Dann hätte ich bloß aus dem Fenster schauen müssen. Wir wohnen gleich gegenüber!«

»Und wieso hast du das nicht getan?«, schreie ich. Bashir mäht mir mit der flachen Hand über den Kopf, das tat er früher auch immer. Er grinst und ich grinse und sage: »Sag es noch einmal!«

»Was?«

»Was du immer zu mir sagst.«

Bashir runzelt die Stirn, aber dann leuchten seine Augen auf.

»Ach ja!«, ruft er: »Dummkopf!«

Padar und Madar werden abgeholt, aber wir dürfen in dem Zimmer sitzenbleiben. »Wartet hier«, sagt Padar, »wir haben jetzt ein Gespräch. Wir werden der Polizei alles erklären und dann hören wir, ob wir eine Wohnung bekommen können. Und wo. In Amersfoort vielleicht. Ich werde ihnen von dir erzählen, *Batschem.*«

Das Letzte sagt er zu Bashir, und hat er etwa immer noch rote Augen?

Es dauert Stunden. »Sie fragen alles«, sagt Bashir. »Alles. Und sie sind auch nicht zusammen, Madar und Padar. Nein, denn sie werden einzeln befragt. So kann man ihre Aussagen miteinander vergleichen. Deshalb dürfen sie auch nicht lügen. Niederländer mögen es nicht, wenn man lügt. Dagegen sind sie unglaublich allergisch.«

»Padar und Madar lügen nicht«, sage ich. »Die sind selbst allergisch dagegen.«

»Sieh mal an«, lacht Bashir, »dann passen sie ja genau in dieses Land.«

Ich sage: »Wir passen alle in dieses Land.«

Bashir und Tashmir wollen alles über unsere Reise wissen. Sie schmusen mit Roya und balgen sich mit Navid. Bashir brüstet sich mit den Sachen, die er hat. Einen eigenen Fernseher, einen Stereoturm, einen Computer. »Und er will ein

Handy«, lacht Tashmir, »aber das darf er erst mit sechzehn haben.«

»Ich bin fast sechzehn«, sagt Bashir.

»Ja, ja!«

Tashmir selbst ist gerade achtzehn. Er arbeitet schon, er flickt Autos zusammen. Es fühlt sich etwas merkwürdig an, dass er hier ist, denn ich kenne ihn eigentlich nicht gut. Tashmir hat früher nie viel geredet und tut es auch jetzt nicht. Er zieht Bashir ein wenig auf. Und futtert mehrere Brötchen.

Padar und Madar sind immer noch nicht wieder da. Roya ist an Bashir gelehnt eingeschlafen.

Bashir fragt nach Oma. Das finde ich schwierig. Ich möchte zwar etwas erzählen, aber es geht nicht so richtig. Mein Hals wird viel zu dick, wenn ich an sie denke und an die andere Oma und an …

»Frag lieber Madar danach«, sage ich.

Bashir knufft mich sanft auf den Oberarm. »Schon gut, kleiner Dummkopf«, sagt er, »weine doch einfach, wenn es sein muss.«

Ich schaue ihn an. »Also …« Aber dann weiß ich nicht, was ich sonst noch sagen wollte.

Bashir hat selbst noch überhaupt nicht geweint. Er musste zwar auch blinzeln, aber als ich ihn danach frage, sagt er: »Heulen? Das mag ich nicht. Man muss hart sein, so ist das. Hart.«

Ich nicke.

Eine Weile später erzähle ich ihm doch von unserem kleinen Igelbruder. Padar und Madar sind immer noch nicht zurück, aber er muss es wissen. Dass er noch ein Brüderchen hat. Und dass das Brüderchen nicht hier ist. Madar soll nicht diejenige sein, die es ihm erzählen muss. Also tue ich es.

»Ich weiß es schon«, sagt Bashir. »Von Onkel Aaron.«

Und dann weint er plötzlich doch.

Genau wie ich.

Am Tag darauf sitze ich dicht neben Onkel Aaron. Er ist zusammen mit Tante Sanya und ihrer tüchtig gewachsenen kleinen Tochter bis hierher nach Zevenaar gekommen.

Onkel Aaron trägt andere Kleidung und riecht auch nicht mehr ganz nach sich selbst. Er riecht nach Zigarettenrauch und auch nach blauem Himmel. Trotzdem ist es genau so, als wären wir nie auf Reisen gegangen. Als wäre ich nie wütend auf ihn gewesen, weil er einfach so nach Pakistan verschwunden ist. Ach, wie war ich damals dumm und klein! Aber vielleicht ist das alles ja auch nie geschehen, denn wir sind einfach wieder zusammen und er ist nach wie vor mein Lieblingsonkel.

Madar und Padar und Onkel Aaron und Tante Sanya reden und reden und weinen natürlich auch, aber mich fragt Onkel Aaron: »Hamayun, du hast aber doch in dein Tagebuch geschrieben? Sag mir, dass du es durchgehalten hast! Du darfst nichts vergessen, hörst du? Nichts!«

Ich nicke. Und ich bin stolz, weil ich nicke.

Onkel Aaron sagt: »Mein großer Hamayun! Irgendwann wirst du ein Geschichtenerzähler sein. Vielleicht schreibst du ja mal ein Buch?«

Ich nicke wieder. »Oder ich mache einen Film.«

»Einen Film?«

»Ja. Ich werde Arzt. Und Filmemacher. Das geht beides.«

»Großartig!«, ruft Onkel Aaron. »Großartig!«

Es stimmt nicht, denke ich dann, dass man immer nur Menschen verliert, wenn man sein Haus verlassen und sich auf die Reise machen muss. Manchmal findet man sie auch einfach wieder. Am anderen Ende der Welt.

Wir bleiben eine Woche in Zevenaar. Eine Woche! Am Anfang finde ich es nicht schlimm. An die Nächte im Schlafsaal gewöhne ich mich, auch wenn eine Gruppe Jungs abends immer mit Schuhen wirft. Wenn sie das tun, kann man nicht aufs Klo. Und wenn danach die Wachen wütend werden und schreien, sie würden die Jungs auseinanderlegen, oder wenn jemand anderer schreit, nachts, wegen eines Albtraums vielleicht, ja, dann bleibt man länger wach, als man vorgehabt hatte. Aber das halte ich aus.

Ich finde Zevenaar am Anfang auch deshalb nicht so schlimm, weil bei der Kinderbetreuung eine sehr nette Frau arbeitet (auch blond, auch dick – ich denke, alle niederländischen Frauen sehen so aus). Sie tröstet Roya, wenn sie zu quengeln anfängt, und sie zeigt uns Videos mit Tom und Jerry. Das sind lustige Zeichentrickfilme. Navid und Kobë und ich werden richtig süchtig danach. Kobë ist ein Junge aus Nigeria, der ein bisschen Englisch spricht. Beim Essen sitzen wir nebeneinander und machen die Kantinenfrau nach. »Der Nächste bitte!«, ruft sie immer, »der Nächste, der Nächste!«

Aber nach ein paar Tagen haben wir alle Tom und Jerrys gesehen.

Kobë geht weg, ich weiß nicht, wohin. Und Bashir kann nicht jeden Tag kommen, denn er muss zur Schule.

In den letzten Tagen verstehe ich Zevenaar nicht mehr so recht. Wieso dauert alles so lange? Und warum müssen Madar und Padar noch einmal zum Gespräch? Sie haben doch schon alles erzählt?

Madar bekommt einen Asthmaanfall. Es gibt einen Arzt, der versucht, ihr zu helfen, das ist gut. Aber wieso bekommt Madar wieder einen Anfall? Wir sind jetzt doch frei?

Oder nicht?

Ich verstehe Zevenaar besonders dann nicht, wenn ich die Kameras sehe. Sie hängen überall. Es muss inzwischen schon mindestens hundert Filme von mir geben. Wenn Bashir und Tashmir kommen, werden sie jedes Mal wieder von den Grenzsoldaten untersucht. Und warum dürfen wir nicht richtig nach draußen?

Nach sieben Tagen kommt der Dolmetscher wieder und sagt uns, dass wir einen Platz in Hoogeveen bekommen. In einem AZC, das ist die Abkürzung für *Asielzoekerscentrum*, ein Zentrum oder besser gesagt Heim für Asylbewerber. »Dort bleibt ihr eine Zeit lang. Bis die niederländische Ministerin entschieden hat, ob ihr eine Aufenthaltserlaubnis bekommt. Oder einen ›Status‹, wie man das hier nennt. Hat man einen ›Status‹, dann bekommt man einen Pass und darf für immer hier wohnen. Und arbeiten. Aber vorher kommt ihr also ins AZC. Er gibt einiges an Angeboten, dort in Hoogeveen. Die Kinder dürfen zur Schule und ihr alle werdet Niederländisch lernen. Die Söhne können in den Fußballverein. Hier sind die Papiere. Ihr fahrt gleich los.«

Die Grenzbeamten kontrollieren uns ein letztes Mal, dann schiebt sich die Tür von Zevenaar hinter uns zu. Endlich. Ab jetzt filmen die Kameras andere Leute.

Es ist verrückt, denn ich freue mich schon eine ganze Woche, dass wir in den Niederlanden sind, wirklich, und doch werde ich in dem Bus, hinter den großen, sauberen Fenstern und mit wieder neuen an uns vorübersausenden Wiesen, noch viel, viel fröhlicher.

Ich denke an Tauben.

Einmal habe ich eine in einen Käfig gesteckt. Das werde ich nie mehr tun. Ich weiß noch, wie laut ich gebrüllt habe, als Madar sagte, sie hätte sie freigelassen. Das werde ich auch nie mehr tun.

Ich schaue mich um. Wer sitzt mir am nächsten? Wen soll ich kitzeln? Ich will jemanden kitzeln! Denn ich bin Hamayun und ich fahre in einem Bus, der nach neuen Sitzen riecht. Ich bin der Junge, der das Glück gefunden hat.

Letztendlich bleiben wir nur zwei Tage in Hoogeveen. Die blonde, dicke Frau, die da arbeitet, muss lachen, als wir wieder abreisen. *»You don't laik it hier? Hier is nice place!«*

Ich lache zurück. *»Yes«*, sage ich, *»but wir go live in the city of my brother.«*

Das haben die Leute vom COA geregelt. Wieder so eine Abkürzung. Das *Centraalorgaan Opvang Asielzoekers*, das ist die Zentralverwaltung für sämtliche Asylantenheime im Land. Padar hat nur ein paarmal deswegen anrufen müssen. Wir dürfen nach Amersfoort, ins dortige AZC. Damit wir so nahe wie möglich bei Bashir sein können.

Das AZC Amersfoort ist ein Hochhaus! Wir werden hoch oben in der Luft wohnen! In der neunten Etage! Nachdem wir wieder untersucht wurden und unsere Fingerabdrücke abgegeben und Stempelkarten und allerlei andere Papiere bekommen haben, bringt Willemien uns zu unseren Zimmern. Willemien ist natürlich kurz und dick, was sonst, aber blond ist sie nicht. Sondern violett. Ich weiß nicht warum, aber ihre Haare sind dunkelviolett. Und sie spricht nur in ganz kurzen Sätzen. *»You stay here«*, sagt sie. *»Two rooms. Kids there. Parents there.«*

Die Zimmer sind großartig. Sie haben jedes einen eigenen Schrank, eine eigene Toilette und eine eigene Dusche! Weiter gibt es einen Fernseher und sogar einen kleinen

Kühlschrank! Und durch das große Fenster strömt in einem Augenaufschlag schon mehr Licht herein, als ich in der ganzen vergangenen Woche in Zevenaar gesehen habe.

Wir legen unsere Taschen in eine Ecke, und immer noch gibt es Platz genug. Padar und Madar bedanken sich überschwänglich bei Willemien. *»Yes, yes«,* sagt Willemien, *»you live here now. For long. A year or so. Or more. Now I go. Bye bye.«*

Sie schließt die Tür hinter sich und Padar sagt: »So. Ihr seht, dieses Land ist gut zu uns. Wir haben eine Wohnung und wir sind nahe bei Bashir.«

Madar ist schon dabei, auszupacken. »Endlich. Ich habe mich so danach gesehnt, die Taschen endlich auspacken zu können. Ich dachte, das müsste wunderbar sein. Und das ist es auch. Hamayun, Navid, tut auch mal was!«

Roya schläft bei Padar und Madar – natürlich. Aber Navid steht an der Tür und zögert. »Was ist?«, frage ich. »Was hast du?«

Navid dreht sich zu Padar um und ruft: »Muss ich wirklich allein schlafen?«

»Nein, Bursche, du schläfst bei Hamayun.«

Und dann fängt Navid an zu weinen. Der fröhliche, springlebendige kleine Junge, der ein halbes Jahr lang scheinbar nicht traurig werden konnte, hört plötzlich nicht mehr auf zu schniefen.

Erst nach einer Viertelstunde begreifen wir, was los ist: Er möchte weiter neben Padar schlafen.

Madar schaut besorgt, aber Padar lächelt und steht auf. Er hebt ein Bett an der Seite hoch und rüttelt an den Beinen.

»Da«, sagt er, »sie gehen ab! Hamu, mach du das einmal in dem anderen Zimmer. Wir bauen uns afghanische Betten, die Matratzen können einfach auf den Boden. Und dann ist hier Platz genug für Navid.«

Ich schleppe seine Matratze durch die Tür zwischen unseren Zimmern. Als das zweite Bett verschwunden ist, bekomme ich Lust, die Fenster aufzureißen und über ganz Amersfoort hinweg zu rufen, dass ich da bin und dass ich mein eigenes Zimmer habe.

Gut, ich spreche noch kein Niederländisch, und gut, das Fenster lässt sich bis auf ein kleines Oberlicht überhaupt nicht öffnen – also mache ich mich, anstatt zu jubeln, einfach an die Arbeit. Ich verschiebe das Bett, sodass der Fernseher an meinem Fußende steht. Ich binde die Zwischentüren mit einem Seil zusammen (»Wieso tust du das?«, fragt Madar, ich antworte: »Dann kommen alle einfach durch die Vordertür zu mir«), und ich hole ein Putzmittel, um meine Dusche sauber zu machen.

Als Navid, der seine Fröhlichkeit wiedergefunden hat, mich bei der Arbeit sieht, rümpft er die Nase: »Du machst es nicht richtig«, sagt er, »du nimmst viel zu viel von dem Zeug!«

»Nerv mich nicht«, sage ich, »das hier ist meine Sache. Ich wohne hier. Das hier ist die Wohnung von Hamayun!«

Bashir und Tashmir kommen am späten Nachmittag bei uns vorbei. Wir müssen sie unten abholen, mit unseren Heimausweisen. Sie sehen sich unsere Zimmer an und Tashmir hat ein Poster vom Meer für mich mitgebracht. Ich hänge es sofort auf.

Danach gehen wir in die Stadt. Einkaufen. Alle zusammen und zum ersten Mal. Ich versuche, allen Passanten zuzuhören, ich versuche, alle Schilder mit Straßennamen zu lesen, ich will so schnell wie möglich Niederländisch lernen.

Padar kauft Topfpflanzen für die Fensterbank. Er lässt uns alle ein paar tragen, denn er möchte, dass es ordentlich grün im Zimmer ist. Madar meckert. Sie mag Pflanzen und Blumen zwar auch sehr, aber sie sieht sie lieber im Freien. »Du weißt, was die alten Afghanen sagen«, seufzt sie: »Pflanzen zwischen Mauern bringen Unglück. Jetzt werden wir in Kürze wieder umziehen müssen. Überall, wo wir gewohnt haben, hast du das Zimmer damit vollgestellt, und nie konnten wir bleiben!«

Bashir muss lachen. »Madar, bist du dir sicher, dass das nicht bloß Gerede ist? Meiner Meinung nach hat es irgendwann einen halb durchgedrehten Mullah gegeben, der allergisch gegen die Farbe Grün gewesen ist. Und dann hat er sich das eben ausgedacht.«

Madar schaut ihn an.

Bashir schaut zurück und senkt zuletzt seinen Blick.

Danach sagen sie beide eine Zeit lang nichts.

Wir gehen in ein Geschäft mit billigen Sachen. Ich muss mich erst noch an das niederländische Geld gewöhnen (ich habe zehn Euro und das klingt nach fast nichts, Bashir lacht mich aus), aber ich finde zwei Bilderrahmen, die ich auf meinen Fernseher stellen kann. In ihnen stecken Ansichtskarten; eine mit einer Brücke über einen Fluss, das ist in

Paris, und die andere zeigt eine gemalte Frau mit einem Sonnenschirm. Beide zusammen kosten nur fünfzig Cent.

Wieder zurück, überlege ich, wie ich sie hinstellen kann. Die Frau rechts, Paris links? Oder umgekehrt?

Jemand klopft an. Sehr gut, denke ich, so muss es sein. Besucher sollen nicht einfach so hereingestürmt kommen.

Vor der Tür steht ein Mann, der Farsi spricht. Es ist Herr Amir. Mein Nachbar! Er kommt aus dem Iran und tut etwas sehr vornehm. Er nennt mich »Junger Mann«, obwohl er meiner Meinung nach selbst auch noch gar nicht so alt ist. Er fragt: »Du bist hier eingezogen? Bist du auch allein?«

Ich finde es schön, einen so freundlichen Nachbarn zu haben. Ich nehme ihn mit zu Madar und Padar, und alle zusammen trinken wir Tee.

Später am Tag bringt Herr Amir mir noch ein Poster. Es ist zwar vielleicht etwas ausgeblichen, aber dafür sieht man ganz Teheran darauf. Aus der Luft. Ich hänge es neben das Meer, und als ich am nächsten Morgen aufwache, sehe ich lauter Bilder um mich herum.

Und das Fenster.

Ich habe tief und gut geschlafen. Keine Lichter mehr, die an- und ausgeknipst wurden, kein Schluchzen mehr aus irgendeiner Ecke und keine Schuhe mehr, die durch die Luft flogen.

Also so was, denke ich, wie dumm – ich habe vergessen, mir die niederländischen Sterne anzuschauen!

Wenn man auf dem Flur eines Asylbewerberheims einfach stehenbleibt und hinhört, dann ist es, als hätte jemand vierzehn verschiedene Tonbänder zusammengemischt. Man hört Leute rufen und lachen und reden – in vielerlei Rhythmen und Sprachen.

Ich will alle Leute kennenlernen und auch das ganze Gebäude. Den Informationsschalter unten mit den Leuten, die hier alles regeln, den Leuten vom COA. Die Wachen. Die einzelnen Stockwerke. Die gelben Flure und die blauen und grünen. Die Küchen. Das Treppenhaus. Den Frauenraum. Die Kinderkrippe, den Fitnessraum, die Bar, die Schule. Den Gemeinschaftsraum auf der obersten Etage. Und die Fahrstühle.

In den ersten Tagen kann ich einfach nicht genug davon bekommen, mit dem Aufzug hoch- und runterzufahren. Und so begegne ich Farid und Farhad, afghanischen Brüdern aus Nord-Kabul. Sie sind zwei Jahre älter als ich und auch schon zwei Jahre länger in den Niederlanden. Farid ist kurz, Farhad ist lang. Sie ähneln sich nicht und behaupten trotzdem, Zwillinge zu sein.

»Also«, sagen sie, »wenn man genau in dem Augenblick, in dem der Fahrstuhl zwischen zwei Stockwerken ist, die Türen aufzwängt, dann wird er verrückt. Dann bekommt er Schluckauf.«

Und tatsächlich, der Aufzug ruckt einige Male hoch und

runter, als hätte er vorübergehend das Gedächtnis verloren. »Hamayuuuunnn«, flüstert Farid, »hier spricht der Dschinn aus dem AZC …«

Der Dschinn aus dem AZC? Das sind wir. Farid, Farhad und ich, wir drei.

Die Wochen gehen vorbei. Roya und Navid dürfen ab und zu in die Kinderbetreuung, aber ich bekomme allmählich Langeweile. Wenn Farid und Farhad nach der Schule bei mir anklopfen, schleichen wir heimlich in den Keller. Da ist das AZC-Magazin mit den gleichen Bettdecken, den gleichen Stühlen, den gleichen kleinen Fernsehern wie in Zevenaar und in Hoogeveen.

Aber der Dschinn aus dem AZC in Amersfoort stellt ab und zu eine Reihe Computermonitore zu einem Hexenzirkel zusammen. Oder er hängt den Fahrstuhl mit Bettlaken voll. Und danach geht der Dschinn wieder ganz normal in die Bar, zu dritt eine Runde Billard spielen.

Nach ein paar Wochen bekommt Madar doch wieder Probleme mit ihrem Asthma. Wie kann das sein? Ich selbst habe zum Glück kaum mehr Schwierigkeiten beim Luftholen, und das finde ich auch nur logisch: Die Krankheit gehört zum Unterwegssein, zu schmutzigen Häusern und dazu, viel zu lange Strecken zu Fuß gehen zu müssen. Aber Madar rasselt wieder, wenn sie redet. Sie geht zu dem AZC-Arzt. Und der ist gut, gescheit und freundlich – das sagt jedenfalls Madar, als sie wiederkommt. Sie hat eine andere Medizin bekommen, ein kleines Gerät zum Inhalieren.

»Sieh mal, Hamu«, sagt sie, »das hier hilft sofort. Man setzt es an den Mund und drückt auf diesen Knopf hier. In Kabul hatte ich auch so etwas, aber das hier ist besser. Wenn dein Asthma wiederkommt, kannst du es auch benutzen.«

»Aber Madar«, sage ich, »mein Asthma kommt nicht mehr zurück!«

Bashir ist jeden Abend hier. Er isst bei uns. Und es ist verrückt – manchmal ähnelt er sich und manchmal nicht. Ich meine: Er spricht das Dari von damals, als er noch in Kabul wohnte, aber manchmal sind Sätze dabei, die wir längst nicht mehr benutzen. Und auch seine afghanischen Witze sind alt. Das ist natürlich logisch, aber eigenartig bleibt es dennoch, denn sonst hat sich alles verändert. Er ist gewachsen und ich bin gewachsen. Ich spreche zum Beispiel besser Englisch als er. Und Bruce Lee? Von dem will er nichts mehr wissen.

»Das war doch nur halb so schlimm«, sagt er jedes Mal, wenn ich ihm vorhalte, wie süchtig er nach dessen Kampffilmen war.

»Echt«, sage ich dann, »jeden Abend hast du von seinen Muskeln erzählt. Nicht wahr, Navid?«

Navid nickt, so heftig er kann.

»Hört auf«, sagt Bashir fast schon beleidigt, »ihr erfindet mal wieder die Hälfte dazu!«

Bashirs und Tashmirs Reise ist viel schneller gegangen als unsere. Innerhalb von zwei Wochen waren sie hier. Und danach haben sie auch nur drei Monate in einem Auffangzentrum gewohnt, zusammen mit anderen Mädchen und Jungs aus der ganzen Welt. »Wir waren AMAs«, erzählt Bashir, »*alleinstehende minderjährige Asylbewerber.* Wir bekamen unsere Aufenthaltserlaubnis rasend schnell.«

Er klingt, als wäre er stolz darauf.

Rasend schnell – so wird es bei uns nicht gehen. Das haben wir schon vom COA gehört und von den Mitarbeitern des Flüchtlingswerks, die unten auch ein kleines Büro haben. Aber ich finde das alles nicht schlimm. Ich habe ein eigenes Zimmer, meine Familie wohnt eine Tür weiter und das AZC hallt vor neuen Freunden und Plänen nur so wider.

Das einzig Doofe ist, dass ich noch nicht zur Schule darf. Wieso dauert das so lange? Vielleicht muss ich noch etwas älter werden?

Aber auch in der Woche nach meinem dreizehnten Geburtstag sagt Frau Willemien: *»No. No news.«* Sie spricht nach wie vor in kurzen Sätzen. *»Can't help you.«*

Ich frage immer wieder und nach einer Weile ist sie schon genervt, wenn sie mich nur sieht. *»Hey«*, sagt sie, *»you don't have to come here anymore.«*

Die Wochen danach schiele ich aus dem Fahrstuhl heraus, ob vielleicht sonst jemand hinter dem Schalter sitzt, aber auch dann höre ich immer nur: *»Sorry. No. Sorry …«*

Navid und Roya dürfen schon zur Schule. Und – totschämen könnte man sich – sie lernen damit schneller Niederländisch als ich. Von Farid und Farhad schnappe ich zwar manchmal ein paar Wörter auf, aber sonst kann ich nur Bashir fragen und der hat meistens keine Geduld, mich vernünftig zu unterrichten. Er bleibt ab und zu über Nacht, aber eigentlich sitzt er lieber zu Hause vor seinem Computer. Sein Computer ist großartig, aber ich darf ihn so gut wie nie anfassen. Ist auch nicht nötig, denn die Kampfspiele, nach denen Bashir meiner Meinung nach süchtig ist, sind nichts für mich. »Hier«, sagt Bashir an einem der seltenen Nachmittage, als ich einfach so an seine Tastatur darf, »schau her: *Call of Duty*. Du darfst.« Aber ich habe noch nicht mal mit den Augen gezwinkert, da bin ich schon tot.

Der Kinderarzt von der medizinischen Betreuung für Asylbewerber, zu dem ich heute wegen einer Gesundheitskontrolle musste, sagt: *»Everything is okay. But next time, you speak Dutch. Right?«*

Ja. Netter Gedanke.

Vorläufig werde ich verrückt von Wörtern wie »wenn«. Das höre ich in jedem dritten Satz hier. Wenn. Was ist »wenn«? Das Schwierigste am Niederländischen sind nicht die langen Wörter, sondern die kurzen.

Und ich kann doch schwer zu Navid laufen und ihn fragen? Wie stehe ich dann da?

Also überlege ich mir einen Trick. »Hey, Navid«, sage ich, »hey, komm mal her! War es schön in der Schule heute? Hast du viel gelernt? Bestimmt kennst du schon eine Menge Wörter. Aber kennst du auch schon die schwierigen Wörter? Warte, wir machen einen Test: Wenn du die Antwort weißt, bekommst du einen Kaugummi, okay? Was bedeutet zum Beispiel das Wörtchen … ›wenn‹?«

Farid und Farhad sind zurück aus der Schule, ich habe die ganze Zeit auf sie gewartet. Heute wollen wir uns an die Frauen heranschleichen.

Die Zwillinge reden fortwährend von Mädchen. Im Kopf haben sie eine Liste mit den nettesten Babes aus dem AZC, einschließlich Etage und Zimmernummer.

Der Frauenraum befindet sich im Erdgeschoss, und Farid und Farhad zeigen mir den Weg außen herum. »Du musst durchs Gebüsch«, sagt Farid, »sonst siehst du nichts.«

Aber wir sehen sowieso nichts. Die Frauen und Mädchen sitzen an einem großen Tisch. Sie stricken. Sie unterhalten sich. Eine gestikuliert heftig, aber was sie damit sagen will, begreifen wir nicht. Stattdessen stechen uns dornige Zweige in den Rücken.

»Lasst uns gehen«, sage ich.

»Nur noch Samira anschauen«, flüstert Farhad und zeigt auf ein irakisches Mädchen. Sie ist mindestens achtzehn Jahre alt. Sein Bruder lacht. »Viel zu schön für dich«, sagt er, »und viel zu alt.«

»Jetzt kommt«, sage ich.

»Gleich«, sagt Farhad. »Aber vorher musst du uns noch eine zeigen.«

»Ich? Wen?«

»Die Schönste.«

»Was?«

»Das deiner Meinung nach schönste Mädchen.«

»Oh, äh …«, sage ich. »Das kann ich doch nicht wissen? Ich habe noch nie …«

Was ich sagen will, stimmt nur zur Hälfte. In Afghanistan hatte ich noch nicht nach den Mädchen geschaut, aber hier ist mir schon ein paar Tage lang jemand aufgefallen. Ich sehe sie am Tisch sitzen, sie hat schwarze Augen und ein hellblaues Kopftuch.

»Hamu …!«, sagen Farid und Farhad drohend.

»Okay, okay«, sage ich und zeige.

Sofort pfeifen die Zwillinge durch die Zähne. »Ouaffa!«, sagen sie. »Aus Syrien. Eine gute Wahl!«

Als ich später am Nachmittag in die Gemeinschaftsküche komme, steht Madar allein am Herd und brät Reis. Sie ist still und das ist ungewöhnlich. Meistens unterhält sie sich beim Kochen mit den anderen Frauen. In der Küche sind alle Sprachen gleich. Mit einem Topf in der Hand kann man Somalisch, Berberisch oder Französisch sprechen und alle verstehen sich. Die Worte sind genau wie Essensdüfte: Sie vermischen sich und wer gerade vorbeikommt, schnuppert und atmet sie ein.

»Hamayun-jaan«, sagt Madar. »Geh bitte ins Zimmer. Padar hat uns etwas zu sagen. Bashir kommt auch.«

Während ich durch den Flur gehe, denke ich: Was ist los? Bin ich in dem Gebüsch gesehen worden? Müssen wir wieder umziehen? Ist Madar doch kränker, als sie dachte?

Roya spielt mit einer Barbiepuppe, die sie von Bashir bekommen hat. Navid lümmelt auf einem Bett herum und Padar, Bashir und ich schauen uns gegenseitig an. Wir schweigen. Wir warten.

Endlich kommt Madar mit dem Essen, aber erst als wir alle einen vollen Teller haben, beginnt Padar zu sprechen. »Wie ihr wisst, versuche ich schon sehr lange, in Kabul anzurufen. Heute ist es mir endlich gelungen. Das Telefon war abgestellt, aber über die Nachbarn und deren Bekannte habe ich Oma erreicht. Es geht ihr gut. Und auch der anderen Oma und Qasim geht es gut. Sie sind alle gesund. Das wollte ich sagen. Oma schickt euch allen viele Grüße und sie weiß jetzt, wo wir sind. Und wir wissen auch, wo sie ist.«

»Äh ...«, sage ich, »sie ist doch in Kabul, in unserem Haus, oder?«

Padar atmet ein und schaut zu Madar. Die zeigt auf Roya und Navid.

»Tja ... nein«, sagt Padar, »sie ist umgezogen. Sie wohnt jetzt ein paar Straßen weiter. Vorübergehend. Demnächst zieht sie wieder zurück. Oma denkt sehr viel an euch. Und Hamayun, sie hofft, dass du schnell zur Schule gehen kannst. Er muss Chirurg werden, hat sie gesagt. Ein europäischer Chirurg.«

Ich habe den Mund voll mit Reis, aber ich wage nicht zu schlucken. Ich nicke und schaue Padar weiter an. Das ist noch nicht alles, ich fühle es. Es gibt noch mehr zu erzählen. Warum ist Oma nicht einfach in unserem Haus geblieben?

Ich frage ihn nicht danach. Keiner fragt.

Madar sagt: »Ich habe heute afrikanische Gewürze genommen. Schmeckt ihr den Unterschied?«

Spätabends, als Roya und Navid schlafen, hören wir den Rest der Geschichte. Wir sitzen in meinem Zimmer. Wir trinken Tee und ich habe Kerzen angezündet. Das mache ich jeden Abend, obwohl es Sommer ist.

»Alles wird wieder gut«, sagt Padar, »aber unser Haus ist weg.«

»Weg?«, ruft Bashir.

»Pst«, macht Madar.

»Ja«, sagt Padar. »Alle sind in Sicherheit. Oma hat eine kleine Wohnung gefunden und Qasim wohnt immer noch bei der anderen Oma außerhalb von Kabul. Also, es ist so: Als wir weggegangen sind, wollten die Taliban ein Zeichen setzen und dem restlichen Viertel zeigen, was geschieht, wenn Leute fliehen.«

»Was haben sie gemacht?«, flüstere ich.

»Sie haben das Haus angezündet. Sie haben alles abgefackelt. Oma wurde rechtzeitig gerettet.«

Plötzlich ist das ganze Zimmer grau. Ich springe auf, ich schlage mit der flachen Hand auf den Lichtschalter neben der Tür, ich stürme zur Fensterbank und spucke meine miesen, mickrigen Kerzen aus.

Wie so etwas anfängt? Ich habe keine Ahnung. Aber plötzlich liege ich abends wach und sehe dieses Mädchen vor mir. Ouaffa. Ich denke an ihre schwarzen Brombeeraugen, an ihre weiß aufleuchtende Haut und an ihre Hände.

Sie ist schüchtern, Ouaffa. Sie verbirgt sich hinter ihrer Mutter und hinter ihrer Zimmertür, aber ihre Hände sind schlank und stark. Farid und Farhad haben mich darauf aufmerksam gemacht, und sie überlegen sich auch einen Plan. »Sie kommt gleichzeitig mit uns aus der Schule. Wir machen es so: Du holst uns morgen ab, wir stellen dich Ouaffa vor, du fragst, ob du ihr die Tasche tragen darfst, und wenn sie nicht achtgibt, streichst du ganz leicht an ihrer Hand entlang.«

»No way«, sage ich.

Und doch fange ich an, davon zu träumen, wie ihre Finger meine berühren. Wenn ich aufwache und mich erinnere, wie kühl sie sich anfühlten – in meinem Traum –, lache ich mich selbst aus. Es ist wie Fieber. Ouaffa-Fieber. Geht bestimmt wieder vorbei.

Aber das tut es nicht.

Farid und Farhad liegen mir schon in den Ohren. »Lass uns doch«, sagen sie, »wir machen das schon für dich!«

»No way«, sage ich. »Das hier mache ich selbst.«

Ich sehe es vor mir: Wenn sich die beiden mit ihren grinsenden Gesichtern auch noch einmischen, ergreift sie auf der Stelle die Flucht.

Ich finde heraus, wo sie wohnt. Dritter Stock, blauer Flur, zweite Tür. Ich gehe so oft wie möglich daran vorbei. Einige Male sehe ich sie gerade hineinhuschen oder gerade herausrennen. Sie kommt mir vor wie ein Mädchen im Zeitraffer: Sie fliegt vorbei. So kann ich ihr nie erzählen, wer ich bin und warum ich immer an sie denke.

Also wird es ein Brief. Ich kann genug Arabisch, um zu sagen: *Ich bin Hamayun, ich wohne auf der Neunten und ich denke an dich, weil du so schön bist. Ich kann fast nicht mehr schlafen. Vielleicht kann ich auch fast nicht mehr leben ohne dich. Ich hoffe, dass wir zusammen sein werden. Oft. Ich liebe deine schönen Augen und deine schönen Hände auch.*

Ich verspreche Navid ein Lion und ein Kitkat und noch mehr dieser niederländischen Süßigkeiten, wenn er den Brief unter Ouaffas Tür hindurchschiebt.

Navid kommt viel zu schnell wieder und steht mit ausgestreckter Hand vor mir. »Und?«, frage ich. »Hat sie dich gesehen? Hast du etwas gehört? Hat sie den Brief aufgehoben?«

»Weiß ich nicht«, sagt Navid. Er reißt das Papier von seinem Schokoriegel und nimmt einen Bissen.

»Das *weißt* du nicht?«, sage ich. »Hast du denn nicht einen Moment lang gewartet? Und wirf das Papier in den Mülleimer! Das hier ist mein Zimmer!«

Ich warte ein paar Tage, aber nichts geschieht. Ich schiebe mein Bett etwas näher zur Tür, sodass ich hören kann, ob vielleicht jemand zögernd davorsteht. Oder einen Antwortbrief darunter hindurchschiebt.

Aber nein. Nichts.

Ich halte Wache. Sooft ich kann, gehe ich über die Flure in der dritten Etage. Ich pfeife eine selbst erfundene Melodie, ein Ouaffa-und-Hamayun-Liedchen. Ich pfeife es nur für sie und nur vor ihrem Zimmer.

Ich halte den Fahrstuhl besetzt, so dass ich immer wieder von der vierten Etage in die dritte kann, von der fünften in die dritte, von der sechsten in die dritte. Aber jedes Mal, wenn sich der Fahrstuhl öffnet und ich auf Ouaffas Zimmertür blicke, sehe ich nur diese graue AZC-Farbe, ebenso grau wie alles andere.

Bis zu diesem Donnerstag drei Wochen später. Es ist Sommer und ich weiß, dass Farid und Farhad draußen auf mich warten, um in die Stadt zu gehen. Aber ich schaue noch kurz an Ouaffas Tür vorbei, denn das tue ich nun mal immer. Und ich sehe einen Spalt.

Mein Herz peitscht mir bis hinauf in den Hals.

Ouaffas Tür steht einen Spalt offen. Das ist doch nicht ohne Grund so! Das muss doch einen Grund haben!

Ich gehe einen Schritt auf sie zu. Und noch einen. Der Spalt zieht und zieht und ich meine zu sehen, dass sich dahinter jemand bewegt.

Schon stehe ich vor der Tür, berühre sie fast. Meine Finger schweben zur Kante, zur Kante von Ouaffas grauer AZC-Tür.

Sie drücken. Der Spalt wird breiter, weiter, Licht quillt hervor, zu mir, in den Flur, aber dann schlägt die Tür plötzlich gegen meinen Kopf. Jemand hat sie zugedrückt. Rumms, da stehe ich!

Ehe ich begreife, was geschehen ist, geht die Tür wieder auf. Ich möchte einen Schritt zurücktreten, aber alles geht zu schnell, mir bleibt nicht die Zeit dafür, und da ist Ouaffa.

Sie schaut mich an.

Noch nie sind wir uns so nah gewesen.

Sie springt zurück und ich springe zurück.

Ich sage: »Oua…«

Aber die Tür schlägt zu und ein Schrei ertönt.

Ich sage wieder: »Oua…!« Lauter jetzt, denn es muss durch diese Tür hindurch. Aber wieder kommt von dahinter ein Schrei.

Ich klopfe und klopfe und rufe: »Ouaffa, bitte, bitte entschuldige! Können wir reden? Ich möchte ja nur … Hast du meinen Brief …?«

Und dann wieder ein Schrei. Der letzte.

Ich warte noch ein paar Minuten, aber nichts geschieht mehr und am Schluss kapiert mein dummes Hirn endlich, dass dieser Schrei bei näherer Betrachtung doch ein Wort gewesen ist. Ein gekreischtes Wort: »Nein!«

»Los!«, sage ich zu Farid und Farhad und stürme selbst schon mal voraus.

»Was hast du?«, fragen sie, nachdem sie mich fast eingeholt haben.

»Mädchen!«, sage ich.

»Allah …«, sagen sie und fangen an zu klagen und zu seufzen. »Lies die Gebrauchsanweisung, Mann! Du musst sie warten und schmachten lassen! Frauen mögen es nicht, wenn es zu einfach ist. *Du* musst unnahbar sein, nicht *sie*. Frauen, owhhh, besser, du tust so, als hättest du sie nicht nötig. Haben wir das nicht die ganze Zeit gesagt? Du klebst viel zu sehr an ihnen, als hättest du ein Herz aus Wachs!«

Ich drehe mich um, so dass ich ihnen direkt in die Augen sehe. »Okay«, schreie ich, »Und wann war euer letztes Date?«

Ich lerne immer mehr Jungs kennen. Wenn ich mit Farid und Farhad in der Bar Billard spiele, kommt immer irgendwer dazu.

Ich lerne auch immer mehr Mädchen kennen. Ouaffa zeigt sich selten, daran hat sich nichts geändert, aber es gibt zwei russische Schwestern, mit denen ich rede, und ein Mädchen aus Ruanda. Nicht, dass ich mich wieder verliebt hätte, also da passe ich wirklich auf, aber ich sehe sie bei dem kindischen Basteln im Handarbeitsraum. Dahin gehen wir dann doch: nicht wegen Schere und Papier, sondern wegen der Witze und dem Klatsch.

Wenn Farid und Farhad aus der Schule kommen, stelle ich die Lautsprecher von Bashirs altem CD-Spieler auf den Flur. Die habe ich übernehmen können, er wollte nur zwanzig Euro dafür haben. Ich habe auch seine kopierten Trance-CDs bekommen, und die spiele ich, während wir zu dritt um die Lautsprecher herumsitzen. Vor meiner Tür. Wir lachen, wir reden. Die Mädchen kommen und Freunde von Freunden, Freundinnen von Freundinnen. Die Gruppe wächst jeden Nachmittag weiter an.

Zabi ist auch da. Zabi ist neunzehn, aber Zabi ist ein Halbidiot und verglichen mit ihm ist sogar der kleine Navid ein ernsthafter Erwachsener.

Zabi mag Klatsch und Tratsch. Er weiß alles von allen,

was nur logisch ist. Erst rennt er auf dich zu und umarmt dich. Dann setzt er sich vor dich, schaut dir in die Augen und fragt, was du in den letzten zehn Stunden getan hast. Dass er anschließend alles weitererzählt, wird dir erst einen Tag später klar.

Aber Zabi kann man nicht böse sein, denn er fragt einen mit Tränen in den Augen, ob man ihm *please, please* vergeben kann.

Zabi kommt, genau wie Farid und Farhad, aus Afghanistan. Auch unsere Eltern freunden sich untereinander an, und Roya und Navid spielen mit ihren jüngeren Geschwistern.

So ziehen wir jeden Tag, jede Woche längere Fäden durch das AZC.

Innerhalb kürzester Zeit wissen wir deshalb, wer neu angekommen ist und auch, wen die Fremdenpolizei abgeholt hat.

Das passiert meistens frühmorgens. Wenn man um vier, fünf Uhr hastige Schritte hört und wenn danach auf eine der Türen geklopft wird, ist es so weit. Dann muss jemand von uns aus den Niederlanden fort.

Man kann mitzählen: Die Polizisten klopfen drei Mal, und wenn dann nicht aufgemacht wird, hämmern sie gegen die Tür. Als Nächstes folgt der Schlüssel. Den haben sie natürlich, in einem Asylbewerberheim ist niemand wirklich eigenständig.

Irgendwann in diesem ersten Sommer schrecken wir wieder aus dem Schlaf. Die irakische Familie, mit der Madar bisweilen spricht, wird abgeholt.

Der Vater dreht durch. Er schreit, die Polizei solle die Finger von seinem kleinen Sohn lassen. Sofort drücken die Polizisten auf den Feueralarm und eine Sirene heult durch das ganze Gebäude. Wir schießen aus den Betten und rennen auf den Flur, das müssen wir, so haben wir es bei den Übungen gelernt. Und sehen jetzt, wie der Vater in Handschellen abgeführt wird, wie seine Frau und der kleine Sohn mitgezerrt werden.

An diesem Abend sitzen alle Jungen und Mädchen auf dem Dach. Das ist zwar nicht erlaubt, aber wenn in der oberen Etage ein Film gezeigt wird, lassen uns die Leute vom AZC manchmal hinterher noch etwas zusammensitzen und plaudern, mit Chips und Cola. Also geben sie einem der Älteren die Schlüssel. Können sie ahnen, dass sich darunter auch der fürs Dach befindet?

Jemand holt ein Öllicht. Jemand holt Kissen. Jemand holt ein Radio.

Nachdem wir alle ein Fleckchen gefunden haben, kommt der Iraker zur Sprache.

»Er ist durchgedreht«, sagt Marika, ein Mädchen aus Mazedonien. »Man darf nie durchdrehen.«

»Na ja«, sagt Zabi, »wenn du tütü wirst im Oberstübchen, dann kannst du gar nichts dagegen machen!«

Wir lachen. »Wenn du das sagst, Zabi!«

Zabi fängt an zu singen. »Tü-tü-tü-tüüü!«

»Sie haben sein Kind angefasst«, sagt Farid.

»Ja«, sagt Farhad, »sie haben sein Kind angefasst.«

Ich sitze genau zwischen Farid und Farhad und denke:

Ob das wahr ist? Padar sagt, die niederländischen Polizeibeamten hätten Regeln, an die sie sich halten müssten. Und Madar hat immer gesagt, der Iraker wäre ein Hitzkopf.

Jemand anderer murmelt: »Vielleicht sehen wir sie demnächst schon wieder. Das hat es schon öfter gegeben. Es muss schon sehr heftig zugehen, bevor sie jemanden wirklich in den Flieger setzen.«

»Tü-tü-tüüü!«, singt Zabi und ich bin froh deswegen. Ich möchte nicht über Wegmüssen und Flugzeuge reden. Ich bin gerade erst angekommen. Ich wohne hier. Demnächst darf ich ganz normal zur Schule und dann ziehe ich die ganzen holländischen Schulen und Ausbildungen in einem Ruck durch, bis ich Doktor bin. Mit einem Status. Mit einem niederländischen Pass.

»Hey«, sage ich, »wie wär's mit Flaschendrehen?«

Alle nicken.

Ich wusste es, denn fast alle unsere Treffen enden damit. Wir rutschen mit unseren Kissen, bis wir einen Kreis gebildet haben. Jeder schaut in die Runde. Haben alle Cola? Fangen wir an?

Wir geben der Flasche einen Schubs. Kurz darauf zeigt sie auf zwei Opfer. Sind es zwei Jungen oder zwei Mädchen, dann schütteln wir uns gegenseitig die Hand. Sind es ein Junge und auf der anderen Seite ein Mädchen, dann wird geschrien und gelacht und leise geküsst. Auf die Wange.

Es ist Sommer, es ist warm, es ist spät und wir glühen. Die Stunde, in der wir in unseren Zimmern hätten sein müssen, ist längst vorbei. Jemand, keine Ahnung wer, schaut auf die Uhr und flüstert: »Miiiiist ...«

Lautlos schleiche ich mich in mein Zimmer, denn heute gelingt einfach alles.

Ich habe sieben Mädchen geküsst. Manche zwei, eine sogar drei Mal.

Einen Augenblick denke ich wieder an die irakische Familie, die abgeholt wurde, aber dann zwinge ich mich, im späten Mondlicht das Foto auf meinem Fernseher zu betrachten. Eine Brücke. Ein Fluss. Paris.

Ich kenne Herrn Amir, meinen iranischen Nachbarn, nun doch schon fast ein halbes Jahr und sehe ihn auch nahezu täglich. Aber offenbar habe ich doch nicht gut genug hingeschaut.

Farhad, Farid und ich sitzen mal wieder auf dem Flur. Wir warten auf die anderen. Ich erzähle gerade, dass ich auf dem Markt gewesen bin. Mit Zabi. Und wie er hoch und heilig behauptete, das niederländische Wort für Ananas sei *alstublieft*. Wie ich also den Markthändler fragte, ob ich bitte sehr ein »Alstublieft« haben könnte. Wie der Händler mindestens vier mal »hä?« sagte, bis ich zuletzt einfach selbst über den Stand gelangt und eine Ananas in die Hand genommen habe. Hinterher flehte Zabi mich an, ihm bitte, bitte – *alstublieft* – nicht böse zu sein. »Wenn du mir böse bist, muss ich Selbstmord begehen«, sagte er, »Ehrenwort, das geht dann nicht anders.«

Farid und Farhad wiehern vor Lachen, aber dann ist Herr Amir plötzlich da. Er steht in der Türöffnung. »Jungs«, sagt er, »geht es ein klein wenig leiser?«

»Okay«, sage ich, »Entschuldigung.«

»Ja«, sagen Farid und Farhad, »okay, *Herr* Amir.« Sie grinsen. Ich sehe es, aber ich verstehe es nicht. Ist mir vielleicht etwas entgangen?

Herr Amir platzt los. »*Frau*, bitte schön! *Frau* Amira! Das wisst ihr genau, ich habe es allen erzählt!«

Er schlägt die Tür hinter sich zu.

»Was?«, frage ich. »Wie bitte?«

»Herr Amir«, sagt Farid, »ist unter einem Regenbogen hindurchgelaufen.«

Ich verstehe es nicht.

»Trantüte«, hickt Farhad, »der Herr ist eine Frau!«

Und dann erklären sie mir, was ich selbst auch hätte sehen können. Dass Herr Amir doch schon immer einen Ohrring trug. Dass er diesen Männerohrring vor einiger Zeit durch einen Frauenohrring ersetzt hat. Und dass er anschließend anfing, Damenblusen zu tragen. »Hamu«, sagen sie, »bestimmt hast du deine Augen in eine Schachtel gepackt und sie zu deinen Unterhosen in den Schrank gestellt. Wieso glaubst du, kann er nie mehr in den Iran zurück? Das dulden die da nicht. So etwas geht nur hier. In den Niederlanden geht alles!«

»Aber …« stammele ich, »… wie geht das denn?«

»Er ist eine Frau!«, rufen sie und werfen die Hände in die Luft. »Innendrin ist er eine Frau, und jetzt will er das auch von außen werden.«

In den Tagen danach sehe ich es auch. Mein Nachbar hat Brüste. Er trägt jetzt auch enge T-Shirts. Aber nett ist er noch immer, und er spricht auch immer noch Französisch und Italienisch und sogar Russisch. Er weiß immer noch alles über Paris und er arbeitet immer noch in der AZC-Bibliothek. Nur heißt er jetzt Frau.

Von dem Moment an sagen Farid, Farhad und ich, wenn wir ihm begegnen, mit besonderem Nachdruck: *Frau* Amira.

Und wir halten ihm die Tür auf. Manchmal machen wir sogar eine leichte Verbeugung. »*Frau* Amira …«

Und dann schaut er – nein: sie – uns mit einem Lächeln an, das jedes Mal ein Stückchen glücklicher wird.

Farid und Farhad haben einen Plan. »Bisschen Spaß haben«, sagen sie, »komm und schau es dir an.«

Wir sitzen auf dem Zaun in dem kleinen Park vor dem AZC und Farid geht achtlos zu dem breiten Fahrradständer ein Stück entfernt. Er späht erst nach links und rechts, beugt sich über ein Hinterrad, dreht ein Ventil auf und kommt wieder zu uns zurück. Es dauert keine zwei Sekunden.

»Jetzt ich«, sagt Farhad, »aber diesmal zwei.«

Er schleicht sich weg und ist fast sofort wieder zurück. Er grinst und macht das V-Zeichen.

So geht es noch einige Male. Farid und Farhad gehen der Reihe nach los und nehmen sich noch ein Ventil vor und noch eins und noch ein paar.

»Hamayunchen«, lachen sie, »du brauchst nichts zu tun. Du bist neu. Oder, weißt du was? Du musst doch was tun, nämlich unsere eigenen Ventile aufdrehen. Eine Art Vorsorgemaßnahme, dann verdächtigen sie uns nicht. Traust du dir das zu?«

Natürlich tue ich das. Die Luft aus Farids und Farhads Hinterreifen zischt zwischen meinen Fingern weg, aber als ich wieder neben ihnen sitze, verstehe ich den Spaß immer noch nicht ganz.

»Warte nur ab«, sagen sie und grinsen.

Und tatsächlich, nach etwa zehn Minuten kommen die ersten Fahrradbesitzer nach draußen und wir erleben Menschen in händeringender Verzweiflung. Ich flüstere: »Das müssten wir eigentlich filmen«, denn in der Stunde, die wir als Zuschauer dasitzen, sehen wir Leute mit der Faust auf den Sattel schlagen, wir sehen sie gegen den Kettenschutz treten und wir hören sie rufen: »Mist, Mist, Mist!«

Nur vereinzelt holt jemand eine Fahrradpumpe hervor, die meisten ziehen ihr Rad so aus dem Ständer und schieben es murrend davon.

Sobald eines der Opfer sich umschaut und uns entdeckt, schlendern Farid und Farhad zu ihren eigenen Fahrrädern und führen ein Theaterstück auf. »Was? Waaaas? Unser Reifen ist platt!«

Am Ende des Nachmittags steht Bashir plötzlich neben uns. »Hey Mann!«, rufen Farid und Farhad. »Hast du vielleicht eine Luftpumpe für uns?«

»Wieso?«, fragt Bashir und dann erzähle ich kichernd, was wir getan haben.

Bashirs Gesicht verzerrt sich. Er schreit: »Idiot!« Er zerrt mich am Arm mit sich und sagt: »Vorwärts!« Vor den verwunderten Augen von Farid und Farhad schiebt er mich ins AZC.

»Nun mal langsam!«, rufe ich.

»Nichts nun mal langsam!«

Als wir allein im Aufzug stehen, platzt er los. »Hast du überhaupt eine Ahnung? Hast du irgendwo in den entferntesten Ecken deines leeren Kopfes noch eine vernünftige Hirnzelle, die kapiert, dass du es noch längst nicht geschafft hast? Du musst dir deinen Pass in diesem Land verdienen, hörst du? Sie schnappen dich wegen allem! Hast du das Asylbewerberhandbuch gelesen? Das, in dem alle Rechte und Pflichten stehen? Dann müsstest du doch wissen, dass sie dich bei rein gar nichts erwischen dürfen? Eine falsche Aktennotiz und du kannst es vergessen.«

»Ja, ja«, murmele ich, »ja, ja!«

Wir sind auf unserer Etage. Bashir zerrt mich vor meine Zimmertür. Ich reiße mich los. »Jetzt benimm dich wieder normal«, sage ich, »ich hab's ja kapiert!«

»Wirklich?«, fragt Bashir. Padar und Madar sind nicht da – ein Glück. Ich mache Tee. Bashir beruhigt sich etwas.

»Hör zu«, sagt er. »Du weißt doch, was diese Woche passiert ist, oder? Jemand wurde ermordet. Ein niederländischer Politiker. Sein Name war Pim Fortuyn. Dieser Mord ist eine ganz schlechte Nachricht, Hamu, eine ganz schlechte Nachricht. Seine Partei bekommt jetzt hundert Millionen Stimmen, denn nächste Woche sind Wahlen. Und die Partei von diesem Fortuyn, die ist nicht froh über dich und mich. Diese Partei ist rechts. Und rechts bedeutet in den Niederlanden: weniger Asylbewerber. Zurückschicken. Nicht darauf hören, was sie zu erzählen haben. Tschüs alle zusammen, seht zu, wie ihr klarkommt!«

Ich schaue zu Bashir. Das hat er neuerdings manchmal. Die Hitze steigt ihm in den Kopf und das Beste in einem solchen Fall ist, ihm zuzuhören, zu nicken und abzuwarten, bis er wieder ruhig wird.

Also nicke ich und denke: Links oder rechts, sei es, wie es will. Und wer sagt überhaupt, dass Bashir alles weiß?

Ich darf zur Schule. Offenbar waren bisher einfach sämtliche Klassen voll, aber jetzt ist endlich Platz für mich. Der AZC-Briefträger schmeißt die Post immer unter unseren Türen durch und ich befürchte schon wochenlang, mein Schulbrief könnte vielleicht zurück in den Flur geweht worden sein. Aber nein, im September kommt endlich ein gelbes Formular, auf dem in krakeliger, schiefer Schrift geschrieben steht, wohin ich mich wegen meiner Schulsachen wenden soll.

Von dem fröhlichen Hausmeister bekomme ich Schreibhefte, Bücher, ein Etui für Stifte und sogar eine Schultasche. Erst hält er ein rosa Exemplar in die Höhe: *»Siss one?«* Und dann ein schwarzes: *»Or siss one?«*

Mir ist nicht klar, dass er sich einen Scherz mit mir erlaubt. Mit rotem Kopf zeige ich auf die schwarze.

»Ach, Mann«, sagen Farid und Farhad hinterher, »das macht er mit jedem so. Die rosa Tasche liegt da schon hundert Jahre!«

Ich bin ein bisschen nervös an meinem ersten niederländischen Schultag.

Dreißig oder vierzig Mädchen und Jungen gehen auf meine AZC-Schule, verteilt auf zwei Klassenräume. Ich kenne schon fast jeden: Farid, Farhad, die russischen Mädchen, Nadia aus Ruanda. Und ja, Ouaffa ist auch da. Aber zu Gesicht bekomme ich sie kaum; sie sitzt ganz hinten, sie zieht sich das Kopftuch vor die Augen und ich bekomme einen Platz ein paar Tische von ihr entfernt. Neben Yi Fong, einem freundlichen jungen Chinesen, der wenig spricht, aber immer lächelt.

Es gibt nur Lehrerinnen und wir müssen sie beim Vornamen nennen; das ist hier so. Frau Leontien. Frau Aiken. Und wir haben nur ein einziges Schulfach: *Nederlands*. Das finde ich überhaupt nicht schlimm. Die Bücher sind schön, sie heißen Zebra. Es gibt Bilder darin und Cartoons und Wortlisten, in denen man leicht heimlich nachschauen kann, wenn man etwas nicht mehr weiß.

Die Wochen und Monate gehen vorbei und ich habe mich schnell eingewöhnt. Frau Leontien, eine Lehrerin mit grauem Alteleutehaar und lieben blauen Augen, riecht immer nach Kaffee. Das macht aber nichts, solange sie sich nicht hinter einen stellt und einem ins Heft schaut.

Frau Aiken, auch alt, aber nicht grau, liest gern vor. Ich beobachte die Fältchen um ihren Mund, wenn sie zu flüstern beginnt.

Aber die Lehrerin, die alle Jungs glücklich sein lässt, heißt Frau Valerie. Wie kann sie so jung sein? Und warum sind ihre Blusen so dünn und ihre Röcke so kurz? Sie ist, glaube ich, noch eine Lehrerin in der Ausbildung, aber wir haben sie jeden Tag und nahezu jede Stunde. Und wir haben dann nur noch ein Auge für die Zebra-Bücher. Das andere irrt über ihr Gesicht und ihre frischen nackten Arme.

Haben wir eine Stunde Stillarbeit, dann geht die Hälfte unserer Zeit dafür drauf, die Gedanken der jeweils anderen zu erraten, unsere Gedanken über die Beine von Frau Valerie. Vielleicht hätten wir ohne Frau Valerie schneller Niederländisch sprechen gelernt, aber ob der Herbst dann noch genauso fröhlich gewesen wäre, ist fraglich.

Wir sind Freunde, alle miteinander, und fast jeden Tag bekommen wir einen Lachanfall. Selbst Ouaffa macht mit. Frau Valerie seufzt dann, und manchmal löst sich dabei eine Goldlocke aus ihrem Haarband. Meistens gibt es dann jemanden, der rechtzeitig sagt, wir sollten wieder normal werden, aber Yi Fong braucht meinen Namen nur wieder falsch auszusprechen (er nennt mich Ham Yun, drei Silben hintereinander kriegt er einfach nicht hin), und ich bekomme wieder Bauchschmerzen vor Lachen. Kindisch, ich weiß.

Ein einziges Mal müssen wir nachsitzen. Farid sagt: »Das geht nicht, Frau Valerie. Ich habe eine Verabredung«, und steht auf.

Frau Valerie bewacht die Tür, also geht Farid zum Fenster, schiebt es auf und springt nach draußen.

Es bleibt eisig still. Frau Valerie starrt auf die gähnende Fensteröffnung.

Dann steht Farhad auf und springt auch nach unten.

Immer noch tut Frau Valerie nichts.

Und ja, es geht hierbei um Freundschaft, mehr als um Gehorsam. Also kann ich nicht anders: Ich springe auch.

Alle folgen und am nächsten Tag hält Frau Leontien eine donnernde Strafpredigt. Wir müssen einen Vertrag unterzeichnen, in dem wir versprechen, dass es nie mehr vorkommen wird.

Am Wochenende danach basteln Farid, Farhad und ich ein Transparent. Das hängen wir am Montag vor die Fenster. WIR LIEB FRAU VALERIE.

»Okay«, sagt sie, »dann bleibe ich noch eine Weile. Weil ihr alle so fürchterlich seid!«

Wenn jemand einen »Status« bekommt, eine Aufenthaltserlaubnis, wird gefeiert.

Eines Donnerstagnachmittags kommen wir aus der Schule und die Mutter von Nadia aus Ruanda rennt schreiend über den Flur. Wir denken, etwas Schreckliches müsste passiert sein, und Nadia fliegt auf sie zu. Erst zehn unklare Minuten später begreifen wir, dass ein Brief vom IND Nadias Mutter so kreischen lässt. Kreischen vor Glück, denn sie dürfen bleiben.

An diesem Abend tanzen wir bis spätabends in der AZC-Bar. Zu afrikanischer Musik. Nadia lacht, als wollte sie nie mehr damit aufhören.

Der IND ist natürlich wieder eine Abkürzung, und zwar für *Immigratie- en Naturalisatiedienst,* Amt für Einwanderung und Einbürgerung. Diese Behörde bestimmt, wer eine Aufenthaltserlaubnis bekommt. Na ja, das stimmt nicht so ganz. Bashir erzählt uns immer wieder von der neuen Regierung. Er sagt: »Du verstehst nicht, wie das funktioniert, Hamayun. Nicht der IND ist die Stelle, die alles bestimmt, sondern die Politik. Und es gibt jetzt viel strengere Minister. Es gibt einen Ministerpräsidenten, den nennen sie Harry Potter. Glaubst du, der möchte uns haben?«

Es ist mir egal. Es gibt Veränderungen in Afghanistan, das weiß ich. Die Taliban sind nicht mehr an der Macht. Aber die alten Kommandanten und die alten Talibanchefs sitzen ganz normal in der neuen Regierung. Gerade einmal anderthalb Jahre ist es her, dass unser Haus abgebrannt wurde. Außerdem haben Farid und Farhad zusammen mit ihren Eltern längst eine Aufenthaltserlaubnis bekommen. Sie warten nur noch auf eine Wohnung. Zabi darf auch bleiben, genau wie meine iranische Nachbarin.

Und Bashir? Bashir bekam sogar schon nach drei Monaten einen positiven Bescheid.

»Das was früher, Dummkopf, das war früher!«

»Ja, ja, das weiß ich doch!«

Ich will nicht immer wieder CNN sehen und die Nachrichten. Ich will mir englische oder amerikanische Sitcoms anschauen. Ich will die niederländischen Untertitel lesen, die es hier im Fernsehen gibt. Davon lerne ich die Sprache doch schneller, oder? *Friends* beispielsweise – ich bin verrückt nach *Friends*.

Wir fahren Onkel Aaron besuchen. Er wohnt mit Tante Sanya und ihrer kleinen Tochter in Zuidlaren, einem Dorf im Norden der Niederlande. Die Tochter ist vielleicht gewachsen! Sie spielt jetzt mit Navid, und Roya rennt hinterher. Aber ich werde sie natürlich nicht heiraten, dieser Witz ist überholt und vorbei.

Es ist Ramadan, als wir zu Besuch kommen. »Ich halte mich nicht mehr daran«, sagt Onkel Aaron. »Es ist ein antiker, ein heidnischer Brauch. Ich studiere wieder, und ich denke, dass …«

Ich kann nicht allem folgen, was zwischen Padar und Onkel Aaron gesagt wird, aber ich sitze gern daneben. Ich verstehe, dass Onkel Aaron jetzt noch freier denkt als früher und dass Padar zuhört und nickt und ab und zu den Kopf schüttelt. Ich sitze hier auch deshalb so gern, weil wir zusammen sind. Weil Onkel Aarons Hand auf meiner Schulter liegt, den ganzen Nachmittag lang. Ich denke daran, dass ich das bei Faisal gemacht habe, immer, und manchmal auch bei

Isah und Ikhlas. Afghanische Freunde legen sich beim Gehen gegenseitig die Arme um den Nacken oder die Hand auf die Schulter. Niederländer sind da viel zurückhaltender.

»Worüber denkst du gerade nach, Hamayun?«, fragt Onkel Aaron.

»Ach«, sage ich, »über Freundschaft.«

Im Zug zurück grübele ich noch immer. Draußen ist es dunkel, und es hat tagelang geregnet. Mir macht das nichts aus; das schlechte Wetter stört mich nicht. Außerdem kommt mir das holländische Klima überhaupt nicht so anders vor als das in Kabul. Und doch ist mir seltsam zu Mute. Seit kurzem nämlich sehe ich Faisal wieder vor mir.

Ich will es nicht. Oder doch, ich will es schon, aber ich verstehe es nicht: Warum ist es mir inzwischen schon so lange gelungen, nicht an ihn zu denken, und warum tue ich es jetzt plötzlich doch?

Auch in den Wochen danach geht es mir die ganze Zeit so: Ich denke an Faisal und werde still. Ich schüttele es immer von mir ab, und davon kriege ich dann Schuldgefühle.

Aber eines Tages im Februar, als wir zum soundsovielten Mal eine Dummheit von Zabi erlebt haben (er schlug einfach so die Scheibe des Feuermelders ein – und dieser Idiot ging anschließend sogar selbst zum Hausmeister, um sich ein Pflaster für seine blutenden Knöchel zu holen), kann ich es nicht mehr zurückhalten.

»Ach ja«, sagen Farid und Farhad, »wir haben endlich eine Wohnung bekommen. Wollten wir dir noch erzählen. In Amsterdam. Wir ziehen schon nächste Woche um.«

Ich beglückwünsche sie und tue so, als würde ich mich für sie freuen. Ich gehe mit zum Hausmeister, um ein gutes Wort für Zabi einzulegen. Aber danach verschwinde ich viel schneller als sonst in meinem Zimmer.

Ich denke an mein Tagebuch. Vielleicht sollte ich es wieder hervorholen. Es liegt hinter einem hohen Kleiderstapel, tief in meinem Schrank verstaut, und die Bollywood-Kassette liegt daneben. Seit wir in den Niederlanden sind, habe ich nicht mehr in mein Tagebuch geschaut. Plötzlich bin ich wieder neugierig auf das, was ich geschrieben habe. Auf die Zeichnungen. Auf den Geruch des Papiers.

Aber ich komme nicht dazu, denn Padar wartet auf mich. Bashir ist auch da und Madar. Sie sitzen zusammen, denn auch wir haben Post. Post vom IND.

Der Brief von der Einbürgerungsbehörde ist schwer zu verstehen, aber wir begreifen ihn doch. Er enthält eine Absichtserklärung. Und die Absicht ist, unseren Asylantrag abzulehnen.

Padar sitzt mit dem Papier in den Händen da, und neben ihm steht Bashir und schimpft. »Ich habe es dir schon die ganze Zeit gesagt! Es ist nicht mehr so einfach. Sie wollen euch nicht. Sie wollten auch mich und Tashmir schon nicht, aber mit mir hatten sie Mitleid. Ich war klein. Und jetzt sagen sie also … Ooohhh … Ich dachte mir schon, dass es so kommen würde!«

Plötzlich steht Padar auf. Er schaut Bashir direkt ins Gesicht und legt ihm seine Hand auf die Schulter. Erst jetzt fällt mir auf, dass sie beide gleich groß sind. Vielleicht ist Bashir sogar schon ein bisschen größer. »Jetzt werde erst einmal wieder ruhig«, sagt Padar. »Mit den Händen in der Luft fängt man keinen Esel.«

»Padar! Ich …«, ruft Bashir.

Padar unterbricht ihn. »Wir gehen zum Anwalt des Flüchtlingswerks. Das Büro ist in der Nähe deiner Wohnung. Komm und begleite mich, wir gehen sofort dorthin.«

Ich bin froh, dass ich nicht mitkommen muss. Aber wieso ist Bashir so panisch? Wir kennen mehrere Familien, deren erster Bescheid negativ war. Und von ihnen wissen wir, dass man in den Niederlanden einen Anwalt zugewiesen bekommt oder sich selbst einen sucht. Also warum benimmt sich Bashir, als würden wir schon morgen abgeschoben?

Ich streune durch das AZC. Ich will durch die Flure laufen und allen Leuten Hallo sagen. Ich will Frau Amira begegnen und den russischen Schwestern und der Mutter Wie-heißt-sie-noch-gleich aus Angola, der mit dem Schniefnasenkind. Ich will Farid aus dem Gebüsch rufen hören, dass er etwas im Frauenraum gesehen hat.

Aber ich begegne niemandem. Niemandem, den ich kenne.

Ich fahre in die vierzehnte Etage. Letztes Jahr wohnte hier noch eine Gruppe von AMAs, alleinstehenden minderjährigen Asylbewerbern. Die wurden in ein anderes AZC verlegt, aber die Tür von einem der leeren Zimmer steht offen. Ich stelle mich ans Fenster und schaue über Amersfoort hinweg. Ich zähle fünf, sechs Kirchtürme und denke: Bashir hat sich verändert. Er ist fast erwachsen. Er ist groß. Er ist nervös.

Ich denke auch an Farid und Farhad, die bald umziehen. Ich werde sie nicht mehr so oft sehen, denn so ist das eben.

Aber wir selbst ziehen nicht von hier weg, das weiß ich sicher. Der Himmel über Amersfoort ist viel zu blau und unerschütterlich. Ich begreife vielleicht nicht, weshalb sich die Dinge verändern, aber ich kapiere doch, dass es gut ist, in die Ferne zu schauen.

Und ich weiß plötzlich auch, dass ich mein Tagebuch vorläufig noch nicht hervorholen werde.

»Hhhamayunhh«, sage ich zu der Fensterscheibe. Sie beschlägt. »Hhhamayunhh.«

Als Padar und Bashir wieder vom Büro des Flüchtlingswerks zurück sind, hängt Streit in der Luft. Padar meint, Bashir solle positiver sein, vernünftiger und erwachsener. Und er solle nicht so klagen über das Land, das ihm innerhalb von drei Monaten eine Aufenthaltserlaubnis gegeben hat.

Bashir murmelt etwas, aber ich verstehe ihn nicht.

Padar versteht es auch nicht, und das ist vielleicht auch besser so. Er sagt: »Alles kommt in Ordnung. Wiederhole es, Bashir: Alles kommt in Ordnung!«

Bashir murmelt noch einmal etwas zurück.

Padar schaut ihn an. Lange. Und dann stellt Madar eine Schale mit Pinienkernen auf den Tisch. »Fertig«, sagt sie. *»Degah.«*

Der Anwalt vom Flüchtlingswerk schreibt eine Stellungnahme. So heißt das. Eine Reaktion auf die Absichtserklärung des IND. Merkwürdige Wörter sind es. Stellungnahme. Absichtserklärung.

Eine Woche später erhalten wir ein Schreiben vom IND, in dem steht, dass sie die Stellungnahme erhalten haben. Und noch ein paar Wochen später erhalten wir wieder einen Brief vom IND mit der neuen Entscheidung. Unser Asylantrag wurde abgelehnt. Und diesmal endgültig.

Padar und Bashir gehen wieder zum Büro des Flüchtlingswerks. Wir dürften nicht erschrecken, sagt man ihnen dort. Das sei zu erwarten gewesen. Wir müssten in die Berufung gehen. Ihr Anwalt könne das für uns tun, es sei denn, wir wollten uns selbst einen anderen Anwalt suchen.

Das wollen wir. Ein paar afghanische Familien, die Padar und Madar kennengelernt haben, wurden von Dr. Stark vertreten.

Padar, Bashir und Onkel Aaron, der deswegen ganz aus Zuidlaren gekommen ist, gehen zu ihm.

»Wir müssen ihn bezahlen«, sagen sie, als sie wieder zurück sind. »Und er ist nicht billig. Aber er weiß sicher, dass er den Prozess für uns gewinnen wird. Er legt Berufung für uns ein. Er schreibt eine flammende Berufungsschrift, sagt er. Also haben wir zugestimmt. Jetzt kann es lange dauern. Ein Jahr oder so. Und diese ganze Zeit bleiben wir einfach hier wohnen. Dr. Stark ist sich sicher. Was haltet ihr davon?«

Bashir sitzt immer noch ein bisschen mürrisch da, aber Padar und Onkel Aaron trinken Tee, als wären die weißen Tauben des Propheten eigens für sie bis hierher nach Amersfoort geflogen.

Am selben Nachmittag irre ich durchs AZC und Zabi kommt auf mich zu. Sobald er mich sieht, reißt er die Arme auf und drückt mich an sich. »Es hat geklappt!«, ruft er. Ich fühle ein Spuckebläschen am Hals.

»Was?«

»Sie hat zu mir gesprochen!«

»Wer?«

»Ouaffa natürlich!«

»Ouaffa?«

»Ja! Ich habe es für dich getan, Hamu. Du warst doch verliebt? Ich habe sie schon sehr oft gefragt. Ob sie dich heiraten will. Später natürlich, nicht jetzt, ich bin ja nicht verrückt.«

»*Was* hast du gefragt?«

»Und sie wollte mir nie eine Antwort geben. Sie lief entweder weg oder sie fing an zu schreien. Aber heute stand ich mit ihr im Aufzug. Und dann habe ich sie wieder gefragt und sie wurde rot, so rot, na ja, so rot wie ein Feueralarm. Und weißt du, was sie gesagt hat? ›Vielleicht‹, hat sie gesagt, ›vielleicht‹. Das ist also fast ein Ja. Du wirst heiraten, *Rafiq*. Du wirst heiraten!«

Er grinst und erwartet von mir, dass ich mich freue. Dass ich meine Arme jetzt auch um ihn lege und ihn bitte, doch schon gleich einen Ring für mich zu kaufen. Aber stattdessen löse ich mich aus seiner Umarmung. Ich drehe ihm den Rücken zu und schreie viel zu unfreundlich und viel zu laut: »Ich werde überhaupt nicht heiraten! Und ganz bestimmt nicht sie!«

Natürlich habe ich es Padar schon oft gefragt. Ob es Neues aus Kabul gibt. Ob er jemanden fragen kann, wie es Faisal geht. Aber es gelingt fast nie, eine Verbindung herzustellen. Briefe kommen nicht an und Omas kleine Wohnung hat meistens keinen Strom. Als ich einmal mit ihr reden durfte, weinte sie so sehr, dass ich nicht zu fragen wagte. Und das Einzige, was ich über Noorahmed, den Padar bisher drei Mal hat sprechen können, in Erfahrung gebracht habe, ist, dass Faisal und seine Eltern nicht mehr in ihrem alten Haus wohnen.

Es wird Sommer, ich habe Geburtstag und darf ab jetzt in die weiterführende Schule für Nicht-Muttersprachler, in der Stadt, genau wie die russischen Mädchen und Yi Fong. (Wieder eine Abkürzung mit einem schwierigen Wortgebilde dahinter: OAM, *Opleiding Anderstaligen Middelbaar.*) Beim Abschied von der AZC-Schule bekommen wir von allen Lehrerinnen links-rechts-links drei niederländische Küsse. Die von Frau Valerie sind am spannendsten.

Aber irgendwas stimmt nicht mit mir. Ich schlafe abends viel zu spät ein und wache am Morgen viel zu früh auf. Ich stelle meine Lautsprecher nicht mehr auf den Flur, ich gehe nicht mehr so oft in den Gemeinschaftsraum. Ich entschuldige mich bei Zabi und er, nicht ich, muss deswegen weinen. Trotzdem erfinde ich Ausreden, wenn er kommt und fragt, ob wir in die Stadt gehen.

Madar setzt sich immer häufiger zu mir. Manchmal erzählt sie, was alles im AZC passiert, wer schwanger ist und wer einen Verwandten wiedergefunden hat. Manchmal sagt sie nichts, sondern schaut mich einfach nur an.

Padar spricht mit mir. Er behauptet, dass alles gut werden wird. Dass ich mir in der Schule nur recht viel Mühe geben und noch besser Niederländisch lernen soll, weil Holland jetzt mein Land bleiben würde.

Aber ich erzähle ihnen nicht, weshalb ich, wenn ich lachen muss, dieses Lachen im Innern zurückzuhalten scheine. Als würde ich es mir nicht mehr zugestehen, laut zu lachen.

Das kommt durch Faisal. Ich begreife nicht, wie ich mehr als ein Jahr lang so wenig an ihn denken konnte. Wie es mir möglich war, ihn nicht die ganze Zeit vor mir zu sehen.

Jetzt gelingt mir das nicht mehr.

Ich sehe wieder vor mir, wie er auf mich zu kam, damals, an dem Nachmittag vor der Nacht, die alles veränderte. Ich höre wieder, wie er »ich bleibe bei dir« sagte. Ich fühle wieder, wie ich ihm die Hand auf die Schulter legte.

Und ich schäme mich.

Es geht mir doch gut, ich bin hier doch mit Padar und Madar und ich habe auch Bashir wiedergefunden? Bashir hat mir sogar einen Discman geschenkt. Den hat er sich von seinem eigenen Geld gekauft. Und trotzdem denke ich all die Zeit nur an den, den ich vermisse.

Ich will Sport machen. Madar fängt an zu joggen und ich jogge mit ihr.

Die AZC-Jugendlichen dürfen im Sommer die Tennisanlage benutzen, die hinter dem Asylbewerberheim liegt. Einige aus der Nachbarschaft beklagen sich, aber Martine, die Sportlehrerin aus dem AZC, geht und spricht mit den Leuten und wir schlagen fortan weniger oft absichtlich einen Ball in deren Garten.

Ich gehe zum Schwimmunterricht, denn jeder in den Niederlanden hat ein Schwimmabzeichen, nur ich nicht.

Aber nach dem dritten Mal lasse ich es sein und auch das Tennisspielen sage ich ab, und Madar joggt schließlich öfter mit Frau Amira als mit mir.

Erst als wir in Zuidlaren sind, bei Onkel Aaron, halte ich es nicht mehr aus. Er will mit mir spazieren gehen. Wir gehen an Wiesen vorbei, vorbei an einem kerzengeraden Wassergraben, vorbei an einer Mühle und einem Bauernhof.

Onkel Aarons Hand liegt auf meiner Schulter. Wir reden nicht. Onkel Aaron summt.

Plötzlich sage ich: »Ich denke, er ist tot.«

Onkel Aaron bleibt stehen, ich ebenfalls. Ganz ruhig und leise sagt er: »Wer?«

»Faisal. Sie wohnen nicht mehr da, wo sie gewohnt haben, und seine Eltern waren Anhänger von Ahmad Shah Massud, und Ahmad Shah Massud haben sie auch ermordet.«

Onkel Aaron geht wieder weiter. Er schweigt. Ich gehe auch weiter.

Erst nach einigen Minuten sagt er: »Es könnte sein. Aber es könnte so vieles sein.«

Darauf weiß ich nichts zu erwidern.

»Vielleicht sind sie umgezogen. Vielleicht sind sie geflüchtet. Vielleicht sind sie in England oder in Deutschland. Vielleicht sind sie sogar in den Niederlanden.«

Ich weiß immer noch nicht, was ich sagen soll.

»Eine Freundschaft«, sagt Onkel Aaron dann, »ist genau wie ein Haus. Man baut es langsam auf und fängt bei den Fundamenten an. Die müssen stabil sein. Man vertraut sich gegenseitig, man erzählt sich alles Mögliche. Geheimnisse. Wichtige Dinge.«

»Also«, sagt er kurz darauf, »musst du dich fragen, ob die Freundschaft mit Faisal ein stabiles Fundament hatte.«

»Sehr stabil«, sage ich, »stabiler geht es nicht.«

»Wenn das so ist«, sagt Onkel Aaron, »dann steht euer Haus noch.«

Ich denke eine Weile nach und dann nicke ich.

»Ja«, sage ich, »es steht noch.«

»Sehr gut«, sagt Onkel Aaron. »Ich habe es mir schon gedacht.«

Ich fange doch wieder an, Tennis zu spielen. Ich lerne Aufschlagen, ich lerne, Stoppbälle direkt hinters Netz zu platzieren. Ich mag die langen Schläge quer übers Feld. Nach dem Sommer bin ich fit und auch gewachsen. Ich glaube, mit jedem Racketschlag ist ein Millimeter Hamayun hinzugekommen.

Und Bashir sagt, ich bekäme Pickel.

»Stimmt nicht.«

»Stimmt doch. Hier, direkt unter deinem Haaransatz.«

»Nein.«

»Okay, dann nicht.«

Farid und Farhad kommen ab und zu mit dem Rad von Amsterdam nach Amersfoort. Und jedes Mal wieder ärgern sie sich über die Sicherheitsleute, die sagen, sie bräuchten Tagesausweise. »Ihr kennt uns doch noch? Wir sind gerade erst hier ausgezogen!«

Wir gehen mit Zabi ins Freibad.

»Hamayun«, sagt Zabi, »du bekommst Pickel.«

»Ach was«, sage ich.

»Oh doch«, sagen Farid und Farhad und Zabi nickt. »Ich habe recht, ich habe recht!«

»Zabi, halt die Klappe, sofort!«

Wir gehen ein wenig herum, wir plaudern etwas, wir kaufen Red Bull und wir beurteilen Mädchen. Von Zabi bekommt jedes Mädchen eine Zwei minus. Farid und Farhad gehen von Sechs minus bis Eins plus.

Aber immer wenn ich die Zwillinge wiedersehe, ist es, als steckte etwas mehr Amsterdam in ihnen. Und immer ist es etwas weniger logisch, dass wir uns neu verabreden.

»Hamu«, sagen sie beim letzten Mal, als wir zusammen sind, »du bist so ernst geworden in letzter Zeit!«

»Tatsächlich?«, erwidere ich.

»Neeeeiiiin!«, kreischt Zabi und gestikuliert dabei so heftig, dass ihm das Eis von seinem Stiel flutscht. »Ohhhh«, ruft er und wir lachen, und Farid und Farhad haben ihre Bemerkung vergessen.

Ernst?

Ich habe ihnen nie etwas von Faisal erzählt. Aber nachdem ich mit Onkel Aaron gesprochen hatte, habe ich endlich wieder in meinem Tagebuch gelesen. Plötzlich traute ich mich. Ich war tagelang in Gedanken bei Faisal und es war nicht so schwierig, wie ich erwartet hatte. Es fühlte sich lebendig an, nicht wie etwas, das vorbei war. Aber mit dem Lesen aufzuhören, den Kopf zu heben und das Tagebuch wegzupacken – das fand ich jedes Mal wieder schwierig. Und so beschloss ich, dass ich weiterschreiben muss. In ein neues Tagebuch.

Es gibt nichts anderes, was ich tun kann, um mit ihm in Kontakt zu bleiben.

Und wenn unser Fundament tatsächlich stabil genug ist, dann sehe ich Faisal irgendwann wieder. Daran glaube ich jetzt immer mehr. Und so gibt es noch einen guten Grund, wieder zu schreiben. Wenn wir uns einmal wiedersehen, werden einige Jahre vergangen sein, von denen wir uns gegenseitig erzählen müssen. Und die stehen dann in meinem Tagebuch.

Die OAM beginnt, meine neue Schule. Die Räume sind anders, die Lehrer sind anders – obwohl Frau Leontien hier offenbar auch unterrichtet. Nur hat sie jetzt plötzlich einen Nachnamen: Frau Verhulst. Aber die meisten meiner Klassenkameraden kenne ich vom AZC. Außer Raed. Er durchläuft die Anfängerklasse in der OAM zum zweiten Mal und ich verstehe, warum. Er lernt einfach nicht gern.

Witzig ist Raed schon, und musikalisch, und treu. Wir murksen beide noch mit unserem Niederländisch herum, aber manchmal reden wir Englisch, und wenn es gar nicht mehr geht, kann ich auch noch etwas Arabisch. Vom ersten Tag an sitzen wir nebeneinander. Vom ersten Tag an nennt er mich Hammy. Und vom ersten Tag an fragt er mich, ob was mit seiner Frisur ist.

»Wieso möchtest du das wissen?«

»Ich bin Fahrrad gefahren, Mann, und dieser niederländische Wirbelwind is hell.«

»Das heißt doch nicht Wirbelwind?«

»Whatever. Was ist mit meinen Haaren?«

»Okay.«

»Sieh richtig hin!«

»Sie sind okay, das sage ich doch.«

Raed kommt aus Palästina, aber darüber möchte er nicht reden. Wenn der Geschichts- und Erdkundelehrer von Israel anfängt und von Juden und Arabern, verkriecht sich Raed unter seiner Kapuze. »Ich bin nicht da. Ich weiß von nichts. Ich bin nicht da.«

Erst nach mehreren Monaten erzählt mir Raed in einer ausgefallenen Stunde mit Keksen und Automatensuppe, dass er mit seinem älteren Bruder hierhergekommen ist. Dass sie aus Ramallah stammen. Dass dieser Bruder zu Hause gesucht wird. Wegen Steinewerfen oder so. Aber hier haben sie einen »Status«, und hier ist alles vorbei.

»Steinewerfen?«, frage ich.

»Ja«, sagt Raed, »und er hat gut gezielt!«

Mehr gibt er nicht preis, und von mir will Raed auch weiter nichts wissen. Das gefällt mir. »Alter Mist«, brummt er. »Weißt du, was wichtig ist? Jetzt. Hier. Weiter nichts.«

So ist Raed. Und weiter sagt er zu seinen Kumpels, wenn wir ihnen am Bahnhof oder auf der Straße begegnen: »Das hier ist Hammy. Hammy ist gut.«

Die erste Woche in der OAM dient zum gegenseitigen Kennenlernen, obwohl sich die meisten von uns bereits kennen. Aber es gibt nun mal ein Extraprogramm mit Sport und Theater und Spielen.

Und Musik. Ein Mann mit einer Gitarre unternimmt eine Welttournee mit uns. So nennt er das. Vorn hat er nur wenig Haare, aber hinten umso mehr. Er hat sie zu einem langen Pferdeschwanz zusammengebunden. »Ihr kommt von überallher«, sagt er und grinst. »von ü-ber-all. Aber die Musik verbindet euch. Eure Seele singt. Und weil noch nicht alle hier mit denselben Worten sprechen können, tun wir es mit Liedern. Eine Welttournee. Jeden Tag ein kleines Stück weiter.«

Wir tauschen besorgte Blicke aus, aber der Mann ist unbeirrbar. Nach jedem gesprochenen Satz schlägt er kurz die Saiten seiner Gitarre an, und das klingt – das muss man ehrlicherweise zugeben – gar nicht so schlecht. *Schrummm.*

»Gut«, sagt er, »wer fängt an?« *Schrummm.*

Stille.

»Niemand?«

Schrummm.

»Gut, dann gehen wir einfach der Reihe nach.«

Schrummm.

»Du!« Er zeigt auf Yi Fong.

Yi Fong wird puterrot. »Was? Ich?«

»Ja. Sing uns mal etwas auf Chinesisch vor. Es sollte nicht allzu schwierig sein, aber doch wirklich zu deinem Land passen. Bring es uns bei. Nur zu, wir kommen alle an die Reihe.«

Zehn Minuten sind vergangen, als Yi Fong endlich etwas zu singen wagt, das wie *Piau ma lülü* klingt. Und wieder zehn Minuten später versuchen wir alle, es nachzumachen – mit Gitarrenbegleitung. *Schrummm.*

Natürlich singen wir nur aus Mitleid dem gegenüber mit, der gerade an der Reihe ist, aber Herr Gitarre ist jeden Tag wieder da, und jeden Tag ist er feuriger.

Am Mittwoch bringt er eigenartige Kleininstrumente mit. Klanghölzer, Schellenkränze, Tamburine und Triangeln.

Erst machen wir genervte Gesichter, aber aus irgendeinem Grund finden wir zunehmend Gefallen daran.

Raed weigert sich, uns etwas Arabisches beizubringen, aber dafür rappt er. Das hat er von seinem Bruder gelernt, der irgendwas Wichtiges im Hip-Hop macht. Und mit dem palästinensischen Rap, den eigenartigen Ticktack-Rhythmen, der Gitarre und allen serbischen, estnischen, russischen, somalischen und chinesischen Sätzen scheint die Welttournee am Ende sogar irgendwie logisch.

Ich selbst bin am Donnerstag an der Reihe und singe das Lied vom Bürgermeister von Bamyan. Der Gitarrenmann begleitet mich und einen ganz, ganz kurzen Moment lang ähnelt er dem Hazara-Sänger Morteza, den wir unterwegs kennengelernt hatten. Aber dann kräht er: »Großartig. Groß-ar-tig!«, und ähnelt sofort nur mehr sich selbst.

Zuletzt sollen wir noch etwas Niederländisches lernen. »Tja«, sagt der Lehrer und wirft seinen Pferdeschwanz zurück. »So viele holländische Lieder gibt es gar nicht. Aber ich habe doch etwas gefunden. Echt niederländisch, das kennt jeder.«

Er fängt an zu singen und kurz darauf brummen wir alle zusammen mit, schrummm, schrummm, tack, tack, rassel, pling-pling:

»Heb je even voor mij?
Maak wat tijd voor me vrij …«

In der OAM müssen wir mehr arbeiten als auf der AZC-Schule. Wir haben mehr Niederländisch und auch noch andere Fächer. Und strengere Lehrer. Raed bringt mir bei, wie und bei wem ich spicken kann. Ich erzähle ihm zum ersten Mal etwas über Kabul: Wie wir dort die Antworten für unsere Klassenarbeiten an die Innenseite unseres Peran schrieben, auf den Saum. Und dann wurde uns in der Schule plötzlich unheimlich heiß. Und dann mussten wir uns wirklich die Stirn abtupfen – mit dem Saum unseres Peran.

»Schlau«, sagt Raed.

»Wo ich gerade daran denke«, sage ich: »Sie ließen uns auch immer für die Lehrer beten. Musstet ihr das nie?«

»Ich bete nicht.«

»Ich betete natürlich für meine Eltern und meine Großmütter, aber dann sollten wir auch unsere Lehrer nennen. Ich dachte mir meistens einen erfundenen Namen aus. *Agha Hühnerhals* oder so. *Agha Riesenskorpion.*«

Raed grinst.

»Und ich habe auch immer den Koran geküsst, wenn wir eine Klassenarbeit schrieben. Du nicht?«

»Ich? Ich küsse niemanden.«

»Jetzt küsse ich meinen Spickzettel. Und du?«

Raed grinst wieder. »Ich sage dir doch: Ich küsse niemanden!«

Ich antworte nicht, sondern zeige ihm stattdessen meinen Spickzettel: einen in winzig kleiner Schrift beschriebenen Aufkleber. Ich habe ihn mir in die Handfläche geklebt. »Schau«, sage ich, »so kann niemand es sehen.«

Raed nickt.

Ich habe den Aufkleber sogar mit einem von Royas rosa Buntstiften bemalt, damit er sich nicht so von meiner Haut abhebt.

Aber vergeblich. Frau Scheepsma-Waterland, eine der witzigsten Lehrerinnen, beschließt, sich während der Klassenarbeit auf ihren Tisch zu stellen. Ja, obendrauf! Und so von oben herab sieht sie alles, was wir uns ausgedacht haben. »Hamayun«, sagt sie mit einem schiefen Grinsen, »solltest du dir nicht mal die Hände waschen?«

»Äh …«, sage ich, »also, das habe ich gerade erst getan.«

»Nein, nein«, sagt Frau Scheepsma-Waterland, »du solltest dir wirklich ganz dringend die Hände waschen.«

»Aber …«

»Ganz dringend, Hamayun. Jetzt!«

Von da an ruft sie zum Anfang jeder Klassenarbeit immer, ewig, monatelang: »Hamayun, hast du dir schon die Hände …?«

»Ja doch«, rufe ich dann, »jaaaa!«

Raed klopft jeden Morgen noch vor der Schule an meine Tür. Wir gehen zu unseren Fahrrädern und er schweigt. Das Einzige, was ich ihn frage, ist: »Supermarkt?«, und dann nickt er.

Wir fahren zum Supermarkt. Dort kennt man uns. Wir

sind die frühesten Kunden und kommen uns unser Frühstück holen: ein warmes Croissant und eine Dose Red Bull.

Wenn wir Zeit haben, trinken wir es noch im Supermarkt. Nach ein paar Schlucken ist Raed ansprechbar.

»Wieso küsst du niemanden?«, frage ich eines Morgens im Oktober.

»Nur Zirkus.«

»Aber du willst doch auch … Ich meine, Mädchen und so …«

»Pff. Klar doch.«

»Wieso küsst du sie dann nicht?«

»Hammy, und du? Du bist noch ein kleiner Knirps, hörst du? Viel zu früh für dich!«

»Das bestimme ich schon selbst.«

»Okay.«

»Okay?«

»Ja. Okay. Nur eins lass dir gesagt sein: nicht mit einer Hardcore-Muslimin!«

»Warum nicht?«

»Gibt Zirkus. Strenge Regeln. Und wenn du etwas machst, weil du, na ja … du weißt schon … Also, dann hast du sofort ihren Vater oder einen älteren Bruder am Hals.«

»Ich weiß es, Raed. Bashir will auch keine arrangierte Hochzeit.«

»Davon rede ich noch nicht mal. Mein Bruder hat einmal … na ja, Geschichten und so.«

»Sei nicht so vage, Mann!«

»Du weißt schon, er hatte so ein Mädchen und wurde erwischt und sie haben ihm fast das linke Auge ausgeschlagen.«

»My god!«

»Sag ich doch.«

»Ich habe mich längst entschieden, weißt du. Ich will ein Mädchen, das frei denkt. Das frei denken darf. Die Religion ist mir egal.«

»Frei denken? Dann bist du in diesem Land hier richtig. Bestimmt willst du so eine Schlampe mit nabelfreiem Pulli.«

»Benimm dich normal. Ich sage doch nicht, dass ich das will!«

»Jetzt meckere nicht so, Hammy.«

»Ich meckere nicht. Ich will einfach ein Mädchen, das selbst denken kann. Ich will Aishwarya Rai.«

»Wen?«

»Du weißt doch, diesen Bollywood-Filmstar.«

»Ach, die.«

»Oder Adriana Lima.«

»Hammy, du bist viel zu früh dran …«

In dem Augenblick kommt Bessy auf uns zu. Bessy stammt von den Niederländischen Antillen und ist die Putzfrau im Supermarkt. »Also, Jungs, genug für heute. Geht ihr jetzt? Ich habe hier zu tun!«

»Bessy! Guten Morgen!«

»Ja, ja.«

»Bessy! Wie lange arbeitest du jetzt schon hier?«

»Ha! Schönes Gerede, was? Ich habe euch doch gesagt: Zeit zu gehen, Bessy muss fegen. Und schaut euch ruhig mein Gesicht an. Es sieht zwar lieb aus, aber es beißt. Also hopp! Fort mich euch!«

Onkel Aaron darf nicht bleiben. Er hat eine Absichtserklärung zugeschickt bekommen, seinen Asylantrag abzulehnen, und auch über die Berufung, die sein Anwalt Dr. Stark vor Gericht eingelegt hat, wurde negativ entschieden. Aber Onkel Aaron ist nicht in Panik. »Wir stellen einen neuen Antrag. Wenn ich nach Kabul zurückkehre, sperren sie mich ein. Das lassen die Niederlande nun wirklich nicht zu.« Und weiter will er nicht darüber reden.

»Hamu«, sagt er, »wie ist es mit den Mädchen? Das würde ich gern mal wissen. Meine Tochter ist doch zu jung, muss ich zugeben. Du wirst dir also selbst eine suchen müssen.«

Bisher hat er das immer nur Bashir gefragt. Aber Bashir fing dann jedes Mal an zu knurren. Jetzt fragt er mich danach. Ich bin älter geworden, ich bin gewachsen.

»Na ja«, sage ich, »im ganzen AZC läuft keine herum, die mich interessiert.«

»Doch!«, ruft Navid. »Du wolltest was von Ouaffa!«

Ich versuche, ihn mit meinen Blicken niederzusäbeln.

»Ouaffa?«, fragt Onkel Aaron.

»Navid ist gestört«, sage ich, »ich heirate doch kein Hardcore-Kopftuch!«

Madar hebt den Kopf. Anscheinend habe ich sie erschreckt. Ich stottere: »Ich … ich meine …«

Onkel Aaron fängt an zu lachen. »Sehr vernünftig«, sagt er.

Ich schiele zu Padar. Der schaut mich an. Der schaut mich ganz ruhig an.

»Äh …«, sage ich, »Ouaffa, das war früher.«

»Hamayun-jaan«, sagt Madar, »es gibt genügend andere Mädchen außer Ouaffa.«

»Ja«, sage ich, »Und ich suche mir die netteste aus.«

Padar muss lachen. Madar schaut von ihm zu mir zu Onkel Aaron und schüttelt dann seufzend den Kopf.

An diesem Abend kommt Padar in mein Zimmer. Er klopft an, ich liege schon im Bett.

»Batschem«, sagt er, »es ist noch früh. Schläfst du schon?«

»Nein«, sage ich, »nein, tue ich nicht.«

»Ich möchte mir unsere Akte noch einmal ansehen. Du weißt schon, alle Kopien der Verhöre durch den IND. Glaubst du, du kannst das schon lesen? Und übersetzen?«

Mein Gesicht beginnt zu glühen. Ich setze mich auf. »Natürlich, Padar, natürlich! Aber wird Bashir dann nicht wütend?«

»Bashir …«, sagt Padar. »Bashir ist ein guter Junge. Er hat viel um die Ohren.«

Das verstehe ich nicht ganz, aber was Padar damit meint, wage ich nicht zu fragen. Er setzt sich auf meine Bettkante und legt mir einen Riesenstapel Papiere auf die Knie.

In den darauffolgenden Stunden lässt Padar mich einfach so unsere ganze Geschichte lesen. Der IND hat alles gefragt, und alles steht aufgeschrieben da. Unsere Flucht natürlich, aber auch, wie Padar in Mazar und in Kabul bedroht wurde.

Wir sitzen nebeneinander und gehen die Sätze einen nach dem anderen durch.

Ich tue, als wäre ich nicht Hamayun, der kleine Hamayun, der sich beim ersten Überfall der Taliban das Gesicht festhalten musste, damit es nicht vor Zittern in lauter Stücke zersprang, der kleine Hamayun, der tagelang nicht mehr sprechen konnte, der kleine Hamayun, der nicht wusste, was er zu seinem gefangen genommenen Vater sagen sollte, als er ihn endlich besuchen durfte.

Ich tue, als wäre ich älter und stärker, und als wir endlich bis zur letzten Seite gekommen sind, bin ich das auch. Ich brauche nicht zu weinen. Ich habe keine Angst. Ich habe alle Sätze ruhig, einen nach dem anderen, übersetzt.

Ich frage: »Padar, haben sie dich wirklich so oft geschlagen, wie es hier steht?«

»Ach«, sagt Padar, »ich wusste nicht, dass sie das auch aufgeschrieben hatten. Es war halb so schlimm.«

»Padar«, sage ich, »haben sie denn nichts kaputt gemacht? Deinen Oberschenkel? Deine Schultern? Wie konntest du denn unterwegs alle diese Taschen tragen? Und Roya? Und Navid? Ich wusste das überhaupt nicht.«

»Batschem«, sagt Padar und tätschelt mir die Knie, »ist alles bloß halb so schlimm.«

Ich höre es und es hält mich die restliche Nacht über wach. Ich hasse die Taliban. Ich hasse die Taliban wirklich. Aber ich weine nicht. Ist alles bloß halb so schlimm.

Bashir bekommt eine eigene Wohnung, denn er ist achtzehn geworden. Es ist nur zwei Etagen und sechs Türen weiter als die Wohnung, in der er mit Tashmirs Familie wohnte, aber jetzt hat er eine eigene Eingangstür und eine eigene Klingel und neben der Klingel ein Namensschild.

»Ich bin volljährig«, sagt er, während wir seine Kartons über die Außengalerie tragen. »Das heißt, keine Besuche von meinem Vormund mehr, und ich kann meinen Führerschein machen und muss auf niemanden mehr hören.«

»Doch«, sage ich, »auf Padar. Das bleibt.«

»Hm«, sagt Bashir.

Als wir seinen Computer installiert haben, frage ich, wie viel ein neuer kostet.

»Zu viel für dich«, sagt Bashir. »Du arbeitest ja noch nicht mal.«

»Dann suche ich mir eben einen Job.«

»Ach Mann, dafür bist du doch viel zu jung! Außerdem dürfen Asylbewerber nicht arbeiten und das Niederländisch, das du mit deinen Freunden sprichst, ist echt nicht gut genug. Also, was solltest du da schon anfangen können?«

Darauf habe ich keine Antwort. Aber Bashir schon. »Warte mal«, sagt er, »du kannst mir beim Zeitungsaustragen helfen.«

»Ja! Wie viel bekomme ich dafür?«

»Zwei Euro.«

»Bist du verrückt? Ich will zehn!«

»Haha. Drei.«

»Acht.«

»Fünf.«

»Okay, fünf. Wann fange ich an?«

»Morgen früh. Um fünf Uhr hier.«

In den Wochen darauf fahre ich zusammen mit Bashir durch die Amersfoorter Nacht. Auf einmal weiß ich wieder, wie er sich frühmorgens benimmt. Wie ein Kühlschrank. Hart, kalt und manchmal leise brummend. Er drückt mir einen Stapel Zeitungen in die Hand und deutet mit dem Kopf auf eine Reihe von Türen.

Ein paar Tage später will er nicht aus dem Bett kommen. Ich klopfe an seine Tür und er ruft: »Ich bin krank. Geh du nur. Koos erklärt es dir schon.«

Koos ist der Leiter der Zustellagentur und muss einfach einer der allernettesten Niederländer sein, denn er winkt uns immer hinterher: »Haltet die Ohren steif! Und verlauft euch nicht!«

Mein einziges Problem ist, dass ich ihn so schlecht verstehe. Er spricht undeutlich und mit einem eigenartigen Zungenschlag. Er lädt Bashirs Zeitungen in meine Fahrradtasche, er knurrt und grinst, und ich nicke einfach hin und wieder.

Und los geht's.

Ich habe einen Zettel mitbekommen, auf dem alles draufsteht, aber schon nach drei Straßen habe ich mich verirrt.

Ich fahre zurück zu Koos, aber der ist vollauf mit den anderen Zustellern beschäftigt.

Ich klopfe wieder an Bashirs Tür, aber er macht nicht auf. »Geh weg!«, ruft er. »Es sind alles nur Parallelstraßen, das kapierst du, wenn du da bist. Von hier aus drei Mal rechts!«

Ich versuche es also wieder, aber immer, wenn ich eine Straße gefunden habe, werde ich die Hälfte der Zeitungen nicht los. Und die Hausnummern stimmen nicht mit dem überein, was ich auf meinem Zettel stehen habe.

Ich bin schon eine Stunde unterwegs und normalerweise sind wir in fünfundvierzig Minuten fertig. Ich habe immer noch einen Stapel Zeitungen übrig, ich muss zur Schule und Koos bekommt demnächst lauter Beschwerden.

Ich könnte heulen.

Ich hatte gedacht, ich wäre vierzehn und würde dieses Land so allmählich kennen, aber ich weiß nichts anderes zu tun, als nach Hause zu fahren.

Zum Glück ist Madar schon auf. Sie schaut mich an, sie hört mir zu und lotst mich mit zur Telefonzelle im AZC. Sie ruft Bashir an und schimpft ihn mit ein, zwei Sätzen aus.

Eine Viertelstunde später kommt er angeradelt. »Dummkopf«, sagt er, »was ist das Problem?«

Zu guter Letzt übernehme ich seine ganze Tour. Bashir arbeitet mittlerweile als Taxifahrer und das läuft so gut, dass er mir das Zeitungsaustragen überlässt. Der Job läuft offiziell noch auf seinen Namen, aber ich erledige die ganze Arbeit. Zusammen mit Raed. Wir teilen uns den Lohn, und nach dem Austragen radeln wir wie immer zum Supermarkt. Ich verstehe nicht, wie ich je so in Panik geraten konnte: Die niederländischen Straßen haben eine Seite mit geraden und eine mit ungeraden Hausnummern – dass ich das damals nicht gesehen habe!

Es wird Winter, die Straßen sind glatt. Es ist kalt und samstags wiegt jede Zeitung mindestens dreieinhalb Kilo. Manchmal kippt mein Fahrrad nach hinten weg, manchmal rutscht Raed auf den vereisten Straßen aus.

Aber es gibt auch nette Dinge: Stadhoudersstraat 114. Da steht am allerkältesten Novembertag plötzlich eine Thermoskanne mit heißer Schokolade. Mit einer Karte dabei: für die Zusteller.

Wir setzen uns auf die Schwelle, unter die Haustürlaterne, und starren ins Dunkel. Raed pustet die Haut auf seinem Kakao über den Becherrand.

»Ich mag die Niederländer«, sage ich, »besonders die alten.«

»Softie«, sagt Raed.

»Nein, wirklich«, sage ich.

»Softie!«

In der OAM mag man Theater. Die Hälfte aller Unterrichtsstunden endet damit, dass wir etwas nachspielen: eine Szene auf dem Postamt, eine Szene im CD-Shop, eine Szene im Bahnhof. Am Anfang des Schuljahres stehen wir mit den Händen in den Hosentaschen da, aber Frau Verhulst zieht sie uns einfach heraus. Das funktioniert. Inzwischen rufen wir selbst ständig: »Theater, Frau Verhulst, Theater!«

Deshalb meint Herr Gitarre auch, wir könnten bis zu den Weihnachtsferien durchaus eine Aufführung auf die Beine stellen. »Nein, nein, Herr Gitarre«, rufen wir, »nein, nicht!« Aber es geschieht natürlich doch.

Herr Gitarre und Frau Verhulst schreiben ein Theaterstück. Es heißt: Wie überlebe ich die OAM? Zum Glück muss ich bloß ein paar Sätze sagen. Ich bin ein altes Männlein, das gegenüber von der Schule wohnt und sich ständig über den Lärm beklagt. Über die frechen Schüler und die falsch geparkten Autos der Lehrkräfte. Ich trage eine alte Jacke von Herrn Gitarre und gehe am Stock.

Raed spielt einen der Schüler, die versuchen, ausschließlich in Raps zu sprechen. Die Mädchen haben die Hauptrollen, denn sie sind mutiger. Yi Fong ist Yi Fong.

Drei Wochen lang üben wir jeden Nachmittag. Am Anfang finde ich es etwas schade um die Zeit, aber schon bald lachen wir mehr, als dass wir üben.

Am Abend der Aufführung sind wir alle plötzlich so nervös, dass uns die Mägen vibrieren. Ich habe noch am wenigsten Probleme damit, denn ich habe niemanden aus meiner Familie eingeladen. Für meine drei Sätze wäre mir das etwas übertrieben vorgekommen. Aber Raed geht eine Stunde lang in der Kantine auf und ab, ohne dass wir ihn ansprechen dürfen. Yi Fong sitzt einfach nur da und spielt mit einem Teelöffel und einer Coladose, und die Mädchen rennen in Horden zur Toilette und wieder zurück.

Dann ist es Zeit.

Herr Gitarre hält eine Rede und Frau Verhulst zieht den Bühnenvorhang hoch. Plötzlich sind wir alle still und konzentriert.

Das Theaterstück ist um einiges besser, als uns selbst bisher klar gewesen war, und als ich auftreten muss, geschieht etwas Unbegreifliches. Ich gehe auf die Bühne und fühle, wie die Leute mich anschauen. Es ist, als würden alle diese unsichtbaren Blicke aus dem Dunkel irgendwie gegen mich drücken, als würden sie sich mir aufdrängen. Und verrückterweise macht mich gerade das stärker. Ich gehe noch etwas gebeugter, ich werde viel einfacher und schneller zu einem wirklich alten Männlein. Ich sage meine Klagesätze und erschrecke fürchterlich, denn aus dem Saal tönt Gelächter.

So geht es drei Mal hintereinander und bei meinem letzten Text klatschen die Leute sogar.

Als ich von der Bühne komme, sagt Herr Gitarre zu mir: »Gut gemacht, Hamayun. Du hattest sie in der Tasche!«

Ich? In der Tasche?

Ja, er hat recht. Ich war der Chef, dort auf der Bühne.

Und ich finde es plötzlich unglaublich dumm, dass ich es nicht für nötig gehalten hatte, Padar und Madar einzuladen.

Hinterher klatschen wir uns alle ab und Herr Gitarre und Frau Verhulst rufen: »So was machen wir öfter!«, und wir schreien: »Yes!«

In den Weihnachtsferien reden Raed und ich nur noch von unseren Auftritten. »Ich kann ein ganz Großer werden«, sagt Raed. »Ich schwöre es dir, ich habe Talent. Herr Gitarre sagt es und mein Bruder auch.«

Er bastelt jeden Tag an neuen Szenen. Während wir durch die Stadt gehen, spielt er sie mir vor.

»Ja«, sage ich, »gut. Ich verstehe bloß nicht, dass es immer etwas mit Bitches und Ho, Ho, Ho sein muss. Ich dachte, du wolltest keine Dates?«

»Keine Dates? Das habe ich nie gesagt. Ich will nur kein Generve. Und sonst ist das einfach Hip-Hop-Sprache, Hammy. Von so etwas hast du keine Ahnung.«

»Stimmt«, sage ich. »Aber mit wem möchtest du denn gern ein Date?«

»Hammy, das war jetzt nicht das Thema!«

Ich selbst denke eher an echte Rollen. An Theaterstücke und Filme. Im Gemeinschaftsraum wurden bisher hauptsächlich Zeichentrickfilme gezeigt, aber ich will echte Schauspieler bei der Arbeit sehen. Leider sind Kinokarten ziemlich teuer, und einen DVD-Spieler habe ich auch nicht.

Bashir schon.

Auf seinem Computer.

Und plötzlich habe ich einen Plan.

Ich lege mein ganzes Zeitungsgeld zusammen und beschwöre Bashir, mir zuzuhören. Wenn er sich jetzt einen Laptop kauft, für sich – das hatte er doch ohnehin vor? –, dann übernehme ich seinen alten Computer.

Es dauert etwas, bevor Bashir zu Ende gelacht hat, aber das macht nichts, damit habe ich gerechnet. Jetzt heißt es warten. Und tatsächlich, eine Woche später sagt er: »Zweihundert.«

So viel habe ich natürlich nicht, also fliegt noch so einiges an Zahlen hin und her, aber noch am selben Nachmittag kommen Bashir und Tashmir und installieren meinen ersten eigenen Computer.

Padar kommt hinzu, Roya und Navid umkreisen uns.

Ich sage: »Jetzt möchte ich auch ins Internet.«

»Tja, das geht nicht«, sagt Bashir.

»Wieso nicht?«

»Es gibt hier keine privaten Telefonanschlüsse.«

»Ja aber …« Ich schaue zu Tashmir.

Tashmir hält sich normalerweise still im Hintergrund. Er trägt Sachen, er lächelt, er isst mit. Aber jetzt sagt er plötzlich: »Wartet mal!«

Er rennt zum Auto und kommt mit mehreren Kabeln zurück.

»Lässt sich das Fenster nicht etwas weiter öffnen? Wenn wir draußen zu diesem Balkon kommen …«

Bashir fummelt schon an meinem Fensterschloss. Er steckt eine verbogene Büroklammer hinein. Einige Zeit später hören wir ein Klicken, das Fenster wird zur Seite geschoben und Tashmir klettert auf den Nachbarbalkon. Er hängt etwas auf, er verbindet etwas, und wie es möglich ist, weiß ich nicht, aber kurz darauf stellt mein Computer eine Verbindung her. Ich bin online.

»Wow!«, rufe ich. »Tashmir, dich hätten sie Einstein nennen müssen!«

»Jaaa!«, ruft auch Roya und klatscht in die Hände, auch wenn sie keine Ahnung hat, was online heißt.

»Ich verstehe es selbst nicht«, strahlt Tashmir, »ich steige da selbst nicht durch!«

Innerhalb einer Woche wissen alle im AZC davon. Mein Zimmer wird zu einer Art Internetcafé. »Hamu, kannst du für mich eine E-Mail verschicken?« »Hamu, ich habe hier einen Brief mit einer Web-Adresse.« Und am häufigsten soll ich Lotterieziehungen überprüfen. Die Staatslotterie, Bingospiele, ausländische Glücksspiele, ich kenne sie mittlerweile alle.

Jetzt habe ich auch einen DVD-Spieler und Tashmir hat mir gezeigt, wie ich Filme runterladen kann. Mein Computer ackert also Tag und Nacht, und auch mein Lebensrhythmus ändert sich. Raed kommt jeden Abend und schaut sich mit mir Gangsterfilme an und Thriller und Mafiafilme. Madar und Padar denken, Raed bliebe einfach so über Nacht, denn wir sind völlig lautlos: Ich habe zwei Kopfhörer. Aber schlafen tun wir kaum. Manchmal gehen wir direkt nach unseren Filmen zu Koos, dem Zeitungsmann.

»Hamu«, sagt Madar, »wie schlecht du in letzter Zeit aussiehst! Du wirst mager. Liegt das an diesem Computer? An der Strahlung oder so?«

»Ach was«, sage ich, »das ist ganz unmöglich.«

Währenddessen werde ich langsam süchtig danach. Kinosüchtig. Filme und Geschichten und Spannung und Bilder: Das passt zu mir. Vielleicht sollte ich es etwas ruhiger angehen lassen.

Ich erzähle Raed nur ganz ausnahmsweise etwas von früher. Von den Videos, die ich im Garten vergraben habe.

»Ist ja lustig«, sagt er. »Was für Videos hast du dir denn angeschaut?«

»Ach«, sage ich, »Bollywood.«

»Wie bitte? Mit solchen geschminkten Schwuchteln, die immer tanzen, und Frauen, die ständig nur heulen?«

»Äh ...«, sage ich, »ja.«

Aber das allererste Programm, das ich selbst installiere, ist MSN. Ich kapiere nicht, dass Bashir das nie benutzt hat. Ich habe in der Schule schon so oft davon gehört, und in der Mediathek konnte ich sehen, wie es funktioniert. Ich richte einen Hotmail-Account ein, lege ein Profil an und danach füge ich eine ganze Ladung MSN-Adressen zu meiner Freundesliste hinzu:

faisalhakimi@hotmail.com
hakimifaisal@hotmail.com
faisal.hakimi@hotmail.com
hakimi.faisal@hotmail.com
faisal01@hotmail.com
faisal02@hotmail.com
faisal03@hotmail.com

funnyfaisal@hotmail.com

faisaltitanic@hotmail.com

faisalgermany@hotmail.com

faisalholland@hotmail.com

An all diese Adressen schicke ich eine Mail und frage, ob das die Adresse von Faisal Hakimi ist, geboren 1989 in Kabul, hallo, hallo, dein alter Freund Hamayun sucht nach dir!

Ich bekomme keine Mails zurück.

Doch – dass es diese Mailadressen nicht gibt.

Aber kein einziges Mal, wenn ich MSN starte, springt ein neues Fensterchen auf mit: *Hamayun!!!!*

Bashir steht schon um sieben Uhr in meinem Zimmer. »Hey«, sage ich, »ich habe dich noch nie so fein herausgeputzt gesehen.«

»Mein Hochzeitsanzug«, sagt er. »Du hast keine Ahnung, wie oft ich hier schon zu afghanischen Hochzeiten gehen musste. Fast alle von Tashmirs Verwandten mütterlicherseits haben in den letzten Jahren geheiratet. Also hier …«, er hält ein zweites Jackett in die Höhe, »ich habe auch einen für dich …«

Eine Stunde später sitzen wir alle im Zug nach Arnhem. Wir sehen festlich aus, aber wir sind unterwegs zum Gericht. Dr. Stark hat angerufen. Heute wird unsere Berufung gegen die Entscheidung des IND verhandelt.

Die Flure des Gerichts klingen hohl. Es gibt Sitze mit seufzenden Kissen und wir müssen noch mindestens eine halbe Stunde warten. Männer mit schnellem Schritt gehen vorbei und Frauen, deren klappernde Absätze wir, ohne hinzusehen, von links nach rechts über den Marmorfußboden verfolgen können. Navid bewegt seine Arme im selben Rhythmus, lautlos.

»Sitz still!«, zischt Bashir.

»Lass ihn«, sagt Padar.

Nach einer Weile kommt eine Frau und fragt, ob unser Anwalt noch nicht da sei. Ob wir vielleicht wüssten, wo er bleibt? Wir müssten jetzt wirklich anfangen. Ob wir seine Handynummer hätten?

Bashir übersetzt alles für Padar. Der schüttelt den Kopf. »Hätten wir dafür sorgen müssen, dass er hier ist? Ich dachte, er säße längst in irgendeinem der Zimmer hier.«

Bashir geht mit, um Dr. Stark anzurufen. Der geht nicht an sein Handy, und so lässt uns die Dame schon mal in den Gerichtssaal.

Sie zeigt uns, wo wir sitzen können: meine Eltern ganz vorn und wir in den hinteren Bänken. Der Gerichtssaal ist kein richtiger Saal, sondern eher ein Zimmer. Auf einem Podest stehen Schreibtische, es gibt Stuhlreihen mit einem Mittelgang. An der Wand hängen eine große Uhr und ein Foto der niederländischen Königin.

In den Minuten, die folgen, kommen lauter Leute herein. Der Schriftführer, der Staatsanwalt und die Richterin. Zum Glück hat sich ein Dolmetscher zu meinem Vater gesetzt, den wir alles fragen können. Aber immer noch ist weit und breit kein Dr. Stark zu sehen.

Die Richterin blickt einige Male auf ihre Uhr. Auch der Staatsanwalt schaut immer wieder nach der Zeit. »Gut«, hören wir die Richterin schließlich sagen, »weiß jemand, wo er ist? Ich warte noch fünf Minuten, danach wird nicht mehr verhandelt.«

»Was sagt sie?«, fragt Padar, aber bevor ihm der Dolmetscher antworten kann, kommt endlich Dr. Stark. Er poltert durch die Klapptüren hinten im Gerichtssaal. Er winkt uns und rennt nach vorn. Plötzlich denke ich: Das hier kenne ich aus einem Film.

Dr. Stark ist groß und dunkel und breit. Er wiegt mindestens einhundertzwanzig Kilo. Sein offenes Jackett umflattert ihn und von seiner Schulter hängt eine Tasche, die ihm das Hemd halb aufzieht, er schwitzt und keucht und fängt an, sich zu entschuldigen.

»Lassen Sie es bitte gut sein«, unterbricht ihn die Richterin streng. »Wenn wir uns das auch noch anhören sollen … Ist Ihnen eigentlich klar, dass Sie Ihre Klienten um ein Haar ernsthaft benachteiligt hätten?«

Die Verhandlung fliegt vorbei. Es werden lauter Dinge gesagt, die ich nicht verstehe, und erst als die Verteidigung an der Reihe ist, ähnelt es wieder kurz den amerikanischen Prozessen, die ich aus dem Fernsehen kenne.

Dr. Stark argumentiert mit weit ausholenden Gesten. Seine Stimme klettert in Höhen und Tiefen. Er macht dramatische Sprechpausen. Ich kann ihm nicht richtig folgen, aber es sieht beeindruckend aus.

Die Richterin, die uns am Anfang doch wirklich ganz freundlich angeschaut hat, findet die langen Sätze von Dr. Stark wahrscheinlich ziemlich nervig. Ganze drei Mal fordert sie ihn auf: »Herr Stark, würden Sie sich auf die Fakten beschränken?«

Plötzlich stehen alle auf. Dr. Stark kommt mit ausgestreckter Hand auf uns zu. »Wie?«, frage ich. »Ist es jetzt schon vorbei? Und wie bitte schön lautet das Urteil? Dürfen wir bleiben?«

Bashir seufzt. »Dummkopf«, sagt er, »das hören wir erst in einigen Wochen. Das Gericht muss jetzt nachdenken.«

»Ach«, sage ich. »Aber sie war nett, oder? Dann geht es bestimmt in Ordnung.«

Bashir schaut mich an, als wäre ich elf. Und wieder seufzt er.

Im Zug zurück rennen Roya und Navid durch das leere Abteil. Sie spielen mit den klappernden Müllbehältern. Padar ruft sie zur Ordnung. Kurz darauf starrt Navid aus dem Fenster und Roya presst mit bösem Gesicht ein paar Tränen hervor. Bashir hält sich eine der kleinen Gratiszeitungen vors Gesicht und ich sehe als Einziger, was mit Madar geschieht.

Ihre Augen springen auf Grau.

Das passiert ab und zu. Madar spricht dann nicht mehr, sie wird still und wirkt wie ferngesteuert. Wir können nichts daran ändern, sondern nur versuchen, in ihrer Nähe zu bleiben.

Also gehe ich neben ihr, auf dem Weg vom Bahnhof zum AZC. Und als wir im Haus sind, gehe ich nicht in mein eigenes Zimmer. Ich sehe, wie Madar ein wenig in den Schränken kramt, wie sie eine Einkaufstasche zu suchen scheint. Ich sage: »Madar, müssen wir nicht zum Markt?«

Ich sehe, wie Madar zu Padar schaut, aber Padar schaut zu mir. Er lächelt vorsichtig und nickt.

»Komm«, sage ich, »wir gehen.«

»Darf ich mit?«, fragt Roya.

»Nein«, sagt Padar, »Bashir bringt dich zurück zur Schule.«

»Warum?«, ruft sie. »Hamayun muss auch nicht!«

Padar antwortet etwas, aber das hören Madar und ich nicht mehr. Wir stehen schon nebeneinander im Fahrstuhl. Und danach verlassen wir Schulter an Schulter das AZC. Wir spazieren zum Markt. Wir schauen mit einem halben Auge auf die Stände. Wir kaufen Obst, Käse, eine Tüte Zuckermandeln.

Auf unserem Rückweg scheint die Sonne sanft und der Himmel ist niederländisch blau.

»Madar«, sage ich, »wir gehen etwas trinken. Dort auf der Terrasse. Ich bezahle.«

Madar schaut weg und schüttelt den Kopf.

»Doch! Jetzt komm schon.«

Auf der Terrasse setze ich mich neben Madar, nicht ihr gegenüber. So spricht es sich leichter.

Wir bekommen unsere Cola und unseren Tee.

»Was glaubst du?«, frage ich. »Wie wird das Gericht entscheiden?«

»Ach«, sagt Madar.

»Du glaubst, es wird nicht gut gehen.«

Madar seufzt.

»Oder doch?«

»Ach, Junge ...«

»Bashir glaubt auch nicht, dass es gut geht.«

Madar pustet in ihren Tee. »Ja, Bashir ...«

»Was ist mit Bashir?«

»Ach, nichts. Was heißt schon gut, Hamu, was ist gut?«

»Na ... dass wir bleiben dürfen. Oder nicht?«

»Ja. Ja, ich glaube schon.«

»Nicht?«

»Doch. Sicher. Für euch. Für deinen Vater. Für alle.«

»Madar ... wärst du gern in Kabul?«

Es bleibt still. Madar nimmt einen Schluck von ihrem Tee. Noch einen. Und noch einen. Dann erst sagt sie: »Afghanistan ist nicht nur das Land, das wir verlassen haben.«

Ich nehme jetzt auch einen Schluck.

»Afghanistan ist auch das Land, in dem ich den Geschmack des Wassers kenne. Afghanistan ist das Land, in dem ich meine Mutter habe lachen hören. Es ist das Land, wo ... Ach, lass gut sein ...«

Ich weiß, was sie sagen will.

Aber ich bin froh, dass sie es nicht sagt.

Ich sage es selbst auch nicht. Es ist nicht gut, seinen Namen hier laut auszusprechen, das Bild meines kleinen Igelbruders ganz hierher nach Amersfoort, auf diese Terrasse zu locken, zwischen die Bierdeckel und die geflochtenen Sommerstühle.

Wir schauen ein bisschen nach unten, auf die Steinplatten, in deren Ritzen Zigarettenstummel liegen und ein Zuckerwürfelpapier.

Zuletzt klopft mir Madar auf den Arm. »Es ist gut so«, sagt sie. »Wer weiß, welche Chancen wir noch bekommen.«

»Natürlich«, sage ich.

»Ja«, sagt Madar, »irgendwann sind wir alle wieder zusammen. Wenn Gott will.«

»Ja, wenn Gott will.«

»Hamu«, sagt sie dann, »solltest du nicht wirklich noch etwas zur Schule gehen?«

»Nein, nein«, sage ich, »ich sitze hier sehr bequem!«

Ich habe Geburtstag, ich bin fünfzehn, also verteile ich in der Pause Kuchen. Ich habe auch zwei Sprühdosen mit Schlagsahne aus dem Supermarkt mitgebracht.

Herr Gitarre kommt vorbei: »Hamayun, herzlichen Glückwunsch! Ich wage fast nicht, dich darum zu bitten, aber …«

»Na klar, Sie dürfen auch ein Stück haben!«

»Haha. Nein, danke schön. Wenn ich noch mehr Bauch bekomme, dann passt die Gitarre nicht mehr auf meinen Schoß. Aber ähm, ähm … wir wollen beim Sommerfest wieder ein Theaterstück aufführen. Ein richtiges Stück diesmal. Etwas über griechische Götter. Und ich habe mich gefragt, ob ihr vielleicht vorsprechen wollt.«

»Also«, beginnt Raed, »ich weiß nicht …«

»Natürlich«, sage ich. »Wann?«

Die letzten Wochen des Schuljahrs bin ich Zeus. Der Hauptgott. Es ist keine große Rolle, aber dafür eine wichtige. Ich muss auf einem hohen Sessel thronen, ich bleibe vom Anfang bis zum Ende auf der Bühne und trage ein langes, weißes Gewand und dazu auf dem Kopf einen Blätterkranz. Das Stück ist witzig: Herr Gitarre und Frau Verhulst haben alle Göttergeschichten durcheinandergemixt. Raed ist der Minotaurus, ein rappender Stier. Er brüllt und schnaubt und hat riesige Hörner auf dem Kopf.

Und diesmal lade ich Padar und Madar natürlich ein.

Selbst Onkel Aaron kommt. »Mein Neffe als Gott«, sagt er, »das will ich nicht verpassen!«

Als ich sie viel zu früh hereinkommen sehe, schäme ich mich ein wenig. Sie sind so viele! Auch Navid und Roya und Bashir sind mit dabei. Sie haben ihre schönsten Sachen an und setzen sich fast ganz nach vorn. Plötzlich werde ich nervös. Wird es ihnen gefallen? Werden sie es verstehen? Theater ist eigentlich ein bisschen Unsinn.

Wir stehen hinter der Bühne und warten auf unseren Auftritt. Überall ist Geschrei zu hören und manche Mädchen zittern und halten sich gegenseitig fest. Ich habe Weintrauben mitgebracht. Das passt gut zu den Göttererzählungen, aber ich verteile sie auch gegen Übelkeit.

Und dann ist es so weit.

Ich gehe allein auf die Bühne, denn so beginnt das Stück: Ich besteige meinen Thron und sage die ersten Sätze. *»Mein Name ist Zeus. Angenehm, ich bin Euer Herrscher und Hauptgott. Von mir stammen alle Geschichten. Von mir stammt alle Fantasie. Drum seid bereit, denn nach dem heutigen Abend wird nichts mehr so sein, wie es war.«*

Und es passiert dasselbe wie das letzte Mal. Die Zuschauer scheinen mit ihren Blicken gegen mich zu drücken und dieser Druck macht mich stärker. Mir ist auch überhaupt nicht mehr übel. Ich sitze gut, ich vergesse nichts, ich bin der Chef.

Als wir alle zusammen nach Hause gehen, schlagen die anderen mir immer noch auf die Schultern. Selbst Bashir sagt: »Ich würde sterben da oben. Dass du dich das traust …«

Madar sagt: »*Maschallah!* Ich habe ja gewusst, dass mein Sohn so etwas kann!«

Und Onkel Aaron nickt: »Oh, ganz sicher! Aber dass er es auch noch tut!«

Ich frage: »Fandet ihr es nicht ein bisschen merkwürdig? War es nicht zu kompliziert?«

»Ach was«, sagt Padar. »Es ist Theater!«

Navid rennt vor uns her und kommt dann wieder zurück. »Wie war noch mal dein Name?«, fragt er. »Zois?«

»Zois!«, ruft Roya plötzlich über die Straße. »Angenehm!«

Am nächsten Morgen beginnen die Sommerferien. Acht Wochen frei und dann das zweite Jahr OAM. Selbst Raed wurde versetzt. Für meinen Geburtstag hat er bei allen Geld gesammelt und mir ein Handy gekauft. Ein Samsung, mit zwanzig Euro Guthaben. Also schreibe ich ihm nach dem Aufwachen als Allererstes eine SMS: *Hast du deine Hörner schon poliert? Kommst du mit zum Tennis? In einer Stunde?*

Aber ich habe ihn völlig vergessen, als er eine Stunde später tatsächlich kommt und mich abholt. »Oh«, sage ich, »ach ja.«

»Beeil dich«, sagt er, »wir haben den Platz bis halb drei.«

»Oh«, sage ich, »ach ja.«

Ich nehme meine Sachen und stehe kurz darauf schweigend neben ihm im Fahrstuhl. Raed plappert von gestern Abend, von den Komplimenten, die ihm sein Bruder gemacht hat und auch die Verlobte seines Bruders. Ich stehe stumm und in Gedanken da, und so sagt Raed, als wir unten sind: »Was hast du? Bist du tot oder was?«

»Beinahe«, will ich schon sagen. Aber ich tue es nicht. Heute früh habe ich es nämlich erst erfahren, und sie wussten es schon eine Woche. Dass unsere Berufung abgelehnt wurde. Dass das Gericht meint, der IND hätte seine Arbeit gut gemacht. Dass wir also nicht hierbleiben dürfen.

Aber Padar und Onkel Aaron haben einen anderen Anwalt gesucht. Eine Frau dieses Mal. Dr. Stark hat uns nicht wirklich geholfen. »Er war ein Amateur«, sagt Padar, »ein teurer Amateur. Wir haben uns zum Narren halten lassen. Aber Frau Hulsebosch ist die beste Anwältin, die sich finden lässt. Und über sie können wir einen zweiten Asylantrag einreichen. Sie will sich den IND-Bericht noch einmal ansehen. Was jedenfalls noch nicht darin steht, ist, dass sie uns das Haus angezündet haben. Der IND will neue Fakten wissen und neue Sachverhalte.«

Onkel Aaron sagt: »Ihr kommt genau wie ich und Tante Sanya nach Ter Apel, zum sogenannten Achtundvierzig-Stunden-Verfahren, so nennen sie das. Und danach ist wieder alles möglich.«

Ter Apel? Das klingt wie Timbuktu. Oder wie Ostsibirien. Aber es ist ein Ort in Groningen, einer Provinz im Norden des Landes.

Padar und Onkel Aaron geben sich alle Mühe, mich davon zu überzeugen, dass sich vorläufig nichts ändert und wir einfach im AZC bleiben können.

Aber ich bin nicht halb tot, weil ich Angst habe, dass wir fort müssen. Ich bin halb tot, weil sie mir nichts gesagt haben. Sie hatten das für besser gehalten. »Du warst mit deinem Theater beschäftigt, Hamu. Außerdem hattest du in der Woche noch mehrere Klassenarbeiten.«

Gut, sie haben recht. Ich hole mir mit Raed den Schlüssel zum Materialraum, aber ich bin niedergeschlagen und wütend zugleich. Sie haben recht, denke ich, aber bin ich denn nicht schon fünfzehn? Bin ich denn immer noch ein kleiner Hamayun, der so schön mit seinen Klassenkameraden spielt? Am liebsten möchte ich wieder zurück nach oben rennen und Padar und Onkel Aaron anschreien: »Schaut mich an! Ich bin fast genauso groß wie Bashir!«

Ich tue es nicht, denn sie haben recht.

Aber vom Theaterspielen habe ich vorläufig genug. Ich will kein Scheingott sein, dem man die Hälfte verschweigt, aus Angst, es könnte ihn sonst von seinem Thron hauen.

»Okay«, sagt Raed, als es mir am Ende des Nachmittags endlich gelingt, ihm zu erklären, was ich fühle. »Jetzt verstehe ich es. Aber deswegen brauchst du doch nicht so fest zu schlagen und auch nicht immer über die Linien? Du bist ja wie eine Ballkanone! Eine, die falsch eingestellt ist!«

Die neue Anwältin Frau Hulsebosch sagt, die Vorladung nach Ter Apel könne wohl noch eine Weile auf sich warten lassen. Keine Sorgen machen, sagt sie. Alle sagen es: Keine Sorgen machen, Hamayun. Gut, dann mache ich mir eben keine, in Ordnung? Dann nutze ich meinen Sommer doch einfach dazu, Geld zu verdienen? Mir Filme anzuschauen? Mädchen? Ich sage zu Raed: »Ich mache mir keine Sorgen«, und unterbreite ihm meine Pläne. Sofort fängt er an zu strahlen.

Über Tashmir kann ich in einem kleinen Supermarkt arbeiten, der bis spät in die Nacht geöffnet hat. Ich fange um neun Uhr abends an und bin um halb eins in der Nacht fertig. Die Betreiber sind zwei iranische Brüder. Sie zeigen mir, wie ich die Regale nachfüllen soll, wie ich aufpassen muss, wenn Jungs in Gruppen hereinkommen, um Bier und Alkopops zu kaufen, und dass ich gut mit aufpassen muss, wenn die Brüder die Kunden nach ihrem Ausweis fragen – und Kaffee kochen lerne ich auch.

Wenn ich mit der Arbeit fertig bin und wir aufgeräumt und abgeschlossen haben, gehe ich durch den Sommerabend zurück ins AZC. In der Dämmerung hängt noch etwas Wärme. Manchmal ist es voll in der Stadt, aber ich nehme die Gassen, die hinter dem Zentrum entlangführen.

Und immer, immer treffe ich Dupica. Ich weiß nicht, ob

das ihr tatsächlicher Name ist, aber ich habe sie so genannt. Sie kommt mir jeden Abend miauend entgegen. Sie ist hellgrau, sie hat grüne Augen und spricht mit mir, wenn ich sie streichle. »Hallo, Dupica«, sage ich, »kleine Katze, was macht das Leben? Ja, ich habe dir etwas mitgebracht. Aus dem Geschäft. Tschüs, kleine Dupica, tschüs!«

Sie ist eine feste Freundin und ich nenne sie Dupica, denn das ist die Abkürzung für *Dutch Pussycat*.

Ich veranstalte eine *Rocky*-Nacht mit Raed und den übrigen aus dem Asylbewerberheim. Dazu schleppe ich meinen Computer in den Gemeinschaftsraum und schließe ihn an den großen Bildschirm an. Unsere Augen sind hinterher von all den Filmen ebenso mürbe wie die Kiefer von Rockys Gegnern, und trotzdem klettern wir noch aufs Dach. Es sind auch ein paar Mädchen dabei, aber mit Flaschendrehen geben wir uns nicht mehr ab. Dazu sind wir inzwischen zu alt, und außerdem ist mehr als die Hälfte derjenigen, die damals dabei waren, inzwischen schon umgezogen.

Stattdessen schauen wir zu den Sternen. Obwohl – die sehen wir beinahe nicht. Es gibt viel zu viel Licht in diesem Land.

»In diesem Land«, murmelt Yi Fong, »sind alle Sterne zu Kometen geworden. In den Niederlanden haben die Leute keine Wünsche mehr.«

Das ist wahrscheinlich Unsinn, aber es ist spät und dunkel und wir sind dösig, und dann erscheint einem alles, was gesagt wird, besonders wahr und tiefgründig.

Wir denken uns ein AZC-System für Verliebte aus. Jeder, der ein Mädchen hat, und diesen Sommer haben wir alle ein Mädchen, hat Anspruch auf unseren Schutz. Natürlich können wir uns auch einfach außerhalb des AZC verabreden, aber das ist längst nicht so spannend wie drinnen, in unserem Zimmer.

Ich gehe mehr oder weniger mit Edina aus Bosnien. Ihre Eltern sind strenge Christen, also müssen wir aufpassen, aber Edina hat selbst über Petr und Walid und danach Raed zu verstehen gegeben, dass sie mich mag.

Das System funktioniert perfekt. Wer sich mit jemandem treffen will, meldet den Übrigen Datum und Zeit. Anschließend sorgen wir alle zusammen dafür, dass die beiden Liebenden ein Weilchen allein sein können.

Ich verabrede mich mit Edina, und Raed und Walid stehen im Flur. An die Wand meines Zimmers gelehnt sehen sie so aus, als würden sie auf mich warten. Aber in Wirklichkeit sind sie Spähtrupp und Verbindungsoffizier in einer Person. Sollte die Tür meiner Eltern aufgehen, klopfen sie einmal gegen die Wand. Steht Madar schon im Flur, klopfen sie zwei Mal, Edina kann dann immer noch verschwinden. Drei Mal klopfen bedeutet Panik. Dann muss ich den Feuermeldeknopf drücken: Der verschließt sämtliche Zwischentüren.

Wegen meiner Mutter braucht es dieses ganze System

ehrlich gesagt nicht. Madar würde zwar den Kopf schütteln, aber verbieten würde sie mir nichts.

Ganz anders dagegen Edinas Mutter. Um überhaupt aus ihrem Zimmer zu kommen, muss Edina von einer Freundin abgeholt werden. Diese Freundin kommt also mit zu mir, das geht nicht anders. Aber wir setzen sie mit einem Comic-Heft auf meine Toilette, sonst sind wir immer noch nicht allein.

Es funktioniert.

Ich sitze schon mindestens das dritte Mal mit Edina auf meinem Bett. Wir lehnen irgendwie aneinander. Ich lege meinen Arm um sie. So nahe bei einem Mädchen bin ich noch nie gewesen.

Schade – wirklich schön wird es trotzdem nicht. Einerseits, weil Edina schon bei dem Gedanken schlecht wird, küssen zu müssen, andererseits, weil ich bei unserem als romantisch gedachten Viertelstündchen sowohl auf das Klopfen an der Wand achten muss als auch auf das Gemecker von Edinas Freundin auf der Toilette. »Seid ihr immer noch nicht fertig?«, flüstert sie. »Mir reicht es jetzt. Ich komme heraus, ja? Gut, ich halte mir die Hände vor die Augen!«

Nach ungefähr drei Wochen macht Edina Schluss. Raed hat ihre Mutter auf Bosnisch gegen ihre Tochter wüten hören, und das muss wirklich nicht nett geklungen haben.

Seine Freundin, ein Mädchen aus Albanien, macht auch einfach Schluss, bei Walid und Yassa und Petr und Souyanne endet es auf die gleiche Weise.

Also spielen wir wieder Tennis.

Tashmir heiratet. Er ist schon drei Jahre mit seiner Freundin Shabnam zusammen, aber erst vor einem halben Jahr wurde Tashmirs Mutter von Shabnams Eltern zu einem Besuch eingeladen, damit sie um deren Zustimmung zur Hochzeit bitten konnte. Shabnams Eltern sagten Nein, genau wie es sein muss. Ein afghanisches Mädchen gibt man nicht einfach so weg. Nach drei weiteren Besuchen und drei weiteren Neins hieß es zum Glück Ja. Und so sitzen Tashmir und Shabnam in ihrer Hochzeitskleidung etwas still in dem großen Festsaal nebeneinander. Auch heute dürfen sie nicht allzu fröhlich sein, denn gar zu leichtfertig über einen so großen Schritt zu denken gehört sich nicht. Ein Tuch wird über ihre Köpfe gelegt und unter dem Tuch hält man ihnen einen Spiegel vor. Tashmir und Shabnam starren jetzt beide hinein und in dem Spiegel begegnen sich ihre Augen das erste Mal. Offiziell jedenfalls.

Danach wird die Torte angeschnitten und es gibt große Mengen an Essen und Getränken. Als Musik hat Tashmirs Mutter das Orchester von Faiz Karizi eingeladen: eines der berühmtesten, von den Taliban vertriebenen Hochzeitsorchester, das jetzt wie die anderen durch ganz Europa reist, um uns zum Tanzen aufzufordern. Jedes Mal, wenn wir zu einer Hochzeit gehen, hoffe ich, Morteza in einem der Orchester zu sehen, aber nein, auch bei Karizi spielt er nicht mit.

Wir tanzen. Ich bin jedes Mal froh, wenn es vorbei ist: Die ältesten Männer benehmen sich am wildesten und auf uns Jugendliche wird viel zu genau geachtet. »Ha-mu«, rufen sie, »beweg dich! Los, locker die Muskeln! Ya-Allahhh!«

Das Orchester macht eine Pause, und was dann kommt, tut mir leid für Tashmir. Anstatt dass die Männer sich über Tashmirs Zukunft unterhalten und mit ihm anstoßen, gibt es überall Diskussionen, begleitet von viel Rufen und Gemurmel.

Am Anfang der Woche wurde ein niederländischer Filmemacher ermordet. Von einem terroristischen Moslem. »Er hat es verdient!«, ruft jemand, wobei er aufspringt und die Fäuste ballt. »Er war der Briefträger des Teufels!« Der Mann wird sofort wieder auf seinen Stuhl gezogen.

An meinem Tisch sehe ich in erster Linie besorgte Gesichter. Was wird jetzt werden? Was werden die Einheimischen jetzt von uns denken? Wir sind keine Marokkaner wie der jugendliche Täter, aber ob sie in ihrer Wut den Unterschied überhaupt noch sehen?

Jemand sagt: »Es gibt einen Bürgerkrieg, hört auf meine Worte. Die Christen gegen die Moslems!« Um ihn her sind beschwichtigende Töne zu hören.

Plötzlich sagt Bashir: »Was sich in jedem Fall verändert, sind die Chancen für eure Asylanträge. Wer jetzt noch keinen Status hat, bekommt jedenfalls keinen mehr, und selbst wer einen hat, muss sich wieder in Acht nehmen. Nur ein Fehler und sie nehmen euch eure Aufenthaltserlaubnis wieder ab!«

Die meisten Männer sitzen etwas vorgebeugt da und schielen unter ihren Augenbrauen hindurch zu Bashir. Dann sagt Onkel Aaron: »Wer ist hier eigentlich des Teufels Briefträger? Er! Dieser Mörder! Wenn auch nur einer von euch Muslimen hier zu behaupten wagt, dieser Irre hätte das in unserem Namen getan, dann gehe ich!«

Jetzt schauen alle Männer auf Onkel Aaron. Einige von ihnen öffnen den Mund, aber Padar ist schneller. »Bruder«, sagt er, »denk an Tashmir!«

Einige Zeit später geht Bashir zur Toilette. Darauf habe ich gewartet. Ich stürme ihm hinterher. »Hey«, rufe ich, »wieso tust du das? Sollen wir alle depressiv werden oder was?«

»Was hast du denn auf einmal?«, fragt Bashir. Er steht halb in einer der Toiletten, die Tür in der Hand.

Während das Orchester schon wieder fröhlich spielt, werde ich nur immer wütender. »Es reicht mir!«, sage ich. »Die ganze Zeit schon liegst du uns in den Ohren und meinst, wir würden keinen Status bekommen. Wir haben doch eine neue Anwältin? Eine gute! Sie sagt, es gäbe noch Chancen. Nur du siehst immer nur die Schwierigkeiten, man könnte meinen, du wärst selbst schon ein Fundamentalist. Ein fundamentalistischer Schwarzseher!«

Bashirs Gesicht erstarrt. »Ich sage es, wie es ist.«

»Wie du glaubst, dass es ist!«

»Ja. Wie ich glaube, dass es ist.«

Jetzt werde ich erst so richtig wütend. »Haargenau! Aber es geht hier nicht um dich, sondern um uns! Du bist schon hier, du hast deinen Status!«

Ich erschrecke, denn in Bashirs Augen schießen Tränen. »Okay«, sagt er, »aber eigentlich wollte ich pinkeln.« Er versucht, die Toilettentür zuzumachen, aber ich lasse ihn nicht.

»Was?«, sage ich. »Was ist denn?«

»Nichts.«

»Doch, sag schon!«

Bashir versucht, sein Gesicht vor mir zu verbergen. Er sagt: »Ich musste weg, ich komme hierher. Baue mir ein neues Leben auf. Ihr kommt. Wir bauen uns wieder ein gemeinsames Leben auf. Und dann müsst ihr wieder fort. Sie nehmen uns alles weg!«

Ich erschrecke furchtbar und lasse die Toilettentür los.

Bashir schlägt sie zu und mit einem lauten Geräusch schiebt er den Riegel vor. »Und ich gehe nicht zurück«, höre ich ihn noch sagen. »Nie im Leben gehe ich wieder zurück!«

Seit Tashmirs Hochzeit habe ich mir vorgenommen, öfter zu Bashir zu gehen, auch wenn mir nicht leicht etwas einfällt, was wir zusammen tun können. Bashir will nicht, dass ich bei seinem Kickboxtraining zuschaue, und zusammen ins Kino zu gehen ist auch schwierig, denn er findet meine Freunde doof und ich umgekehrt seine auch. Manchmal fahren wir nach Utrecht, um Klamotten zu kaufen, aber ich habe nicht so viel Geld und er will überall alles anprobieren und die Preise vergleichen.

Trotzdem haben wir etwas gefunden. Ich arbeite seit kurzem bei einem kleinen Theater. Ich habe zwar keine rechte Lust mehr, in der Schule Theater zu spielen, aber mich interessieren das Licht und der Ton, und ich würde mir gern etwas mehr Theaterstücke ansehen. Also habe ich einen Brief geschrieben, und obwohl sie niemanden brauchten, durfte ich doch vorbeikommen und mich vorstellen. Jetzt darf ich bei den Aufführungen dabei sein, ich sitze neben dem Techniker Marc und achte auf alle Knöpfe. Und als sie neulich ein Plakat für eine Disco im kleinen Saal brauchten, sagte ich: »Das kann mein Bruder machen.«

Jetzt sitzen Bashir und ich manchmal zu zweit vor dem Computer. Es ist schön zu sehen, wie er verschiedene Schrifttypen aussucht und Bildelemente über den Monitor zieht. »Was meinst du?«, fragt er, und ich finde es gut.

Aber heute endet das gemeinsame Plakatentwerfen wieder mal in *RuneScape*, Bashirs Online-Sucht. Sein Avatar ist *Bashtard85*. Ich schaue eine Zeit lang zu, aber ich verstehe nichts von *Quests* oder den verschiedenen *Fertigkeitsgilden*.

Ich langweile mich, also fange ich an zu reden.

»Bashir, erinnerst du dich noch an Zabi?«

Bashir räuspert sich.

»Den haben sie abgeholt.«

»Ach. Muss er zurück?«

»Nein. Er wurde mit dem Rettungswagen abgeholt.«

Bashir drückt auf eine Taste und gibt einen Code ein. »Ach.«

»Möchtest du wissen, weshalb?«

»Okay.«

»Also«, sage ich, »man hatte ihm eine Wohnung zugewiesen. Zusammen mit seiner Mutter. Aber er wollte nicht aus dem AZC fort und hat sich deshalb selbst an einen Heizkörper angekettet.«

»Ach. Und die Kette haben sie durchgesägt?«

»Ja, ich denke schon. Ich war in der Schule.«

Bashir nickt und spielt weiter.

»Bashir …«

»Was?«

»Und dann haben sie ihn mitgenommen. Ins Krankenhaus. In die Psychiatrie.«

»Ach.«

»Was meinst du: ›Ach‹? Das ist doch schlimm?«

»Ja, ja, schlimm.«

Als wir losmüssen und Bashir den Computer herunterfährt, sehe ich plötzlich, dass er ein Icon wegklickt. »He, was ist das?«

»Ach, Messenger.«

»Ich dachte, du hättest kein MSN!«

»Nein, das hier ist AOL.«

»Ach.«

Wir gehen ins AZC und ich denke: Eigenartig, dass er mir davon nicht schon früher erzählt hat. Ich sage: »Aber … aber hier hat doch jeder MSN! Mit wem chattest du denn?«

»Ach«, sagt er, »einfach …«

»AOL, das gibt es doch viel in Amerika?«

»Ja«, sagt Bashir, »Und in Kanada.«

»Kanada? Kennst du da jemanden?«

»Mist!«

»Was?«

»Ich möchte nicht, dass du etwas davon erzählst. Keinem hier!«

»Wovon denn? Was meinst du?«

»Ich habe eine Freundin.«

»Aaah! Ist sie nett?«

»Natürlich ist sie nett, was dachtest du denn?«

»Okay. Wann kann ich sie sehen?«

»Das ist es ja gerade. Sie wohnt in Kanada.«

»Du datest im Internet!«

»Nein! Na ja, so ungefähr …«

»Wie heißt sie? Ist sie Kanadierin? Afghanin? Woher kommt sie? Wie alt ist sie? Hat sie eine jüngere Schwester?«

»Sei doch mal ruhig! Wir haben uns gerade erst kennengelernt. Sie heißt Nilofer und ist einundzwanzig. Ihre Familie kommt ursprünglich aus Nangarhar, aber sie wohnt schon sehr lange in Kanada.«

»Klingt gut. Ist allerdings ein ganzes Stück weg.«

»Ja, in Toronto. Aber das sehen wir schon. Ich weiß ja auch nicht, ob wirklich was draus wird.«

»Aha, okay.«

»Aber du hältst den Schnabel.«

»Ja, ja.«

»Hamu?«

»Ja?«

»Du hältst den Schnabel!«

Das ganze Sitzen am Computer, das Flirten, der Sport, die Stunden in der Schule, das Theater und die Filme: Sie helfen schlecht. Sobald ich an Ter Apel denke, ist es, als würde in meinem Bauch eine schwarze Ratte herumrennen. Ich will nicht, ich will nicht! Wieder Polizei, wieder Grenzsoldaten. Aber es lässt sich nicht verdrängen. Unsere Anwältin ruft an, wir haben einen Termin. Schon nächste Woche.

Es ist November, es ist kalt und in der Schule merken sie, dass etwas mit mir nicht stimmt. Wirklich nervig. Aber ich sage nur: »Es ist nichts. Ich fahre für kurze Zeit weg.« Dadurch stellen sie mir natürlich nur noch mehr Fragen.

Ich denke darüber nach, den IND anzurufen und zu sagen, dass ich nicht kommen kann. Ich muss zur Schule. Aber natürlich rufe ich nicht an, ich kann die anderen nicht allein hinfahren lassen.

Zum Schluss erzähle ich immerhin Raed und Frau Verhulst davon. Frau Verhulst gibt mir einen Briefumschlag mit. »Ein Bericht von deiner Schule«, sagt sie, »darüber, wie gut du dich bei uns machst. Vielleicht hilft es.«

Madar macht einen Berg Essen, fast so, als müssten wir wieder ans andere Ende der Welt. So weit fahren wir nicht, aber um nach Ter Apel zu kommen, müssen wir zuerst mit dem Zug nach Zwolle, dann nach Emmen, dann mit dem Bus und am Ende auch noch ein ganzes Stück zu Fuß.

Wieder hängen Taschen von unseren Schultern. Wir suchen uns einen Weg durch ein kaltes Stück Land. Links sehen wir offene Felder, rechts die Autobahn.

Am Samstag kommt der Nikolaus, so steht es auf einem Schild am Straßenrand.

Da ist das Meldezentrum. Direkt dahinter, in gefährlicher Nähe, liegt das Abschiebezentrum.

Vor der Tür stehen Sicherheitsleute. Wir können nicht einfach so hinein. Haben wir denn einen Termin? Haben wir Papiere?

Nach einer halben Stunde dürfen wir durch. Aber drinnen gibt es wieder einen Schalter. Unsere Papiere? Unser Name?

Danach kommen wir in den Warteraum. Überall schief stehende Tische, überall Leute, überall herumliegende Jacken und Mäntel. Wir werden durchsucht. Gründlich. Wir müssen unsere Taschen öffnen. Haben wir Messer dabei, Waffen? Padars Rasierklingen werden beschlagnahmt. Und was ist das? Mein Handy. Das wird auch beschlagnahmt. »Aber …«, sage ich, »aber …« und denke dabei an alle, denen ich jetzt keine SMS mehr schicken kann. Bashir, Frau Verhulst, Raed …

»Du bekommst es wieder zurück, keine Sorge«, sagt die junge Grenzsoldatin.

Unsere Sachen müssen in Schließfächer, nur die Papiere dürfen mit. Das hier ist die sogenannte Achtundvierzig-Stunden-Prozedur, die schnelle IND-Beurteilung eines zweiten oder dritten Asylantrags. Von der Anwältin weiß ich inzwischen, dass diese achtundvierzig Stunden keine achtundvierzig Zeitstunden sind. Wäre es nur so – dann wären wir übermorgen wieder weg. Nein, es sind IND-Stunden, und die Einbürgerungsbehörde arbeitet nicht den ganzen Tag. Und dann liegt auch noch das Wochenende dazwischen. Wir haben keine Ahnung, wann wir wieder nach Hause dürfen. Die längste Zeit wäre eine Woche, hat die Anwältin gesagt.

An diesem ersten Tag geschieht nichts. Wir werden nicht aufgerufen.

Im Warteraum wird chinesisch geplappert und kurdisch, somalisch, arabisch ... Aber über alles hinweg tönt das Ch-ch-ch-dd Tick-tick Schhh-schhh der Kaffeemaschine.

Um sechs Uhr bildet sich eine Essensschlange. Es ist, als wären wir wieder in Zevenaar. Der gleiche Reis, die gleichen Erbsen und das gleiche Besteck.

Nach dem Nachtisch gehen wir in den Warteraum zurück. Was sollen wir sonst tun?

Im Warteraum gibt es Streit wegen des Fernsehprogramms. »Al Jazeera!«, ruft jemand. »Nein«, schreit ein anderer, »Seifenopern!«

Ich kann es nicht ändern, mein Gesicht wird wieder ganz starr. Kälte überfällt mich, obwohl es hier drinnen zum Schwitzen heiß ist. Wie lange ist es her, dass ich mich so gefühlt habe? Eine paar Jahre.

Erfundene Jahre, geschauspielerte Jahre. Ich schaue zu Madar und Padar, zu Navid und Roya und plötzlich ist es wieder so nah: unser Unterwegsgefühl. Das Gefühl, dass die ganze Welt Häuser hat und Arbeit und Freunde, Rosen im

Garten und Tauben auf dem Dach. Und dass wir aus dieser Welt herausgeschnitten sind, wegradiert. Dass wir in einem unechten Zwischenleben schweben.

An diesem Abend verstehe ich Bashir auf einmal und seine düsteren Sätze.

Nur mich selbst verstehe ich nicht. Wie konnte ich zweieinhalb Jahre ausschließlich an dieses Land hier denken? An die Niederlande als mein Land? Ich sitze zwischen Madar und Padar, ich stehe nicht auf und ich rede nicht.

Doch Madar stößt mich an. »Ich höre Dari«, flüstert sie und macht eine Handbewegung in Richtung einer Wimmelfamilie am anderen Ende des Saals. Eine hektische Frau, ein nervöser Mann und drei, vier, fünf, sechs, sieben kleine Kinder. Allesamt Mädchen. »Äh, ja …«, sage ich, »Dari.«

Madar schickt Roya los und kurz darauf bewegt sich die gesamte Familie auf uns zu. Schon bald kommt der Vater mit Padar ins Gespräch. »Zwei Tage! Wir sitzen hier und niemand sagt, wir dürften jetzt kommen und reden! Zwei Tage schon!«

Madar zeigt auf alle kleinen Mädchen und lernt ihre Namen auswendig.

Ganz langsam vergesse ich meine in sich selbst abtauchenden Gedanken, aber erst als Navid mich auf den Arm boxt, kann ich den Mund wieder bewegen. »Au! Was hast du, was ist?«

»Schau mal da, Hamu, die alte Frau in der Ecke.«

Ich sehe eine Frau mit Kopftuch, einem bunten Rock, mit Strumpfhose und Brille.

»Siehst du nicht, wer das ist?«

»Nein.«

»James Bond!«

Es stimmt nicht. Es ist nicht James Bond. Aber Ähnlichkeit mit ihr hat sie schon. Die Frau starrt auf ihre Papiere, und Navid zufolge tut sie das, weil sie nicht lesen kann. »Komm!«, sagt er. »Wir gehen hin!«

Ehe ich mich versehe, stehen wir vor ihr. »Hallo«, sagt Navid, »das hier ist Hamayun. Er ist mein Bruder und er hilft jedem.«

Die Frau muss lächeln. Sie ist Afghanin und kann tatsächlich kaum lesen. Wir nehmen sie mit zu unserer Gruppe, und kurz darauf habe ich überhaupt keine Zeit mehr für meine grauen Gedanken. Tabletts mit Tee müssen geholt werden, jede halbe Stunde wieder. Für uns, für die Familie des nervösen Mannes und für James Bond II.

Nach einer Nacht voller Fußgeruch und Ärger mit Nachtlampen – auch jetzt war alles wieder haargenau so wie in Zevenaar – bekommen wir am zweiten Wartetag Ausweise. Wieder sind die Fotos hässlich und schwarz. Navid sagt: »Wie das wohl ist, wenn man aus Afrika kommt? Dann sieht man auf diesen Fotos nur noch Zähne und Augen.«

Wir dürfen nach draußen, auf das Gelände. Aber alles, was man dort sieht, ist kahl. Es heißt, wenn man nach Osten geht, käme man ganz von allein nach Deutschland, aber was sollen wir in Deutschland?

Der Tag ist träge. Madar und Padar wurden zu ihrem Verhör abgeholt und sind schon seit Stunden weg. Ich versuche, mich an alle Spiele zu erinnern, die ich unterwegs mit Navid und Roya gespielt habe. Jetzt spielen wir sie wieder.

Als Madar und Padar zurückkommen, sehen sie müde geredet aus. Der nervöse Vater der sieben Töchter geht neben ihnen, er ist auch gerade fertig. Er ist empört. »Sie fragen wirklich alles«, sagt er. »Ich habe ein Mal mit einem dieser Knochenträger in einem Zimmer schlafen müssen, und jetzt wollten sie die Farbe seiner Unterhose wissen. Und ob ein Markenname darauf gestanden hat. Ist so etwas normal?«

Padar lacht leise. »Anscheinend schon. Genau dasselbe haben sie mich auch gefragt.«

Weil das Wochenende beginnt, brauchen wir nicht mehr in den Schlafsaal. Wir bekommen armeweise Decke, Kissen und Bettwäsche mit und man zeigt uns den Weg zum Wohnwagenpark.

Draußen ist es dunkel und es fällt nasser Schnee. Zusammen mit James Bond II. suchen wir nach der richtigen Nummer. Nach drei vergeblichen Runden finden wir unseren Wohnwagen, und nachdem wir James Bond beim Einrichten geholfen haben, ziehen wir unsere eigene Tür auf.

Das Erste, was Madar tut, ist fegen. Navid und Roya rennen zu dem Minifernseher. Wir schauen uns einen öden Film auf SBS an, doch ich bin trotzdem zufrieden: Heute Nacht jedenfalls werde ich nicht geweckt durch das Schreien Unbekannter im selben Raum.

Am Morgen spielt Padar den Wecker. Er ruft: »Aufstehen! Aufstehen! Aufstehen!«, immer etwas lauter. Bis wir »Ja, ja!« sagen und unsere Beine über die Bettkante schwingen.

Die zu dem Wohnwagenpark gehörende Kantine teilen wir mit den Leuten, die im Abschiebezentrum sitzen. Es ist mir unangenehm, zu ihren Tischen zu schauen. Es gibt eine afrikanische Familie, die fröhlich plaudert und isst, aber ich denke immer: Und morgen? Oder übermorgen? Wenn ihr ins Flugzeug müsst? Ich versuche, mich auf meine Cornflakes zu konzentrieren, denn ich will es nicht, ich will es mir nicht vorstellen müssen.

»Ach«, sagt Padar, »wisst ihr, wer auch wieder fort sein soll?«

Ich hebe den Kopf.

»Zu dumm«, sagt er, »ich habe es letzte Woche gehört, über mehrere Ecken. Ich hätte es euch früher erzählen sollen, aber er muss es gewesen sein, die Rede war von einem Bär von einem Mann, der spricht, als würde er Steine mahlen.«

Ich rufe: »Sikander!«

»Ja«, sagt Padar. »Das dachte ich auch. Ich bin mir nicht ganz sicher, aber wenn sie ihn gemeint haben, dann war er also auch in den Niederlanden. Irgendwo im Süden. Und er hat sich offenbar entschieden, keinen neuen Antrag zu stellen. Und jetzt ist er fort.«

Mein Löffel hängt in der Luft. Sikander, der große, breite Rücken, der mich im Kofferraum eines holpernden Autos gegen die Rückbank gedrückt hat. Der Hulk, der allen über einen Hügel half. Mir wird ganz leicht im Kopf: Wollte er zurück? Konnte er denn zurück? Ich habe lange nicht mehr an ihn gedacht, und plötzlich weiß ich unheimlich sicher, dass ich ihn gern noch einmal gesehen hätte. Sikander den Hulk. Warum erzählt Padar das jetzt? Warum wusste ich nicht, dass er im selben Land war wie wir?

Es dauert eine Weile, ehe ich mich wieder bewege. Meine Stimme klingt merkwürdig, als ich die Frage stelle, die zu stellen ich immer vergessen habe. »Padar«, sage ich, »dieses Buch, das Buch, das er dabeihatte ... Was stand darin? Du warst der Einzige, der es sehen durfte ...«

Padar schaut mich an. Seine Augen sind dunkel. »Ein Atlas. Es war ein alter, kleiner Atlas. Er kannte alle Städte in Europa auswendig. Mit seinem Finger zog er die Grenzlinien nach. Und erzählte mir von den Reisen, die er machen, den Ländern, die er sehen wollte. Frankreich, Deutschland, Schweden. Ich ... Ich ...«

Er stockt, es gelingt ihm nicht, seinen Satz zu beenden.

Navid springt auf. Er hat James Bond II. hereinkommen sehen. Er ruft: »Hierher! Wir sitzen hier!«

Nachdem wir genau wie gestern Bashir angerufen haben, erkunden wir das Wohnwagengelände. Von hier aus können wir zu Fuß zum Zentrum von Ter Apel gehen. Das tun wir, wir wollen noch Erdnüsse kaufen und Kartoffelchips für heute Abend.

Auf halber Strecke spalten wir uns ganz von selbst in eine Gruppe Frauen und Mädchen sowie eine Gruppe Jungen und Männer auf, aber auf dem zentralen Platz treffen wir uns wieder.

Da ist der Nikolaus.

Das ganze Dorf scheint auf den Beinen zu sein, die dünne Schneeschicht ist längst zu Matsch zertreten. Es wird gesungen. Wir alle stehen da und schauen aus einiger Entfernung zu, aber als sich die Knecht Ruprechts jeder mit einem weißen Sack auf dem Rücken in die Menge begeben, rufen Navid und Roya und alle anderen Kinder: »Hamu, Hamu, komm mit nach vorn! Sie streuen Süßigkeiten!«

Am Sonntag verabreden wir uns mit einigen der anderen Familien in einem der größten Wohnwagen. Es gibt Erdnüsse, und Tee holen wir aus der Kantine. Ich trage wieder die Tabletts, gefolgt von einer Prozession von Kindern.

Drinnen ist es schon bald zu voll und zu eng. Dann bricht auch noch ein Streit aus.

Eines der Mädchen zieht einen kleinen Jungen an den Haaren, der Junge schlägt fest zurück. »Hamayun«, ruft Madar über das Gezänk hinweg, »kannst du nicht etwas tun?«

Ich? Jetzt?

»Hört auf!«, rufe ich. »Alle Kinder kommen jetzt mit mir! Nach hinten, zu den Betten!«

Und plötzlich sitzen sie alle da: ein bunter Haufen Kinder von drei bis dreizehn. Sie lümmeln auf den Betten und sitzen auf dem Fußboden. Ich überrage sie alle, denn ich bin auf das oberste Etagenbett geklettert.

Mir fällt etwas ein, das Oma immer zu mir gesagt hat. »Gut«, rufe ich, »jetzt hört mal alle her. Wenn ihr mit den Fäusten redet, dann ist euer Teufel der Boss. Das Teufelchen, das in euch steckt. Aber wenn ihr brav seid, ist der Engel stärker. Und jetzt erzähle ich eine Geschichte. Aber nur für die Kinder mit einem starken Engel.«

Es wird still. Sofort. Vollkommen.

Alle Gesichter drehen sich zu mir. Aus dem Nebenraum dringt fetter Erdnussgeruch. Wir hören die Erwachsenen reden und lachen und ich denke: Welche Geschichte soll ich nur erzählen, welche Geschichte?

Dann spüre ich die Erwartung der auf mich gerichteten Augen, die ich vom Theater kenne. Und so senke ich meine Stimme, breite die Arme aus und sage: »Mein Name ist Zeus. Angenehm, ich bin euer Herrscher und Hauptgott.«

Wir sind lange damit beschäftigt, die Erdnussschalen aus dem Wohnwagen zu putzen. Es ist Montag, wir bringen alle geliehenen Sachen zurück ins Hauptgebäude. Am Eingang werden wir wieder kontrolliert, wieder untersucht.

Ich frage einen der Wachmänner, ob ich das Tagebuch aus meiner Tasche haben kann. Ich will schreiben, ich habe keine Lust, mich wieder einen ganzen Tag zu langweilen.

Ich darf nicht.

»Warum nicht?«, frage ich.

»Stifte sind verboten«, sagt der Wachmann. »Stifte können eine Waffe sein.«

Im Meldezentrum hat auch das Flüchtlingswerk ein Büro. Die Mitarbeiter versuchen, uns, so gut es geht, zu erzählen, was auf uns zukommt. »Wie alt bist du?«, fragen sie mich. »Fünfzehn? Dann wirst du vielleicht auch angehört.«

Ich wage gar nicht daran zu denken, aber es stimmt. Zusammen mit einem dicken Iraner werde ich in eins der Zimmer gerufen. Mein Herz beginnt schneller zu schlagen. Wir gehen durch den vornehmen Eingangsflur, die Treppe hinauf, vorbei an dem prächtigen goldenen Wappen, das ich mir schon einige Tage aus der Nähe habe anschauen wollen, und der Iraner sagt: »Ich bin dein Dolmetscher.«

Das macht mich noch nervöser, denn ich kann ihn nur schlecht verstehen. Er dehnt die Worte nicht nur wie die

Leute in Teheran, sondern er spricht auch noch einen Dialekt, der mir ganz fremd ist.

Aber der IND-Beamte ist weniger streng, als ich ihn mir vorgestellt habe. Er gibt mir die Hand, er lächelt freundlich und erkundigt sich, ob ich etwas trinken möchte. Er fragt: »Bist du aufgeregt?«

»Nein, nein«, sage ich viel zu schnell, »nein, nein, nein!«

Der Dolmetscher hat Kaffee geholt und setzt sich zu uns.

Der IND-Beamte fasst sich kurz. Er erklärt mir, dass alles, was ich sage, vertraulich behandelt werde und dass er nichts über unsere frühere Lebenssituation zu hören brauche, denn das alles wisse er schon. Er zeigt mir lauter Papiere. »Kommt dir das hier bekannt vor?«, fragt er und ich nicke, denn ich habe sie selbst ausgedruckt. Es sind Artikel von Webseiten über Afghanistan. »Das hier«, sagt der Beamte, »ist uns bekannt. Wir haben unsere Informationsquellen.«

»Ja«, sage ich und klinge klein und piepsig, »aber es sind trotzdem die Tatsachen.«

»Okay«, sagt der Beamte.

Und dann erzählt er, dass er von mir gerade neue Tatsachen hören will, neue Sachverhalte. »Das hier ist ein erneuter Asylantrag, also müssen auch andere Gründe angeführt werden als beim ersten Mal. Also …«

Plötzlich lege ich los. Ich begreife nicht, wie es mir gelingt, aber es wird eine Art Rede. Ich erzähle in meinem besten Niederländisch über die Zeit in Amersfoort, dass ich weiterlernen und etwas für die Flüchtlinge in der Welt tun will. Dass ich, wenn wir jetzt nach Afghanistan zurückmüssen, einfach nur irgendwo arbeiten gehen kann. In einem

Laden vielleicht, irgendwo in einem Basar. Dass ich Geld für meine Familie verdienen muss, weil wir kein Haus mehr haben, keine Sachen, nichts. Und dass die Gefahr groß ist, dass wir verhaftet werden, Padar und ich. Weil wir viel zu frei denken. Dass die Taliban nach wie vor mit an der Regierung sind und …

»Noch mal«, sagt der Beamte, »über die politische Lage eures Landes brauche ich nichts zu hören.«

Aber ich rede weiter, denn ich werde langsam wütend. Dass ich nicht verstehe, weshalb unsere Zukunft hier schon zu Ende sein soll, weshalb ich keinen neuen Personalausweis bekommen habe, so dass ich nirgendwo hinkann, nicht einmal Mitglied der Bibliothek werden, dass ich mir in der Schule alle Mühe gebe, aber nicht mehr recht weiß, wozu.

»Warte«, sagt der IND-Mann, »ich gebe jetzt einige Sachen ein.« Er fängt an zu tippen und ich schaue nach unten, auf die Tischkante, auf meine ineinandergelegten Hände. Ich sage die falschen Sachen, ich weiß es. Es geht nicht gut, das hier ist kein Gespräch. Der Beamte schaut mich sehr verständnisvoll an, aber seine Augen leuchten nicht auf. Es ist, als würde ich mit dem Hausmeister einer Schule reden, der alle meine Ausreden schon tausendmal gehört hat.

»Okay«, sagt der Beamte dann, »deine Schule … Wir haben schöne Zeugnisse bekommen. Sehr schöne Zeugnisse. Du könntest in Erwägung ziehen, eventuell …«

Er zögert. »Ich meine: Das musst du natürlich mit deinen Eltern überlegen, aber es gibt Kinder, die ihren Fall gesondert behandeln lassen. Eure Anwältin könnte dir dabei helfen. Und vereinzelt ist es dann schon mal so, dass …«

Ich bin ein paar Sekunden lang zu geschockt, um zu atmen. Was sagt er da? Was schlägt er mir vor?

»Verstehst du das?«, fragt der Dolmetscher. »Du kannst vielleicht allein …«

»Nein!«, rufe ich. »Nein! Nein!«

Der IND-Mann schaut mich einen Moment lang schweigend an. »Okay«, sagt er, »dann noch eine Frage: Ist es nicht einfach so, dass du bleiben willst, weil dein älterer Bruder hier ist?«

Jetzt bin ich völlig durcheinander. Das hier geht zu schnell. »Äh …« stottere ich, »äh … ja, das auch. Aber das ist doch logisch? Wir gehören doch zusammen?«

Und dann beginnt der Beamte schnell und mechanisch zu sprechen. »Dein Bruder hat einen Status aus sozialen Gründen erhalten, nicht aus politischen. Wer eine Aufenthaltserlaubnis aus sozialen Gründen hat, besitzt nicht das Recht, seine Verwandten …«

Ich kann nicht mehr zuhören. Ich weiß nicht mehr, wie das geht. Ich weiß auch nicht mehr, wie das Verhör endet, ich weiß nur noch, dass ich kurz danach die Hand geschüttelt bekomme. Ich meine, dass der Dolmetscher im Flur noch etwas zu mir sagt. Und ich meine, dass ich nicke.

Plötzlich stehe ich wieder im Warteraum. Bei Padar, bei Madar. Sie sitzen inmitten aller afghanischen Familien, die sie hier kennengelernt haben. Ich sehe ihre Gesichter zuerst nicht richtig, denn hinter ihnen ist das Fenster und es hat wieder geschneit, das heißt, das holländische Licht scheint hart, weiß und quadratisch über sie.

»Und?«, fragen sie. »Wie ist es gegangen?«

»Er hat gefragt ...«, stammele ich, »er hat, glaube ich, gefragt, ob ich meinen Fall von eurem loslösen wollte ...«

Es wird still.

Padar sagt nichts und Madar streckt ihre Hand nach mir aus.

Ich komme einen Schritt näher.

»Wie bitte?«, ruft der nervöse Vater der sieben Töchter. »Hast du dann bessere Chancen?«

»Ja«, sagt jemand anderes, »das habe ich auch schon mal gehört.«

Ich schaue zu Padar und fühle, wie Madar meine Hand nimmt. Ich weiß nicht, was ich sagen soll. Ich will sie nie, nie verlieren.

Ich kann nicht glauben, dass jemand sich das wirklich hat ausdenken können. Ich habe in meinem ganzen Leben noch keine Woche ohne meine Eltern verbracht und will es auch nicht, nie nicht, nie.

»Vielleicht«, sagt Padar leise, »vielleicht solltest du darüber nachdenken ...«

Ich fange fast an zu weinen. Meine Kiefer werden wieder starr, ich presse die Zähne zusammen und schüttle den Kopf. Ich schüttle eckig und deutlich den Kopf, meine Schläfen tun mir schon weh.

»Aber wer weiß ...«, sagt Padar, »... wenn es besser für dich ist ...«

Und dann schaue ich ihm direkt ins Gesicht und flüstere: »Keine ... Lust.«

Mehr bekomme ich nicht aus mir herausgepresst.

Einen Tag später erhalten wir die neue Absichtserklärung der Einbürgerungsbehörde.

Wieder negativ.

Der IND-Mann, der es uns mitteilt, sagt: »Ich kann leider nicht anders entscheiden ...«

Wir nicken.

Der Mann murmelt noch etwas und geht.

Wir sind still.

Zwei junge Grenzpolizistinnen kommen auf uns zu. Sie bleiben vor uns stehen und sagen mit gelangweiltem Gesicht: »Der IND hat Ihren Antrag abgelehnt. Sie haben die Niederlande innerhalb von vierundzwanzig Stunden zu verlassen.«

Es ist, als würde uns ein dicker Knüppel in den Rücken gestoßen. Padar springt auf. Er ruft: »Aber das geht nicht! Alle unsere Sachen sind in Amersfoort! Mein ältester Sohn ist dort!«

Der Dolmetscher kommt hinzu. Er beruhigt uns und sagt, das seien Standardsätze, die nun einmal verlesen werden müssten.

Wir dürfen Frau Hulsebosch anrufen, die uns beruhigt. Sie muss die Absichtserklärung von den IND-Anwälten in Ter Apel selbst zugefaxt bekommen, und danach geht sie abermals in Berufung und schreibt wieder eine Begründung. Es sei denn, wir wollten selbst zurück nach Afghanistan.

»Nein!«, schreit Padar ins Telefon. »Wir gehen nicht zurück!«

»Entschuldigung«, sagt die Anwältin, »ich möchte nur, dass alles klar ist. In diesem Fall unterschreiben Sie die Papiere nicht, die die Grenzpolizei Ihnen gleich vorlegt, sondern fahren einfach wieder zurück nach Amersfoort. Sie brauchen sich keine Sorgen zu machen, morgen reden wir wieder miteinander.«

Die jungen Grenzpolizistinnen leiern wieder einige missmutig klingende Sätze ab. »Sie unterschreiben also nicht. Wenn Sie etwas essen wollen, dann bis um sechs Uhr. Wenn sie morgen früh abreisen, können Sie hier noch übernachten.«

Aber wir gehen. Wir wollen so schnell wie möglich weg. Wir bekommen Streifenkarten und eine Tageskarte für die Bahn. Wir holen unsere Taschen aus den Schließfächern und kurz darauf gehen wir durch die Abenddämmerung zur Bushaltestelle.

Autos sausen an uns vorbei, und die Ankündigungsschilder sind auch noch nicht entfernt: *Am Samstag kommt der Nikolaus.*

Wir kommen aus Ter Apel nach Hause, und Bashir sagt nicht einmal, er hätte schon erwartet, dass es nicht gut gehen würde.

Aber geht es denn wirklich nicht gut? Es scheint immer noch Hoffnung zu geben. Wir können vorläufig weiter im AZC wohnen. Wir gehen wieder zum Gericht, unserer Berufung wird wieder nicht stattgegeben, aber Frau Hulsebosch redet lange mit Padar und dann sieht alles doch wieder etwas besser aus.

Über Bekannte von Bekannten bekommen wir eine Erklärung aus Afghanistan, in der steht, dass Padar verhaftet werden wird, sobald er in Kabul auftaucht. Und wir erhalten sehr ernste Berichte vom Roten Kreuz und der Human Rights Watch Organisation. Außerdem schreiben Oma und Noorahmed einen Brief, dass in unserem Haus Feuer gelegt worden ist, und über die Bedrohungen, die immer noch nicht vorbei sind. Padars Bekannter will die Briefe nicht mit in die Niederlande nehmen, aus Angst, damit geschnappt zu werden, aber über einen anderen tapferen Freund von Freunden gelingt es schließlich doch.

Und so hat die Anwältin genügend neue Fakten, um wieder einen Antrag zu stellen und abermals einen Termin für uns in Ter Apel zu vereinbaren.

Aber so weit ist es noch nicht. Erst einmal ist ein halbes Jahr vergangen, ich werde sechzehn und bringe das Schuljahr zu Ende. Es ist wieder Sommer. Meine Arbeit abends im Supermarkt geht einfach weiter, aber ich nehme auch alle zusätzlichen Jobs an, die ich finden kann, ich spare nämlich für eine Filmkamera.

Zwei Wochen lang arbeite ich in einer Pizzeria. Ich muss Teller abwaschen, einen nach dem andern und mit der Hand. Der Lohn ist schlecht, aber der Chef dafür ganz witzig – bis er mich mit einem Lappen und einem Reinigungsmittel in die stinkenden Toiletten schickt. So hatten wir nicht gewettet, also tausche ich seinen Laden gegen ein ungarisches Restaurant ein. Da riecht es zwar überall nach Gulasch und ich brauche mit dem Fahrrad eine Stunde bis dorthin, aber Raed arbeitet hinter der Bar und so halte ich es aus.

Wir fahren zusammen hin und spätabends wieder zurück. Er ist niemand mehr auf der Straße. Ich mag diese nächtliche Sommerwärme sehr, durch die allmählich ein ganz kleines bisschen Kälte weht, und so radeln wir etwas zu sehr in der Straßenmitte. Wir wetten, wer am besten im Slalom um die weißen Streifen herumfahren kann. Kindisch, ich weiß, aber wir haben den ganzen Abend Bier für durstige Deutsche zapfen müssen.

Plötzlich steht ein Streifenwagen am Straßenrand.

Zwei Polizisten halten uns an. »So«, sagt der eine, ein Mann.

»Tja«, sagt die andere, eine Frau.

»Das sah ja fröhlich aus«, sagt der Mann. »Die Frage ist: Habt ihr getrunken?«

Ich schaue zu Raed und sage: »Äh … ja …«

Sofort dürfen wir pusten. Wir stellen unsere Fahrräder an den Straßenrand und werden zum Streifenwagen mitgenommen. Raed bekommt als Erster ein Röhrchen in den Mund und danach ich. Wir geben uns wirklich Mühe.

»Hoppla«, sagt die Frau, »Null Komma null. Wie kann das sein?«

Der Mann sagt: »Was habt ihr eigentlich getrunken?«

Und ich antworte ehrlich, denn das muss sein: »Zwei Cola und ein Mineralwasser.«

Als ich Bashir am Samstag, wir sind zu zweit unterwegs nach Utrecht, von meiner Beinahe-Verhaftung erzähle, zuckt er wieder mal mit den Schultern. So geht es schon mehr als ein halbes Jahr. Bashir ist ruhiger geworden, weniger panisch. Aber gleichzeitig kommt er fast nicht mehr ins AZC.

»Und«, frage ich, »was macht eigentlich deine Freundin?«

»Ha!«, sagt Bashir.

»Was bedeutet das: ›Ha!‹?«

»Ach, nichts. Geht immer besser. Wir äh … na ja, es geht immer besser.«

»Bist du verliebt?«

Bashir schüttelt ärgerlich den Kopf, aber kurz darauf sagt er: »Du müsstest sie mal auf der Webcam sehen. Es ist zum Verrücktwerden.«

»Wow«, sage ich, »es war also nicht gleich schon wieder vorbei.«

»Was denkst du, wovon ich die ganze Zeit rede, kleiner Dummkopf?«

Kleiner Dummkopf – so hat er mich schon ewig nicht mehr genannt. Und so offen wie jetzt ist er auch schon ewig nicht mehr gewesen.

»Also weiter?«

»Wieso weiter?«

»Zieht sie hierher zu dir?«

»Nein, Mann, sie hat einen festen Job.«

»Ach, das ist dann aber doch schwierig, oder?«

»Wieso?«

»Tu nicht so dösig, Bashir. Du willst sie doch bestimmt äh … treffen?«

»Natürlich. Und das kommt auch noch. Ganz sicher.«

»Wieso?«

»Wir sind verlobt.«

»*Was?* Hä? Wieso hast du nichts davon gesagt? Weiß Padar denn davon? Und, wie … ich meine …«

»Alles zu seiner Zeit, Brüderchen. Zuerst bekommt ihr euren Status, und dann, dann …«

»Denkst du jetzt plötzlich doch, dass wir eine Aufenthaltserlaubnis bekommen?«

»Na klar. Die neue Anwältin ist doch gut? Und wetten, dass das Kabinett demnächst stürzt? Die Sozialdemokraten steigen in den Umfragen, und dann wird alles anders. Und ich habe Geduld, weißt du. Sie ist eine Frau zum Küssen. Eine Frau wie ein Wunder. Und ich kann natürlich leicht nach Kanada ziehen. Kanada ist genauso frei wie die Niederlande. Nein, nein, noch freier sogar.«

Ich erschrecke fürchterlich. »Nach Kanada? Möchtest du fort?«

Wir sind da, Utrecht Hauptbahnhof. Wir müssen aus dem Zug. Während er aufsteht und während wir zwischen Schlangen drängelnder Leute stehen, sagt Bashir: »Na ja, alles nur Träume. Träumen, das ist es doch, was ich tue? Hast du selbst immer behauptet. Bruce Lee und so.«

Ich bin kein Dummkopf. Er hat es wirklich gesagt, ich habe es gehört. Aber den restlichen Tag tut Bashir so, als hätte er schon viel zu viel gesagt, und kommt auf keine dieser Sachen mehr zurück.

Vielleicht hätte ich ihn öfter und härter ausquetschen müssen, aber am selben Abend geschieht etwas, worauf ich noch weniger vorbereitet bin.

Ich habe auf einmal selbst eine Freundin.

Es ist ruhig im Supermarkt und ich schlage vor, heute vielleicht die Regale abzuseifen. Ich hole alle Fruchtsaftgetränke aus dem Fach, wienere den Staub weg und schiebe die Tetrapacks wieder zurück. Plötzlich steht das Mädchen neben mir, das ich hier schon öfter gesehen habe. Meistens kauft sie sich rasch ein Eis, Ben & Jerry's, Cookie Dough. Manchmal wirft sie mir noch einen Blick zu.

Ich ihr auch. Meiner Meinung nach ist sie fünfzehn oder sechzehn, mein Alter. Sie hat dickes schwarzes Haar, unordentlich geschnitten, sie hat ein schmales Gesicht und schöne grüne Augen. Mein iranischer Chef hatte mich schon mit ihr geneckt: »Nettes Mädel, was? Muss sie wirklich so lange warten, bis du mal was sagst?«

Aber jetzt bückt sie sich, denn sie möchte einmal Apfel-

Johannisbeere. Und die habe ich gerade in der Hand. »Äh …«, sagt sie, »ich wollte …«

»Ach«, sage ich, »ja …«, und dann gestikulieren wir ungeschickt um die Saftpackung herum.

Wir fangen genau gleichzeitig an zu lachen. Sie richtet sich auf und ich auch. Sie sagt: »Riecht ja richtig sauber hier.«

»Ha«, sage ich, »ja.«

Dann ist es einen Moment still und ich muss mir etwas ausdenken. »Möchtest du heute kein Ben & Jerry's?«

»Ach«, sagt sie, »woher weißt du, das ich das mag?«

»Du nimmst dir doch sonst immer eins.«

»Soso. Du schaust mir also hinterher.«

»Äh … ja.«

»Das macht nichts. Du bist mir auch schon aufgefallen.«

Der Chef ruft. Ich muss nach hinten und Telefonkarten holen. »Also …«, sage ich, »kein Eis?«

»Na ja«, sagt sie, »vielleicht komme ich noch mal wieder. Ich wohne nicht weit weg.«

Und dann höre ich mich selbst sagen: »Wenn du in einer Stunde kommst, habe ich Feierabend. Dann nehmen wir uns beide ein Ben & Jerry's. Ist zufällig auch mein Lieblingseis.«

Schon bin ich aufgestanden und habe mich ein Stück von ihr entfernt, denn der Chef wartet. Aber ich sehe doch noch, wie sie rot wird und lächelt und »Okay«, sagt. Schöne dünne Lippen hat sie auch. »Okay.«

Ich bin verblüfft über mich selbst. Manchmal tue ich offenbar Dinge, die ich nicht vorherzusagen gewagt hätte. Und verblüfft bin ich auch über sie. Denn eine Stunde später ist sie wirklich wieder da. Und als ich mit zwei Bechern Ben & Jerry's aus dem Geschäft komme, einmal Cookie Dough, einmal Cherry Garcia, lächelt sie und streckt die Hand aus. »Hallo«, sagt sie, »hier, das Geld.«

»Bist du verrückt?«, sage ich. »Du bist natürlich eingeladen!«

Sie ist sechzehn, gerade geworden. Und sie geht in die gleiche Gesamtschule wie ich, nur ist sie eine Klasse weiter. Yuliya heißt sie und ursprünglich kommt sie aus Kiew. Ihr Vater hat dort vor langer Zeit politische Probleme bekommen. »Aber ich bin von hier«, sagt sie, »ich war null, als wir umgezogen sind. Ich bin nie im Leben in Kiew gewesen und spreche auch fast kein Ukrainisch.«

Als unser Eis alle ist, gehen wir ein Stück.

Und gehen und gehen.

Bald ist es nach Mitternacht und so allmählich müsste ich wieder im AZC sein, aber wir nehmen noch einen anderen Weg und noch einen. Wir reden von ihr, von mir, von der Schule.

Plötzlich ist es halb zwei. Ich sage: »Du, ich möchte, dass du jemanden kennenlernst.«

»Jetzt noch?«, fragt sie und schaut etwas enttäuscht. »Wen denn?«

»Komm nur, es ist nicht weit.«

»Hamayun …«

»Wir sind schon da. Hier wohnt sie.«

»Sie? Hast du ›sie‹ gesagt?«

»Ja. Einen Moment, gleich sehen wir sie.«

Und dann kommt sie angelaufen, ein Glück. Dupica. Yuliya seufzt und lacht. »Mich so aufzuziehen!«, sagt sie und bückt sich, um Dupica zu streicheln.

»Miez-Miez! Ach, so ein Schätzchen ...«

»Ja, was? Meine feste Freundin.«

»Haha«, sagt Yuliya, während sie vor Dupica hockt. Ich stehe daneben und schaue von oben auf ihr wunderschönes schwarzes Haar. Ich höre sie leise sagen: »Ich hatte mich schon gefragt, ob du eine hättest. Eine Freundin.«

»Neeein«, sage ich, »neeein.«

»Ach«, sagt Yuliya und schaut immer noch nach unten, hinunter auf ihre streichelnde Hand. »Und jetzt musst du fragen, ob ich jemanden habe.«

»Yuliya«, sage ich, »hast du jemanden?«

Dann erst hebt sie den Kopf. Ihre Augen ähneln denen von Dupica sehe ich jetzt.

»Nein«, sagt sie.

»Ach«, sage ich.

Wir küssen uns nicht. Jedenfalls nicht an diesem Abend. Ich bringe sie nach Hause und wir gehen wie blöde lächelnd nebeneinanderher und sind auf einmal zu zweit, ohne dass wir es uns gegenseitig laut gefragt hätten. Ich weiß nicht, warum wir das nicht getan haben. Ist nicht nötig. Und Küssen ist auch nicht nötig. Jedenfalls nicht an diesem Abend.

Wir speichern gegenseitig unsere Telefonnummern.

Wir verabreden uns für den Tag darauf. Im Park, am Nachmittag.

Und da küssen wir uns. Auf einer Bank.

»Da«, sage ich zu Raed, »das ist sie.«

»Wow«, sagt Raed, »sieht aus wie ein Punk!«

Ich gebe ihm einen Schlag auf den Hinterkopf.

»Schon gut«, sagt er, »autsch!«

Raed und ich sitzen nach wie vor nebeneinander, denn – was für ein Glück – auch er darf es auf meiner Schule versuchen. In der Einführungswoche holen wir unsere Bücher, gehen mit unserer neuen Klasse zum Bowling und machen im Sozialkunderaum eine riesige Wandkarte über uns selbst.

Am Donnerstag beginnt der Unterricht und dann erst kann ich Raed in der Pause mit zu Yuliya schleppen. »Raed«, sage ich, »das ist Yuliya. Yuliya, das ist Raed, du musst ihm ab und zu auf den Kopf hauen.«

Wir verstehen uns. Schon von der ersten Woche an sitzen wir in der Pause zu dritt auf den Heizkörpern vor dem zweiten großen Aulafenster. Wir holen uns gegenseitig Käseöhrchen in der Kantine, und Guido, Sigmar, Brigitte, Havva, Yvet, Mo, Toygan, Yasser und noch einige andere schließen sich uns an. Und nur wenn sie alle gleichzeitig auf mich einreden, spiele ich ihnen manchmal ein kleines bisschen Mister Bean vor.

Raed träumt eine Zeit lang von Brigitte. Danach von Havva. Und es ist nur eine Frage der Zeit, bis Yvet an die Reihe kommt. Ich sehe es an seinen Zwinkeraugen, an seinem ultracoolen Gang und an den Extrajoghurtshakes, die er dem Mädchen mitbringt, von dem er gerade träumt.

Aber sobald ich davon anfange, sagt er: »Close your Mund.«

»Raed«, sage ich, »soll ich was sagen? Soll ich Yuliya fragen, ob sie …«

»Nein!«, ruft Raed, »Close your Mund!«

Yuliya und ich geben uns alle Mühe, nicht zu lachen. Nicht, wenn Raed dabei ist. Und auch nicht, wenn er nicht dabei ist.

Einmal, es sind fast Herbstferien und frühmorgens beim Zeitungsaustragen ist es schon wieder dunkel, sagt er: »Du müsstest mir Unterricht geben. Weiberunterricht. Wie man sie bekommt und so.«

»Ach was«, sage ich, »das kannst du doch selbst.«

»Ja, ja«, sagt er, »stimmt natürlich auch.«

Ich bringe Yuliya einfach mit nach Hause. Sie fragt mich und ich sage: »Natürlich.« Wir nehmen den Aufzug und gehen hinein und brauchen auch keine kindischen Klopfzeichen mehr. Ich sage: »Das hier ist Yuliya«, und alle kommen zum Händeschütteln.

Yuliya und Roya frisieren sich innerhalb kürzester Zeit gegenseitig mit den Fingern die Haare, und Yuliya bringt Haarbänder für Roya mit, Clips, rosa Gummis, was weiß ich nicht alles. Madar kocht afghanische Spaghetti, Yuliya darf einfach so mit in die Küche. Padar versucht sein bestes Russisch, und als Yuliya nach Hause geht, sagt sie ihrerseits zum Abschied *Ta didar.*

Nie fragen sie, ob sie meine Freundin ist. Ich erzähle es ihnen auch nicht. Aber als Yuliya ein paar Tage nicht im AZC gewesen ist, rufen alle: »Wo steckt sie nur in letzter Zeit?«

Nur Bashir benimmt sich eigenartig.

Mit dem Taxi schiebt er öfter denn je Wochenend- und Nachtdienste, und Zeitungen trägt er inzwischen auch wieder aus.

Er kommt nur noch ins AZC, wenn es wirklich nicht anders geht.

Madar fragt mich, was wohl mit ihm los ist.

»Er arbeitet und arbeitet«, sagt sie, »er muss ganz schön viel Geld verdienen, oder? Und wozu braucht er das? Hamayun«, flüstert sie und legt ihre Hände auf meine, »sag mir ehrlich: Nimmt er Drogen?«

Ich muss lachen. »Ach was! Bashir ist doch nicht bescheuert!«

»Na ja«, sagt sie und schaut nach wie vor sorgenvoll. »Was hat er denn sonst? Will er uns nicht mehr sehen?«

Ich rufe: »Madar! Natürlich will er das!«

Am nächsten Tag gehe ich zu ihm. Raed hat mich beim Basketballteam der Schule angemeldet, aber ich habe noch eine Stunde, bevor das Training anfängt.

Ich komme herein und Bashir schaut mich wütend an. Ist es, weil er gerade auf dem Sofa gepennt hat und ich ihn mit der Türklingel wach geklingelt habe?

»Haben sie dich geschickt?«, fragt er. »Sollst du mich holen kommen oder so?«

»Jetzt komm mal wieder auf den Teppich«, sage ich. »Sie fragen sich nur, was du die ganze Zeit machst.«

»Schon gut, du Weichei.«

»Vielen Dank!«

»Ich brauche keinem was zu erzählen. Ich verdiene mir einfach noch was hinzu. Ich brauche Geld, und nein, ich habe nichts mit Drogen und die Leute von RuneScape bekommen keinen Cent mehr von mir.«

»Und wofür sparst du dann?«

»Jetzt tu nicht so, als ob du das nicht wüsstest. Du mit deiner Yuliya, wieso regen sie sich eigentlich nicht über dich auf? Sie ist noch nicht mal eine Afghanin. Sie ist überhaupt keine Muslimin und sie hat dämliche Haare.«

»He«, rufe ich, »wir sind erst fünf Wochen zusammen, sie hat wunderschönes Haar und wovon redest du überhaupt?«

»Okay, okay, okay!« Bashir rappelt sich hoch. Er knallt die Küchentür auf und kommt mit zwei Cola wieder. Er setzt sich mir gegenüber, wirft mir eine der Dosen zu und versucht danach, seine aufzureißen. »Mist!« Die Lasche bricht ab. Bashir stampft noch einmal in die Küche, jetzt, um ein Messer zu holen, das er anschließend mit dem Griff nach unten in den Dosendeckel rammt. Das erste Schäumen fängt er mit dem Mund auf. »Okay«, sagt er dann, »es geht um Nilofer. Sie will mit mir Schluss machen.«

»Nein!«, rufe ich.

»Doch«, sagt er. »Außer … außer …«

»Was? Außer was?«

»Außer ich komme nach Kanada. Sie möchte keine Chat-Beziehung mehr. Und ich auch nicht. Sie will sich richtig verloben, mit Ringen und so. Aber sie kann wegen ihrer Arbeit nicht nach Europa. Und Taxifahrer gibt es überall, also …«

»Herrgott noch mal, Bashir!« Ich tobe los. »Das geht nicht! Also das geht nicht! Wir gehören zusammen! Wir sind eine Familie! Du kannst nicht … Wir dürfen nicht … du wärst das allergrößte Arschloch, wenn …«

Bashir springt auf. »Halt den Mund! Du hast leicht reden! Ein Mädchen hier, wegen dem sich niemand anstellt! Du kannst herumschimpfen, wie du willst, aber trotzdem mögen dich alle und sind stolz auf dich und …«

Er nimmt seine Dose und feuert sie durchs Zimmer. Er trifft den Fernseher. Die Dose fällt auf den Teppich und zwei, drei Spritzer Cola zischen heraus. Wir schauen es uns an. Wir springen nicht auf, wir tun nichts.

»Ach was …«, sagt Bashir. Er macht eine wegwerfende Geste und setzt sich wieder.

Er fasst sich mit beiden Händen an die Stirn und reibt sich anschließend durchs Haar. »Sorry«, flüstert er, »sorry …«

»Ich kapiere nicht die Bohne.«

Bashir holt Luft. Tief. »Ich auch nicht. Ich will sie einfach, sie ist die Eine für mich, wenn wir reden, ist alles gut … Und ich … Na ja, dieses Land hier, was ist das eigentlich? Wie behandelt man uns hier? Ist doch ein Scheißdreck, oder?«

»Aber …«, beginne ich, »aber …«

Bashir fasst meine Hände und zieht mich zu sich. »Nichts sagen«, flüstert er, »nichts zu Padar sagen! Es wird vielleicht noch gut. Sorry, Hamu, sorry …« Er versucht mich zu umarmen. »Und du weißt ja auch nicht, ob du …«

»Was?« Ich bin schwer zu verstehen, meine Stimme ist auf einmal weg.

»Ob es von Dauer ist. Mit deiner Freundin. Wer weiß, was der IND … Na ja, lass gut sein.«

Ich setze mich anders hin. Bashirs Arm rutscht von mir ab. Ich verstehe rein gar nichts mehr.

»Du sparst also für ein Ticket.«

Bashir sinkt auf seinen Stuhl zurück. »Ja.«

»Wie viel brauchst du noch?«

»Pff! Mehr als die Hälfte.«

»Das geht nicht«, sage ich. »Ich werde Madar und Padar nichts davon sagen, aber das darfst du nicht.«

»Pff!«, sagt Bashir wieder. Und wieder macht er eine wegwerfende Geste.

Wir haben noch keine neue IND-Vorladung, und einmal im Monat telefoniere ich deshalb für Padar mit unserer Anwältin. Wir müssten abwarten, sagt sie dann.

Soll ich darüber dann immer gleich mit Yuliya reden? Sie weiß sehr gut, dass wir keine Aufenthaltserlaubnis haben.

Wir sind auch erst anderthalb Monate zusammen und es ist ruhig und wunderbar, nebeneinanderher zu gehen, abends, am Tag. In den Pausen nach ihr zu sehen und zu wissen, wie sich ihre Lippen anfühlen. Zusammen nach Dupica zu suchen und sie zu streicheln und ihren Kopf zu spüren, wenn sie um unsere Beine streicht.

Und auch wenn Yuliya und ich in ihrem Zimmer sind oder hinter dem Bahnhof auf der Bank bei den Fahrradständern, brauchen wir nichts zu sagen. Sie hat ganz kurze Härchen auf der Oberlippe, sie sind durchsichtig und existieren nur von ganz nah. Ihre Schweißtröpfchen sind so schön, manchmal hat sie ein paar auf den Nasenflügeln und die küsse ich dann weg.

Über das Küssen allerdings reden wir. Vielleicht sind wir die Einzigen auf der Welt, die das tun, ich weiß es nicht, aber wir erzählen uns, wie gut wir es können und wie es am schönsten ist. Wir holen Kaffee am Getränkestand im Bahnhof und diskutieren den Geschmack unserer Zungen, wenn wir Cappuccino getrunken haben.

Ihre Eltern kenne ich kaum. Yuliya wohnt bei ihrem Vater, und der arbeitet fast immer. Ihre Mutter sieht sie an den Wochenenden, aber meistens werden diese Besuche abgesagt.

Manchmal schickt Yuliya eine SMS: *Niemand zu Hause, kommst du?*, und dann fliege ich nur so aus dem AZC. Madar fragt mich, wohin ich renne, aber ich rufe: »Ich bin mal kurz weg!«, und dann winkt sie.

An einem der Sonntagnachmittage, als Yuliya mich zu sich eingeladen hat, kommt unser Gespräch auf Frau Levanti und ihre Theaterpläne. »Sie ist eine der nettesten Lehrerinnen, die ich kenne«, sagt Yuliya, »und ich bin sicher, dass ihr da etwas Gutes auf die Beine stellt.«

Wir unterhalten uns über meine Ideen für das Schultheaterstück und endlich, ich weiß nicht warum, es passiert einfach – Mädchen haben geheimnisvolle Fernbedienungen, die auf mich, auf meinen Kopf und meine Bewegungen einwirken –, endlich führe ich Yuliya ein Tänzchen vor.

Aus einem Bollywoodfilm.

Aus *Taqdeerwala*.

Es ist so lange her, dass ich von *Taqdeerwala* gesprochen habe. Aus dem Küssen und Streicheln wird an diesem Nachmittag nichts, denn Yuliya will alles wissen über den Mann, der das Glück fand, über die Engel aus der Geschichte, über das heruntergefallene Buch mit den Menschenschicksalen und alle Tänze.

Ich verspreche ihr, die Kassette mit den Bollywoodliedern für sie herauszusuchen.

Und schließlich erzähle ich auch noch von Faisal. Und das, obwohl ich es wirklich nicht für nötig halte, alles wieder hervorzukramen. Aber ich tue es doch. Und zwar aus freien Stücken. Weil Yuliya zuhört.

Yuliya lacht über die Geschichte von der Tochter des Metzgers und Faisals Bemerkung über Osama Bin Laden, als wir durch die Straßen von Kabul marschieren mussten.

Sie fragt: »Wann hast du ihn zum letzten Mal gesehen?«

Das kann ich ihr nicht beantworten. Es bleibt etwas zu lange still und Yuliya umfasst mit beiden Händen meinen Arm. Ich winde mich, so unauffällig es geht, wieder los.

An diesem Abend schaue ich von meinem Bett aus auf das Bild mit dem Meer, auf das nächtliche Fenster, vor das ich nie Vorhänge haben wollte, zu dem Poster von Teheran und zu den Postkarten von der Frau und von Paris.

Und plötzlich ist Faisal wieder da. Ich sehe ihn vor mir, in meinem Kopf ist er elf Jahre alt, genau wie damals, aber gleichzeitig auch sechzehn. Er liegt jetzt wach, denke ich, er liegt irgendwo anders auf der Welt wach und denkt an mich. Aber dann schlage ich mir halb schlafend vor die Stirn, denn wahrscheinlich haut es mit den Zeitzonen und so überhaupt nicht hin.

Ich frage mich, ob es gut war, dass ich mit Yuliya über Faisal gesprochen habe. Andererseits: Sie hat mir auch von ihren Eltern erzählt, von der Scheidung und dem vielen Geschrei.

Doch was ist mit Raed? Wir sind schon so lange Kumpels,

sehen uns jeden Tag, jedes Wochenende, aber er hat mich Faisals Namen noch nie nennen hören.

Ich drehe mich noch einmal um, knete mein Kissen zu einer vollkommen weichen Kugel und denke: Wenn Faisal immer noch mein stabilstes Haus der Freundschaft ist, wird es dann nicht Zeit, noch eins daneben zu bauen?

Im Dezember müssen wir wieder nach Ter Apel.

Aber zuerst feiern wir Nikolaus in der Schule, mit der Theatergruppe und mit Frau Levanti. Wir wissen zwar immer noch nicht genau, welches Stück wir aufführen werden, aber genügend Spieler haben wir schon zusammen. Yuliya hat sich angemeldet, auf meine dringende Bitte hin, und auch Raed hat sich immer noch nicht abgemeldet.

Nikolaus. Wir ziehen Lose, wir basteln Überraschungsgeschenke und wir schreiben uns sogar gegenseitig Gedichte.

Yuliya hat als Los offenbar mich gezogen. Oder hat sie, Mädchen sind durchtrieben, so lange mit anderen getauscht, bis sie den Zettel mit meinem Namen in der Hand hielt? Jedenfalls schenkt sie mir das Einzige, was ich haben wollte und von dem ich nie geglaubt hätte, es zu bekommen. *Taqdeerwala*. Der Film ist kürzlich auf DVD erschienen und Yuliya hat ihn über bollydvd.net gekauft. Ich renne damit nach Hause und ziehe alle zu mir aufs Bett. Ich rufe: »Alle Augen zum Computer! Jetzt!«

Und dann spiele ich den Film, den wir mehr als vier Jahre nicht gesehen haben. Madar muss weinen und lachen und wieder weinen. Navid fängt an herumzuhopsen und Roya kann die Lieder immer noch mitsummen. Das ist stark, denn sie war noch so klein, als wir uns *Taqdeerwala* in Kabul ansahen, hinter geschlossenen Fensterläden und mit leise gedrehtem Ton.

Yuliya will an diesem ersten Abend nicht mit dabei sein. »Das ist etwas für dich und deine Familie. Wenn du von Ter Apel zurück bist, komme ich zu einer Privatvorführung. Und sei sicher, dass ich dann dein Tänzchen noch einmal sehen will.«

Ich sage: »Ich verspreche, dass ich für dich tanze, sobald wir gute Nachrichten vom IND bekommen haben.«

»Aha«, sagt sie, »dann fang schon gleich an zu üben, das wird nämlich was in Ter Apel. Ich spüre es.«

Ein paar Tage später fahren wir los. Wir kommen am Montag an, und diesmal sind wir viel besser vorbereitet. In einem meiner Schuhe verstecke ich einen Stift und in dem anderen mein Handy.

Bis Mittwoch habe ich Vertrauen in die Sache. Padar hat also jetzt von einer der rebellierenden Milizen den Nachweis eines auf ihn ausgestellten Haftbefehls. Es war nicht einfach, den zu bekommen. Ich glaube, Onkel Aaron und Padars Freund Noorahmed haben dafür einige Leute bestechen müssen, aber in ihm steht deutlich, dass Padar gesucht wird und dass sein Leben bei einer Rückkehr in Gefahr ist. Zusammen mit den Erklärungen von Oma und noch einigen offiziellen Instanzen muss das ausreichen, um bleiben zu dürfen.

Aber Padar kommt düster von seinem Verhör zurück. Seine Schultern hängen herab und die ersten Stunden danach richten sie sich auch nicht wieder auf. »Sie wollen, dass ich die Echtheit des Haftbefehls beweise. Aber wie soll ich das können? Mit Hilfe der afghanischen Regierung, sagen sie. Aber die Regierung drückt keine Stempel auf die Papiere ihrer Gegner. Wieso verlangen sie das von uns? Wieso untersuchen sie nicht selbst, ob das Papier echt ist? Die Niederlande haben doch eine Botschaft in Kabul?«

Meistens ist Padar ruhig, meistens beruhigt er mich und jeden anderen in seiner Nähe, der droht, die Beherrschung zu verlieren. Padar hat immer Hoffnung, Padar gibt den Mut nicht auf. Aber nachdem wir ein Stück auf dem Gelände spazieren gegangen sind, ruft er, während ich von meinem Handy aus mit unserer Anwältin spreche: »Muss ich vielleicht erst dorthin? Muss ich mit einer afghanischen Kugel im Bein wiederkommen, um zu beweisen, dass die Gefahren für mich wirklich existieren?«

Vor meinem eigenen Verhör am Donnerstag will ich mich nicht noch einmal nervös machen lassen. Aber zum Kuckuck noch mal, ich schrumpfe wieder, kaum dass ich das Zimmerchen betrete. Der jetzige IND-Mann ist weniger freundlich als der von vor einem Jahr, und mein Dolmetscher blickt streng.

Ich hatte mir vorgenommen zu sagen, dass ich nicht mehr an die strenge Form des Islam glaube. Dass für mich der Gott der Christen und der der Moslems derselbe ist und dass das Überzeugungen sind, die ich in Afghanistan nie würde haben dürfen. Aber der IND-Beamte sagt: »Tut mir leid, aber ich brauche Fakten. Bist du ein Abtrünniger? Bist du Christ geworden?« Und während ich antworten will, dass ich das nicht so haargenau sagen kann, sehe ich die harten Augen des Dolmetschers, der natürlich Moslem ist und jetzt zweifellos gerade denkt: Wage es, wage nur, das laut zu sagen!

»Na ja«, fasst der IND-Mann dann zusammen, »ist auch egal. Ich nehme an, dass du nicht beweisen kannst, Christ geworden zu sein. Falls du es denn geworden bist.«

Ich will ihm noch von den Gesprächen in der Kirche erzählen, der Kirche, die uns im AZC so oft Lebensmittelbons gegeben hat und in der ich einige Male mit Onkel Aaron gewesen bin, um mit dem Pastor und dem Jugendhelfer über Glaubensdinge zu sprechen. Ich will von den Diskussionen im Sozialkundeunterricht erzählen, in denen ich immer liberaler wurde, sogar so sehr, dass es Klassenkameraden gab, die protestierten, dass Raed sich, weil er nichts mehr damit zu tun haben wollte, neben mir zum Schlafen auf die Schulbank gelümmelt hat, und dass der Lehrer behauptete, ich dächte ja niederländischer als die meisten Einheimischen.

Doch es gelingt mir nicht. Die Verhörzeit, die uns noch bleibt, vergeht mit dem langsamen Tippen des IND-Beamten und ich sitze nur noch so da und die Sache ist hoffnungslos verloren.

Ich weiß es auf einmal ganz sicher: Sie wollen uns nicht haben.

Und ich habe recht.

Am Freitag können wir wieder nach Hause.

Der IND hat Ihre Eingabe abgewiesen. Sie haben die Niederlande innerhalb von vierundzwanzig Stunden zu verlassen.

Der einzige gute Witz kommt von Madar. Am Freitagmorgen, kurz bevor wir losmüssen, fährt ein schwarzer Mercedes am Fenster des Wartesaals vorbei. Zwei Polizeimotorräder eskortieren einen bedeutenden Gast. »Die Ministerin«, flüstert jemand, »anscheinend kommt sie des Öfteren hierher zu Besuch.«

»Wieso?«, fragt Navid. »Was tut sie denn hier?«

»Ach«, sagt Madar, »sie kommt und hält ihren Beamten die Hand. Wenn sie Ja schreiben wollen, haut sie ihnen auf die Finger. Und dann schreiben sie Nein.«

Raed sagt: »Heißt das, du bist jetzt illegal?«

Ich sage: »Und was kümmert dich das?«

»Nope. Aber es klingt so schön: illegal.«

»Hör doch mal auf«, sagt Yuliya. Wir stehen zu dritt in der Schule zusammen. »Es klingt überhaupt nicht schön. Hammy, was kann denn jetzt passieren?«

»Ich weiß es nicht«, sage ich, »können wir ein andermal darüber sprechen?«

»Ja«, sagt Yuliya, »aber es geht hier schon um deine Zukunft, weißt du?«

»Frau Levanti will, dass ich darüber schreibe.«

»Natürlich! Machen! Keiner weiß irgendwas über Asylbewerberheime und so. Dabei sollte jeder davon wissen!«

Raed nickt. »Ich spiele auch deinen Vater.«

»No way.«

»Doch, natürlich, mein Kleiner«, sagt er, schlingt seinen Arm um meinen Nacken und nimmt mich in den Schwitzkasten.

»Schluss«, rufe ich, »Schluss damit!«

»Schluss damit!«, sagt jetzt auch Yuliya und sofort lässt Raed mich los.

Wir starren eine Zeit lang nach draußen, und dann fragt Yuliya: »Warum hast du meine SMS nicht beantwortet?«

»Ja, Mann«, sagt Raed, »wir haben dir mindestens vierzehnhundert Nachrichten geschickt.«

»Ich weiß nicht«, sage ich, »schlechter Empfang und so. Aber gelesen habe ich sie. Und ich habe doch angerufen?«

»Ein Mal«, sagt Yuliya, »am ersten Tag. Irgendwie kann ich es schon verstehen, aber wir haben uns Sorgen gemacht.«

»Ja okay«, sage ich, »Raed, wie ist es eigentlich beim Basketball gelaufen? Habe ich viel verpasst?«

Ich will wirklich nicht darüber reden.

Was soll ich erzählen? Dass die Anwältin findet, eine weitere Berufung wäre sinnlos? Dass wir versuchen müssen, vom afghanischen Kultusministerium einen Beweis zu bekommen, in dem Padars Laufbahn bestätigt wird, in dem steht, dass er nach wie vor in Gefahr ist, weil er Mädchen unterrichtet und sich antiradikal betätigt hat? Dass wir dieses Papier anschließend beglaubigen lassen müssen, was bedeutet, dass zuallererst ein Stempel des afghanischen Außenministeriums darauf sein muss und dann einer vom afghanischen Konsul in Den Haag und dann einer vom niederländischen Außenministerium? Dass die Chance, dass wir das hinbekommen, minimal ist?

Und dass wir sonst auch nicht weiterwissen? Können wir noch irgendwas beim Europäischen Gerichtshof erreichen? Sollen wir der Ministerin einen Bittbrief schicken? Einen Protestmarsch organisieren?

Muss ich diese unmögliche Liste jetzt wirklich mit jedem in allen Einzelheiten durchgehen?

Da kann ich noch lieber über Kabul nachdenken. Darüber, dort zu wohnen und zu arbeiten und den Schnabel zu halten.

Etwas ist außerdem auch mit meinem Mund. Er hat keine Lust mehr zu küssen. Er tut es zwar, natürlich, denn ich versuche, auf die gleiche Art und Weise bei Yuliya zu sein wie vor Ter Apel, aber außer meinem Mund sind auch mein Kopf und meine Hände eigentlich nicht ganz bei der Sache.

»Entschuldige«, sage ich, »tut mir leid.«

»Macht nichts«, sagt Yuliya, »ich kann es verstehen.«

»Ich will nicht Schluss machen oder so.«

»Natürlich nicht, Hammy. Sei jetzt einfach still.«

Oder soll ich ihr vielleicht von Bashir erzählen? Dass er noch nicht einmal da war, als wir zurückgekommen sind? Dass er erst eine Stunde später aus dem AZC-Fahrstuhl gestürmt kam und eine Schimpfkanonade anfing, die eigentlich gegen die Ministerin und das ganze Land gerichtet war, dann aber so lange dauerte, dass sie mehr einem Streit mit Padar glich?

»Batschem«, sagte Padar immer nur, *»Batschem,* alle können dich hören.«

»Geht mir am Arsch vorbei!«, schrie Bashir. »Wir müssen fort aus diesem Scheißland! Es gibt einfach immer mehr Politiker, die immer weniger Flüchtlinge wollen, die wollen, dass die Niederlande das strengste Land in Europa werden, die den Islam verbieten wollen, sie sind neidisch auf Dänemark mit seiner strengen Asylgesetzgebung, und diese Bitch von einer Ministerin wird vielleicht die neue Regierungschefin und dann nehmen sie sich auch noch mal die Papiere von denen vor, die schon einen Status haben, ich bin mir sicher!«

Ich versuchte, ihn zu beruhigen. »Du hast selbst gesagt, die Regierung würde irgendwann zurücktreten und die linken Parteien kämen wieder an die Macht.«

Bashir drehte sich wütend zu mir um. »Ich hatte Tomaten auf den Augen. Und ihr habt es auch, Tomaten auf den Augen!«

»Batschem …« sagte Padar wieder und Madar stand besorgt daneben. Sie rieb sich nervös über die Arme, aber ich fing jetzt auch an zu brüllen. »Okay«, rief ich, »Und wo sollen wir deiner Meinung nach denn hin? Nach Kanada vielleicht?«

Bashir öffnete den Mund, kam einen Schritt auf mich zu, hob den Finger bis direkt unter meine Augen und zischte: »Wenn du …!« Danach stürmte er aus dem Zimmer.

Das alles kann ich nicht erzählen. Und auch nicht, dass wir demnächst gezwungen werden, das AZC zu verlassen. Das COA – die Zentralverwaltung – ist schon da gewesen und hat es uns gesagt. Wir hätten jetzt alle Verfahrensmöglichkeiten ausgeschöpft und also leider auch kein Recht mehr auf eine vom Staat bezahlte Unterkunft. Wir müssten uns selbst etwas anderes suchen – leider –, aber es gebe Stiftungen, die uns vielleicht helfen wollten. Dummerweise will uns die naheliegende, eine Stiftung speziell für Asylbewerber am Ende aller Verfahren, nicht beistehen – leider –, denn leider halten sie unseren Fall für nicht aussichtsreich genug.

Das alles spielt sich in den ersten Wochen nach Ter Apel ab. Yuliya weiß kaum etwas davon und Raed noch weniger, denn ich möchte so gern, dass alles unverändert bleibt, dass ich Hamayun bin und nicht bloß Teil einer hoffnungslosen Familie. Einer hoffnungslosen Familie, die auf die Stiefelschritte im Hausflur wartet.

Und dann, zuletzt, vier Szenen, kurz nacheinander.

1 Ich erkläre Yuliya, dass ich möglichst viel zu Hause sein muss. Sie versteht es. Sie nickt. Ohne zu lächeln, und ich sage: »Vielleicht nach einer Weile …« Danach nickt sie noch einmal.

Meine Arbeit im Supermarkt geht wie gehabt weiter. Wenn jemand fragt, was ich da tue, dann antwortet mein iranischer Chef, ich ginge ihm einfach etwas zur Hand. Ohne Bezahlung. Aber Zeitungen trage ich nicht länger aus, denn wenn ich jetzt erwischt werde und die Polizei erfährt, dass ich schwarz arbeite, dann ist alles verloren. Ab jetzt teilt sich Guido die Arbeit mit Raed.

Ich lade wieder mehr Filme und Musik aus dem Internet, ich bin öfter auf MSN und ich sehe häufiger fern. Zum Beispiel eine Sendung über Flüchtlinge mit dem Titel: *26000 Gesichter.* Lauter verschiedene Regisseure haben kurze Clips über Leute wie Madar, Padar, Navid, Roya und mich gemacht. Ich gehe auf die Website und klicke einen Film nach dem anderen an, von abends halb zehn bis um vier Uhr in der Nacht. Ich sehe Familien, deren Vater ermordet wurde, ich sehe Kinder, die in den Niederlanden aufgewachsen sind und in ein Land abgeschoben werden, das sie nicht mehr wiedererkennen, ich sehe ein Mädchen aus unserem Asylbewerberheim, deren Bruder ich vage gekannt habe und von dem ich erst jetzt erfahre, dass er sich hier, zwei Stockwerke tiefer, verrückt von all der Ungewissheit, erhängt hat. An einem der Wasserleitungsrohre, wie sie direkt unter unseren Zimmerdecken entlanglaufen. Und weiter höre ich mir die Erzählungen kurdischer und somalischer Familien, sudanesischer Lost Boys, georgischer Frauen und eines jungen Homosexuellen aus dem Iran an – ich kann nicht aufhören, und als ich mich endlich auf mein Bett werfe, habe ich meinen Computer nicht ausgeschaltet, mich nicht ausgezogen, ich weine die ganze weitere Nacht und beschließe, das zu tun, worum mich Frau Levanti gebeten hat.

2 Am nächsten Tag in der Schule. »Was ist mit dir?«, fragt Yuliya und ich antworte ihr nicht, lasse aber doch zu, dass sie meine Hand hält, als wir durch die Flure gehen, ich zu Geografie und sie zu Englisch, zwei Klassenräume weiter. Und in der zweiten Pause gelingt es mir nicht, mich zu Raed und den anderen zu stellen, aber Yuliya versteht mich und wieder lasse ich zu, dass sie meine Hand hält. Wir verlassen den Schulhof und schwänzen. Holen uns irgendwo einen Kaffee, während wir übers Schlittschuhlaufen reden und über dämliche niederländische Sänger und den neuesten Spiderman-Film.

Zuletzt gehe ich allein zur Schule zurück, denn ich muss noch zu Frau Levanti. Und sobald ich ihr erzählt habe, weshalb ich das Theaterstück über mich schreiben werde, und sie mich danach mit ihren alten, braunen Augen unter dem spröden grauen Haar anschaut, fange ich wieder an zu weinen. »Oh Gott«, sagt Frau Levanti, »komm mal her!«

3 Ich komme nach Hause und sehe es schon: Spuckehäufchen im Flur. Der Einsatzleiter der Polizisten, die die Leute aus dem AZC holen, ist ein Lama. Er speit die Fliesen voll, man kann seine Spuren verfolgen, ein Mann mit herumfliegendem Speichel ist er.

Ich sause zu den Fahrstuhltüren, aber der Aufzug hängt irgendwo oben im Gebäude. Also nehme ich die Treppen, immer drei Schritte auf einmal, und als ich in unserem Stockwerk ankomme, fiept mein Atem wieder, zum ersten Mal seit Jahren. Keuchend biege ich um die Ecke zu unseren Türen und da stehen sie: ungefähr zehn Mann, immer zu zweit nebeneinander, der Einsatzleiter vorneweg, Stiefel an den Füßen, die Hände auf ihren Pistolen, Handschellen am Gürtel, und auch hier: Spucke auf dem Fußboden. Padar steht in der Türöffnung. Er ist rot im Gesicht und gestikuliert. Ich renne zu ihm, ich sage: »Ich bin sein Sohn!«, und sofort wendet sich der Einsatzleiter zu mir. »Wir haben den Auftrag, Sie abzuholen. Ein weiterer Aufenthalt in diesem AZC ist nicht gestattet. Wenn das Ihr Vater ist, dann sagen Sie ihm, dass wir verstanden haben, dass er nicht in sein Land zurückzukehren wünscht, aber dass aggressives Verhalten jetzt für Ihre Situation nicht förderlich ist.«

4 Wir gehen wieder mit Taschen über unseren Schultern.

Wir sind ins Gemeindehaus gegangen, wo uns ein freundlicher Mann erst zugehört und dann genickt hat. Er wird sich Mühe geben, dafür zu sorgen, dass wir nicht verhaftet werden, solange wir ihn nur immer wissen lassen, wo wir uns aufhalten. Wir gehen zu der linken Hilfsorganisation, die einer der sozialdemokratischen Stadträte, mit denen ich über die Kirche in Kontakt getreten war, auf uns aufmerksam gemacht hat. Die Leute dort sagen: »Wir bezahlen die medizinischen Kosten, wir suchen Ärzte und Zahnärzte für euch. Geht weiter zur Schule. Treibt weiter Sport. Unsere Gemeinde beteiligt sich nicht gern an Abschiebungen von Familien. Versteckt euch nicht, sondern gebt eure Adresse an alle Instanzen weiter – spielt mit offenen Karten.« Die Anwältin behauptet das Gleiche, sie sagt, innerhalb eines Jahres gäbe es vielleicht wieder Neuwahlen, und vielleicht würde alles dann anders und besser – und all diese Ratschläge und Meinungen beruhigen uns ein klein wenig.

Aber dann stehen wir mit unseren Taschen und Koffern vor Bashirs Tür, ausgestiegen aus Tashmirs Auto. Und Bashir nimmt unsere Sachen wortlos entgegen.

Umständlich zwängen wir uns in sein kleines Apartment, und ich bekomme das kleinste Zimmerchen, in dem gerade mal mein Bett Platz hat und der Computer. Aber die Tür kann ich zumachen und so wohne ich eigentlich immer noch eigenständig.

Bashir ist still und geht, wann immer er kann – arbeiten, mit Freunden etwas trinken, ich weiß nicht, was er so alles tut –, und erst nach ungefähr drei Tagen wage ich es, ihn nach Nilofer zu fragen. Er verzieht ganz kurz das Gesicht, wendet sich ab und sagt: »Das Ticket ist längst zerrissen.«

DRAMA

Mein Theaterstück war fertig!

Beim Essen fragte Padar, weshalb ich so fröhlich sei. Also erzählte ich von dem Stück, und dass ich alles auf Niederländisch geschrieben hatte und dass Frau Levanti der Meinung war, die Schule solle jetzt endlich mal wissen, wie das wirkliche Leben eines Flüchtlings aussieht.

Padar hörte zu und nickte.

Roya fragte: »Kommen wir auch darin vor?«

»Ja«, rief Navid, »wer spielt mich?«

Bashir aß schweigend weiter.

»Bashir«, fragte ich, »kommst du es dir anschauen, wenn wir es aufführen?«

Er antwortete nicht.

Navid und Roya überlegten zwitschernd, wie berühmt sie wohl würden, aber plötzlich fuhr Padar Bashir an: »Dein Bruder hat dich etwas gefragt! Wieso antwortest du nicht?«

»Ach«, sagte Bashir, »mal sehen.«

Padar wurde rot, ich sah es.

»Lass nur, Padar«, sagte ich, »ist nicht so schlimm.«

»Ja, ja«, sagte Padar, »nimm du ihn auch noch in Schutz!«

Strippenkaart, so hatte ich das Stück genannt. »Ein guter Titel«, sagte Frau Levanti. »Es war das zweite niederländische Wort, das ich gelernt habe«, sagte ich, und sie antwortete: »Aha. Aber es ist auch ein Reisedokument. Ein unpersönlicher Streifen Papier.

Etwas, das für die Willkür der Einbürgerungsbehörde stehen kann.«

»Ach«, sagte ich, »ja, das auch.«

Sie hatte mein Niederländisch korrigiert, und danach trafen wir uns noch einige Male, um die Szenen richtig einzuteilen. Hier und da verstand Frau Levanti den Gang der Erzählung nicht, also veränderte ich etwas oder fügte noch etwas hinzu. Es war mehr Arbeit, als ich gedacht hatte, aber Frau Levanti sagte wieder und wieder, es wäre großartig. Und als wir zu der Ter-Apel-Szene kamen, sagte sie: »Ich schäme mich so. Ich schäme mich für mein Land.«

Weil ich so viel zu tun hatte (Basketball, Klassenarbeiten, und weil Bashir ständig weg war, musste ich, wenn nötig, mit Roya und Navid zum Arzt, zum Zahnarzt oder zu ihrer Lehrerin), verschoben wir die Aufführung des Stücks bis Mai, aber das war für Yuliya zu spät. Sie hatte ihre Abschlussprüfungen.

Aber ich hatte mir von meinem Ersparten endlich eine Filmkamera kaufen können. Yuliya spielte meine Mutter, und zusammen mit Raed, der definitiv die Rolle meines Vaters für sich verlangt hatte, und mit Navid und Roya, die sie selbst waren, filmte ich ein paar Reiseszenen im Wald bei Leusden. In dem Stück selbst würde ein anderes Mädchen meine Mutter sein, aber auf diese Weise war Yuliya doch mit von der Partie.

Ich entdeckte, wie ich mit den Aufnahmen spielen konnte, mit Kameraeinstellungen und mit Licht, und für den Schnitt durfte ich unser schuleigenes Ton- und Filmstudio nutzen.

Endlich, endlich konnten wir mit den echten Proben beginnen. Es war Anfang April und schon in sechs Wochen sollte die Aufführung stattfinden. Die Theatergruppe kam wieder zusammen und ich zeigte die Filme, die ich zusammengeschnitten hatte. Es war ein spannender Nachmittag, aber alle waren begeistert und alle akzeptierten die Rollenverteilung, die ich zusammen mit Frau Levanti entwickelt hatte. »Yeah!«, riefen sie. »Arriba!« »Na klar«, riefen sie, »demnächst klatscht sich die ganze Schule die Hände wund!« »Ooooh«, schauderten ein paar Mädchen, »ich werde jetzt schon nervös ...«

Frau Levanti lachte, aber danach setzte sie ihr allerstrengstes Gesicht auf. Sie sagte, von jetzt an müsste sie auf jede und jeden von uns zählen können, zwei Mal die Woche Probe, keine Absagen, keine Ausreden – Einsatz! Das hier täten wir nicht nur für uns selbst, sondern auch, um jedem Besucher die Augen dafür zu öffnen, was in unserem reichen, zivilisierten, betulichen kleinen Land geschah! Danach spendierte sie eine Runde Pringles und Cola, und um uns noch etwas mehr einzuschwören, hatte sie außerdem zwei Überraschungen: Sie und ich hatten zusammen geregelt, dass wir unser Stück in einem richtigen Theater spielen durften – genau dem, in dem ich ehrenamtlich gearbeitet hatte. Und für die, die wollten, hatte das Theater für heute Abend ein paar Karten zur Verfügung gestellt. Was gespielt wurde? *Türkische Früchte*, das Musical. »Yeah!«, riefen alle. »Arriba!«

»Wie viele Meter waren das noch mal zwischen ihr und mir?«, fragte Raed am nächsten Morgen. Er meinte die Hauptdarstellerin aus *Türkische Früchte*, er hörte gar nicht mehr auf, von ihr zu reden. »Ich glaube, zehn oder elf. Sie stand am Rand der Bühne und hatte überhaupt nichts an. Das heißt, ich konnte ihr wirklich direkt in ihre Du-weißt-schon schauen!«

Yuliya und ich lachten. »Ja, Ra, wir haben es auch gesehen. Wir waren dabei. Und Frau Levanti hat sich totgeschämt. Bestimmt fürchtet sie jetzt, wir würden unseren Eltern daheim erzählen, dass wir nackte …«

»Und sie war rasiert, oder? Das hast du nicht gesehen, Hammy. Du hattest die ganze Zeit die Hände vor den Augen.«

Ich protestierte. »Ich hatte Frau Levantis Hände vor den Augen! ›Nicht hinschauen, Hamayun!‹, hat sie gesagt. Aber ich habe doch etwas durch die Schlitze gesehen.«

Raed fing an zu kichern. »Was für eine passende Wortwahl …«

»Hallo!«, rief Yuliya. »Darf ich die sauberen Herren Machos darauf hinweisen, dass auch ein nackter Mann auf der Bühne gestanden hat?«

»Im Ernst?«, fragte Raed. »Ist mir völlig entgangen!«

Yuliya schnaubte. Ich schaute auf die Uhr. Heute Nachmittag wollte ich noch einen Werbetrailer für unser Stück filmen. »Kommt«, sagte ich, »sonst fängt es noch an zu regnen. Können wir schon in den Park?«

»Ach«, sagte Yuliya, »ich hatte gedacht, wir …« Sie schaute zu

Raed. »Einfach ein bisschen Nichtstun zu dritt. Ben & Jerry's und shoppen oder so.«

»Ja, was ist, Hammy Spielberg?«, sagte Raed. »Kannst du deinen Regisseurschalter nicht mal kurz umlegen? Ein halbes Stündchen chillen wird wohl noch drin sein!«

Ich schaute noch einmal auf die Uhr. Ich wollte schon losmeckern, als mich ein lauter, lang gezogener Schrei unterbrach.

»Haaaamuuuu!«

Zabi.

»Zabi!«, rief ich. »Bist du wieder da?«

»Jaaa!«, schrie er und schloss mich in die Arme. »Und wir reden nicht mehr darüber!«

Raed und Yuliya schauten sich stirnrunzelnd an, ich sah es aus den Augenwinkeln.

Raed machte mit dem Zeigefinger eine Drehbewegung in Höhe seiner Schläfe.

»Worüber, Zabi?«

»Wo ich die ganze Zeit gewesen bin! Nein, darüber reden wir nicht mehr!«

Zabi ließ mich los und betrachtete Raed. »Ich kenne dich«, sagte er, »du bist dieser eine. Doch, ich erinnere mich!«

»Das ist Raed«, sagte ich, »mein bester Freund.«

Jetzt runzelte Zabi die Stirn. »Nein, nein«, sagte er, »Zabi ist dein bester Freund!«

Sofort danach schaute er zur Seite, auf Yuliya. Seine Augen wurden größer und größer. »Du hast vielleicht wunderschön glänzende Haare! Sieht aus, als kämst du aus dem Himmel!«

Yuliya musste lachen. Ich sagte: »Zabi, Yuliya ist meine Freundin.«

»Jaaa!«, rief Zabi. »Und Hamu hat die schönste Freundin!« Er gab Yuliya artig und vornehm die Hand und sagte: »Hamayun und ich ziehen zusammen in ein Haus, wusstest du das schon? Jetzt noch nicht, aber schon sehr bald. Und vielleicht darfst du dann auch dort wohnen.«

»Zabi …«, begann ich, aber da rief er schon, er müsse jetzt gehen. »Ich muss zum Markt! Ananas kaufen. Hamu, Zabi ist also wieder da, Zabi ist zurück! *Ta didar!*«

Und weg war er. Yuliya lachte immer noch. Ich schaute sie an und machte eine entschuldigende Gebärde.

Raed schüttelte den Kopf und sagte: »Dass sie den freigelassen haben … Bestimmt hatten sie nicht genug Strom für ihn …«, fuhr er fort und tat dabei so, als würde er sich zwei Bügeleisen ans Hirn halten. »Zisch! Elektroschock! Elektroschock!«

Bashir rauchte viel mehr als früher. Sein Atem war davon ganz bitter, und erst ein gehöriger Streit mit Madar brachte ihn dazu, sich seine Zigaretten auf dem Balkon anzuzünden. Aber nach wie vor sahen wir ihn nur wenig. Er fuhr allein zu Abend- und Nachtdiensten, und wenn er einmal frei hatte, ging er aus. Einmal fand ich ihn frühmorgens schlafend vor der Tür auf der Außengalerie, ich konnte ihn zum Glück ohne allzu lautes Gepolter in die Wohnung schleppen.

Das kleine Foto von Nilofer aus Kanada steckte noch in seinem Portemonnaie, aber seinen AOL-Account hatte er gekündigt. Jetzt nutzte er MSN auf meinem Computer, denn seiner war irgendwann abgestürzt. Wenn er wieder mal vergessen hatte, sich auszuloggen, sah ich Reihen unbekannter Mädchen in seiner Liste.

Aber wir benahmen uns alle etwas merkwürdig. Wir versuchten jetzt schon seit Monaten, so gut es ging, in die kleine Wohnung zu passen, wir puzzelten uns zurecht, wir schoben mit Matratzen und Möbeln. Roya und Navid schliefen bei Padar und Madar im Zimmer und Bashir auf dem Sofa. Navid bekam Probleme in der Schule und wir kapierten viel zu spät, dass es an seinen Augen lag. Ich blieb einen Vormittag zu Hause, um mit ihm zum Optiker zu gehen, aber das Geld für eine Brille hatten wir erst fünf Wochen später zusammen.

Oma rief an.

Ich war dem Telefon am nächsten. »Oma! Wie geht es, von wo aus rufst du an?«

»Hamayun-jaan, bist du das? Ich rufe von den Nachbarn aus an. Wir haben Strom. Wie geht es in der Schule?«

»Gut, Oma.«

»Lernst du auch ordentlich?«

»Ja klar, Oma.«

»Arbeitest du auch?«

»Ja Oma, in einem Geschäft.«

»Und treibst du auch viel Sport?«

»Ja Oma, in der Schule.«

»Und wie geht es Bashir? Und Navid und Roya? Und deinen Eltern?«

Es waren die gleichen Fragen wie immer und ich gab auch die gleichen Antworten. So ging es jedes Mal mit ihr am Telefon. Und jedes Mal machte es mich auf eine merkwürdige Weise traurig. Nicht nur, weil es so lange her war, dass ich sie zum letzten Mal gesehen hatte, sondern auch, weil wir offenbar nichts Neues mehr zu fragen wussten. Unsere Telefonate waren wie vorher aufgeschrieben. Und das Schlimmste war meine leise Erleichterung, wenn ich das Telefon an jemand anderen weitergeben konnte.

»Oma, hier ist Madar.«

»Tschüs, Junge, tschüs, Sultan meines Herzens.«

»Tschüs, liebe Oma.«

Aber diesmal hatte sie doch etwas Neues zu berichten, denn als das Gespräch vorbei war, flüchtete sich Madar in die Küche. Ich ging ihr hinterher. Mit über die Augen geschobenem Kopftuch drehte Madar sich weg. Sie zog eine Schublade auf und begann mit einem Topf und mit Besteck zu klappern. Ich legte ihr meine Hand auf die Schulter und sagte: »Madar ...«

Erst erstarrte sie, aber dann zog sie mich fest an sich und fing an zu weinen.

Zehn Minuten später saßen wir auf dem Sofa und erst da konnte sie wieder sprechen. Ihre Mutter, unsere andere Oma, war gestorben. Herzstillstand. Der kleine Igelbruder hatte den Nachbarn Bescheid gegeben, aber der Hilfsdienst war zu spät gekommen. Das alles war schon vor zehn Tagen passiert, aber es hatte Probleme mit der Stromversorgung gegeben und zu viele Dinge, die geregelt werden mussten. Der kleine Igelbruder war zur Oma nach Kabul gezogen. »Wie soll das gehen«, fragte Madar weinend, »sie wohnt in einer so kleinen Wohnung, und ...«

»Pst«, sagte ich und strich Madar sanft über den Rücken. »Ruhig, ganz ruhig!«

So saßen wir noch mindestens eine Stunde. Dann kam Padar nach Hause und Madar begann wieder zu weinen.

Ich ging in mein Zimmer und schaltete den Computer ein. MSN. Sobald ich online war, schob sich ein Fensterchen von Yuliya auf. *Hey, du Supertyp!*

Sie tippte Satz um Satz über ihre Schulprüfungen und ich reagierte mit *Ja* oder *Nein* oder *Aha*. Währenddessen suchte ich in meinem Computer nach unseren alten, eingescannten Kabulfotos, aber ich fand nicht ein gutes Bild von der anderen Oma.

Was ist?, schrieb Yuliya. *Was tust du gerade?*

Nichts, sagte ich, nachdem ich sie genau etwas zu lang hatte aufblinken lassen.

An dir habe ich heute auch nicht viel, schrieb Yuliya, mit einem freundlichen Smiley.

Sorry, tippte ich.

Okay, ist wirklich nichts mit dir?

Ich wollte es nicht, ich konnte es nicht erzählen. Sie wusste ohnehin kaum etwas von der anderen Oma. Außerdem hatten Yuliya und ich uns schon eine Zeit lang nicht mehr gesehen. »Das macht nichts«, hatte Yuliya selbst gesagt, »das halten wir schon aus.« Aber ich schlief immer schlechter, ich dachte nur noch an mein Theaterstück, ich schrieb immer neue Sätze auf, nachts, auf meine Tür, im Dunkeln.

Frau Levanti hatte bei einer der letzten Proben zu mir gesagt, ich solle damit aufhören. Wir könnten jetzt nichts mehr verändern, sonst würden wir noch alle zusammen verrückt. Aber mein Kopf ließ sich nicht einfach so abschalten, meine Gedanken rannten ständig der Hintergrundmusik von *Strippenkaart,* der Umkleidezeit für die Doppelrollen, den Requisiten hinterher.

Hamayun, tippte Yuliya jetzt in unser Gesprächsfenster, *ich möchte dich morgen sehen. Ich muss dir etwas erzählen. Ich sehe dich im Park, nach dem Unterricht. Da sind wir schon viel zu lange nicht mehr gewesen.*

Was denn?, schrieb ich. *Kannst du es mir nicht jetzt sagen? Morgen gehe ich mit Frau Levanti ins Theater, zu Marc, um den Beleuchtungsplan durchzugehen. Übermorgen?*

Yuliya schien kurz zu zögern, aber zuletzt antwortete sie: *Puh. Okay. Übermorgen. Ich erzähle es dir dann. Kusskuss. Byeeee.*

Am darauffolgenden Nachmittag sagte ich Frau Levanti ab, es ging nicht anders. Madar wurde krank und still. Sie lag auf dem Sofa und benutzte ihr kleines Inhaliergerät viel zu oft. Sie sprach fast nicht mehr. Nur wenn es wirklich nicht anders ging, winkte sie mir und flüsterte mir etwas ins Ohr. Ob ich Roya abholen könne. Ob ich heute Abend zu Hause bleiben könne. Ob ich gehen und die Nachbarn ausladen könne, die zu Besuch kommen wollten.

»Nein, es geht schon wieder etwas besser«, sagte ich, als Frau Levanti anrief.

»Vielen Dank auch, dass Sie Marc angerufen und ihm abgesagt haben. Und wirklich großartig, dass diese Leute aus der Politik sich unser Stück anschauen wollen.«

Frau Levanti hatte den ganzen Gemeinderat eingeladen, sogar den Bürgermeister. Sie hatte die Poster, die Bashir nach langem Nörgeln entworfen hatte, in die Schuldruckerei gebracht. Sie hatte gefragt, ob ich später für den schuleigenen Fernsehkanal einen kleinen Film zusammenschneiden möchte? Sie hatte die anderen Lehrer so weit bekommen, dass ich einige Klassenarbeiten auslassen und sie später mündlich nachholen durfte.

»Tschüs, Frau Levanti«, sagte ich, »ich sehe Sie dann morgen in der Pause. Und ich bringe die afghanische Kleidung mit, als Vorlagen für die Kostüme. Vielen Dank für alles, ohne Sie würde das Ganze nicht hinhauen. Auf Wiedersehen und nochmals danke!«

Am Tag darauf kam Madars Sozialarbeiterin, aber zum Glück war Bashir zufällig zu Hause. Er würde übersetzen und ich konnte in den Park. Zu Yuliya.

Da saß sie, auf unserer Bank. Ich war ein paar Minuten zu spät und sie hatte sich zurückgelehnt und die Augen geschlossen. Die Sonne schien ihr auf Wangen und Stirn und Nase, und ich schlich mich, so leise ich konnte, näher. Ich hielt ihr die Augen mit den Händen zu.

»Hey!«, sagte sie. »Oh, Hammy!«

Wir küssten uns. Niederländisch: links-rechts-links. Und danach noch einmal auf unsere Art. Ich freute mich, sie zu sehen, wirklich. »Nichts sagen«, sagte ich, »es ist meine Schuld. Ich habe dich vernachlässigt. Ich bin mit nichts anderem als meinem Stück beschäftigt. Du darfst böse auf mich sein, wenn du willst.«

Ich hatte erwartet, dass sie nicken und mir erklären würde, dass es so wirklich nicht weiterging. Ich hatte sogar erwartet, dass sie lachen würde. Aber stattdessen schaute sie mich mit ihren großen Dupica-Augen an und sagte: »Vielleicht ... Vielleicht sollte ich mich bei dir entschuldigen.«

In diesem Augenblick sah ich es plötzlich: Sie war noch schöner geworden. Sie war noch süßer geworden, als sie schon die ganze Zeit gewesen war, und ich war ein großer, egoistischer Stümper-Hamu, der sich ausschließlich mit Erinnerungen und Texten und Bühnenbildern beschäftigt hatte. Meine Freundin war das tollste Mädchen auf der ganzen Welt, denn während ich mich eigentlich schuldiger als schuldig fühlen müsste, schien sie sich schuldiger als schuldig zu fühlen. Meine Freundin war das tollste Mädchen auf der ganzen Welt, denn sie verstand mich und fühlte sogar genauso wie ich. Ich lächelte, ich war so froh über sie – ich drehte meinen Kopf in ihre Richtung für einen dieser langen Küsse, die wir uns schon viel zu lange nicht hatten geben können, aber Yuliya sagte: »Warte.«

»Warte«, sagte sie, »ich habe etwas gemacht, ohne dir etwas davon zu sagen.«

»Komm«, sagte ich und neigte mich wieder zu ihr, »erst mal das hier.«

»Nein, hör mir zu. Ich will dir etwas sagen. Ich bin für dich auf die Suche gegangen. Nach deinem besten Freund. Nach Faisal.«

Ich schrak zurück. Ich weiß nicht, warum, mein Körper tat es einfach. Kälte schob sich um meinen Kopf und ich schrak zurück.

Yuliya merkte es nicht. »Also«, sagte sie, »bisher hat es noch nicht geklappt. Ich habe es beim Roten Kreuz versucht, da gibt es einen Suchdienst. Ich habe ihnen eine Mail geschickt, in der ich alles erklärt habe. Wie wichtig eure Freundschaft wäre. Und es dauerte eine Zeit, aber endlich bekam ich Antwort. Sie würden nur direkte Verwandte suchen, sagten sie. Leider. Aber sie gaben mir die Adresse des internationalen Flüchtlingswerks. Und damit könntest du selbst weitersuchen. Falls Faisal es auch in irgendein Asylland geschafft hat, dann würden sie ...«

Ich hörte nicht mehr hin. Ich bekam Schmerzen im Kiefer und irgendwas war auch mit meinem Genick. Ich konnte nur noch geradeaus schauen, an Yuliya vorbei, auf den Weg und die Sträucher und die Spaziergänger in der Ferne. Ich verstand nicht, was mich überkam, ich holte einfach so, während sie erzählte, mein Handy hervor und sagte: »Ich bekomme eine SMS. Von Bashir. Ich muss nach Hause. Ich soll mit Roya in die Stadt.«

Ich stand auf.

Yuliya sagte: »Hammy, warte doch mal. Ich ... ich gehe einfach noch ein Stück mit dir mit. Aber freust du dich denn nicht, dass … bist du böse? Habe ich etwas falsch gemacht?«

»Nein, nein«, sagte ich, »danke. Vielen, vielen Dank. Und nein, bleib lieber hier. Ich muss gehen, ich bin schon zu spät.«

Ich zwang mich dazu, mich bei Yuliya zu entschuldigen: »Ich war merkwürdig, tut mir leid. Ich kapiere mich selbst nicht.«

»Schon gut«, sagte sie, »reden wir nicht mehr darüber.«

Also redeten wir nicht mehr darüber.

Aber mir bereitete die Sache schlaflose Nächte und es dauerte mindestens eine Woche, ehe ich allmählich etwas davon begriff.

Das war wegen Madar. Ich versuchte, möglichst viel in ihrer Nähe zu sein, aber ich schaffte es kaum, sie zum Sprechen zu bringen. Ich bat sie, mir das Kochen beizubringen, einfach nur, um neben ihr in der Küche stehen zu können. Ich bat sie, bei den Kostümen mitzuhelfen. Wir hielten eine Extraprobe ab und Madar kam mit, um Kopftücher zu knüpfen und Burkas und Tschadors anzuprobieren. Ich nahm *Hena* auf, Madars indische Lieblings-Seifenoper, und jeden Abend, bevor ich schlafen ging, schauten wir uns zu zweit die Plastikabenteuer der schönen Töchter und hässlichen Stiefmütter an. Und endlich, es war nachts und ich fand Madar auf der Außengalerie, von wo aus sie die letzten Zugreisenden beobachtete, die eilig aus dem Bahnhof kamen, endlich sagte sie: »Ich dachte immer, es würde wieder in Ordnung kommen. Ich könnte euch irgendwann unser Land zeigen, weil wir wieder einen Pass hätten. Wir könnten den kleinen Qasim holen und ich könnte mit meiner Mutter zu den Bergen in der Ferne schauen. Ich habe immer gedacht, mein Leben wäre noch nicht ganz in zwei Teile zerschnitten. Aber ...«

»Aber«, sagte ich, »das ist es jetzt doch.«

»Ja«, sagte sie, »das ist es jetzt doch.«

»Madar«, sagte ich, »wir fahren noch zurück. Wir gehen und holen den kleinen Igelbruder. Und wenn Padar wegen der Bedrohungen nicht mitkann, dann fahren wir beide, du und ich. Und dann besuchen wir auch Omas Berg.«

»Ach ja«, sagte Madar, und kurz darauf lächelte sie mich an, das erste Mal seit der schrecklichen Nachricht. »Und jetzt geh zu Bett«, sagte sie, »ich komme schon wieder klar.«

Das ist es, dachte ich. Das ist der Grund, weshalb Yuliya mich so erschreckt hat. Das ist der Grund, weshalb ich mir in dieser Woche die allergrößte Mühe gegeben hatte, so zu tun, als wenn nichts wäre. Denn ja, ich wusste schon lange, dass es solche Suchdienste gab. Beim Roten Kreuz und auch beim Flüchtlingswerk. Aber ich hatte mich nicht getraut, dorthin zu schreiben, weil ich es nicht hätte hören wollen, wenn Faisal wirklich in Dschermany wohnte oder in Schweden oder Russland oder noch woanders. Und erst recht hätte ich nicht hören wollen, dass ihm etwas zugestoßen war. Faisal war elf. Faisal war mein bester Freund mit elf. Ein starkes Haus war er, ein Haus mit dicken Mauern und einem starken Fundament. Und niemand, noch nicht mal meine Freundin, durfte losgehen und nach diesem Haus suchen.

Ja, dachte ich, das ist es. Das Risiko, dass mein Leben zuletzt auch in zwei Teile geschnitten wird, wenn vielleicht auch nur etwas von Faisal, seiner Freundschaft, seinem Aufenthaltsort, seinem Alter, anders wäre, als ich es in Erinnerung hatte, dieses Risiko wagte ich nicht einzugehen. Weil mir dann kein einziges Haus mehr bliebe.

Das alles überlegte ich mir in einer dieser Nächte vor unserer Theateraufführung.

Ich fragte mich, ob ich mich wieder weiß kleiden sollte, so wie früher, als Faisal ausschließlich Schwarz trug. Ich suchte mein altes Tagebuch wieder hervor. Ich hielt es in der Hand, öffnete es mit geschlossenen Augen und fühlte die Buchstaben, dort, wo ich viel zu fest aufgedrückt hatte. Ich hatte sie, so fest es ging, verankern wollen, war es das? Ich klappte das Tagebuch zu, starrte auf den Umschlag und wusste auch noch etwas anderes: Ein niederländisches Haus hatte ich nach wie vor nicht. Natürlich hatte ich noch keinen Pass, aber auch mein Tagebuch hatte ich hier noch nie jemandem gezeigt.

Wieder wurde mir kalt. Ich blieb auf. Ich schaute viel zu lange auf meine weiße, leere Wand und dachte: Ich muss mit Yuliya Schluss machen. Nicht wegen ihr, sondern meinetwegen. Weil ich ein Arsch bin, der immer noch viel zu viel in Afghanistan lebt. Weil ich ein Arsch bin, der immer noch nicht an niederländische Freundschaften glaubt.

Am nächsten Tag ging ich mit Kopfschmerzen zur Schule. Ich knurrte Raed an, der zurückknurrte, und als ich »schlecht geschlafen« sagte, antwortete er: »Wieso bleibst du dann nicht im Bett?«

Selbstverständlich hatte ich daran auch schon gedacht, aber es war genau eine Woche vor unserer Theateraufführung und heute hatten wir eine wichtige Probe. Gleich nach dem Unterricht.

Yuliya war zu Hause, sie lernte für ihre Prüfungen. Das machte den Tag etwas leichter für mich: Ich war mir sicher, dass es stimmte, was ich mir nachts überlegt hatte, aber mir fehlte noch jede Vorstellung davon, wie ich ihr das beibringen sollte. Inzwischen machte Raed zum Glück wieder seine Witze, also besserte sich meine schwarze Laune allmählich ein wenig. Ich begann sogar schon, mich nach unserem *Strippenkaart*-Durchlauf am Nachmittag zu sehnen.

Wir radelten zum Theater. Frau Levanti kam später, sie hatte noch eine Konferenz. Das machte nichts, denn so allmählich sahen alle auch in mir so etwas wie einen Regisseur.

Wir waren fast da, als Raed auf einmal fragte: »Hast du Yuliya gesprochen, in letzter Zeit?«

Ich schaute zur Seite. »Wieso?«, erwiderte ich, zu schnell vielleicht, zu scharf.

»Nichts, Mann, nichts! Was bist du heute bloß für ein Wacko! Ich habe nur kurz mit ihr gechattet, das ist alles.«

»Ja und? Was sollte das?«

»Was das sollte? Du hast schon den ganzen Tag eine fucking Paranoia, das wollte ich bloß mal sagen. Und weiter nichts, Ruhe, Peace, Amen.«

»Na gut«, sagte ich, »wir sind da.«

»Ja«, sagte Raed, während er sein Fahrrad abschloss. »Aber deine Freundin ist heute auch da. Jetzt. Sie kommt gleich und sieht sich die Probe an. Nur so zum Spaß, dafür hat sie Zeit. Schien mir ganz praktisch, wenn du es weißt.«

Okay, dachte ich. Gut. Sie ist immer noch Yuliya. Sie gehört ganz normal zur Theatergruppe. Es ist genau wie sonst. Wir machen eine Probe. Alles andere kommt später.

Aber alle saßen bloß herum. Ich hatte Hallo gesagt, ich hatte Yuliya einen Kuss gegeben, ich hatte dafür gesorgt, dass alles für die Filmprojektion bereitstand, und jetzt wollte ich anfangen. Ich rief: »Beeilung! Probe!« Aber die Hälfte der Leute unterhielt sich einfach weiter. Als ich es noch einmal rief, etwas lauter diesmal und vielleicht auch mit Ärger in der Stimme, sagte jemand: »Hammy, Hammy, du hast ja lauter Falten im Kopf!«

Wir begannen. Die ersten Minuten ging es einigermaßen gut, aber dann bekam Raed einen Lachanfall. Er hatte als Einziger seinen Tomban angezogen, seine afghanische Hose, obwohl das hier überhaupt keine Kostümprobe war. Und jetzt, während der Gebetsszene am Fluss, geriet sein Tomban ständig ins Rutschen. Eines der Mädchen kicherte, und Raed, der eigentlich betend vornüber auf dem Boden liegen sollte, rollte sich auf den Rücken und kriegte sich überhaupt nicht mehr ein.

Ich explodierte. »Was soll das?«, rief ich. »Was glaubst du, weshalb du hier bist? Wenn du nicht spielen willst, dann melde dich krank oder so. Oder setz dich aufs Klo, was weiß ich!«

Raeds Gelächter verstummte. Er stand auf, hielt sich mit der einen Hand die Hose fest und kam, während er mir die andere Hand ausgestreckt entgegenhielt, auf mich zu. »Relax, Hammy«, sagte er, »relax! Nimm dir eine Apfelsine oder so.«

»Nichts relax!«, schrie ich. Es war inzwischen totenstill geworden, alle schauten zwischen mir und Raed hin und her.

Er zog seine Hand zurück. Seine Miene verdüsterte sich. Er machte einen Schritt in meine Richtung. »Hör zu«, sagte er, »das hier ist nur ein Theaterstück. Es ist nicht dein Leben!«

Im selben Moment sogen alle die Luft ein. Gleichzeitig. Erschrocken.

Aber ich sagte nichts.

Ich schaute zu Raed und wusste, dass wir nie, nie befreundet gewesen waren. Ich schaute noch einmal, länger jetzt, besser, und erkannte ihn nicht. Hatte ich ihm eigentlich jemals direkt ins Gesicht geschaut? Hatte ich das je zuvor getan? Ich suchte nach seinen Augen, seinen Pupillen, seinem Blick und versuchte zu entdecken, ob das hier ein Junge war, der dann wenigstens jetzt und in der kommenden Zeit einer meiner Freunde werden könnte.

Ich sah nichts, was darauf hindeutete.

Ich war ruhig, wie ein echter Regisseur. Ich sagte: »Es ist nur ein Theaterstück. Wollen wir weitermachen? Alle zurück an ihre Plätze!«

Kurz darauf übernahm Frau Levanti. Ich spielte meine eigene Rolle beherrscht, vielleicht ein wenig mechanisch. Aber niemand merkte, dass an diesem Nachmittag etwas anders geworden war.

Auch Yuliya nicht? Sie hatte mich und Raed die ganze Zeit über beobachtet. Vom Zuschauersaal aus. Von einem Sitz in der fünften Reihe. Und sie hatte die ganze Zeit geschwiegen.

Macht nichts, redete ich mir ein, macht nichts. Sie steckt mitten in ihren Prüfungen. Sie ist noch böse auf mich wegen unseres Gesprächs im Park. Aber eine SMS hinterher hatte ich doch erwartet. Auch wenn ich, ohne etwas zu sagen, fortgegangen und allein nach Hause geradelt war. Und als ich in meinem Zimmer war und auf MSN nachsah, war ich davon ausgegangen, sie doch noch online anzutreffen. Es schien, als hätte ich mittlerweile wieder vergessen, dass ich mit ihr hatte Schluss machen wollen, denn ich erwartete doch eine Nachricht an meine Hotmail-Adresse.

Er kam nichts. Keine Mail. Keine Nachricht. Keine SMS.

Nur Frau Levanti rief an. Aber zum ersten Mal seit Beginn unserer Proben drückte ich ihren Anruf weg.

Und immer noch war alles, was in diesen Tagen geschehen musste, offenbar nicht ausgestanden.

Padar war zusammen mit Onkel Aaron nach Den Haag gefahren. Zum afghanischen Konsulat. Sie wollten eine Erklärung des Konsulats, die besagte, dass die Mitarbeiter daran arbeiteten, das Dokument des afghanischen Kultusministeriums beglaubigt zu bekommen. Das Dokument selbst, in dem stand, dass Padar in Kabul nicht sicher sei, hatten wir inzwischen.

Onkel Aaron war nach Zuidlaren weitergereist und Padar war gerade rechtzeitig zum Abendessen nach Hause gekommen. Er erzählte von Onkel Aarons neuestem Asylantrag. Der sähe vielversprechend aus, hatte der Anwalt gemeint. Wir schöpften uns Reis mit Spinat auf die Teller.

Dann läutete es.

»Hamu, gehst du?«, fragte Madar, also ging ich durch den Flur und öffnete schwungvoll die Tür.

Vor mir standen vier Polizisten und hinter ihnen, ein Stück weiter, sah ich noch zwei.

»Guten Abend«, sagte der vordere Beamte. »Wir haben eine Anzeige erhalten. Angeblich wohnen hier Leute, die nicht hier gemeldet sind.«

Er zeigte mir ein Foto. Eine vergrößerte Aufnahme von Bashir. »Der Einzige, der hier unter dieser Anschrift wohnen darf, ist diese Person. Ist sie anwesend?«

»Nein«, sagte ich, »der ist nicht zu Hause.«

Ich hatte es gewusst. Ich hatte gewusst, dass so etwas passieren konnte. So wie man immer weiß, dass man überfahren werden kann oder von einem Sturm überrascht. Dass nichts am Ende so ist, wie man es sich gedacht hat. Man weiß es und denkt: Ja, jetzt passiert es.

»Kommen Sie herein«, sagte ich ruhig, wirklich eigenartig ruhig. Ich ging ins Wohnzimmer, hinter mir die Polizisten. Padar stand auf und auch ihm zeigten sie Bashirs Foto. Ich übersetzte, was sie uns fragten, und sagte: »Besser, wir stellen uns ihnen jetzt nicht in den Weg. Sonst geht es vollkommen daneben.«

Die vier Polizisten, die mitgekommen waren, verteilten sich rasend schnell in der Wohnung. Sie gingen auf den Balkon, schauten in den Schränken und der Toilette und unter Bashirs Bett nach.

Sie fragten nach unseren Personalausweisen.

Ich sagte: »Niemand hier hat einen Ausweis.«

Sie waren nicht unfreundlich. Sie sagten: »Dann müssen wir Sie leider auf die Wache mitnehmen.«

Ich übersetzte es für Padar und Madar. Sie nickten. Wir nickten alle. Wir waren still und ruhig.

Sie sagten: »Sie bekommen ein paar Minuten, um Ihre Sachen zusammenzusuchen.«

Ich ging in mein Zimmer, um einen Pulli zu holen. Ich schaute auf mein Bett und dachte: Ich darf mich jetzt nicht hinsetzen. Sobald ich mich setze, fange ich an zu zittern, und wenn ich zittere, zerfalle ich in Stücke.

Ich ging wieder in den Flur, um zu sehen, ob ich Roya oder Navid helfen musste.

Ich fragte: »Zu welcher Wache fahren wir?«

»Zur Hauptwache«, sagte der Beamte, der die ganze Zeit gesprochen hatte. »Es ist nicht weit.«

Ich sagte zu Madar: »Wir fahren zuerst zur Polizeiwache und dann sehen wir weiter.« Aber ich war mir sicher, dass sie uns ins Abschiebezentrum nach Ter Apel schicken würden und von dort aus nach Afghanistan.

Ich fühlte in meinen Hosentaschen, ob ich Geld dabeihatte, und mein Handy. Ich schaute, was Padar gerade tat. Er zog sich umständlich um. Ein anderes Hemd, eine Krawatte, sein Jackett. Madar, Roya und Navid waren schon fertig. Ich sah, dass die Polizisten allmählich ungeduldig wurden, aber Padar kam gerade rechtzeitig aus dem Schlafzimmer.

Wir zogen die Tür hinter uns zu.

Wir gingen über die Galerie.

Manche Nachbarn standen am Fenster. Wir grüßten sie. Manche grüßten zurück.

Im Treppenhaus sahen wir die beiden anderen Polizisten, und unten standen Kleinbusse bereit. Wir passten alle hinein.

Erst beim Einsteigen schaute ich auf meine Füße. Ich war immer noch in Pantoffeln.

»Wir machen das hier nicht gern«, sagte einer der Beamten im Auto. »Das hier ist eigentlich eine Angelegenheit der Ausländerpolizei. Es ist nur so, dass wir, sobald eine Anzeige bei uns eingeht, darauf reagieren müssen. Aber glauben Sie mir, wir machen so was nicht gern.«

Ich fragte: »Wer hat denn angerufen?«

»Das wissen wir nicht. Der Hinweis kam über die Telefonnummer zur anonymen Meldung von Straftaten.«

Ich übersetzte für Padar, was der Beamte sagte, und langsam begriff ich: Wir waren verraten worden. Genau wie früher einmal in Kabul an die Taliban, hatte uns jetzt jemand an die Polizei verraten.

Ich fragte: »Wer tut so etwas?«

»Tja«, sagte der Beamte, »wenn wir das wüssten. Es kann jemand aus der Straße sein. Jemand, der Sie kennt. Oder jemand, der Sie überhaupt nicht kennt, aber meint, ein ganz eifriger Staatsbürger zu sein.«

Neben mir starrte Navid aus dem Fenster, und Royas Augen waren größer als sonst. Ich wollte nichts mehr hören über den Verrat, ich wollte nicht, dass sie etwas darüber hören mussten. Ich zog mein Handy hervor und stieß Navid an. Er dreht sich zu mir und ich zeigte ihm, wie ich die Handykamera anklickte. Ich begann zu filmen. Nicht lange, eine halbe Minute vielleicht, viel Gescheites konnte ich nicht aufgenommen haben, denn ich musste mein Handy tief halten, damit die Beamten es nicht sahen. Aber Navid lachte. Und als Roya es sah, machte sie lautlos: »Ooh!«

Wir blieben mehrere Stunden auf der Wache. Man brachte uns alle zusammen in ein kleines Zimmer. Man brachte uns Tee. Laschen niederländischen Tee in Plastikbechern. Wir gaben unsere Namen und Geburtsdaten an. Ich fragte, ob wir jemanden anrufen dürften, und Padar wurde zu einem Telefon geführt. Er nahm mein Handy mit wegen der Nummern von Bashir und Onkel Aaron.

Er kam wieder, und noch eine Weile später begannen Roya und Navid Fernsehsendungen aufzuzählen, die sie jetzt verpassen würden. *Friends*, *South Park* und Mamas Seifenoper *Hena*. »Ja, und *Americas Next Top Model*«, sagte Roya. »Wie bitte?«, fragte ich, »so etwas schaust du dir an?« »Alle schauen sich das an«, sagte Roya, »alle in der Schule.«

Um neun Uhr durften wir nach Hause. Das heißt, Madar und wir. Padar musste bleiben. Er wurde nach Soesterberg gebracht, in eine Ausländerhaftanstalt namens Lager Zeist. Wir durften in unseren eigenen Betten schlafen, aber im Lauf des nächsten Tages würden wir ebenfalls abgeholt. Ich fragte: »Kommen wir dann nach Ter Apel?« Der Beamte sagte: »Das weiß ich nicht. Das bestimmt die Ausländerpolizei. Die steht morgen bei euch vor der Tür.«

Madar wollte nicht weg. Sie wollte bei Padar bleiben. Aber Padar redete auf sie ein, und dann weinte sie und nickte.

Wir gingen einer nach dem anderen zu Padar, und einer nach dem anderen umarmten wir ihn. Ich gab ihm mein Geld und mein Handy, dann konnte er uns wenigstens erreichen.

Als wir von den Polizisten nach Hause gebracht wurden, sagten sie noch einmal: »Wir machen das hier nicht gern. Viel Kraft. Mit allem.«

Madar bat sie, Padars Medikamente für ihn mitzunehmen. Das versprachen sie.

Wir gingen nach oben und ich flüsterte: »Medikamente? Nimmt er denn welche?«

»Gegen die Anspannung«, sagte Madar. »Er wollte nicht, dass du es erfährst. Er bekommt schon eine Zeit lang Hilfe, Gespräche und so.«

In der Wohnung angekommen, holte ich die Medikamente und rannte wieder nach unten. Die Polizisten hatten tatsächlich gewartet. »Viel Kraft«, sagten sie noch einmal. Und ich sagte: »Danke schön.«

Bashir war inzwischen nach Hause gekommen und Onkel Aaron war auch schon da; er hatte auf halbem Weg nach Zuidlaren den Zug zurück genommen. Sie unterhielten sich gerade, sprangen aber beide auf, als wir hereinkamen. Madar weinte und wir alle versuchten, sie zu trösten.

Ich sagte zu Navid, er dürfe an meinen Computer, und er lief sogleich in mein Zimmer. Nur Roya ließ sich nicht so leicht wegschicken. Sie schmiegte sich so eng wie möglich an Madar und spielte unaufhörlich mit Madars Fingern und Madars Ring. »Roya«, begann ich ab und zu, aber Madar sagte immer: »Nein. Es ist gut.«

Bashir stand auf, um zu rauchen. In der offenen Balkontür stehend rief er: »Die Nachbarn unter uns! Die sich schon einmal über den Lärm beschwert haben. Die müssen es gewesen sein!«

»Oder die anderen«, sagte er kurz darauf, »die aus der Ecke dort. Die starren immer so.«

Madar schaute ihn an, als könne sie immer noch nicht glauben, dass es Leute gab, die so etwas machten: Eine ganze Familie verraten.

»Ach was!«, rief Bashir. »Ich habe es ja die ganze Zeit schon gesagt! Es gibt immer mehr Rechte hier. Die Ministerin für Ausländerangelegenheiten ist die beliebteste Frau im ganzen Land!«

Onkel Aaron fragte: »Kann es nicht einer deiner Kollegen gewesen sein? Einer der Taxifahrer, mit denen du dich manchmal gestritten hast?«

»Ach was«, sagte Bashir. »Vielleicht war es ja sogar die Wohnungsbaugesellschaft.«

Ich hielt es nicht mehr aus: »Was bringt uns das denn jetzt? Ist mir völlig egal, wer es war. Es ist nun einmal passiert und fertig. Wir sollten uns besser auf Ter Apel vorbereiten.«

Onkel Aaron gab mir recht. Unser Gespräch drehte sich jetzt um das Konsulat und unsere Chancen auf einen neuen Asylantrag und die Anwältin, die wir gleich morgen früh in ihrem Büro anrufen mussten.

Das Telefon klingelte die ganze Zeit. Die Nachricht hatte sich mit rasender Geschwindigkeit verbreitet und Madar sprach mit Freunden, mit Freunden von Freunden und mit Verwandten wie Tashmirs Mutter. Eine Nachbarin kam vorbei, Tashmir selbst kam mit seiner Frau, und kurz darauf rief auch Frau Levanti noch an.

»Entschuldige«, sagte sie, »ich habe es schon auf deinem Handy versucht. Aber ich hatte nach der Probe heute Nachmittag ein so eigenartiges Gefühl, und du warst auch so schnell verschwunden.«

»Frau Levanti«, sagte ich, »bevor Sie weiterreden ...«

Und dann erzählte ich, was geschehen war.

In der Mitte unseres Gesprächs konnte ich zum ersten Mal wieder für einen Moment lachen. »Mein nächster Anruf kommt also wahrscheinlich aus Afghanistan.«

»Das tut er ganz bestimmt nicht. Und wenn doch, dann komme ich und schleppe dich eigenhändig von dort weg.«

»Ich habe Angst, dass aus *Strippenkaart* jetzt nichts mehr wird.«

»Das weiß man nicht. Vorläufig verschieben wir es um ein paar Wochen. Ich kümmere mich darum.«

»Unsere Beglaubigungspapiere sind noch nicht aus Afghanistan zurück.«

»Ich rufe eure Anwältin an. Und ich telefoniere mit der Gemeinde. Ich werde auch mit der Schulleitung sprechen. Vielleicht schicken wir einen Brandbrief an die Ministerin. Wir lassen das nicht einfach so geschehen, Hamayun. Das hier gehört sich nicht, also geschieht es auch nicht!«

»Tja, Frau Levanti, das klingt wirklich großartig.«

Sie fragte, ob ich überhaupt schlafen könne. »Ich rufe morgen früh wieder an. Notfalls komme ich auch zu euch. Dann warten wir zusammen auf die Polizei und dann rede ich mit ihnen.«

Ich erzählte Madar und Onkel Aaron von dem Gespräch und sie sagten: »Diese Lehrerin ist eine außergewöhnliche Frau.« Und wir sprachen weiter über unsere Chancen, über die Zukunft, über den Verrat. Ich fühlte, wie ich fast wieder zu zittern anfing, und sagte: »Ich werde versuchen zu schlafen.«

»Nur zu«, sagte Madar.

Ich fuhr den Computer herunter, und nein, es hatte noch keine Mail von Yuliya auf mich gewartet. Irgendwie fand ich das gar nicht so schlimm. Soll es nur still bleiben, dachte ich. Soll sie nur böse sein, dann brauche ich nichts zu erzählen.

Ich versuchte zu schlafen.

Aber eine knappe halbe Stunde später schaltete ich den Computer wieder ein, und dann schrieb ich es schließlich selbst. Eine Nachricht an Yuliya. Eine Nachricht, in der ich sagte, wie schön sie sei und wie lieb, wie weich ihre Lippen seien, aber dass wir jetzt nicht länger ... Dass ich nicht derjenige sei ... Dass sie sich frei fühlen sollte – und auf einmal saß ich da und heulte. Ich konnte noch nicht mal mehr meine eigenen Buchstaben auf dem Bildschirm lesen. Aber ich drückte trotzdem auf Senden.

Vielleicht war ich kurz eingenickt, ich weiß es nicht. Irgendwann in dieser Nacht hörte ich Onkel Aaron zur Toilette gehen. Und noch etwas später hörte ich Roya weinen und danach Madar, die leise sang. Der Bürgermeister von Bamyan.

Es wurde still und ich dachte: Verraten zu werden ist wie eine Krankheit zu bekommen. Man fühlt sich schmutzig. Man kommt sich ansteckend vor. Man will, dass niemand einen sieht, man schämt sich um seiner selbst willen.

Ich versuchte, nicht mehr an die Polizisten zu denken. Ich starrte auf einen Punkt irgendwo auf meinen Vorhängen. Jemand hatte mir mal erzählt, man könnte sich so selbst hypnotisieren und besser einschlafen.

Es funktionierte nicht.

Ich dachte an Ter Apel und an ein neues Verhör. Ich dachte daran, eingesperrt zu werden.

Irgendwann gegen fünf Uhr schlich ich in Madars Zimmer. Ich wollte nachsehen, ob sie schlief.

Sie schlief.

Am nächsten Morgen um neun Uhr rief Frau Levanti an. Sie hatte schon mit dem Rathaus telefoniert und auch mit unserer Anwältin. Ich sagte: »Würden Sie bitte nichts in der Schule erzählen? Vorläufig noch nicht, meine ich. Ich habe mich krank gemeldet. Bitte, Frau Levanti, bitte, sie brauchen es noch nicht zu wissen!« Sie versprach es.

Frau Hulsebosch, die Anwältin, sprach mit Onkel Aaron. Er müsse heute wieder zum Konsulat und Dampf machen wegen der Beglaubigung. Und vielleicht könne er auch mit Afghanistan telefonieren? Sie selbst würde einen erneuten Asylantrag stellen, das unterbrach zumindest die Abschiebeprozedur. Sie erklärte, dass Padar eine Weile in Soesterberg würde bleiben müssen, und dass er anschließend wahrscheinlich ins Abschiebezentrum auf dem Flughafen Schiphol verlegt würde. Da fingen dann die neuen Verhöre an.

»Am besten wäre es«, sagte Frau Hulsebosch, »wenn das erst in ungefähr zehn Tagen geschähe. Das ist natürlich schwer für Ihren Vater, aber das gibt uns die Gelegenheit, die neuen Papiere gestempelt zu bekommen.«

Sie hatte auch mit der Ausländerpolizei gesprochen und so wusste sie, dass wir, Madar, Navid, Roya und ich, wahrscheinlich nicht inhaftiert werden würden. »Sie sind Ihnen wohlgesinnt«, sagte Frau Hulsebosch. Der Abschiebeprozess gehe allerdings ganz normal weiter und wir müssten uns noch am gleichen Nachmittag bei der Ausländerpolizei melden. Dort würden uns dann befristete Reisedokumente ausgestellt. »Aber«, schloss Frau Hulsebosch, »die werden Sie hoffentlich nie benutzen müssen, wenn wir einen neuen Asylantrag einreichen. Und hoffentlich hat dieser Antrag dann endlich Aussicht auf Erfolg. Das ist alles, was ich jetzt weiß. Sobald es etwas Neues gibt, melde ich mich wieder bei Ihnen.«

Es kamen noch einige entfernte Verwandte vorbei, und gegen Mittag war auch Frau Levanti da. Sie hatte mit dem Rektor gesprochen, und der würde einen Brief direkt an die Ministerin schicken. Er kannte jemanden in ihrer Partei, den Rechtsliberalen, der ihm die richtige Adresse geben würde. Die Ministerin müsse doch auch verstehen, dass man keine Familie auseinanderreißen durfte? Und weiter bekämen wir Hilfe von der Wohlfahrtspflege und vielleicht sogar von der Kirche.

Zum Schluss sagte Frau Levanti noch, dass sie morgen ein Treffen mit der Theatergruppe veranstalten würde. Ob ich dabei sein wolle, könne ich mir ja noch überlegen. Und auch, ob ich dann erzählen wolle, was los sei. Sonst würde sie sich schon etwas ausdenken. »Und«, sagte sie, »was das Stück selbst angeht: Aufgeschoben ist nicht aufgehoben. Ich habe das Theater schon angerufen, für die ist es kein Problem. Und zum Glück war dein Bruder noch nicht ganz fertig mit den Plakaten, das heißt, die waren noch nicht geklebt.«

Ich übersetzte alles für Madar. »Bitte«, sagte Madar zu Frau Levanti, »bleiben Sie heute Abend zum Essen? Wir wissen nicht, wie wir Ihnen danken sollen.«

»Es ist abscheulich«, antwortete sie, »dass Menschen in diesem Land so etwas tun. Ich konnte heute Nacht deswegen kaum schlafen. Aber wir sind nicht alle so wie diese Verräter, ich will, dass Sie das wissen.«

Frau Levanti musste zurück zur Schule, aber zum Essen würde sie wieder da sein.

Wir selbst mussten auch noch weg: zur Ausländerpolizei.

Wir wurden von einer Frau empfangen, die Inge hieß. War das ihr Nachname? »Nein, wir geben unsere Nachnamen nicht preis.«

Frau Inge scherzte mit Navid und streichelte Roya über den Kopf. Sie brachte ein Tablett mit Bechern voll heißer Schokolade und sagte: »Wir tun das hier nicht gern. Deshalb nehmen wir Sie auch nicht in Gewahrsam. Wir wissen von der Gemeinde, dass Ihre Adresse bei den Schulen bekannt ist und keine Gefahr besteht, Sie könnten irgendwo untertauchen. Außerdem haben Sie bisher immer tadellos kooperiert. Wir müssen also nur noch einige Daten aufnehmen. Wir werden es möglichst schnell machen.«

Wir wurden einzeln in ein kleines Zimmer gerufen. Frau Inge versuchte, uns zu beruhigen, während von all unseren Fingern Abdrücke genommen wurden. Jeder Finger musste zuerst in die Tinte gedrückt werden und dann auf ein Stück Papier. Bei mir schaute die Polizistin, ob ich mir keine Lackschicht auf die Fingerspitzen gesprüht oder mir meine Hautlinien weggebrannt hatte.

Es wurden Passfotos gemacht, mehrere, und ich durfte immer bei Roya und Navid bleiben. »Das nenne ich mir einen Bruder«, sagte Frau Inge. »Einen Bruder mit Verantwortungsgefühl. Das ist eine gute Eigenschaft. Vielleicht kannst du später ja mal bei uns arbeiten, Hamayun, Leute wie dich können wir gut gebrauchen.«

Ich grinste bloß irgendwie, denn ich dachte: Wann denn? Nachdem ihr mich abgeschoben habt?

Als wir nach Hause kamen, wollte Madar gleich anfangen zu kochen. »Lasst mich einfach«, sagte sie, »das hilft mir.«

Bashir war bei Padar gewesen. Er hatte ihm Kleidung gebracht, etwas zu essen und etwas Geld. Das Essen hatten sie im Gefängnis nicht angenommen, aber alles andere schon. Bashir selbst durfte nicht hinein.

Kurz darauf rief Padar an. Er sprach kurz mit Madar, kurz mit Onkel Aaron und kurz mit Bashir. Er würde es schon durchstehen, sagte er, wir sollten uns keine Sorgen machen. Sie hatten seine Jogginghose beschlagnahmt. Das war die Hose, in der er schlief, aber sie hatte eine Kordel zum Zuziehen, und Kordeln und Seile waren verboten. Bashir wurde wütend, als er es hörte, aber Padar sagte: »Macht nichts, ich schlafe einfach in meiner normalen Hose. Macht euch keine Sorgen, ich komme schon zurecht.«

Navid wollte wieder an den Computer. Er besaß jetzt auch einen RuneScape-Avatar, vielleicht hatte er Bashirs Sucht geerbt. Roya schaute sich eine DVD mit Mister Bean an, und Bashir und Onkel Aaron nahmen mich beiseite. »Hamayun«, sagte Onkel Aaron, »dein Bruder hat einen ernsthaften Vorschlag. Ich habe auch kurz mit deinem Vater darüber gesprochen. Wenn alles schiefgeht, müsst ihr an ein anderes Land denken. Afghanistan ist wirklich unmöglich für deinen Vater, für jeden von euch. Und deshalb denken wir, denkt Bashir an ...«

Ich sagte: »... an Kanada.«

»Ja!«, sagte Onkel Aaron. Er wirkte überrascht.

»Ich verstehe«, sagte ich. »Und ich bin damit einverstanden. Vielleicht sollten wir uns auf die Suche machen nach ein paar Kontakten dort.«

Ich schaute zu Bashir und sah, wie seine Augen aufleuchteten.

Madar belud den Tisch mit ihren leckersten afghanischen Spaghetti, mit Kofta, mit Bohnen in roter Sauce, mit Brot und zweierlei Salat. Wir taten Frau Levanti drei Mal auf, obwohl sie sagte: »Seht mich doch an, ich bin ohnehin viel zu dick!«

Wir lachten und aßen und waren alle zu müde, um noch über den Verrat zu sprechen oder darüber, was uns bevorstand.

Frau Levanti ging so gegen acht, und um neun Uhr schliefen wir fast schon ein. Ich wurde erst gegen Mitternacht wach, weil Roya weinte und schrie, sie wollte nicht ins Gefängnis, niemals, niemals nicht! Ich rannte zu ihr, aber Madar war schneller gewesen.

Weil ich nichts mehr tun und auch nicht mehr schlafen konnte, guckte ich nach meinen Mails.

Und so las ich Yuliyas wütende Nachricht.

Arschloch, schrieb sie. *Konntest du es mir nicht ins Gesicht sagen, ich wusste nicht, dass du so feige bist. Und ich habe dich den ganzen Tag angerufen, aber immer war es nur deine Mailbox. Mit einem wie dir brauche ich wirklich nicht zusammen zu sein. Rutsch mir den Buckel runter und werde glücklich auf deine eigene, einsame Art. Y.*

Ich wollte, dass alle dachten, ich wäre im Fieberwahn. Ich hätte eine fürchterlich ansteckende Grippe. Nichts Lebensbedrohliches, aber doch schlimm genug, um vorläufig auf Distanz zu bleiben. Ich konnte nicht in die Schule, ich konnte nicht zum Theatertreffen. Also rief ich Frau Levanti an und sie sagte: »Ich mache es mir nicht zur Gewohnheit, das kann ich dir schon mal versprechen. Aber diesmal werde ich für dich lügen.«

Ich hatte noch ein Erdkundereferat zu schreiben. Thema: Untersuche die Vor- und Nachteile des Tourismus in Finnland. Ich fing damit an, aber nach zwanzig Minuten Internetrecherche schmiss ich die Ausdrucke in den Papierkorb.

Bashir kam in mein Zimmer und wollte mir erzählen, was er sich in Bezug auf Kanada überlegt hatte. Er strahlte beinahe. Ich sagte: »Aber es ist doch noch nicht so weit? Frau Levanti und Frau Hulsebosch setzen alle Hebel in Bewegung. Onkel Aaron hat jemanden im afghanischen Ministerium erreichen können. Wir wissen also noch nicht, wie es ausgehen wird.«

Bashir starrte mich eine Zeit lang an. »Kleiner Dummkopf«, sagte er dann, »immer positiv und so.«

Ich hatte keine Ahnung, was ich ihm erwidern sollte. Ich war schon froh, dass er sich diese Tage freigenommen hatte. Dass er für uns beim Konsulat anrief und im Lager Zeist. Er trug sogar Padars Zeitungen aus, frühmorgens um halb sechs.

»Ach ja«, sagte er, »ich habe noch ein altes Handy gefunden. Deins bekommst du vorläufig ohnehin nicht wieder, will mir scheinen. Hier. Kannst du deine Liebste anrufen.«

Padar saß inzwischen schon vier Nächte lang fest. Es war viel Hilfe in Gang gekommen, wir konnten es kaum glauben. Madar kochte jeden Abend für Freunde und Verwandte, die vorbeikamen. Frau Levanti aß noch einmal mit uns, zusammen mit der Mitarbeiterin von der Wohlfahrtspflege.

Ich öffnete die Tür, ich schloss sie wieder, ich ging ans Telefon, hängte Jacken auf. Und weiter trieb ich mich etwas auf MSN herum - auch wenn ich alle aus Amersfoort blockiert hatte.

Ich versuchte, da zu sein, wenn Navid und Roya aus der Schule zurückkamen. Ich kaufte ihnen T-Shirts in dem kleinen Einkaufszentrum um die Ecke und sprach mit Royas Lehrerin, die besorgt war, weil Roya im Gesprächskreis wohl etwas erzählt hatte.

Ich überlegte, ob ich mit Bashir zu der Wohnungsbaugesellschaft gehen sollte. Wir vermuteten jetzt wirklich, dass uns einer der Nachbarn ein Stockwerk tiefer verraten hatte, und vielleicht war es besser, vorsorglich umzuziehen.

Aber wieso rief Padar nicht mehr an? Nach dem einen Mal am ersten Tag hatten wir ihn nicht mehr gesprochen. Bashir versuchte jeden Morgen wieder, einen Besuchstermin mit ihm zu vereinbaren, aber immer wieder machten sie Schwierigkeiten, dort im Lager Zeist. Dazu müsse ein Formular ausgefüllt werden, ein Formular mit den Namen derjenigen, die Padar würde sehen wollen. Und dieses Papier hatte Padar offenbar noch nicht abgegeben.

Oder hatte er es nie bekommen? Wir wussten es nicht, denn wir bekamen Padar nicht ans Telefon.

Die Anwältin sagte, vielleicht liege da ein Missverständnis vor. Wir könnten auch selbst eine Liste anfertigen und hinschicken. Das tat ich, aber als wir ihr dann hinterher telefonierten, stellte sich heraus, dass hinter den Namen auch die Geburtsdaten stehen mussten, und so musste alles noch einmal geschickt werden.

Madar wurde immer verzweifelter. »Ich will meinen Mann sehen«, sagte sie leise, »ich will einfach nur meinen Mann sehen!«

De Anwältin versprach, Beschwerde einzulegen. Ich fragte: »Und weiter? Glauben Sie, wir haben noch eine Chance beim IND?«

»Das kann ich leider nicht sagen«, antwortete sie. »Wenn die Beglaubigung vorliegt, wahrscheinlich schon. Aber beim Konsulat ist bisher noch nichts eingegangen.«

Im einen Moment waren wir hoffnungsvoll, im anderen saßen wir still zusammen, während Oprah Winfrey im Fernsehen lief, auf Fashion TV, ohne Ton, aber ebenso fröhlich wie immer.

Ich starrte ab und zu auf das Handy, das Bashir mir geschenkt hatte. Es vibrierte nicht oft. Ein paar Verwandte hatten die Nummer, weiter Frau Levanti, die Anwältin natürlich und Bashir selbst. Aber sonst niemand.

Am sechsten Tag sagte Frau Levanti: »Hamayun, ich kann es jetzt nicht länger verheimlichen. Deine Theaterfreunde fragen mich jeden Tag, wann wir weitermachen und wie es dir geht. Eine hartnäckige Erkältung, habe ich gesagt. Aber heute sind einige von deinen Klassenkameraden zu mir gekommen. Sie wollten wissen, ob du abgeschoben worden seiest, sie hätten so etwas aufgeschnappt. Offenbar haben sie andauernd versucht, dich anzurufen. Sie wollten zu dir nach Hause. Ich habe gesagt, dass weiter nichts wäre, dass du dich selbst wieder bei ihnen melden würdest, aber Hamayun, du musst sie jetzt allmählich wieder an dich heranlassen! Du kannst nicht anders. Raed ist übrigens am besorgtesten von allen, ich habe ihn noch nie so gesehen. Und natürlich geht es mich nichts an, aber stimmt es, dass du sogar Yuliya nicht angerufen hast?«

Es stimmte: Raed war schon mehrere Male an der Tür gewesen. Ich hatte Navid durch die Gegensprechanlage ausrichten lassen, dass ich krank wäre und ihn bald anrufen würde. Das musste ich jetzt also tun, ich konnte nicht anders. Er ging innerhalb einer Sekunde dran. »Hi«, sagte ich, »ich bin's.«

»Hammy! Du rufst unter einer anderen Nummer an!«

»Ja«, sagte ich, »ich bin mein Handy schon ein paar Tage los. Wie, das erzähle ich dir später.«

»Gut, dich wieder zu hören, Mister. Wie geht's? Ich bin hundert Mal vorbeigekommen. Hast du die ganze im Bett gelegen?«

»Äh … ja. Oder eigentlich nein … Es ist eine lange Geschichte.«

»Okay«, sagte Raed. »Komm zum Supermarkt. Ich muss dir auch etwas erzählen.«

»Äh, gut … Wann?«

»Jetzt. Sofort. Jetzt.«

Kurz darauf fuhr ich das erste Mal, seit wir von der Polizei abgeholt worden waren, wieder durch Amersfoort. Ich radelte durch die Einkaufsstraße und am Kino vorbei. Ich sah einen Haufen Kleinkinder bei McDonald's stehen, vielleicht eine Geburtstagsfeier. Ich befand mich nur noch drei Straßen von Raed und dem Supermarkt entfernt, wo er auf mich wartete. Aber plötzlich hörte ich jemanden schreien: »Hamuuuu! Hamuuuu!«

Ich hielt an und drehte mich um.

Zabi.

Er machte eine Vollbremsung und kam schief neben mir zu stehen. »Hamu!«, rief er und ich sah die Panik in seinen Augen. »Hamu, es ist sehr schlimm, es ist wirklich sehr, sehr schlimm!«

»Zabi! Ganz ruhig. Hol mal Luft, du flippst ja völlig aus!«

»Hamu! Es ist sehr, sehr schlimm und ich habe es selbst gesehen!«

»Luft holen, Zabi!«

»Ich will es auch überhaupt nicht erzählen, aber es muss sein, ach, es muss sein!«

»Wovon redest du?«

»Du … Hamu … dein Mädchen, die schöne, diese sehr schöne, die mit diesen Haaren. Im Park. Und sie war nicht allein. Ach, ach, Zabi hat es gesehen und es ist sehr, sehr schlimm, denn die ging Hand in Hand, du weißt schon, und zwar mit … nein Hamu, Zabi kann es nicht sagen.«

»Nur zu, Zabi. Es ist in Ordnung. Yuliya und ich sind nicht mehr zusammen. Hörst du das, wir sind nicht mehr zusammen!«

»Ja, ja, Hamu. Aber weißt du, mit wem sie da ging? Es war dieser Junge. Der ein bisschen unheimlich ist. Aber er war es und du hast selbst gesagt, er wäre dein *Rafiq*. Aber das ist er nicht. Er ist nicht dein *Rafiq*.«

Ich fasste Zabi an der Schulter. Mein Fahrrad fiel fast auf den Boden, aber ich schüttelte Zabi hin und her. »Wer, Zabi, wer? Meinst du Raed?«

Zabi schaute mir direkt ins Gesicht, direkt und flehend.

»Ja.«

»Wirklich? Raed?«

»Ja.«

»Bist du dir sicher?«

»Ja.«

Ich ließ Zabi los. Ich hob sein Fahrrad auf. Ich stellte mein eigenes Fahrrad wieder hin.

»Hamu?«, fragte Zabi.

»Lass nur«, sagte ich und stieg auf.

»Hamu?«

»Ich sage doch: Lass sein!«

Dann fing Zabi an zu weinen. Ich hörte es, ich sah es noch gerade, bevor ich mich wegdrehte. Aber ich konnte ihn nicht trösten. Ich war schon fort. Ich war schon weitergeradelt.

Raed umarmte mich. »Hammy!«, sagte er. »Möchtest du ein normales Red Bull oder machst du heute lieber in Light? Ich lade dich ein!«

Ich sagte: »Nichts da. Wir zahlen beide. Und dann gehen wir ein Stück.«

»Yo«, sagte Raed, »okay.«

An der Kasse kamen wir gleich an die Reihe. Ich war still, Raed war still. Die Türen des Supermarkts schwebten auf. Wir bogen links ab und noch einmal nach links. Nicht in die belebte Einkaufsstraße, sondern in eine ruhigere Gasse, wo es stiller war.

»Erzähl«, sagte Raed.

Ich warf ihm einen ganz kurzen Blick zu. »Gleich«, sagte ich. »Wir sind von der Polizei abgeholt worden. Alles, was du gehört hast, ist wahr. Ich war nicht krank. Wir wissen nicht, ob wir in den Niederlanden bleiben können. Aber darüber möchte ich jetzt nicht sprechen. Nachher vielleicht. Erst du.«

»Jesus«, sagte Raed.

»Erst du«, sagte ich. »Erzählen. Jetzt.«

»Ach«, sagte Raed.

Ich schaute nach unten, auf seine Sneaker. Ich wartete ab. Wir gingen an vier, fünf Straßenpollern vorbei.

»Also«, sagte er, »es ist eigentlich ziemlich beschissen.«

Auf dem Gehweg lag eine halb leere Pommestüte, aus ihr kleckerte noch etwas Mayonnaise.

»Ja«, sagte er, »also ich weiß von Yuliya, dass ihr ... Dass du ...«

»Stimmt«, sagte ich, »es ist vorbei.«

»Ja. Was ich sage: beschissen.«

»Aber?«, fragte ich.

»Aber«, sagte er, »aber …«

Plötzlich blieb ich stehen. Ich sagte: »Weißt du was, Raed? Ich weiß es schon. Du und sie. Ich weiß schon, was Sache ist. Und weißt du noch was? Macht doch, was ihr wollt. Ich habe es schon gesagt: Zwischen ihr und mir ist es vorbei. Also macht, was ihr wollt.«

»Hammy …«, sagte Raed. Er schien verwirrt. Er stand mit roten Wangen neben mir und flüsterte: »Ich habe sie eigentlich schon immer … Hammy, ich finde das alles dermaßen beschissen. Ich hatte wirklich nicht vor … Und auch Yuliya wollte nicht … Und wir haben gewartet, bis du und …«

Ich unterbrach ihn. »Raed, ich sage es dir noch ein Mal: Macht, was ihr wollt. Und wenn du jetzt mitsamt deinen faulen Ausreden so tun willst, als hättest du das nicht gehört, dann haue ich dir hier auf der Stelle die Zähne aus. Tut, was ihr wollt, was ihr wollt! Es ist …«

Ich konnte nicht mehr. Ich wusste nicht mehr, wie ich weiterreden sollte. Ich drehte mich um und ging weg.

Raed blieb stehen. Das wenigstens begriff er offenbar auf der Stelle: dass ich jetzt weitergehen und er stehenbleiben musste.

Ich schrieb eine Rundmail an die Theatergruppe. *Hallo, alle zusammen. Ich bin nicht krank und gestorben ist auch niemand. Es ist aber trotzdem so, dass wir jetzt nicht proben können. Und wie ihr wisst, ist* Strippenkaart *erst mal aufgeschoben. Ich werde Frau Levanti bitten, euch zu erzählen, was wirklich mit mir los ist. Am Donnerstag vielleicht. Das hört ihr also noch von ihr. Vielleicht bin ich dann ja dabei, vielleicht aber auch nicht. Es tut mir leid für all die Arbeit, die ihr in* Strippenkaart *gesteckt habt. Für diejenigen, die versucht haben, mich zu erreichen: Ich habe mein Handy verloren. Aber hier unten steht meine neue Nummer. Ruft an, wenn ihr mehr wissen wollt. Aber wartet damit bitte bis Donnerstag. Danke schön und viele Grüße und ta didar. Hamayun.*

Ich tippte auch eine Nachricht an Yuliya. *Yuliya. Das tut mir alles sehr leid. Es ist meine Schuld. In der Mail, die ich an die Theatergruppe geschrieben habe, findest du meine neue Nummer. Ich habe mein Handy verloren. Wir sind von der Polizei abgeholt worden, Padar sitzt im Gefängnis. Sie wollen uns abschieben, aber vielleicht kommt es am Ende doch nicht dazu. Frau Levanti erzählt es euch noch. Aber das hat nichts damit zu tun, wie es zwischen dir und mir gelaufen ist. Obwohl, jemanden in einem fremden Land zu küssen ist doch ein bisschen kompliziert. Es tut mir leid, alles. Ich wünsche dir viel Glück mit ihm. Ich weiß es also. Viel Glück, Hamayun. PS: Streichelst du Dupica ab und zu von mir? Ich bin mir nicht sicher, ob ich sie noch oft sehen werde.*

In dieser und auch in der darauffolgenden Nacht träumte ich von Padar. In meinem Traum lag ich im Bett und wurde von Bashir geweckt. »Er ist wieder da!«, rief Bashir. »Padar ist wieder da! Komm ins Wohnzimmer!« Ich stieg aus dem Bett und schwankte, weil ich noch halb schlief, ich spürte die Kälte des Flurs an den Füßen und kam ins Zimmer und da saß er. Padar. Auf dem Sofa. Seinen Schnauzbart hatte er sich abrasiert. Ich weiß nicht weshalb, aber der Schnauzer war einfach nicht mehr da. *»Batschem ...«,* sagte Padar und lachte. Und danach träumte ich, in dieser und auch in der darauffolgenden Nacht, dass ich in Panik geriet. Weil ich mich ihm nicht zu nähern wagte. Zögernd und zweifelnd stand ich da und Bashir sagte: »Dummkopf, geh schon zu ihm!« Aber ich tat es nicht, denn ich konnte mich einfach nicht entscheiden, ob ich meinem Vater einen Kuss geben oder ihn nur umarmen sollte – das war der Traum, und zwei Mal wachte ich auf mit einem Herzen, das wütend in meinem Leib hämmerte.

Am achten Tag teilte uns die Anwältin mit, dass wir endlich mit Padar sprechen dürften. Er hatte sich im Lager Zeist eine spezielle Telefonkarte kaufen müssen, und das ging halt nur ein Mal pro Woche, zu einer festgelegten Zeit. Und danach musste er nochmals fünf Tage warten, ehe er sie auch erhielt. So lauteten die Regeln. »Aber ich habe dagegen Beschwerde eingelegt«, sagte die Anwältin, »und das Ergebnis ist, dass Sie ihn heute Nachmittag besuchen dürfen. Ich habe Ihre Namen noch einmal durchgegeben. Vier Erwachsene dürfen zu ihm und ein Kind unter zwölf Jahren. Heute Nachmittag also, um fünf Uhr.«

Dann bekamen wir einen Anruf von der Gemeinde. Sie hätten einen Brief an den IND geschickt, in dem der Bürgermeister die vorzeitige Freilassung befürwortete, um die Frau Hulsebosch ersucht habe. Und ein Brief an die Ministerin sei auch unterwegs.

Zum Schluss rief Frau Levanti an. Die meisten Mitglieder der Theatergruppe seien zu ihr gekommen, und alle hofften sie, dass ich morgen zu ihrem Treffen kam. Das wusste ich schon, denn manche hatten mir eine SMS an meine neue Telefonnummer geschickt. Ich sagte Frau Levanti, dass ich darüber nachdenken würde. Ehrlich. Und ich fragte, ob es einfacher für sie wäre, wenn ich dabei war. »Hamayun«, sagte die liebe Frau Levanti, »es geht nicht um mich!«

»Na, aber schon auch«, sagte ich, »es geht garantiert auch um Sie. Sie haben schon so unheimlich viel getan. Meine Mutter hat übrigens eine Dose Ahmadtee für Sie gekauft. Den mochten Sie doch so gern?«

»Ach, Hammy«, sagte Frau Levanti, »also wirklich.«

Um halb fünf saßen wir in Bashirs Taxi; Madar, Navid, Roya und ich. Es war nicht weit bis nach Soesterberg, mit dem Auto vielleicht eine Viertelstunde. Wir hatten frische Kleidung dabei und Bücher von Onkel Aaron und Kuchen und eine Tüte Mandeln. Alles für Padar. Ich hatte auch noch Rasierschaum in den Beutel getan und Rasierklingen, einfach zur Sicherheit.

Madar freute sich schon seit Stunden. Sie summte sogar vor sich hin, und als ich fragte, weshalb, sagte sie: »Ich weiß jetzt, dass es gut werden wird. Ich sehe nachher euren Vater. Ich sehe meinen Mann!«

Navid war die letzten Tage immer mürrischer geworden. Er vermisste Padar. Er vermisste das gemeinsame Kartenspiel mit ihm, jeden Tag nach dem Essen. Aber jetzt wollte er wieder und wieder Knöchelschlagen; das Spiel, das wir früher stundenlang gespielt hatten, vor langer Zeit, unterwegs in einem unbekannten Zug.

Roya legte ihren Kopf auf Madars Schulter und versuchte, Bashir von einer kleinen Giraffe zu erzählen, die sie voriges Jahr im Zoo gesehen hatte. Bashir hörte nicht recht hin; sobald wir vor einer roten Ampel standen, simste er mit ich weiß nicht wem.

Ich selbst dachte an nichts. Oder falls doch, dann an unsere Wohnung. Sie erschien dieser Tage so viel weniger aus Beton, so viel weniger solide und schwer. Ich hatte dadurch schlechter geschlafen. Wenn Padar nicht zu Hause war, schien es, als könnte die Wohnung sich jederzeit aus dem Hochhaus lösen und davonfliegen.

Aber gleich würden wir Padar wiedersehen. Und das kannten wir. Diese Situation. Wir zusammen, einfach zusammen mit unseren Eltern, auch wenn wir nicht genau wussten, wo es endete und wohin es uns zum Schluss verschlug. Auch wenn wir demnächst nur im Besucherraum eines Gefängnisses saßen, mit Wachleuten, die aufpassten, dass wir auch ja keine falschen Bewegungen machten. Aber wir würden miteinander sprechen und ich konnte überprüfen, ob Padar seinen Schnauzbart tatsächlich abrasiert hatte oder nicht.

Wir parkten.

»Hier ist es, nicht?«, fragte Roya. »Hier ist Padar.«

»Ja«, sagten wir, »hier ist es.«

Wir stiegen aus dem Auto.

Es regnete leise, aber bis zum Eingang waren es nur vierzig Meter, vielleicht fünfzig.

Auf einmal sah ich es wieder vor mir, wie ich früher einmal zusammen mit Madar und Faisal das Gefängnis in Afghanistan betreten hatte. Wie wir damals Padar besucht hatten. Dass ich still und beeindruckt gewesen war. Ich dachte: Es ist, als hätte sich gar nicht so viel geändert. Doch vieles hat sich geändert. Jetzt lasse ich mich nicht mehr einschüchtern. Mittlerweile habe ich so viel mitgemacht, ich bin jetzt sechzehn, fast siebzehn. »Wir dürfen uns nicht trennen lassen«, das hatte Padar vor langer Zeit einmal zu mir gesagt. Und allein waren wir nie gewesen, trotz unserer Flucht, trotz all unseres Umherreisens.

Wir meldeten uns am Eingang. »Zu wem wollen Sie?«, fragte der Pförtner, der da saß. Bashir sagte Padars Namen.

»Sie sind zu fünft?«, fragte der Mann. Wir nickten und nannten unsere Namen. Es stimmte, wir standen auf der Liste.

Der Mann schaute auf die Uhr. Ja, wir waren pünktlich. Fünf vor fünf.

Und dann fragte er nach unseren Pässen. Oder unseren Personalausweisen.

»Wie bitte?«, sagte Bashir.

Tja, sagte der Pförtner. Nur Besucher mit einem Personalausweis oder einem Reisepass dürften hinein. Also äh ... tja ...

»Wie bitte?«, sagte Bashir noch einmal.

»Was ist?«, fragte Madar. »Was ist los?«

Ich übersetzte es für sie. Wir wurden abgewiesen. Wir durften Padar nicht sehen. Nur Bashir durfte weiter.

Bashir fing an zu schreien. »Das hier ist doch ein Gefängnis für Ausländer? Und was, glauben Sie, haben diese Ausländer nun gerade nicht? Haargenau, einen Pass! Was ist das für ein Mist, wie kann es sein, dass ... Das ist das Schlimmste, was ich je gehört habe ... Was für ein Sch ...«

Ich legte meine Hand auf Bashirs Arm. »Ruhig jetzt«, sagte ich, »das hier hilft nicht.«

Nichts half. Regeln sind Regeln. Nur Besucher mit einem Ausweis durften hinein.

Ich schaute zu dem Pförtner. »Tut mir leid«, sagte er und zuckte mit den Schultern.

Roya fing an zu weinen.

Navid sagte nichts.

Madar schob sich ihr Kopftuch vor die Augen und drückte Bashir den Beutel mit Essen, Büchern und Kleidung in die Hand. »Dann geh du«, flüsterte sie, »geh schon.«

Wir gingen zum Parkplatz zurück und mit jedem Schritt wurde ich leerer und dümmer.

Ich hörte den leisen Regen.

Ich hörte Steinchen unter unseren Schuhsohlen knirschen.

Ich hörte eine Autobahn in der Ferne.

Ich sah Madars gebeugten Rücken direkt vor mir und ich verstand weniger und weniger, und zum Schluss wusste ich nichts mehr, überhaupt nichts.

Ich wusste nicht, was ich hoffen sollte, ich wusste nicht mehr, in welchem Land ich war, ich wusste nicht, in welche Länder ich noch fliehen sollte, ich wusste nicht, was ich glauben sollte und was sonst noch alles geschehen konnte.

»Was machen wir jetzt?«, fragte Roya. »Wieso geht es nicht? Wieso dürfen wir nicht zu Padar?«

Ich wusste es nicht, ich wusste die Antwort nicht.

Ich ging einfach und mit meinem leeren, sausenden Kopf konnte ich nur noch denken: Natürlich hätte ich ihn umarmt. Und ich hätte ihm auch einen Kuss gegeben. Natürlich. Ganz sicher. Einen Kuss.

SCIENCE FICTION

THE HAPPY ENDING

Nach neun Tagen im Lager Zeist wird Padar in die Haftanstalt Schiphol-Oost verlegt. Dort beginnen die IND-Verhöre im Zusammenhang mit seinem wiederholten Asylantrag. Padar erklärt, dass es neue Dokumente gibt, Papiere des afghanischen Kultusministeriums, und dass deren Beglaubigung beim Konsulat bald erfolgen wird.

Die Anwältin entdeckt, dass ein früherer Kommilitone von ihr eben dort im Konsulat arbeitet. Zusammen mit ihm schafft sie es, die endlose Prozedur mit den Erklärungen und Stempeln zu beschleunigen. Gleichzeitig gibt sich Onkel Aaron alle Mühe bei den Behörden in Kabul.

Es klappt.

Gerade noch rechtzeitig treffen die Dokumente ein. Mit Stempel. Bashir und Onkel Aaron holen sie beim Konsulat ab und bringen sie ins niederländische Außenministerium. Das Ministerium zieht mit.

Der IND sieht keinen Grund, Padar noch länger festzuhalten.

Er kommt nach Hause.

Wir feiern ein vorsichtiges kleines Fest, Frau Levanti kommt, lauter Verwandte und Freunde kommen. Padar hat seinen Schnauzer überhaupt nicht abrasiert. *»Batschem«,* sagt er, »wieso sollte ich das denn tun?«

Ich umarme ihn. Und ich gebe ihm einen Kuss.

Die Aufführung von *Strippenkaart* ist ein großer Erfolg. Sogar der Bürgermeister kommt und schaut es sich an. Ich habe ein anderes Ende dafür geschrieben und verwende dafür den Film, den ich in dem Polizeiauto gedreht habe. Hinterher hält Frau Levanti eine Rede, und ich halte eine kleine Rede, in der ich ihr danke. Wir wissen vor Verlegenheit nicht, wohin wir schauen sollen, und wir bekommen noch einmal Applaus und viel zu viele Blumen.

Bashir haut mir fest auf die Schulter. Und danach haut er Raed auf die Schulter. Ich habe Bashir lieber nichts von Yuliya und Raed erzählt. Übrigens ist auch schon wieder Schluss zwischen den beiden.

Raed holt mich morgens nicht mehr ab, aber in den Sommerferien arbeiten wir wieder wie gewohnt zusammen in dem ungarischen Restaurant.

Yuliya schafft ihre Abschlussprüfungen. Ich sehe sie nur noch selten in der Stadt, sie will, glaube ich, Physiotherapie studieren. In Groningen.

Ich begegne anderen Mädchen. Zwei niederländischen und, verdammt, doch auch einem afghanischen.

Ich mache meinen Schulabschluss. Danach mache ich noch die Fachhochschulreife und werde auf der Filmakademie angenommen. Am Anfang plane ich noch, *Strippenkaart* zu verfilmen, aber zuletzt will ich doch andere Geschichten erzählen. Geschichten, die nicht so viel mit mir selbst zu tun haben.

Wir ziehen um, die Gemeinde hilft uns, an eine größere Wohnung zu kommen.

Bashir unternimmt seine erste Kanadareise.

Frau Levanti arbeitet noch drei Jahre an meiner alten Schule.

Dann nimmt sie sich ein Jahr frei. Sie fliegt nach Australien, wo sie ihre Schwester für drei Monate besuchen will.

Zusammen mit unserer Anwältin versuchen wir, unseren kleinen Igelbruder in die Niederlande zu holen. Es dauert lange, aber Frau Hulsebosch ist sich sicher, dass es uns gelingen wird. Die neue Regierung macht derartige Angelegenheiten etwas leichter. Außerdem wurde kurz nach dem Tag, als wir einen Status erhielten, eine Generalamnestie für eine große Gruppe von Asylbewerbern erlassen, wodurch allerlei Leute, die wir kennen, endlich sicher wissen, dass sie bleiben dürfen.

Und zum Schluss schreibe ich ein paar Briefe. Auf Dari. Ich bitte Bekannte von Bekannten, diese in Kabul an verschiedene Adressen zu bringen. Außerdem telefoniere ich doch noch mit dem Flüchtlingswerk. Und dann kommt der Tag, an dem ich den Posteingang meines Hotmail-Accounts kontrolliere. Und es eine Mail gibt. Betreff: *Faisal says hi.*

THE ALTERNATIVE ENDING

Nach neun Tagen im Lager Zeist wird Padar in die Haftanstalt Schiphol-Oost verlegt. Dort beginnen die IND-Verhöre im Zusammenhang mit seinem wiederholten Asylantrag. Padar erklärt, dass es neue Dokumente gibt, Papiere des afghanischen Kultusministeriums, und dass deren Beglaubigung beim Konsulat bald erfolgen wird.

Der IND ist von unserem Beweismaterial nicht beeindruckt und weist Padars Asylantrag erneut ab.

Die Anwältin sieht keine Möglichkeit, nochmals in Berufung zu gehen. Wir suchen uns einen anderen Anwalt, aber auch mit ihm verlieren wir unseren Prozess.

Der Europäische Gerichtshof? Das hat keinen Sinn.

Es kommt eine neue Regierung, doch die für eine große Gruppe von Asylbewerbern erlassene Generalamnestie gilt nicht für uns: Wir sind zu spät in die Niederlande gekommen.

Padar wird vorübergehend auf freien Fuß gesetzt, dann aber wieder verhaftet. Wir müssen das Land verlassen, aber das afghanische Konsulat zieht bei der Erteilung der Reisedokumente nicht mit. Wieder wird Padar freigelassen, dann aber wieder inhaftiert. Um nicht abermals verraten zu werden, ziehen wir vorsorglich zu Tashmir und seiner Frau.

Ich bin in meinem Abschlussjahr, aber ich kann mich nicht konzentrieren. Ich weiß auch nicht so recht, weshalb ich mich noch anstrengen soll. Um der bevorstehenden Deportation nach Kabul zu entgehen, versuchen wir, nach Kanada zu gelangen.

Ob es klappt, wissen wir noch nicht.

Und das Haus, von dem ich träume, muss nicht nur dieses eine Zimmer mit einem Schrank voller DVDs haben, den DVDs, auf denen ich jeweils einen Tag aus meinem Leben sehen kann, sondern es muss auch einen Garten mit Rosen geben und ein Dach, von dem aus ich nachts die Sterne betrachten kann. Und im schönsten Raum meines Hauses muss sich über eine ganze Seite eine riesige Filmleinwand erstrecken – ja, eine Projektionsfläche, groß und rechteckig und ganz, ganz weiß.

NACHWORT

Wir, Edward und Anoush, haben dieses Buch zusammen geschrieben.

Vieles aus diesem Buch ist wirklich passiert, aber manchmal haben wir die Reihenfolge verändert und manchmal auch Ereignisse zusammengefügt. Besonders in dem Teil, der in den Niederlanden spielt, hat Edward die Nebenfiguren erfunden – sollte sich jemand in einer von ihnen wiedererkennen, dann ist das Zufall.

Beim Schreiben des Buches haben wir viel Hilfe und Unterstützung erfahren von Anoushs Familie, von seiner Lieblingslehrerin, von der Anwältin der Familie, von Rieta van de Vendel-Groot, von Gülsşah Doggăn und von Bibi Dumon Tak. Ihnen allen wollen wir herzlich danken.

Anoush und Edward